탈경계인문학 연구총서 5

페미니즘은 전환이다: 이론과 문학 다시 쓰기

고정갑희

〈지구지역행동네트워크〉와 〈글로컬페미니즘학교〉를 2009년에 시작하여 현재 집행위원장으로 활동하고 있으며 〈여성문화이론연구소〉의 소장 『여/성이론』의 발행인과 편집주간으로 일했다. 한신대학교 〈자본주의연구소〉 초대소장으로 일했으며, 영문학과 교수로 페미니즘이론과 정신분석, 마르크스주의, 탈식민주의를 강의하고 있다. 또한 아프리카, 서인도제도의 영어권문학 강의를 하고 있다. 이론과 문학의 연결 그리고 이론과 운동현장의 연결에 관심을 갖고 있다. 이론과 현장을 연결하기 위한 행동철학으로서 '적녹보라패러다임' 구축과 세상의 변화를 위한 '감성경제섹슈얼리티'의 재구성에 관심을 갖고 있다.

저서로는 『성이론: 성관계, 성노동, 성장치』(2011)가 있고, 공저로 『성·노·동』(2007), 『여성주의 고전을 읽는다』(2012), 『맑스주의와 정치』(2009), 『세계의 정치와 경제』(2010), 『Work and Sexuality: Working Feminisms in South Korea』(2005), 『자연과학과 자연관』(1997) 그리고 역서로 『정신분석 페미니즘 사전』(공역), 『이론읽기, 읽기이론–라깡, 데리다, 크리스테바』(공역) 등이 있다.

탈경계인문학 연구총서 5

페미니즘은 전환이다: 이론과 문학 다시 쓰기

2016년 12월 20일 초판 인쇄
2016년 12월 25일 초판 발행

지은이 고정갑희
교정·교열 정난진
펴낸이 이찬규
펴낸곳 북코리아
등록번호 제03-01240호
주소 [13209] 경기도 성남시 중원구 사기막골로 45번길 14 A동 1007호
전화 02) 704-7840
팩스 02) 704-7848
이메일 sunhaksa@korea.com
홈페이지 www.북코리아.kr
ISBN 978-89-6324-255-2(94800)
978-89-6324-250-7(세트)

값 18,000원

- 이 저서는 2007년 정부(교육과학기술부)의 재원으로 한국연구재단의 지원을 받아 수행된 연구임.(NRF-2007-361-AL0015).
- 이 도서의 국립중앙도서관 출판예정도서목록(CIP)은 서지정보유통지원시스템 홈페이지(http://seoji.nl.go.kr)와 국가자료공동목록시스템(http://www.nl.go.kr/kolisnet)에서 이용하실 수 있습니다. (CIP제어번호 : CIP2016030985)

탈경계인문학 연구총서 5

페미니즘은 전환이다: 이론과 문학 다시 쓰기

고정갑희 지음

북코리아

책을 내며

나에게 페미니즘은 차이를 만드는 정치다. 이 책은 페미니즘이 만든 차이들에 관한 것이자, 내가 페미니즘을 통해 차이를 만들어낸 지점을 담고 있다. 이론에 관심을 가진 문학연구자이자 대학에서 강의를 하는 나의 이력에서 나온 글들은 페미니즘을 토대로 한다. 이 책에 실린 글들은 페미니즘을 기반으로 기존의 이론, 문학 텍스트, 비평, 교육과 차이를 만들려는 시도다. 자신의 시선을 확 바꾸어 페미니즘으로 문학과 이론과 세상을 보려는 시도를 한 출발점의 글들도 상당히 포함되어 있다. 글을 쓰면서 스스로 인식의 전환이 일어나는 경험을 하면서 전율을 느끼기도 했다. 기존의 전통과 문화생산의 고리를 끊어야 한다는 강한 의지를 갖고 글을 쓰기도 했다.

나에게 페미니즘은 전환이다. 페미니즘은 전환을 시도하는 이론이자 운동이다. 페미니즘은 이론이면서 실천이다. 이 책은 페미니즘이 다른 이론들과 차이를 만들면서 전환하고자 한 것은 무엇이고, 전환한 것은 무엇인지를 담고 있다. 또한 페미니즘이 현대이론과 문학연구, 문학적 글쓰기와 교육의 현장에서 무엇을 바꾸었는지 살피는 글들을 모았다. 무엇을 바꾸었는지, 어떤 전환이 일어났는지 살피기 위해 페미니즘이 이론적으로 무엇을 쟁점화했는지 살필 필요가 있다. 페미니즘의 쟁점화가 기존 이론들의 쟁점화와 어떤 차이를 만들고 있는지를 보면 이론과 문학을 둘러싼 영역에 어떤 전환이 일어났는지 알 수 있다.

여성성, 여성적 글쓰기, 리비도 경제, 모성적 육체, 기호계, 비체the abject, 여성의 시간, 여성과 땅의 식민화는 기존 이론과 문학이 쟁점화한 것과는 매우 다른 성격과 개념들이다. 가부장적 권력과 성폭력, 남성성/여성성과 권력, 젠더화된 욕망과 섹슈얼리티 정치는 문학의 쟁점들을 다시 쓰고 전환한다. 생태주의에서 에코페미니즘으로, 탈식민주의에서 탈식민페미니즘으로의 전환은 이론의 영역과 문학 그리고 현실 영역의 전환을 의미한다. 기존 쟁점과 차이를 만들고 재생산의 고리를 끊는다. 기존에 훌륭하고 위대하다고 생각한 전통을 탈신비화한다. 무엇을 쟁점으로 삼느냐는 것은 세상을 어떻게 보느냐와 밀접하게 연결된다. 그 쟁점을 바꾸는 것은 세상을 보는 시선을 전환하는 것이다.

문학은 나의 오랜 친구이자 현재는 나의 생존과 연관된 영역이다. 지난 20년 동안 문학보다 사회과학을 향하는 시간이었지만, 문학을 통해 얻게 된 상상력과 전환력은 세상을 다시 보려는 노력의 원동력이 되었다. 특히 영문학은 나의 노동의 장이면서 대학이라는 제도 속에서 학생들과 갖게 되는 소통의 매개체다. 이런 문학의 장에 페미니즘이 도입되면 어떤 일이 일어나는지 꽤 오랜 시간 동안 목격해온 목격자로서 쓴 글들이 이 책의 2부를 이룬다. 이 책은 인문학의 영역 안에 포함되어온 문학이 제도의 영역에서 무엇을 하고 있는지를 고민한다. 제도는 경직되면 그 영향력 측면에서 많은 사람을 괴롭힐 수 있다. 문학이라는 제도와 대학교육이라는 제도가 만나는 지점에서 이론이 어떤 역할을 하는지, 그리고 그 영역에서 페미니즘이 무엇을 전환시켰는지를 살피는 일은 정전을 다시 쓰는 문제이며, 서구 중심의 영문학의 장을 다시 보는 문제이기도 하다. 그리고 학생들과 독자들의 의식을 딱딱해지지 않도록 하기 위한 하나의 도구가 될 수 있다. 이 도구가 젠더만이 아니라 섹슈얼리티와 계급, 정신분석, 제국주의, 자본주의 문제에 대한 비판의식과 결합한다면 세상을 보는 도구로서 문학/비평의 자리는 녹록하지 않은 자리가 된다.

문학 전공자로서는 문학을 페미니즘으로 읽는 일과 기존의 역사를 바꾸는 일, 기존 역사의 고리를 끊는 일, 교육의 재생산 고리를 끊는 일이 시급하다고 생각했다. 그리고 이러한 인식의 전환과 정전 다시 쓰기, 문화재생산의 고리 끊기는 연구자로서만이 아니라 학생들과 수업을 하는 교수로서 공유해야 할 부분이 있음을 느꼈다. 그리고 이런 공유는 문학의 독자로서, 비평가로서 한국 문학과 영문학을 다시 읽는 일이기도 했다. 전통이라는 이름으로, 위대한 문학이라는 이름으로, 정전이라는 이름으로 재생산되어온 문학을 페미니즘의 시각에서 다시 읽는 일은 문학과 현실의 관계를 다시 설정하는 일이기도 하다. 그것은 그 관계에 개입하는 것을 의미한다.

삶은 계속되는 다시 쓰기다. 삶의 행렬이란 산 자들의 축제다. 죽은 것을 몰아내고 자신의 공간을 만들며 행진하는 것이다. 문학 비평과 문학이라는 장에 페미니즘이 영향을 미치면서 문학과 문학비평에 다시 쓰기, 수정하기가 등장한다. 퍼시 셸리는 작가를 선지자라 했다. 선지자란 미리 예언하는 능력을 가진 자라기보다 기존의 언어를 바꾸는 자라는 의미로 해석된다. 기존의 언어를 바꾼다는 것은 다음을 만들고, 다음을 준비함으로써 예고한다는 의미가 들어 있다. 이 책의 3부는 남성중심적·가부장적 작가와 비평가가 쓴 것을 바꾼 작가들과 페미니스트 비평가의 모습을 담고 있다. 가부장적 권력은 남성성과 여성성을 정의하고, 문학도 그런 남성성과 여성성을 반영한다. 페미니즘 비평과 문학은 권력이 된, 그다지 자유롭지만은 않은 남성성과 권력에 감금당하고 항복하면서 분열을 일으키는 여성성이 존재한다는 것을 알려준다. 그리고 이 권력이 제국주의적이고 가족주의적이며, 종교근본주의적이고 정치적임을 알려준다. 성의 정치란 그 안에 이런 정치성을 담고 있다. 따라서 페미니즘으로 다시 쓰기는 세상을 읽는 데 매우 중요하다.

현재 필자는 이론과 운동의 전환을 위해 '적녹보라 패러다임'과 '지구지역성glocality'과 '감성경제 섹슈얼리티 패러다임'에 관심을 갖고 있으며, 페미니즘을 사상체계로 확장하는 일에 관심을 갖고 있다. 그리고 액티비즘의 영역에서 페미니즘이 어떻게 작동할 수 있는지, 기존의 젠더를 넘어 어떤 전환이 필요한지, 지구적 차원과 지역적 차원에서 페미니즘이 사상으로 작동하려면 어떤 내용의 확장이 필요한지에 대해 생각하고 있다. 이런 현재의 관심은 이 책에 실린 글들에서 출발했다. 급진적 페미니즘과 생태주의, 마르크스주의의 관계 설정에 대한 고민이 '적녹보라 패러다임'에 이르게 했다. 탈식민주의에 대한 생각이 '지구지역적' 관계에 대해 생각할 단초를 제공했다. 돌아보면 제국주의는 현재를 사는 지구촌 사람들의 삶을 엄청나게 바꾸어놓았다. 여성과 땅의 식민화는 그중에서도 훨씬 심각한 삶의 질곡을 만들어냈다. 문학은 이런 지점들을 느끼고 표현했으며, 그것을 볼 수 있는 산 자의 의식에 페미니즘이 자리한다.

이 책은 이론과 문학 텍스트의 경계를 가로지르며 둘을 페미니즘이라는 틀에서 연결시키고자 한다. 사실 문학작품은 그 자체가 문학과 사회에 대한 비평이고 이론이며, 이론 또한 문학이며 비평이다. 이론은 딱딱한 무엇이라는 생각, 문학작품은 이론과는 다른 그 무엇이라는 생각이 일반적이다. 하지만 그 경계는 그리 단단하지 않다. 글쓰기의 형식으로서 페미니즘 이론은 딱딱한 그 무엇과는 다를 때가 많다. 이 책에서 다루는 문학 텍스트는 그 자체가 이론적이다. 그리고 이론은 그 자체가 문학이기도 하다.

그리고 페미니즘적 인식은 바로 경계를 '탈'하는 것을 의미한다. 페미니즘은 이미 분과학문의 경계, 국가의 경계, 지역의 경계를 넘나들 수 있는 기틀을 마련하고 있다. 페미니즘은 이론과 운동에서 분과학문 간의 소통이 가능하고, 국가 간의 소통이 가능하고, 지역 간의 소통이 가능한 토대를 마련해준다. 전 지구적 가부장체제에 대한 저항과 대항과 대안은 기존의 경계들을 넘는 데서 가능하다. 그리고 방법론에서도 페미니스트들은 기존의 사상이 제한하는 경계를 넘어 새로운 세계를 열어왔다. 페미니즘이라는 우산 아래 현재 다양한 경계들이 만나고 있고, 그 경계를 '탈'하려는 노력이 존재한다.

이 책은 이화여대 인문과학원의 「탈경계인문학」 기획의 도움을 받았다. 돌아보면 1990년대부터 지금까지 뒤를 보며 정리할 틈도 없이 새로운 일들을 벌이며 달려왔다. 그러다 보니 끊고 정리하는 일이 부족했다. 1990년대부터 2010년대에 이르는 글들을 정리하고 새롭게 쓰기도 할 수 있었던 것은 이화인문과학원이 준 기회 덕분이다. 서구 페미니즘 이론들은 1990년대가 되면 현재의 모습들을 거의 모두 갖춘 상태가 된다. 그리고 1990년대는 한국에서 페미니즘 이론과 실천들이 활발하게 진행되기 시작한 시기이기도 하다. 이 책에 실린 글들은 서구의 이론을 소개하기도 하고, 한국에서 벌어진 이론들의 쟁점들을 살피기도 하면서 페미니즘의 세례하에 쓴 문학 텍스트의 의미를 전달하기도 한다. 새로 쓴 글들을 제외하면 대체로 당시의 생각들과 참조사항들을 그대로 두려고 노력했다. 따라서 현재와는 다른 맥락의 내용들이 포함된다. 하지만 과거에 어떤 생각들을 했는지를 살펴야 새롭게 나아갈 수 있기 때문에 최대한 그대로 두었다. 이런 기회를 제공한 이화인문과학원과 이 책에 실린 글을 읽어주고 출판에 도움을 준 이화인문과학원의 김경미 교수와 김애령 교수에게 감사의 마음을 전하고 싶다.

차례

I

페미니즘과 이론의 쟁점, 이론의 전환

1부 페미니즘과 이론의 쟁점, 이론의 전환

페미니즘이 이론을 바꾸고, 이론의 쟁점들을 새롭게 한 역사는 이제 짧지 않다. 페미니즘이 기존의 이론들과 만나면서 차이를 만든 지점을 1부에서 다룬다. 1부는 5장으로 구성된다.[1] 1장에서 다루는 여성성과 여성적 글쓰기를 전면에 부각시킨 페미니스트 이론가들은 주로 차이를 강조하면서 등장한 프랑스 페미니스트들이다. 이 페미니스트들의 차이론은 여성성, 몸, 여성적 글쓰기, 리비도 경제 등을 강조한다. 페미

1. 1장은 필자가 쓴 「'차이'의 정치성과 여성해방론의 현단계」라는 글을 수정하여 게재했다. 이 글은 1990년대 한국의 여성해방론을 살피면서 그 안에서 여성해방문학론을 살폈다. '또 하나의 문화'와 '한국여성연구회'의 입장 차이를 보고 '차이'의 정치성을 살피면서 여성/남성, 여성성/남성성의 문제를 프랑스의 '차이이론가'들과 연결하여 살폈다. 이 책을 구성하면서 앞부분인 한국의 여성해방론 부분은 빼고, 뒷부분만 포함시켰다. 2장은 「시적 혁명과 경계선의 철학: 줄리아 크리스테바」를 제목을 바꾸고 내용을 수정한 글이다. 3장은 「탈식민주의 저항 전략과 페미니즘」을 제목을 바꾸고 부분 수정했다. 4장은 「에코페미니즘: 페미니즘의 생태학과 생태학의 페미니즘」을 제목을 바꾸고 부분 수정했다. 5장은 「한국의 영문학연구와 페미니즘」 중 2부(347-365)를 부분 수정한 글이다. 이 글들의 출처는 이 책 뒤에 있는 인용문헌 중 저자의 글들을 보면 알 수 있다.

니즘 이론에서 여성성과 여성적 글쓰기는 그동안의 남성중심적이던 이론사를 바꾸는 것이다. 1장은 씩수, 이리가라이, 크리스테바의 이론과 여성적 글쓰기에 대한 이들의 이론적 접근을 살펴본다. 페미니스트 이론가들이 남성들의 이야기를 어떻게 되받아 쓰고, 다시 쓰고, 수정하는지를 살피는 작업을 한다. 2장에서는 크리스테바가 기존 이론가들의 이론을 수정하고 바꾸는 것을 살핀다. 크리스테바는 기호계와 상징계 그리고 코라 개념을 통해 라캉의 상상계와 상징계 이론을 바꾼다. 혁명적 글쓰기로서 코라와 기호계를 연결한 크리스테바는 후기구조주의 이론가들을 수정한다.

3장은 탈식민주의와 페미니즘의 관계를 저항 전략의 관점에서 묻는다. 페미니즘이 탈식민주의 저항 전략을 어떻게 수용하고 활용하는지 살핀다. 되받아치기와 대항 담론은 탈식민주의자들의 글쓰기의 내용과 방법론이다. 페미니스트들은 이 방법론을 다양한 방식으로 사용해왔다고 할 수 있다. 탈식민주의 이론가들이 흉내 내기, 되받아치기, 대항 담론으로 저항 전략을 편다면 페미니즘이 어떻게 이들을 수용하고 변형하는지 살피는 것을 목표로 한다. 그리고 탈식민주의의 저항 전략 중 문화와 담론 영역의 저항 전략과 함께 그것이 갖는 한계를 살핀다. 이 저항 전략들이 페미니즘과 생산적 위기를 형성하는지 물으면서 현재 전 지구적 자본주의와 가부장제에 대한 대안 전략이 될 수 있는지를 묻는다. 4장은 에코페미니즘의 내용에 대한 것이다. 에코페미니즘이 대안문화와 정치를 제안하는 지점과 아울러 그것의 문제 지점을 살핀다. 기존의 생태주의를 수정하고 전환하는 에코페미니즘은 대안문화와 정치의 가능성을 제시한다. 이러한 에코페미니즘이 다른 페미니즘과 긴장관계를 유지하는 지점도 살핀다.

5장에서는 비판이론으로서 페미니즘과 현대이론들의 관계를 살핀다. 한국의 (영)문학연구에서 리얼리즘, 포스트모더니즘 그리고 탈식민주의 논의를 중심으로 살피면서 페미니즘이 여타의 이론들에 인식론적 전환을 요구해왔음을 주장한다. 그리고 페미니즘이 모든 학문과 철학의 영역을 다시 볼 수 있는 틀이 된다는 것을 인식하면 방향 제시와 새로운 이론 창출이 가능해질 것임을 밝힌다. 또한 1990년대 한국 사회에서 페미니즘을 중심으로 리얼리즘, 포스트모더니즘, 탈식민주의와 관계 맺기를 시도한다. 리얼리즘이 민족을, 포스트모더니즘이 탈중심성, 주체의 해체, 미학의 대중주의를, 탈식민주의가 문화와 국가의 문제를 제기한다면 페미니즘은 이와 관련하여 어떤 입장인지 묻는 글이다. 이 장은 2부에서 문학과 관련하여 이론적 방향을 잡는 글들과 연계선상에 있다.

1 여성성과 여성적 글쓰기: 차이를 이론화하기

여성성과 차이

차이의 문제는 페미니즘에서 중요한 화두가 되어왔다. 엘렌 씩수Hélène Cixous와 뤼스 이리가라이Luce Irigaray를 중심으로 한 프랑스의 '차이이론가'들은 성의 차이를 부정적으로 생각한 자유주의 여성해방론자들과 달리 차이를 긍정적으로 제시한다. 이들은 여성/남성의 이분구조를 해체하는 것으로 보이지만, 오히려 그 이분구조를 적극적으로 활용한다. '차이론'은, 생물학적 차이란 남성의 지배를 위한 성차 이데올로기의 도구로 사용되었을 뿐 사실은 모두 문화적 산물이라고 보며, 남녀의 차이를 인정하지 않고 동등함을 주장하는 입장과 달리 여성의 생물학적 차이에 토대를 두고 여성의 차이를 긍정적으로 받아들인다. 여성/남성의 차이에 관한 입장들의 편차는 우선 여성이 여성이고자 하는 의지와 여성이 아니고자 하는 의지 사이에서 생기는 모순을 나타내주는데, '차이이론가'들은 여성성을 적극적으로 인정하고자 한다. 자유주의 여성해방론자들 중 일부는 여성이 공/사 구분에 따른 사적 영역에 머무르지 않고 사회생활을 하기 위해서나 인간적인 대우를 받기 위해서는 남성과 같아야 한다고 보았다. 하지만 씩수나 이리가라이는 사회를 남성들의 세계로 정의하고 사회제도와 체제를 거부하면서 이제까지 부정적으로 받아들였던 혹은 남성에 의해 지나치게 이상화되어온 '여성성'을 적극적으로 수용한다.

이러한 생물학적 성sex의 구분인 여자와 사회·문화적 성gender의 구분에서 온 여성성 — 부드러움, 모성 등 — 을 다시 긍정적으로 정립하고자 한 시도(Moi, 1989 참조)가 비역사적 복귀로 보일 수도 있다. 씩수와 줄리아 크리스테바Julia Kristeva의 모성 강조는 종래의 여성성을 그대로 답습하는 부분이 있지만, 씩수와 이리가라이의 여성의 성욕과 신체의 차이와 여성성의 강조는 종래의 여성성으로의 단순한 비역사적 복귀를 의미하지는 않는다. 이들은 수동성과 여성성을 연결시키고 있지 않으며, 여성성을 적극적이고 긍정적인 것으로 바꾸어놓고 있기 때문이다.

씩수는 「출구들*Sorties*」이라는 글의 시작에서 서구 전통 속의 이항대립 항목들을 제시한다. 이 항목들은 언제나 똑같은 은유들이며, 대립은 항상 위계질서화되며, 여자/남자로 귀착된다고 지적한다(Cixous and Clément 63-64). 씩수는 이러한 이항대립으로부터 탈출을 시도하여 남성이 이성 중심적이고 논리 중심이라는 주장을 거부하고, 이런 남성성과 '차이'를 지닌 여성성을 찬양한다. 여성성이 여성에게만 있는 것은 아니라고 말하지만 동시에 남성은 이해하지 못하는 영역으로 간주하기도 한다. 그리고 "왜 남성은 여성이 되는 것을 두려워하는가?"라고 묻는다(85). 이런 맥락에서 '이즘'이라는 것은 남성적 이론, 경직된 실체를 상정하기 때문에 '페미니즘'이라는 단어도 거부한다.

데리다의 해체론에 기대면서도 그것을 그대로 받아들일 수 없는 것이 프랑스 '차이이론가'들의 고민이기도 하다. 이들이 여성성을 강조하여 여/남을 이분화하면서, 종전의 이항대립만이 아니라 이분법

자체를 비판하고 동일한 객관적 주체를 거부하는 것은 인식론적으로 모순인 것처럼 보일 수 있다. 이분법에 대한 씩수의 태도는 종래의 이분구조는 해체하고 그 위에 여성성의 우월성을 내세운다. 이 우월성은 부정적으로 기울어졌던 여성(성)을 긍정으로 끌어올리기 위해 기존의 남성(성)을 부정적으로 제시한다. 이것은 새로운 여성적 남성(성)의 도래를 위한 것이라고 볼 수도 있다. 여성적 남성은 이미 '양성적bisexual'인 여성과 함께 살아갈 수 있는 존재가 된다. 씩수의 '양성성'은 버지니아 울프의 '양성성androgyny'과는 차이가 있다. 여성성을 '양성적'으로 미리 정의함으로써 이분법의 해체가 가져올 질문들을 막는다. 이리가라이가 중립적 양성성과 구분하기 위해 '또 다른 양성성other bisexuality'이라고 부르는 이 '양성성'의 정의는 "하나의 성을 배제하지 않"는 것을 의미한다.[2] 다시 말하면 여성성에 우월적인 가치를 부여하는데, 그 이유로 여성성이 다른 성을 배타적으로 대하지 않는 양성적 특성을 갖고 있기 때문이라는 것이다.

여성해방론에서 남녀간의 관계를 여성 문제의 핵심으로 볼 것인지 아닌지는 논쟁이 되었다. 가부장제가 아니라 자본주의 체제가 문제라고 보는 시각에서는 여/남을 나누어 남성을 싸움의 대상으로 삼는 것을 문제로 보고 여남이 함께 체제와 싸워야 한다는 주장을 했다. 하지만 이렇게 말한다면 구태여 여성해방이라는 단어가 필요 없는 것은 아니겠는가? 여성노동, 여성임금의 문제를 고민할 때도 여성이라는

2. 양성성에 대한 씩수 자신의 말은 다음과 같다. 나는 "[양성성과 남근중심적인 재현주의의 잘못된 무대에 갇혀 있지 않은] 모든 주체를 그/녀의 에로틱한 우주의 토대로 삼고 있는 '또 다른 양성성'과 대비시키고자 한다. 양성성이란 다시 말해 양쪽 성의 현존—남성이든 여성이든 각 개인에 따라 다양하게 나타나고 주의를 끄는—의 자아 속에 각자 자신을 위치시키기, 차이나 또는 하나의 성을 배제하지 않기, 이러한 '자기-허락'으로부터 나의 육체와 다른 사람의 육체의 모든 부분에서 욕망을 각인시키는 효과를 증식시키기다"(「거세냐 참수냐」, Marks & Courtivron 80; 정정호 158 재인용).

범주는 따라다닌다. 그러면 여성노동을 저급한 것으로 자리매김한 것이 단순히 체제란 말인가? 역사의 주체 없이 그냥 자본주의라는 체제가 형성되는가? 이제까지 역사에서 힘의 주체는 누구였는가? 여성이라는 범주가 모두 동일한 범주로 묶일 수 없다고 해서 남성의 책임이 없는 것은 아니다. 사회주의 체제하의 여성운동이 여성의 사회적 지위와 임금의 격차를 좁히긴 했지만, 자본주의 체제의 변혁만을 우선시할 경우 자본주의 체제 이전 시대의 여성 억압을 설명하지 못한다. 여성의 억압에 가부장제의 책임을 인정할 필요가 있는 것이다. 그리고 남성이 여성 억압의 중요한 요인임을 인정해야 한다. 여성 문제를 여성과 남성의 관계로만 파악하는 입장에도, 자본주의의 체제나 계급의 문제만으로 파악하는 입장에도 문제는 있다. 이러한 한계에 대한 대안으로 '사회주의 여성해방론'의 '이중 체계론'이 설득력 있어 보이지만 현실화 가능성은 아직 의문시되고 있다.

'차이이론가'들은 "관념적" 또는 "추상적" 또는 "유토피아적"이라는 비판을 받는다. 이 비판은 그들이 이분법에 의거하여 여성의 리비도를 찬양하고 이 리비도를 경제학으로 확대시키는 점과 관련될 수 있다. 모성의 계산 없는 베풂, 무한한 욕망구조에 의한 확산의 '리비도 경제학'으로 남성중심의 경제를 전복할 수 있다고 생각하는 '차이이론가'들의 태도를 어떻게 보아야 하는가? '리비도'의 영향력에 대한 씩수의 말을 보자.

> 일레인 막스Elaine Marks와 이자벨 드 쿠르티브롱Isabelle de Courtivron은 '열락'이 지니는 여성해방적인 의미를 "여성에게 부과된 이 즐거움은 흔히 자본주의적 소득과 이윤의 동기의 용어로 설명되는 남성적 리비도 경제학 내에서 대표되는 즐거움과 다른 차원을 가진 것으로 간주된다. 여성의 '열락'은 유동성, 확산과 지속의 개념을 가져다준다. …… 목적이나 폐쇄에 대한 걱정 없이 즐거움을 주고 소

> 비하고 베풀어주는 것”(Marks & Courtivron 36)이라고 말한다. 여성의 육체가 지닌 ‘리비도 경제학’은 차이와 분리와 타자성을 인정한다. 이러한 경제학은 욕망구조가 무한하여 구문syntax이나 경계가 없고 사방으로 뻗어나가는 산종(散種)의 의미가 있다. 또한 이 리비도는 “정치적이며 사회적인 변화에 대해 우리가 생각하는 것보다 훨씬 커다란 급진적 효과”를 보여준다는 것이다(Marks & Courtivron 313; 정정호 157 재인용)

‘리비도 경제학’이 긍정적이든 부정적이든 씩수의 말처럼 ‘급진적인 효과’를 가져올지도 모른다. 씩수의 리비도 찬양이 억압되어온 여성/성의 해방이라는 차원에서는 상당한 의미가 있을 수 있다. 이 리비도의 이론은 자본주의의 일(노동) 중심의 목적성에 대한 비판도 가능하게 해준다. 그러나 이 리비도의 해방으로 천국을 이루자는 경제학을 아무런 비판 없이 받아들일 수 있는가? 그러기에는 모순과 문제점이 있다. 씩수는 모성의 베풂이 현 자본주의 체제의 경제학에 하나의 대치이론으로 제시될 수 있다고 생각한다. 모성은 남성 가치체계에서 여성을 억압하는 데 사용된 여성성의 대표적 이미지다. 이 모성에 그대로 다시 가치를 부여하고 있다는 점은 문제가 있다. 그리고 리비도 경제학은 자본주의 체제에 대한 비판의 의미는 있지만, 그 자체가 자본주의 이념과 만나는 부분 때문에 대안이 되기는 힘든 점이 있다.

프로이트의 이드id의 세계로 체제를 전복하고자 하는 씩수와 이리가라이는 자본주의의 개인 욕구의 상승과 개인 욕구의 충족이라는 논리와 소비욕에 편승하는 모순을 안게 된다. 개인의 욕망과 타자의 욕망이 서로를 다치지 않는 이상향에 살고 있다면 충분히 모든 문제를 해결할 수 있거나 문제조차 없게 될 것이다. 그러나 욕망 상승의 한계는 어디이며 욕구 충족은 어디까지인지도 문제이고, 현실적으로 타자의 욕망 충족은 자신의 욕망을 절제해야 할 때도 있다는 점에서 볼 때

이들의 이론은 현 체제에 대한 비판의 성격을 띠지만 관념적임도 사실이다. 그리고 리비도 경제학이 모성과 여성의 성욕이라는 모순된 잣대로 자본주의를 대체할 수 있다는 논리가 지나치게 가볍게 느껴진다. 주고 베풀기만 하는 모성과 무한히 열려 있는 여성의 욕망은 상호 모순적일 수 있다. 모성을 모유와 연결하고 이 모유의 풍부함과 본능적 베풂이 자본주의 체제의 대안이라고 보는 것은 관념적으로 보일 수 있다. 그래서 토릴 모이가 씩수의 세계를 '상상계의 가상적 유토피아an imaginary utopia'(Moi, 1985: 102)라고 부르게 된 것으로 보인다.

크리스테바는 여성해방론에 대해 "페미니즘은 일종의 전도된 남녀차별주의sexism가 되지는 않을까?"라는 의문을 제기한다(207). 그녀는 모든 권력에 저항한 운동들은 "스스로의 구조에 의해 필연적으로 자신의 본질을 투쟁의 대상이었던 사회 또는 권력의 한 복사품"인 또 다른 대체 권력이 되는 것을 제시하며 여성해방도 다른 '폭력행위terrorism'의 전형이 될 수 있음을 지적한다(207). 이것은 '차이이론가'들이 종래의 이항대립을 해체하고자 하면서도 여성성을 찬양함으로써 또 하나의 이항대립을 구축하기 때문에 성립 가능한 지적일 수 있다. 그런데 이런 질문은 데리다의 '대립 없는 차이'를 의식할 때 일어나는 것으로, 역사의 현장이나 의식 혹은 무의식의 현장에서 가치가 배제된 차이를 상정하는 일은 하나의 논리일 수 있다. 이 논리를 받아들일 때는 '혁명'이 가능할 것이나 가치가 침윤된 의식적·무의식적 현실에서 계속 도전을 받기 때문에 의식이 바뀌는 일은 간단하지 않다. 가치우열이 배제되지 않은 현실에서 여성해방운동이 '전도된 남녀 차별주의'가 되지 않는 방법은 무엇일까? 남성/여성을 구분하지 않거나, 구분해도 단지 다르다는 것만 인정하거나, 여성이라는 범주를 재검토/포기하는 '포스트 여성해방'의 시대로 바로 가는 방법이 있으리라 생각된다. 이러한 해결은 미래가 아닌 현재 여성이 역사의 장에서 불편함을 겪고 있음을 간과할 때 가능해진다. 현실적으로 이분법은 단지 해체하자는 순간에 해체되지도 않으며, 이분법의 항목들이 가치중립적인 항목들도 아니기 때문에 여성은 전통적 남성중심의 인습을 나타내는 이항대립 구조를 받아들일 수 없게 되고, 종전의 다른 항목들은 해체하되 여성이라는 범주는 이분법이 되더라도 남겨두게 된다. 그러나 이 여성의 범주를 고수하는 데는 반복적이지만 질문이 따라야 하겠다. 여성해방은 무엇을 목표로 삼고 어떻게 나중에 다시 인류가 낭비하지 않을 이론과 실천을 할 수 있는가? 피해의식은 언제까지가 유효기간인가?

씩수는 페미니즘이라는 단어가 자본주의 내에서 중산층들만의 평등권을 주장하는 자본주의 중산층 여성들이 현재의 가부장제하에서 권력을 소유하기 위한 운동이라고 정의하고 이 명칭을 거부한다. 그리고 페미니스트는 “체제 내에서 자리를 차지하려는” 여자들이라고 본다(Moi 102). 자본주의의 가치체계인 자유경쟁 사고 안에서 여성해방을 꿈꾸는 태도에 문제가 있음은 분명하다. 여성과 남성의 차이를 극단적으로 의식하고 현재의 억압을 바꾸는 방법으로 여성이 남성중심으로 형성된 권력구조 속으로 들어가 자리를 잡는 일에만 전념한다면 결국 여성은 잘못된 사회체제를 그대로 인정할 뿐만 아니라 그것의 영속을 돕는 공모자가 될 뿐이라는 의식은 제1 세계의 중산층 이상의 백인 여성뿐 아니라 경쟁과 욕심으로 이루어진 사회체제에서 사회적 지위를 추구하는 여성들의 당면한 문제이기도 하다. 그러나 여성이 사회적 지위를 추구하는 일을 단순히 멈출 수 없다는 데 문제가 있다. 여성도 인류의 보다 나은 삶을 구축하는 일에 동참자가 되어야 한다는 의식과 사회의 권력구조로부터 배제되어온 현실 사이에서 여성해방론이 나아갈 길이 밝히 보이는 것은 아니다.

이 문제에 대한 방향 설정으로 여성이 계급 문제를 의식하고 빈부 차이를 없애는 데 역점을 두어야 한다는 입장은 중요한 의미가 있다. 그러나 종래의 마르크스주의적 계급혁명으로 인간해방이 이루어지는 것이 아니고 인간의 외적 현실과 함께 정신적·심리적 변화가 함께 따라야 한다는 점을 생각해야 할 것이다. 여성이 남성과 다르다는 점에 대한 의식과 여성/남성의 성 대립 관계도 의식해야 여성의 현실이 변화될 것이다. 체제를 전복함으로써 변혁을 기했을 때도 인간에게 내재된 체제의식의 변혁은 단시일에 오는 것이 아니라는 점에서 점진적 수정이 필요하다고 생각된다. 변혁의 가능성이 간단한 것이 아님을 아는 해체론자들이 나르시스적인 것처럼만 보일 수 있는 재귀성self-reflexivity을 생각한 것이라 여기고, 여성도 남성에게 돌리는 화살을 멈추지는 않되 자신들을 돌아보는 작업도 함께함으로써 여성과 남성의 관계가 개선될 시간을 좀 더 단축시킬 수 있었으면 좋겠다.

프랑스의 차이론에 대해 여성을 단일한 범주로 보고 현실상의 다양한 여성의 처지들을 무시하거나 인식하지 못한다는 비판이 있다. 이에 대한 대안으로 여성들 내의 '차이'들을 반영하는 이론들이 나오고 있다. 여성/남성의 성 대립은 살리면서 여성들 각자가 처한 다른 상황들을 고려하는 '다양한 차이론'은 '사회주의자 여성해방론'으로 분류되기도 하고, '포스트모던 여성해방론'으로 분류되기도 한다. 한국에서는 민족과 인종을 문제 삼는 여성론인 '탈식민주의 여성해방론'과 '흑인여성해방론'에 대한 글들이 그 예가 될 것이다. 이러한 인종·민족·성·계급 등을 고려하는 이론 각각이 '소서사'이고 여성해방이론이 '대서사'라고 말하는 것은 큰 의미가 없다고 생각된다. 설혹 이 둘을 그렇게 나눈다 하더라도 함수관계가 반드시 작은 것이 큰 것에 포함된다는 의미는 아니다. 다만 이들은 여성 내의 다양한 차이를 인식함으로써 단일한 범주의 여성을 상정한 프랑스 '차이론'의 '차이'와는 다른 의미의 '차이'를 인식하는 단계를 제시하는 여성운동의 성격을 보여준다. 즉 애초의 남성중심의 제도와 사유의 산물인 성차별을 비판하며 평등을 위한 여/남의 차이를 거부하는 자유주의 여성해방론에서 시작해 여성의 특수성 또는 여성의 우수성을 강조하는 '차이론'의 등장으로, 그리고 그 이후 여성을 단일한 주체로 보는 문제를 인식하고 여성 내의 '차이'를 강조하는 해방론으로의 변화 과정이 나타나는 셈이다. 이 차이론이 대립과 갈등이 없는 차이라는 이상향으로 갈 것인지, 아니면 남녀 모두 양성성을 지니는 세계로 갈 것인지, 그도 저도 아닌 어떤 새로운 인식이 등장할 것인지 모르지만 여성 내부의 '차이'에 대한 인식이 극단적 상대주의로 흐르지만 않는다면 여성 문제의 지평을 넓히는 길이 될 것이다.

여성적 글쓰기와 리비도 경제

여성/남성의 '차이'를 강조하는 프랑스 여성해방론자들은 문화정치학의 차원으로 성차를 끌어들인다. 성의 정치학은 단순히 협의의 정치적인 여성/남성의 차이뿐 아니라 문화·정신분석적인 여성성/남성성의 정치성 논의로 확대된다. 이들은 지금까지 근본적으로 서구의 남성중심적 사상이 여성의 경험을 체계적으로 억압해온 기초가 된다고 본다. 그리고 이 남성중심주의를 남성의 신체에서 출발하는 철학적 사유체계라고 보아 이를 '남근이성중심주의phallogocentrism'로도 표현한다. 이 사유체계에 대한 대항과 극복 방식에서는 차이를 보이지만 사유체계 자체에 반대한다는 데 입장을 같이하는 이론가로는 사비에르 고티에Xavière Gauthier, 씩수, 이리가라이, 크리스테바, 모니크 위티그Monique Wittig를 들 수 있다. 이들은 '열락'이라는 개념을 통해 '아버지의 법'에 억압된 유아기의 신체적 쾌감을 체험하는 방식으로 가부장제의 억압에서 자유로워질 수 있다고 보고 이 쾌감을 글쓰기 또는 언어와 연결시키고 있다.

이리가라이는 플라톤과 프로이트가 여성을 비이성적이며 불완전한 혹은 거세된 남성으로 정의하는 것을 입증하고 이런 남성적 사고구조에서 여성은 스스로를 표현하지 못했다고 보아(Irigaray, 1985) 여성의 신체와 성적 쾌감을 여성의 자기표현의 출발점으로 삼는다. 이리가라이는 문명이 '남근형태주의phallomorphism'를 우선시하며 남성의 쾌락은 일원적으로 통일되어 있고 남근phallus으로 대표된다고 보는데, 「이 성은 하나가 아니다*This Sex Is Not One*」에서 여성의 성은 하나가 아니고 다원적이라고 주장한다(Marks & Courtivron 101). 일원적이지 않은 여성의 언어는 끊임없이 흐르고 그 언어를 듣기 위해서는 지금까지의 남성 사유와는 다른 그 무엇으로 들어야 한다고 하며, 그 언어의 특성을 '인접성contiguity'이라고 본다(103).

> 여성은 바로 온몸에 성기관을 가지고 있다. …… 여성의 쾌감의 분포는 …… 동일자에 지나치게 중심을 두는 그런 상상계에서 상상하듯 한곳에 몰려 있지 않고 분산되어 있으며 그 차이도 다양하고 복잡미묘하다. …… [여성은] 모든 방향으로 나아가며 '남성'으로서는 거기서 어떤 일관된 의미도 분간해낼 수 없는 여성의 언어는 물론이거니와, 이성의 논리로 보면 상호 모순되는 어휘들이 다소 미친 듯 보일 수도 있고 이미 만들어져 있는 틀, 즉 미리 마련된 약호를 통해 듣는 남성은 무슨 소린지 알아들을 수도 없을 것이다(Marks & Courtivron 103).

여기서 여성의 언어는 '미친 듯 보일 수도 있는' 광기의, '이성의 논리'로 이해하기 힘든 비이성적이고 '상호 모순되는' 비논리적인 '어휘'로 제시된다. 여성의 '두음순' 등 신체 부위를 출발점으로 삼는 이리가라이와는 조금 다르게 씩수는 육체적 충동을 논의의 시작으로 삼으며 여성의 분산적 성욕을 여성의 언어와 연결한다. 그리고 「메두사의 웃음」에서 여성의 신체를 글로 써야 함을 보여준다.

> 여성은 자기 자신을 글로 쓰지 않으면 안 된다. 여성은 여성에 관해서 써야 하며, 여성을 글의 대상으로 삼아야 한다. 여성은 지금까지 자신의 육체와 마찬가지로 글쓰기로부터도 심히 내팽개쳐져 왔다. …… 여성은 스스로의 힘에 의해 자신을—세계와 역사를 만드는 것과 마찬가지로—텍스트로 만들어야 한다(Marks & Courtivron 245).

같은 프랑스 이론가 고티에도 「여성의 글쓰기 같은 것이 존재하는가?」(Marks & Courtivron 161-164)라는 글에서 이 문제를 고민한다. 고티에는 여성이 남성과 거의 동일한 언어를 말하는 것처럼 보이는 것에 놀란다. 그녀에 의하면 남성의 언어를 말할 수 있을 정도로 여성은 스스로로부터 고립되어 있다. 의식하지도 못한 채 여성은 자신들로부터 완전히 분리된 상태에 있어왔다. 그래서 여성은 '제2의 성'이라고 이름 지어진 '미친 성Crazy Sex'으로 보이게 된다. 이런 상황에서 여성은 딜레마에 직면한다. 말하지 않고 침묵을 지키면 역사의 진행에서 이방인이 될 것이고 남자들처럼 말하고 쓰면 예속과 소외의 역사로 들어가게 되는 것이다. 그래서 그들의 언어가 흐트러뜨려야 하는 대상은 바로 '역사' 전체가 되어버린다. 그녀가 애써 정의하는 '여성의 글쓰기'란 담론의 쓰이지 않은 페이지, 틈새, 경계선, 구멍, 침묵 등 말로 표현하기 가장 힘든 것, 설명하기 시작하면 이성화되고, 남성화되고, 개략적이 되어버리고 마는 그 어떤 것이라 할 수 있다(162).

정의하기 힘들지만 존재하는 듯한 이러한 여성적 글쓰기의 가능성을 씩수와 이리가라이는 '몸으로 글쓰기'로 제시하고, 크리스테바는 인습적 언어의 규범을 끊임없이 해체하는 '시적 언어'로 제시한다. 씩수는 모체의 '하얀 잉크'(모유)로 쓰인 글을 남근숭배적/상징적 담론의 대안으로 제출한다. 크리스테바는 모성을 여성적 특성으로 설명하기는 하지만 '여성적 글쓰기'라는 개념을 따로 상정하지는 않는다. 라캉의 '상징계'와 대치되는 '상상계'와 연결되는 그녀의 '기호계'도 여성의 전유물로 제시되지 않는다. 물론 씩수도 여성적 글쓰기의 예로 장 주네Jean Genet와 제임스 조이스James Joyce 같은 남성 작가들을 몇 사람 제시하지만, 크리스테바는 이 현존하는 담론에 도전하고 그것을 해체하는 거부의 언어가 반드시 여성의 언어라고 제한하지는 않는다. 크리스테바는 여성이 남성적 문화의 타자이고 주변부라고 생각하는 것 자체가 다른 주변부 타자들이 그렇듯 여성으로 하여금 해방적 잠재력을 지니게 하므로 대안적 담론을 만드는 것보다는 기존의 담론을 해체하는 것이 필요하다고 본다. 그녀에 의하면 이것은 형성 중이고 끊임없이 변하는 주체에 의해 가능해진다.[3]

'차이이론가'들의 몸의 언어, 비이성·비논리의 언어, '히스테리 담

---

3. 이 글을 쓸 당시인 1990년대 초반 여성적 글쓰기에 대한 국내의 관심은 몇 편의 글로 나타난다. 권택영, 「여성적 글쓰기, 여성으로서의 읽기」, 『작가세계』, 350-53; 박오복, 「여성언술의 가능성」, 『영어 영문학』, 37 (1991): 631-650. 박오복은 초도로와 크리스테바의 모성성의 개념을 통해 여성언술의 가능성을 가늠해보고자 한다. 번역된 논문으로는 로잘린 존스, 「몸으로 글쓰기」, 『여성해방문학의 논리』, 한국여성연구회 문학분과 편역, 창작과 비평사, 1990, 171-96이 있다. 씩수의 「도라의 초상」, 크리스테바의 「부성, 사랑 그리고 추방」이 『외국문학』(1992 가을, 제32호)에 번역되었고, 씩수의 「메두사의 웃음」 일부가 『여자로 말하기, 몸으로 글쓰기』에 번역되었다. 그리고 '또 하나의 문화'는 『여자로 말하기 몸으로 글쓰기』(9집)에서 '몸으로 글쓰기'를 광범위한 여성의 언술 행위로 파악하고 이 글쓰기는 "기존의 언어가 여성의 체험을 풀어내기에 적합하지 않다는 인식에서 출발하여 새로운 언어를 만들고자 하는 여성들이 해온, '머리'만도 아니고 '가슴'만으로도 아닌 온몸으로 쓰는 모반 행위"(16)라고 정의한다. 이 중 정정호의 글은 씩수를 소개하면서 그녀의 글쓰기 이론을 칭찬하고 전적으로 동의하는 입장을 보인다. 여성적 '차이'를 만드는 글쓰기의 '혁명성'을 높이 평가한 정정호와는 달리 김영희 외는 「포스트모던 여성해방론의 딜레마」에서 이 이론에 대한 의문을 제기한다. 근본적으로 여성이 언어 질서에서 부재할 수밖에 없다는 뜻이라면 여성 문학작품의 반영성과 재현성이 불가능해진다는 점을 지적한다. 즉, 언어를 남성에게 내어주고 여성의 "언어 혁명"을 기대할 수 있는지 묻는다. 이 질문은 여성적 글쓰기가 이제까지의 남성 논리와 이성 중심 사고를 거부한다는 측면에서 혁명적이며 앞으로 인류의 담론이 나아가야 할 방향이라고 보는 정정호의 입장과는 다르다.

론'(이리가라이)과 아울러 광기의 언어(구바와 길버트, 펠만), 속어, 비문법적 언어, 시적 혁명의 언어(크리스테바) 등의 개념으로 표현된 여성의 언어를 남성의 논리에 대항하는 대체논리, 즉 비논리의 논리로 내세우는 점을 어떻게 보아야 할 것인가? 이러한 카니발적인 언어는 카니발이 지니는 축제의 힘을 지닐 수도 있고, 미하일 바흐친이 생각하는 것처럼 지배담론에 영향을 미칠 수도 있다. 하지만 카니발이 언제나 행해지는 축제가 아니고 사회 지배체제의 묵시적 또는 명시적 허락하에서 이루어진다는 측면에서는 언제나 하위담론으로 남을 위험도 있다. 여성의 체제 전복적인 비논리의 언어가 현실에서 얼마만한 힘을 지니게 되는지 한번 생각해보아야 할 문제다. 여성주의 이론은 "이론의 전략으로 이러한 언어에 가치부여를 할 수는 있겠지만 논리 속으로 들어가서 논리를 해체할 뿐만 아니라 다른 대안의 논리를 내놓을 수는 없지 않겠는가?"라는 문제의식도 가능하다. 주변부 타자로서 이러한 언어 또는 글쓰기를 통해 체제의 문제점들을 드러내는 역할을 할 수는 있겠지만, 단지 그것만이 전부라 할 수 있는지 의문이다. 그리고 언어의 본질론을 거부하는 해체론과 라캉의 언어관에서 이론의 근거를 찾고 있는 여성주의 이론이 라캉에 기대어 (사회) 언어가 남성들의 것이라고 함으로써 다시 언어의 본질을 상정하는 모순을 지니게 된다. 언어는 남녀가 동등하게 자신들을 표현할 수 있는 중립적인 매개체인가, 아니면 '상징계'에 속하는 부성만의 언어인가? 사회 언어가 부성의 '상징계' 안에서 가능한 것이라면 '상징계'를 벗어난 '기호계'나 그 전 단계인 '상상계'에 자리를 잡은 여성에게 사회적 언어가 가능한가? 고티에가 말하는 침묵과 알아듣기 어려운 이상한 말 같은 어떤 것이 현재 여성 문제의 심각성을 보여줄 수는 있지만, 어떻게 문제를 해결할 수 있을지는 미지수다.

이러한 문제들에 대해 말할 수 있는 것은 우선 앞에서 열거한 여성언어의 항목들이 모두 '언어'라는 단어를 달고 있다는 점이다. 다시 말하면 언어라는 것을 상정하고 그 특징들을 제시하는 '비논리', '몸', '광기' 등 단어의 제한을 받고 있다. 의사전달이 가능한 언어이지만 듣는 이의 능력부족으로 인해 가치 없거나 들을 수 없는 것이 된 언어라는 논리로 보면 여성의 언어가 언어를 확대한다는 해석도 가능하다. 먼저 이리가라이와 씩수의 언어는 복수적plural이고, 유동적이고, 다원적이다. 언어라는 말보다 '글쓰기'라는 말을 선호할 때는 문체도 언어에 포함시키며, '텍스트성'과 '성애'를 연결시킴으로써 비유적이지만은 않은, 어쩌면 글쓰기를 하는 몸도 언어로 확장시키고 있음을 볼 수 있다. 씩수가 여성은 자신이 생각하는 것을 "육체로 구체화"시킨다고 보고 "여성은 자신의 육체로 의미를 전달한다"(Cixous & Clément 92)고 말할 때 육체 자체가 언어가 되는 것이다. 그런데 육체가 비유가 아니라면 그것이 글을 쓰는 영역은 이제까지의 협의의 담론 현장은 아니게 된다. 그러면 실제로는 이제까지의 역사에서 여성이 이러한 몸의 언어로 말하고 있었을 텐데 왜 여성의 현실은 억압된 상태인가? 그렇다면 이 언어도 결국 남성의 몸의 언어 또는 '언어'에 밀려나 있었다는 말이 되지 않는가? 이제까지의 몸짓을 지칭하는 '몸의 언어' 연구로 보면 이 언어도 문화의 구속을 받는 것으로 되어 있다. 그러나 언어에 대한 이러한 연구가 아직 시작단계라고 하니 연구가 더욱 진전되면 여성도 여성만이 갖는 언어를 찾아낼 수 있을지도 모른다. 그래서 씩수는 "현재로서는 글쓰기의 여성적 실행을 정의 내리기는 불가능하다. 왜냐하면 이 실천이 결코 이론화될 수 없고 폐쇄되지 않고 약호화"될 수 없다고 한다(92).

약호화될 수 있는 미래를 위해 완전히 새로운(?) 여성적(그때는 더 이상 '여성적'이라는 단어의 필요성이 없어질 수도 있고 강화될 수도 있는) 글쓰기에 대한 준비도 필요하고, 여성적 글쓰기의 가능성을 계속 추구해야 할 것이다. 하지만 현재의 언어로 전달하지 못한다는 점은 여전히 해결되지 않은 상태로 남게 된다. 크리스테바라면 '시적 언어'라는 개념으로 사회적으로 약호화될 수 있는 차원에서 여성 담론의 정치성을 말하고 있기 때문에 해결의 실마리를 제공할 수도 있지만, 상징계가 아닌 '기호계'에서 그 가능성을 찾는 점에서 여전히 문제가 있다. "이들 '차이이론가'들이 라캉의 '상징계'/'상상계' 이론을 그대로 받아들여 현재 언어의 체계를 남성적 질서로만 파악하고 여성들의 언어를 남성들이 알 수 없는 어떤 것으로 정의한다면 어떻게 여성의 현실을 반영할 수 있는가?"라는 질문을 던지게 된다. 단지 이들이 말하는 언어는 사유체계를 지칭하는 것이고 이 사유체계가 바뀐다면 언어도 바뀔 수 있다는 말인가? 그러나 사유체계는 무엇을 통해 바뀔 수 있는가? 거기에 현재의 언어가 해야 할 역할은 없는가? 이러한 딜레마에 대해 씩수는 남성도 여성적 글쓰기를 할 수 있다고 하면서 모더니즘 계열의 남성 작가들이 여성적 글쓰기를 하고 있다고 말한다. 이는 비판받을 가능성을 안고 있다.

차이이론가들이 상상계나 기호계로 들어감으로써 라캉이 말하는 상징계가 남성의 언어지배 영역임을 공고화하는 데 일조하는 모순을 안게 된다. 크리스테바처럼 언어의 세계를 단일한 어떤 것이 아닌 '복수언어polylogue'의 세계라고 생각하면 그 안에 지배언어가 있고 그에 저항하고 그것을 은밀히 전복하려는 억압된 담론으로 여성의 담론을 위치시키는 것이 논리적이긴 하다. 이 언어로 상징계의 아버지의 법을 거부하면서 이 언어로 글쓰기를 하겠다는 크리스테바는 빠져나갈 통로가 있지만, 몸의 언어로 여성적 언어를 정의하는 씩수와 이리가라이에게는 여성의 신체(언어)를 빠져나갈 통로가 잘 보이지 않는다. 차라리 지금까지의 언어체계가 남성의 사유체계에 물들어 있을 뿐 근본적으로 언어 자체가 남근중심적인 것은 아니라는, 즉 언어라는 어떤 '본질'을 상정하여 통로를 만들어 역사의 현장에서 끊임없이 변화하고 흐르고 움직이는 언어에 참여할 수 있게끔 길을 여는 방법이 있다. 또는 정반대로 언어란 본질이 없는 끊임없는 유희라는 개념에 도움을 받아,

본질이 없다는 말은 남성의 언어도 본질은 아니므로 변할 수 있다는 점을 강조하는 길이 있다. 다시 말하자면 라캉 또는 데리다가 제시하는 언어의 비본질적 임의성 이론은 살리되 라캉의 상상계/상징계 이분법은 받아들이지 말아야 한다는 말이다.

여성성의 강조를 통한 '여성적 글쓰기'의 제시가 여성 현실의 변혁에 어떤 가능성을 던지는지를 생각할 필요가 있다. 분명히 여성적 글쓰기 이론은 지금까지의 남성중심 체계를 거부함으로써 새로운 여성의 언어를 창출해나갈 가능성이 있지만 논리상으로 문제점을 안고 있다. 이 문제를 놓고 현실을 변화시키는 방법으로 담론이 그 체제의 은밀한 전복을 시도하는 것과 체제 속에서 반대자가 되는 두 가지 다른 입장을 들어 생각해볼 수 있겠다. 이는 미하엘 바흐친의 카니발적·소설적 언술이 '혁명'이 될 수 있는지의 여부와도 관련되는 문제다. 물론 현실 상황이 지배 언술 외의 언술을 허용하지 않을 때 이 은밀하게 전복적인 언어가 사용되는 것이므로 상황에 따라 그런 은밀함 외에는 다른 방도가 없을 때도 있다. 어쩌면 아직 여성의 현실도 그다지 자유롭지만은 않은 상황일지 모른다. 그러나 문제는 체제 내에 들어가는 것이 거부된 (그래서 그것을 거부하는) 상황일 때는 그 체제 안이라는 한계 내에 있는 사람들을 비판할 수 있지만 체제를 변화시킬 가능성은 그다지 크지 않을 수도 있다는 점이다. 체제 내의 야당이 되는 길이 가능하다면 그 체제에 들어가 변화를 시도하는 것이 현실적 힘이 되기도 한다. 크리스테바가 씩수/이리가라이와 다른 점은 두 '차이이론가'가 남성의 영역으로 치부하는 이론의 영역에 들어가 여성/남성의 구별을 거부하며 하나의 인정받는 이론가가 되었다는 사실이다. 그러나 이러한 그녀의 활동에 대해서는 여성 이론가들 사이에 의견의 차이를 보이고 있다. 그녀를 여성해방론자로 분류하지 않고 '여성 이론가'로 부르는 것도 그 한 예가 된다. 오히려 이론상으로 페미니스트라고 불리기를 거부하는 씩수는 여성해방론자로 불린다.

현재 현실 변혁을 위해 가능한 하나의 방법은 여성적 글쓰기가 멀지 않아 매우 새로운 이야기를 쓸 수 있게 될 것이라는 믿음을 가지고 남성들의 이야기를 다시 쓰고 되받아 쓰는 수정 작업을 계속하는 일이다. 이 입장은 계속 남성에게 기대는 방법이라고 비난받을 여지가 있지만 변화를 만들어가리라고 본다. 프로이트(그리고 라캉)의 남근이성중심주의적 언술을 여성의 입장에서 새로 쓴다면 그것은 같은 이야기를 하는 것이 아니며, 또한 이 담론에 대한 역담론을 쓰는 행위도 여성의 현실을 바꾸어나가는 일부라고 생각된다. 낸시 초도로Nancy Chodorow처럼 프로이트의 전pre 오이디푸스 단계를 그 틀 안에서 딸을 중심으로, 씩수가 프로이트의 도라 상담을 「도라의 초상」으로, 프로메테우스를 『프로메테이아의 책*Le Livre de Promethea*』으로 쓰는 일은 바로 이러한 다시 쓰기의 좋은 예가 된다. 씩수의 글쓰기는 역담론으로서의 정치성은 충분하다. 실제로 글 쓰는 일의 고통을 생각하면 이론/창작의 경계를 무너뜨리고 문체의 상대적 자유함을 시도할 수 있는 그녀의 글쓰기가 부러워지는 것도 사실이다. 그러나 문체의 비문법화를 시도하면서도 서구 문화·문명을 비판하는 능력을 가진 씩수의 힘은 역설적으로 그녀의 글이 서구의 문화적 배경을 알고 있는 독자들을 대상으로 한다는 점을 짚고 싶다.

여성적 글쓰기의 독자는 누구이며 누구여야 하는가? 프로이트에서부터 역사적으로 거슬러 올라가며 남성담론 구조를 파악해서 비판하고자 한 이리가라이와 달리 씩수는 남성도 여성적 글쓰기를 할 수 있는 길을 열어놓고 있다. 여성의 육체를 강조하고 그것을 출발점으로 삼는 여성적 글쓰기 이론에 비추어볼 때 남성도 여성적 글쓰기를 한다면 남성은 자신의 육체를 떠나야 한다는 모순을 안게 된다. 그런데 '차이'를 내세운 씩수가 남성이 '여성적 글쓰기'를 할 수 있음을 밝힌 이유는 무엇일까? 여성의 '차이'는 의식하지만 현재 남성들로 하여금 여성해방에 참여하는 길을 열기 위함일 수도 있을 것이다.

남성은 여성해방의 어디쯤에 자리하고 있는가? '포스트페미니즘'을 논하자는 것이 아니라 여성 문제에 남성의 적극적인 참여가 필요하다는 의미에서 여성과 남성 양쪽 모두 이 문제를 고민해야 할 것 같다. 여성들의 다시 쓰기, 되받아 쓰기, 새로운 이야기 만들기의 독자가 여성이기만 해서는 여성(그리고 남성)의 잘못된 현실의 변화가 늦어질 것이다. 앨리스 자딘Alice Jardine과 폴 스미스Paul Smith가 편집한 『페미니즘 속의 남자들*Men in Feminism*』은 이 관점에서 생각할 계기를 마련한다. 이 책의 남성 필자들을 통해 여성해방 이론에 관심을 보이는 남성들을 크게 둘로 나눌 수 있으리라 생각된다. 남성이 여성만(?)의 공간에 들어오는 자로서의 불안, 두려움, 난처함 등을 표현하는 스티븐 히스Stephen Heath가 그 하나다. 그는 19세기 그리고 그 이전에 남성의 영역인 글쓰기 현장에 머뭇거리며 들어오는 여성 작가를 연상시키기도 한다. 여성주의 이론이 이제까지 낯익은 남성 이론들과 연결되어 있어 낯설지 않다고 하는 폴 스미스 같은 이가 또 다른 예다. 이때 남성 작가(비평가)의 위치가 여성해방 비평 '안'(in)이냐 아니면 여성해방론자와 '함께'(with)냐 하는 문제가 제기될 수 있다. 여성해방 비평에 속한다면 불편함을 느낄 것이고, 여성과 함께 또는 더불어 같이라면 느낌이 다를 것이다. 상업성의 유혹 때문이 아니라, 억압받은 여성이 몰려오고 있기 때문에 어쩔 수 없어서가 아니라 보다 나은 인류의 삶을 위한 대열에 서는 일원으로서 여성해방론에 동참할 자세라면 남성도 여성해방으로 향하는 길에 동반자로 초대될 수 있다. 여성의 피해의식이 남성들의 참여를 막고 있는 면이 있겠지만 남성들의 참을성도 요구된다. 여성의 문제는 바로 남성의 문제이기도 하다는 의식이 필요하며, 여성도 이제까지 억압당하는 입장이 될 수밖에 없었던 점을 자신들 내부에서 찾아 고쳐나가고자 하는 의지가 필요하다.

2 모성적 육체와 경계선의 철학: 크리스테바의 시적 언어의 혁명과 사랑의 정신분석

크리스테바의 삶과 사상은 경계선의 삶이며 경계선의 철학이다. 불가리아와 프랑스라는 두 나라에서의 삶이 그러하고, 그녀의 관심 분야들이 그러하다. 한때는 마오주의자, 무정부주의자이기도 했고, 뤼시앵 골드만Lucien Goldmann의 세미나에 참여하고, 레비스트로스의 사회문화인류학연구소에서 연구조교 활동, 『텔 켈*Tel Quel*』의 편집위원으로 토도로프Todorov, 바르트Barthes, 주네트Genette 등과 교류, 라캉의 세미나에 참석하여 정신분석의가 된 점 등은 그녀가 가진 사상의 경계들을 암시해준다.

크리스테바는 문학비평가인가 하면 소설을 쓰고, 마르크스주의자적 면모를 갖고 있는가 하면 정신분석가의 면모를 보여준다. 언어학적 접근을 하는가 하면 정신분석학적 접근을 하고, 거부를 말하는 듯하지만 알고 보면 사랑을 말하고 있다. 의미와 무의미의 경계, 정상과 정신병의 경계, 텍스트와 텍스트의 경계, 언어와 기호의 경계에 관심을 보여준다. 경계에 대한 관심 때문에 그녀의 사상에는 언어학과 정신분석이 혼재하고, 마르크스주의와 정신분석이 섞여 있으며, 시적 언어에서 혁명을 읽고, 언어 속의 욕망을 보며, 정신분석에서 사랑을 찾는다.

그녀가 쓴 저서들의 제목은 앞에서 언급한 경계에 대한 관심의 폭을 드러내준다. 박사 논문인 『시적 언어의 혁명*Revolution in Poetic Language*』에서는 말라르메Mallarmé와 로트레아몽Lautréamont의 역설적인 언어와 맞부딪친다. 크리스테바는 언어학과 정신분석이라는 도구를 갖고 말라르메와 로트레아몽의 문학에 접근한다. 그녀는 "그들의 체험은 고전 수사학에 뿌리를 두고 있으나 정신병과 우울증에 사로잡혀 있었기 때문에 정신적 정상상태와의 경계지점에 위치해 있다"고 베르나르 포크네와의 대담에서 지적한다(205). 『언어, 그 미지의 것』, 『언어의 욕망: 문학과 예술에 대한 기호학적 접근』(1980)은 언어 속에서 욕망을, 언어활동과 정신분석의 관계를 주시한다. 『공포의 힘: 아브젝션에 관한 에세이』(1980), 『사랑의 정신분석』, 『사랑의 이야기』 등은 정신분석에 사랑을 유입한다. 『반항의 의미와 무의미』는 아라공Aragon, 사르트르, 바르트라는 세 인물을 통해 그들이 시도한 반항에 관한 폭넓은 탐구의 제1권이다. 소설 작품으로 『사무라이』(1990), 상(喪)을 당한 슬픔 혹은 상실에 대한 『노인과 늑대들』, 고통이나 상처받은 존재에 대한 인식을 보여주는 『포세시옹, 소유라는 악마』(1996)가 있다. 『포세시옹』과 『반항의 의미와 무의미』를 연결하는 고리는 "스트레스와 허상으로 가득 찬 사회 속에서 신음하고 있는 감각"이라고 밝힌다(크리스테바, 1997: 206).

경계선에 대한 관심은 곧 관계에 대한 관심이다. 관계에 대한 관심은 크리스테바의 독자적인 개념들을 생산한다. 텍스트들 사이의 경계에 대한 관심은 '텍스트상호연계성intertextuality'이라는 개념으로 표현되고, 마르크스와 프로이트의 관계에 대한 관심은 '거부rejection'라는 개념으로 표현되며, 혁명과 치료의 관계는 '해석'과 '분석'의 차이로 제시된다. 자아와 타자의 경계에 대한 크리스테바 나름의 관심은 '상상계'

대신 '기호계semiotic'라는 개념을 낳게 되며, 기호계와 상징계의 경계에 대한 관심은 '테틱기the thetic'라는 개념으로 제시된다. 기호계라는 개념은 이미 그 안에 경계를 포함하고 있으며, 그녀의 정신분석에서 분석 주체는 분석당하는 사람이면서 동시에 분석하는 자가 된다. 언어학과 정신분석의 관계는 의미화 '과정 중의 주체' 혹은 '말하는 주체'라는 개념으로 표현된다. 상징 질서가 대상에 대한 확실성을 갖는 단계라면 기호계적 특성을 나타내기 위해 '비체the abject'[4]라는 개념이 제시된다. '혁명'이라는 개념은 마르크스주의와 정신분석이 뒤섞여 나오게 되는 개념이다. 혁명이 시적 언어, 종교, 사랑에 적용될 수 있음은 크리스테바의 경계에 대한 관심에 기인한다.

페미니즘과 관련되는 측면에서 보면 '모성적 육체'와 '여성의 시간'이라는 개념은 크리스테바의 사상에서 중심 개념들이다. 경계선의 철학을 드러내는 '기호분석', '코라', '비체', '사랑'이라는 개념들은 모두 그 바탕에 모성적 육체를 깔고 있다. 이 개념들은 그녀가 제시한 '시적 언어의 혁명', '말하는 주체', '과정 중의 주체', '해석의 정치학', '기호계', '사랑의 정신분석' 등의 개념들과 긴밀하게 연결된다. 시적 언어의 혁명과 사랑의 정신분석은 크리스테바의 중심 틀로 보이는 언어와 정신분석이라는 한 축, 그리고 혁명과 사랑이라는 다른 한 축을 제시하

---

4. 크리스테바의 the abject, abjection, abject(동사)를 번역하는 일은 난감하다. 국내에서는 그냥 아브젝트, 아브젝숀 등으로 번역되거나 '비천체'(박재열 역, 『크리스테바 읽기』, 1997)로 번역되었다. the abject는 '비천체'로, abjection은 '비천함'으로 번역하는 것이 크리스테바의 의미에 근접한 것으로 보인다. 그러나 상징계의 시각에서는 비천한 것이 되지만 단순히 상징계적 가치를 따를 수만은 없다는 것이 문제다. 그래서 이 글에서는 비천체라는 의미를 갖는 비체(脾體)와 주체도 객체도 아니라는 의미에서 아닐 비의 비체(非體)라는 두 가지 의미를 담고 있는, 그러나 한자어로는 두개를 다 포함하는 '비체'로 번역하기로 한다. 하지만 abjcet가 물질적이라는 점에서 이 번역도 여전히 만족스러운 것은 아니다. 그리고 abjection은 밀려남과 밀어냄을 동시에 포함하는 단어이며, 쪼개지고 갈라지고 분열된다는 의미를 띠고 있기에 단순히 '비천함'으로 번역될 수만은 없어 아브젝션으로 그냥 두기로 한다. 그리고 abject가 동사로 쓰일 경우에는 '밀어내다', '갈라지다' 등으로 번역한다.

는 개념들이다. 그리고 이 두 축의 토대가 되는 것은 모성적 육체라 볼 수 있다. 그리고「여성의 시간」과『중국 여성들에 관하여』를 통해 그녀가 여성에 관해 말하는 것을 살펴볼 수 있다.

모성적 육체

기호분석semanalysis은 크리스테바의 모성적 육체와 연결된 개념이다. 기호학과 정신분석을 연결한 개념이며, 언어학과 정신분석의 경계를 무너뜨리는 개념이기도 하다. 크리스테바는『시적 언어의 혁명』에서 "실천"이라는 장을 따로 할애한다. 그런데 크리스테바의 실천은 일차적으로 담론적 실천이다. 그녀의 실천의 대상과 바탕을 단순화하면 언어학과 정신분석이다. 이 두 영역을 이어주는 기호분석은 말하는 주체, 의미화 과정으로 이어진다. 분석 주체에 대한 관심은 정신분석과 정치적 언어의 차이로도 이어진다.

크리스테바가 언어학과 정신분석을 연결하는 이유는 언어학이 기존의 언어에 포함되지 않는 주체를 고려하는 데 실패했다고 보기 때문이다. 기표와 기의의 관계에 대한 관심, 언어의 발화 행위에서 발화 주체들 사이의 관계에 대한 관심 등 기호학 내의 발전은 언어학을 '의미하는 주체'(Kriestva, 1984: 23)에 대한 학문으로 만들었다. 그렇게 함으로써 언어학이 철학, 역사 그리고 정신분석과 연결될 수 있게 된 것이다. 크리스테바가 '의미하는 주체'에 관심을 갖는 것은 언어학에서 말하는 발화 주체에 대한 관심이 정신분석에서 피분석자 혹은 분석 주체의 언어에 대한 관심으로 이어지기 때문이다. 살아있는 언어학이 되기 위해서는 정신분석이 도입되어야 하는 이유가 여기에 있다. 또한 정신분석이 피분석자의 치유를 목적으로 한다면 의미 생성의 과정에 대한 이해를 필요로 한다.

크리스테바가 '말하는 주체'를 재구성하는 이유는 권위주의적이고 억압적인 현대 언어학의 철학적 기반을 벗어나기 위한 것이다. 그녀가 말하는 주체는 의미를 생산하고 의미를 왜곡하는, 다시 말해 욕망하는 주체다. 욕망하는 주체에 대한 관심은 주체의 이질성, 주체가 행하는 비균질적인 과정으로서의 언어에 관심을 돌리는 것을 의미한다. 그녀에게 언어는 말하는 주체의 내부와 말하는 주체들 사이에 자리 잡고 있는 이질적이고 복잡한 의미 생성의 과정이다. 크리스테바의 '기호분석' 개념이 의미를 뜻하는 'sem'과 분석을 뜻하는 'analysis'를 합친 것은 정신분석학이 기호학에 의식과 무의식에 의해 분절된 주체의 개념을 제공하는 한편 기호학은 언어를 인간 존재의 필요조건의 하나로 만들어 정신분석학의 주체성 개념을 풍부하게 한다고 생각했기 때문이다. 언어학이 정신분석과의 연결고리가 없으면 인간 주체에 대한 개념화가 부족해지고, 정신분석이 언어에 대한 이해가 부족하면 분석이 불가능해진다.

문학에 대한 그녀의 관심도 언어학과 정신분석이 바탕이 된다. 『시적 언어의 혁명』에서 로트레아몽과 말라르메를 분석하는 데 두 영역이 다 동원된다. 크리스테바는 언어와 정신적 체험을 연결시키는 작업이 문학이라면 문학은 파멸 직전에 있는 언어에 대한 탐색을 필요로 한다고 본다. 파멸 직전의 언어란 위기 상황 혹은 한계 상황을 의미한다. 한 대담에서 그녀는 "정신분석과 관련하지 않고서는 그러한 문학적 체험을 더 이상 찾아낼 수 없다"고 고백한다(크리스테바, 1984: 205). 시인이나 작가의 파멸 직전의 언어에 대한 관심은 로트레아몽과 말라르메의 언어에 대한 연구서인 『시적 언어의 혁명』에서 드러난다. 여기서 크리스테바는 문학적 텍스트를 정신분석의 대상으로 간주하고 작가의 파멸 직전의 언어에 한 사람의 정신분석자로 접근한다. 정신분석자로 접근한다는 것은 시인들의 언어를 통해 그들의 정신적 체험을 읽으려 하는 것을 의미한다.

언어와 정신분석의 관계에 대한 크리스테바의 관심은 「정신분석과 폴리스Psychoanalysis and Polis」에서도 나타난다. 그녀는 정신분석이 정치적 언술에 대한 교정 수단이 된다고 본다. 크리스테바에 의하면 현대적인 정치적 언술/해석은 파시즘과 스탈린주의라는 두 강력하고 전체주의적인 결과를 초래했다고 보고 정신분석의 개입이 없다면 정치적 언술은 우리의 "현대적 종교"(240)가 될 것이라고 지적한다. 그녀에 의하면 정치적 해석과 분석의 차이는, 분석의 경우 해석이 욕망의 문제임을 파악하는 데 있다. 그녀는 해석의 주체와 대상에 관심을 갖는다. 정치적 해석(언술)은 해석하는 주체가 대상을 굴복하도록 하는 경우로, 이 경우 해석하는 주체는 암시에서 선전으로 그리고 혁명에까지 이를 수 있는 지배적 주체가 된다.

크리스테바는 정치적 해석과 분석의 차이를 본다. 그녀에 의하면 분석적 역동성과 달리 정치적 해석은 주체를 그 자신의 진실에 다다르지 못하도록 한다(「정신분석과 폴리스」, 252). 정치적 해석은 욕망을 해석하며 욕망에 대한 진실을 담고 있다. 그래서 정치적 해석은 이상향적이며 이데올로기적인 것이다. 정치적 언술이 일반적 합의를 획득하는 국면은 역사적 상황을 정확하게 해석해서가 아니라 정치적 언술이 다수의 이상향적인 욕망에 부합할 때다. 해석은 현실적인 조건을 변화시키도록 사회적 집단을 이끌 수 있는 에너지를 활성화하는 강력한 요인이 될 수 있다. 크리스테바는 이와 같이 활성화를 부여하는 해석을 '혁명' 혹은 '민중선동'이라 부른다.

그러나 정신분석의 경우는 해석이 대상을 굴복하게 하는 것이 아니라, 대상이 분석하는 분석가에게 자신의 이론을 밝히고 새로운 이론을 구성할 수 있는 길이 열려 있다. 대상이 말하는 주체가 될 때, 새로운 해석과 새로운 대상이 형성될 수 있다. 크리스테바는 초월적 주체 혹은 초언어적 지위를 상정하지 않고 해석이 결국 욕망의 문제임을 파악하면, 정신분석은 착란의 광적인 열락을 통과하여 분석이 가능해진다고 주장한다. 주체가 분열된 주체이고, 욕망의 주체라면 분석가는 환자의 언술에서 공통점이 없는 용어 사이를 연결하여 욕망의 원인과 결과를 재확립하는 것이다. 이것은 환자의 기표(기호표현)와 함께 분석가의 특유한 기표의 연결이다.

착란의 광적인 열락을 통과하는 과정은 의미 생성의 과정이며, 이것은 '원형적 어머니'와 연결된다. 크리스테바에 의하면 주체의 욕망 중 가장 핵심적인 욕망은 원형적 어머니로 돌아가려는 욕망이다. 분석은 해석적인 말이 의미를 거부하는 원형적 어머니로 돌아가려는 욕망에 의해 행동한다는 것을 밝히는 작업이다. 이 점이 분석과 해석이 다른 지점이다. 크리스테바에게 분석은 원형적인 어머니를 언어질서의 내부에 놓기 위함이다. 명명할 수 없는 어머니로의 귀환은 자아도취적이고 매조키스트적인 광기의 형태를 취할 수 있으며 그 안에서 주체는 해석적 "동사"이자 해석적 생성의 형태를 띤다.

이 경우에 주체는 주체이자 객체인 모든 것의 형태로서 단지 이상화된 무기력 상태에 직면한다. 이것이 분석 주체가 직면하고 견뎌야 하고 또한 치환해야 하는 것이다(크리스테바, 1988: 249). 분석의/분석자는 분석주체/피분석자가 원형적 어머니를 다시 체험하도록 유도한다. 이 과정은 착란이며 광적인 열락의 과정일 수 있다. 과거의 진실, 과거의 경험, 원형적인 어머니인 바로 그 사태를 반복하려 함으로써 주체는 재구성된다. 그 과정을 견디고 치환함으로써 분석 주체는 새로운 주체로 태어난다. 따라서 의미를 부여하려는 시도가 원형적 어머니인 바로 그 '사태', 분석이 그 명명할 수 없는 대상을 유린함으로써 획득한 남근적 '향유'에서 생긴다는 것을 보여줌으로써 그 자체의 진실에 대한 설명이 가능해진다는 것이 크리스테바의 논지다. 크리스테바의 기호분석은 이 명명할 수 없는 사태인 원형적 어머니를 해석하는 것을 가능하게 하는 길이 된다.

크리스테바의 '코라chora'는 모성적 육체에 대한 관심과 경계선에 대한 관심을 동시에 보여주는 예다. 크리스테바는 "기호계와 상징계 사이의 역동적인 상호관계를 설명하기 위해 코라 개념을 도입한다"(페인 228).[5] 기호계라는 개념은 크리스테바가 『안티고네』에서 '징표mark'나 '흔적trace'을 의미하는 희랍어인 'σημείον'에서 따왔다. "징표나 흔적은 프로이트의 충동들의 전치와 압축과 연결될 수 있다. 크리스테바는 의미화 과정 내에서 분리될 수 없는 두 개의 방식을 '기호계'와 '상징계'로 설명하고자 했다. 라캉의 상징계와 상상계의 구분은 크리스테바에게서 상징계와 기호계의 구분으로 환치된다. 양자의 상호작용은 의미 생성 과정을 구성한다"(페인 228).

부분적으로 코라라는 개념은 크리스테바가 플라톤의 『티메우스』를 읽고 찾은 것이다. 이 개념은 플라톤의 『티메우스』에서 '존재의 그릇'으로 묘사된다(페인 228). 크리스테바에 의하면 플라톤은 이 '그릇'이라는 단어를 '공간' 혹은 '코라(χώρα)'로 대체한다(Kriestava, 1984: 25-26). 크리스테바는 이 개념을 재구성하여 자신의 이론에 필요한 개념으로 만든다. 그리고 "태아의 첫 의미화 과정들의 육체적 자리를 특별히 정의하는 자궁학에서 유래한 정확한 기능적 용어인 '코리온chorion'이라는 의미로도 사용한다"(페인 228). 코리온과 연결되는 코라는 곧 모성적 육체와도 연결된다.

코리온(χοριον)은 "어머니의 육체 구조와 태아의 육체 구조가 공존하는 공간"이다. 크리스테바는 코리온이라는 단어를 실제로 제시하지 않은 채 암시만 한다. 코리온은 아리스토텔레스가 『동물의 역사』에서 사용한 용어로, 이것은 자궁 속의 태아를 둘러싼 막을 의미한다(Payne 168). "코리온은 이중의 섬유 구조이기 때문에 어머니의 육체 구조가 끝나고 태아의 육체 구조가 시작하는 동일한 장소로 여겨질 수

---

5. 크리스테바의 코라 개념에 대한 소개 부분은 크리스테바의 글 『시적 언어의 혁명』과 마이클 페인Michael Payne의 책(번역본) 228-231쪽을 상당 부분 참조한다. 주를 달 때, 영어본의 경우 Payne으로, 번역본의 경우 페인으로 한다.

있다. 이러한 의미에서 그것은 태아의 타자성이 드러나는 공간을 구성한다." 그리고 코리온은 의미화의 가장 초기의, 아마 최초의 과정들이 일어나는 곳이다. 이와 같이 코리온은 어머니 속에 있는 타자의 기호계적 공간을 한정한다. 그리고 그것의 이중 구조 내에서 태아와 어머니(타자) 사이의 통신이 이루어진다(페인 230 인용 및 참조).

어머니의 육체는 크리스테바에게 중요한 "은유이자 이미지"다. 크리스테바의 경계에 대한 관심의 중심에 어머니가 있다. 마르크스주의와 정신분석, 거부와 사랑의 개념에는 일관되게 모성에 대한 관심이 자리한다. 모성적 육체의 공간인 코라는 자아와 타자의 경계가 지어지면서도 불분명한 공간이다. 크리스테바는「지오바니 벨리니의 모성」이라는 논문 서두에서 어머니의 육체에 대해 묘사한다. "세포들은 서로 융합되고, 나누어지고, 증식한다. 용적은 커지고, 섬유질은 뻗어나가고, 체액은 빠르게 혹은 느리게 리듬을 변화시킨다. 육체 내에 하나의 타자, 하나의 접붙이기, 불굴의 의지인 자라남이 있다"(페인 230).

어머니의 육체는 "기호적 코라의 질서화하는 원칙"이며 사회적 관계를 규정하는 법과 태아적 주체 사이를 중재하는 수단이다. 그래서 코라는 "주체가 생성되는 동시에 부정되는 곳, 주체의 통일성이 그를 생산하는 변화와 정지의 과정 앞에 굴복하는" 공간이다(Kriesteva, 1984: 28). 크리스테바는 이 변화와 정지의 과정을『시적 언어의 혁명』두 번째 장에서 '부정'이라 부른다. 코라의 이미지와 이론적 개념과 생물학적 실체로서의 어머니의 육체에 대한 인식은『시적 언어의 혁명』에서 계속 반복된다. 어머니의 육체, 코라적 공간은 "이미 성적 차이와 가족 구조 같은 사회적-역사적 제한을 받는다." 따라서 크리스테바의 코라에서 언어적 신호는 객체의 부재로 일어나는 것이 아니기 때문에 아직은 실재계와 상징계 사이에 구분이 생기지 않지만, 기호가 정립되기도 전에 "기호계는 주체의 육체를 객체와 연결하거나 가족 구조 내의 '주인공들'과 연결하는 과정, 특히 어머니에게로 향하는 교육에 기능한다"(페인 231).

기호계는 의미화 과정에 의해 "싸인다". "어머니는 변경의 장소를 차지하는 모든 요구를 받아들이는 '그릇'이며 모든 희열의 '장소'다." 왜냐하면 그것은 의미화 과정의 깊이를 이해하기 때문에 시(문학)는 리듬 있는 여성성적 공간 내에서 생성된다(Kristeva, 1984: 41, 47, 29). 그녀는 '그릇'이라는 단어를 고집한다. 이 그릇/공간은 움직일 수 있고 나누어질 수 있을 뿐 아니라 '음절 이전' 혹은 '단어 이전'의 어떤 것이다. 그것은 무정형이지만 필요한 것이다. 모든 생성되어가는 것의 유모/어머니이지만 그것은 이름 지어지는 순간 정태적이며 '존재론화'된다. "그것이 전(前)-상징계적이라 하더라도 일단 이름이 지어졌으면 코라는 상징적 위치로 다시 돌려진다"(페인 231-232 인용 및 참조).

그녀는 「여성의 시간*Womens Time*」이라는 논문에서 임신의 경험은 "어머니에게 주체와 타자에 대한 사랑의 분할을 가장 즉각적으로 이해하도록 한다"고 주장한다.

> 임신은 주체의 분열이라는 극단적 시련으로 경험되는 듯하다. 그것은 육체를 배가하고, 자아와 타자, 자연과 의식, 생리학과 언술의 분리와 공존을 가져온다. 정체성에 대한 근본적인 도전은 총체성, 자아도취적 완전성이라는 환상을 동반한다. 일종의 제도화되고, 사회화된, 자연적 정신병인 총체성이라는 환상. 반면 아이의 태어남은 그 어머니를 아이가 없었다면 거의 직면하지 않을 다른 이에 대한 사랑이라는 경험의 미로로 인도한다(페인 232 재인용).

코라는 말하는 주체가 형성된 공간 혹은 상태다. 크리스테바에게 말하는 주체는 '분열된 주체'로 무의식과 의식의 동기화로 나누어지고, 생리학상의 생성과정과 사회적 억압으로 나누어진 주체다. 크리스테바는 말하는 주체(발화 주체)가 어떤 문화영역 내에서의 의미체계

안에 현존함과 동시에, 그 체계들에 의해 전개되는 힘들의 복합적인 모체에 의해 어떻게 형성되는지를 보여주기 위해 앞에서 살펴본 기호 분석을 발전시키고 있다.

크리스테바는 의미생성을 위치 정하기positioning의 문제로 본다. 의미가 생성되려면 기호계적 연속체가 파열되어야 한다. 기호계적 코라의 파열이 테틱thetic단계[6]인데, 이것은 주체로 하여금 차이와 의미생성을 코라의 끝없는 이질성으로 귀속하도록 해준다. 테틱은 기호계와 상징계의 경계선 단계다. 이것은 원래 거울상 단계에서 형성되어 남근기에 완성되지만 오이디푸스 단계에서 재활성화된다. 이것은 상징계를 구성요소로 하기 때문에 이 단계 없이 의미화 실천이란 불가능하다. 하지만 이것은 또한 기호계의 맥박을 각인하고 있으므로 시적 언어의 비문법적인 전위적 성격을 띠게 된다.

크리스테바의 비체the abject는 모성적 육체와 관련되며 기호계와 코라와 연관을 맺고 있다. 그리고 그녀의 경계선의 철학을 드러내는 또 하나의 개념이다. 이 개념은 주체도 객체도 아닌 것, 주체와 주체 사이에 일어나는 관계의 한 물질적 양상을 나타내는 개념이다. 그리고 크리스테바의 개념들이 그러하듯 상징적인 동시에 물질적이다. 이 개념은 특히 크리스테바의 거부와 저항과 연결된 개념이다. 기호계적 공간, 원형적 모성의 공간은 비천함과 연결된다.

기호계가 상징계의 질서에 대한 거부로 읽혀지듯이, 이 비체는 오이디푸스화된 깨끗하고 고상한 몸에 대한 저항과 거부로 읽힌다. 객체가 아닌 비체는 눈물, 침, 똥, 오줌, 토사물, 질 분비물 등을 칭하는 말로서 주체와 객체의 경계선에서 주체도 객체도 아닌 어떤 것이다. 크리

---

6. 테틱은 후설(Husserl)의 명제(thesis)에서 따온 말이다. 모든 기호는 테틱적이다. 이것은 분리를 요구하는 모든 발화의 조건이다. 예를 들면 주체가 자신의 이미지와 객체들로부터 분리되는 것을 말한다. 분리란 확립되고 재분배되고 합쳐지기 위해 일어나는 필연적 과정이다. 테틱기는 의미화의 심층구조다. 그 안에 객체, 명제, 그리고 그들 사이의 공모를 포함하는 그런 구조다(Payne 241 참조).

스테바는 「정신분석과 폴리스」에서 비체는 "규범적normative 언어에서 주관과 객관 사이의 구분보다 앞선다"고 말한다. 크리스테바에게 비체인 분비물들은 여성적이고 모성적인 울림을 가진 것이다(257). 그녀에 의하면 비체는 "금지된 욕망의 대상이 일어나는 원형적 모성의 비객관성, 욕구의 장소, 매력과 증오의 장소"가 된다(257). 매력과 증오의 장소가 되는 것은 "문화, 즉 '신성한' 것이 정화시키고, 분리시키고, 추방하므로" 그 자체가 카타르시스를 가능하게 하는 것으로 읽힌다(257).

비체는 모성적인 것, 코라, 기호계와 함께 상징계적 주체, 초월적 주체에 의해 억압당한다. 상징계적 주체는 이러한 것들을 구조적으로 억압함으로써 기능한다. 크리스테바는 모성적 육체와의 동일시와 부정negation을 '모성적 기능'이라고 부르는데, 이것은 라캉의 거울단계에 선행하는 것이다. 모성적 육체는 상징계를 위협하는 동시에 품어주기도 한다. 이 말은 인간 주체성에 꼭 필요한 부정과 동일시 두 가지 모두의 주체가 언어로 진입하기 전에 이미 모성적 기능 내에서 작용하고 있음을 뜻한다. 크리스테바는 모성적 기능의 복합적 요소를 분석하고 이 분석이 전통적 정신분석 이론에는 빠져 있다고 주장한다.

이러한 크리스테바의 이론은 기존의 정신분석과는 다른 가능성을 제시한다. 프로이트와 라캉의 정신분석에서 궁극적으로 유아를 언어와 주체성에 밀어 넣는 부정과 동일시의 시작을 초래하는 것은 부성적 기능이다. 크리스테바의 이론은 이 전통적인 부성적 기능의 개념에 도전장을 내민다. 그리고 크리스테바는 주체성에 관한 라캉의 이론에도 도전장을 낸다. 그녀는 아버지의 금지 이전의 어머니의 금지를 확인한다. 출산과 젖가슴의 금지는 어머니의 금지와 관련된다. 어머니는 전적으로 젖가슴을 거절하거나 금지시켜 유아가 젖을 떼게 한다. 이것이 유아가 체험하는 물질적 부정이다. 크리스테바는, 항문의 과잉으로 인한 파열에서 오는 결핍의 체험처럼 출산과 젖가슴의 금지는 상징적 거부에 앞서 물질적 단계에서 작용한다고 주장한다. 출산도 한 육체가 다른 육체에서 추방되는 것으로 부정과 분리의 원형이 된다. 모성적 육체와의 동일화와 비체인 모성적 육체의 거부는 표리의 관계에 있다.

『공포의 힘들: 아브젝션에 관한 에세이*Powers of Horror: an Essay on Abjection*』에서 크리스테바는 주체의 경계선과 과잉에 대한 탐색을 한다. 여기서 크리스테바는 비체를 주체와 객체 양자 모두와 구분한다. 주체는 자신을 밀어낸다. 단어 'abject'는 여기서 '밀어내다'라는 동사로 사용된다. 그리고 자신이 자신을 밀어냄으로써 자신을 발견한다. 밀려난 비체는 주체에게 과잉의 존재로 여겨진 거부된 타자성이다. 이 밀려나고 거부당한 과잉의 존재로서의 타자성은 주체의 정체, 즉 주체의 경계를 일시적으로 확인해준다. 비체는 자아를 구성하면서 그것에 저항하기도 하는 것이다. 몸속에 있는 똥은 몸의 일부를 이룸과 동시에 몸에 의해 밀려난다. 그러나 비체는 단순히 밀려나는 존재만이 아니라 적극적으로 스스로 거부하는 행위체이기도 하다.

모체 속의 아이도 마찬가지다. 모체 안에서 모체를 구성하기도 하면서 동시에 저항하기도 하며, 일정 기간이 지나면 모체를 밀어내고 파열시키고 모체 밖으로 나온다. 자아, 주체의 경계선을 가장 잘 드러내는 것이 이 비체다. 아브젝션에는 "존재의 폭력적이고 어두운 저항"이 있다. 그것은 매우 가까이 있지만 동화되지는 않는다(Kristeva, 1982: 1). 비체는 이전에 주체의 일부였지만 주체의 통일된 경계를 세우기 위해 거부될 수밖에 없는 존재다. 주체 안에 존재하는 친숙한 것이지만 어느 순간 주체의 정체성에 위협을 가하는 이방인적인 존재다. 자아 분열, 자아의 쪼개짐, 갈라짐은 자아의 아브젝션이다. 아브젝션은 위협이 된다. "나는 나 자신을 추방한다(expel), 나는 나 자신을 내뱉는다(spit out), 나는 '내가' 나 자신을 세우려는 움직임 내에서 나 자신을 내밀친다(abject)"(3). 아브젝션은 자아와 자아의 정체성을 확인시켜주는 타자 사이의 공간적 경계를 흐려버린다.

크리스테바는 사랑을 이론화한 이론가다. 이 사랑 또한 모성과 연결되어 있다.「태초에 사랑이 있었다: 정신분석과 신앙」은 1985년에 나온 크리스테바의 소책자 제목이다. 이것이 최근 국내에서『사랑의 정신분석』으로 번역된 내용이다. 크리스테바의『사랑의 이야기』,「프로이트와 사랑」,「눈물 흘리는 성모*Stabat Mater*」등의 글들은 사랑에 관한 그녀의 이론을 제시한다. 그녀에게 사랑은 윤리와 진실, 모성과 연결된다. 그와 동시에 언어와 정신분석에도 관련되어 있다. 크리스테바에게 사랑은 정신분석의 사랑이고, 전이transference의 사랑이며,「눈물 흘리는 성모」에서 말하듯이 "이단적/여성적 윤리herethics의 사랑"이다.

크리스테바에 의하면 정신분석의 윤리는 사랑의 윤리다. 그녀는 가톨릭의 수호성인인 성 베르나르와 성 토마스와 자신을 같이 놓는다. 그녀에 의하면 셋의 공통점은 인간 주체를 사랑의 주체로 놓는다는 점이다. 그녀는『사랑의 이야기』에서 그들의 주체 이론과 자신의 주체 이론을 병치시킨다. 그리고「태초에 사랑이 있었다: 정신분석과 신앙」에서 이것을 더 면밀히 탐구한다. 새로운 윤리는 도덕과 의무의 바깥에 놓인 정신분석의 윤리다.

크리스테바에 의하면, 정신분석이 사랑의 담론이 되는 것은 분석 주체와 분석가 사이에 서로에게 품는 사랑의 감정을 가정하기 때문이다(크리스테바, 1999: 15). 정신분석의 담론은 사랑의 담론이라고 정의하는데, 이것은 "전이적 담론을 하나의 새로운 '사랑의 이야기'라고" 정의하는 것과 연결된다(15-16). 크리스테바에 의하면 분석주체가 정신분석의 도움을 청하러 오는 것은 바로 사랑의 결핍 때문이다. 분석가에게 자신의 경험을 전이시키는 관계 속에서 분석 주체는 자신에 대한 신뢰감과 사랑할 수 있는 능력을 회복함으로써 자신의 경험을 잘 이끌어갈 수 있으며, 나중에는 결국 분석가와의 관계에서 일정한 거리를 두게 된다. 크리스테바는 스스로를 여러 해 동안 분석의 대상으로 삼았으며 그러한 분석에서 자신이 사랑 담론의 주체가 됨으로써 자신이 지닌 정신적 쇄신과 지적 혁신, 나아가서는 신체적 변화의 잠재력을 개화시킬 수 있었다고 말한다. 이러한 정신분석적 경험은 현대 문명이 사랑의 담론 역사에 기여한 특이한 업적 같다고 말한다(15-16).

정신분석에서 모성 혹은 모성적 육체가 하는 역할은 중요하다. 크리스테바에 의하면 정신분석의 담론은 기호계라 부를 수 있는 전(前)언어적인 혹은 초언어적인 심적 각인들을 열어 보여주고, 또 그렇게 함으로써 희랍어 'semeion'(흔적, 표지, 변별성)의 어원적 의미를 되찾는 것이다(17-18). 이 흔적을 재현함으로써 사랑의 결핍을 극복할 수 있다는 논리다. 이 흔적은 기호계적 코라, 모성적 육체와 관련된다. 억압된 기호계적 흔적을 재현하는 과정이 크리스테바에게는 치료의 과정이며 사랑의 정신분석 과정이다.

코라에 의해 표상되는 세미오틱은 의식의 심층 속에 들어 있는 욕구, 불만, 나르시시즘 등의 심적 양태를 드러내는 언어다. 그러므로 세미오틱은 존재의 본질을 표출하는 담론으로서 피분석자의 병의 증세와 환몽들을 담고 있는 것이다. 환몽은 무의식과 의식이 만들어내는 가상적 각본이며, 주체를 가두어놓는 창살 없는 감옥이다. 분석의의 임무는 환자로 하여금 파괴적인 환몽을 해체하도록 돕고 그것에서 해방시켜 상상의 날개를 펼 수 있도록 그 존재의 환상을 열어주는 것이다.

여기서 종교가 등장할 수 있다. 종교는 신비하고 초현실적인 상상의 구축물을 통해 신자들이 막연히 지니고 있는 잠재적 욕망을 충족시켜주는데, 바로 그런 의미에서 종교가 '영광스런 환상'을 제공한다는 평가를 받는다. 크리스테바는 예수의 수난은 떨어져 나온 인간이 아버지와의 재결합을 갈망하는 인간의 우울증을 영광으로 소생시키고자 하는 욕망을 표상한다고 해석한다. 그리고 이러한 현상은 기독교가 지닌 가부장적 제도를 보여주는 것으로 파악한다. 또 아버지와의 재결합은 동성애적 근친상간이 아니냐는 의문도 제기한다. 성모 마리아를

'동정녀'라고 믿는 그 믿음 속에 어머니가 오염되지 않은 여성이기를 바라는, 어머니를 경쟁자 없이 차지하고 싶은 아들의 심리가 내재되어 있다고 크리스테바는 지적한다(151). 동정녀 마리아의 성스럽고 모성적인 이미지는 부권에 대한 총체적이고 과도한 부담을 경감시켜준다는 설명도 한다. 그런데 기독교와 정신분석의 차이는, 크리스테바에 의하면 전자가 신앙을 통해 무차별적이고 무조건적인 사랑을 강조하고 강요하는 데 비해, 후자는 환자에게 있었던 사랑의 상처를 대화를 통해 경감시키고 자기 자신과 타인을 사랑할 수 있는 능력을 회복시켜주는 데 역점을 둔다(123).

크리스테바의 종교에 대한 해석은 억압과 관련되지 않는다. 종교는 그녀 연구의 중요한 한 영역이 되는데, 이것은 일상적으로 억제당하는 열락을 상징적으로 회복시키는 역할을 한다. 종교는 종교적 황홀경처럼 흔히 말해지지 않는 전 오이디푸스적 혹은 기호계적 요소들을 참아내거나 경험하도록 권장하기까지 하며 그것들을 드러내는 몇 안 되는 사회적 제도에 속한다. 크리스테바는 성처녀 마리아를 둘러싼 종교적 담론들은 모성적인 것에 인간 역사가 빚지고 있는 부분을 사회적으로 의미화하는 공간을 제공한다고 본다. 또한 마돈나의 형상은 출산과 열락을 연결할 고리를 제공하는 것으로 파악한다. 따라서 크리스테바는 모성에 대한 새로운 정신분석적 이해가 윤리의 발견으로 이어질 것이라고 본다. 모성은 사랑의 양태이며 전이적 사랑과 같이 무조건적이고 사랑의 관계에 사로잡힌 두 주체의 최종적인 분리를 지향하는 사랑이기 때문이다.

여성의 시간

여성에 대한 크리스테바의 견해는 상당히 혼란스럽다. 여성의 문제가 그녀의 주된 관심사는 아니지만 그녀가 응한 대담이나 『중국여성들에 관하여』 그리고 「여성의 시간」에서 여성 문제에 대한 입장을 읽을 수 있다.

크리스테바는 집단으로 여성을 명명하는 것을 거부한다. 남성 혹은 프롤레타리아 등의 대표성을 띤 복수명사에 해당하는 여성women은 여성 개개인을 축소시켜버린다고 보고 여성의 특수성과 고유함을 축하하기 위해 '하나의 여성들unes femmes'이라는 말을 선택한다고도 한다(Kristeva, 1996: 103). 어떤 사람을 '여성'이라고 생각하는 것은 그를 '남성'이라고 생각하는 것과 마찬가지로 불합리하고 몽매한 일이라는 것이다. 그녀에 의하면 정체성 자체가 도전받는 마당에 '성적 정체성'은 의미가 없다. 그녀는 여성적 글쓰기와 말하기의 개념을 거부한다. 그녀의 이론에서 여성은 반체제 지식인, 아방가르드 시인, 노동계급과 같이 주변적 존재이지만 이들 모두가 과정 중의 주체들일 뿐 본질적이고 절대적인 정체성을 띠지는 않는다.

그러나 집단적 여성을 거부하는 것과 아울러 남성중심 문화 속 여성의 존재에 대한 생각을 표현하기도 한다. 크리스테바에 의하면 여성이란 본질적으로 존재하지 않는다. 여성은 주어진 것에 대한 거부를 통해 부정적으로만 존재할 따름이다. 크리스테바는 "'여성'을 재현될 수 없는 존재, 말해지지 않는 존재, 이름 짓기와 이데올로기 바깥에 남아 있는 존재"로 이해한다(103).

또한 여자와 남자의 차이를 어머니와의 관계에서 찾기도 한다. 그녀는 여성 작가의 글쓰기와 말하기는 여성이 어머니와 갖는 관계와 관련된다고 말한다. 그녀는 대담에서 어머니-아이의 관계에 대해 말하면서, 남성의 에로틱한 대상에 대한 의존과 여성이 갖는 어머니의 육체에 대한 의존을 남녀의 차이로 본다. 여성들의 글쓰기와 문학에서 어머니의 신체에 대한 의존이 드러나는 것이다. 즉, 문학작품의 상상계는 어머니-아이의 의존적 관계의 흔적이다. 현실이든 환상이든 여성 동성애적 요소가 여성 작가들에게 필수적인 면이 된다(67).

여성의 문제와 여성에 대해 집중적인 관심을 보이지 않는 크리스테바이지만, 「여성의 시간」이라는 글에서는 직접적으로 페미니즘에 대해 말한다. 크리스테바는 페미니즘이라는 이데올로기가 한편으로는 우리 문화에 생기를 불어넣어 주고 있지만, 또 다른 한편으로는 사회적 혹은 상징적 계약과 제약들에 대한 투쟁으로 인해 폭력과 테러리즘의 위험에 노출되어 있다고 본다. 그리고 페미니즘은 억압에 반대하는 광범위한 조류의 일부분으로 본다(212).

이 글에서 크리스테바는 페미니스트를 1세대, 2세대, 3세대로 나눈다. 1세대는 남성의 권력구조로 들어간 여성들, 2세대는 여성의 힘과 여성적 글쓰기 등에 대한 믿음을 가진 '차이'를 강조하는 여성들이다. 크리스테바는 1세대의 "동일화 논리"는 여성의 문제를 범세계화한다고 말하고, 1세대는 사회주의의 평등주의에서 출발하지만 계몽인문주의가 득세하면서 남성과 여성의 동일화가 필요하다는 관념만을 "제2의 성"을 해방시키는 유일한 수단으로 보존시켰다고 비판한다. 그리고 1968년 5월 이후 2세대의 여성이 태어나게 되었으며, 2세대는 사회주의가 프로이트주의에게 길을 연 이후로 프로이트주의를 통해 차이에 대한 문제를 제기했다고 본다.

그리고 이제는 1세대와 2세대로부터 거리를 둘 수 있는 때가 되었다면서 현재 제3의 입장이 나아갈 두 가지 가능성을 이야기한다. 첫 번째는 집단적 여성을 강조하지 않고 여성 각자가 개인으로 존재할 수 있는 가능성이다. 페미니즘이 궁극적으로 여성 각자의 독특한 특성을 드러내주며, 더 나아가 여성 각자의 다양성들과 다원적 언어들을 뛰어넘어 "우주, 원자, 세포가 유동적이고 자유로운 주체성을 요구하는 이러한 시대에 맞는 도구"가 될 가능성을 의미한다.

두 번째는 페미니즘이 최종적인 무력동원, 즉 테러리즘을 휘두를 가능성이다. 크리스테바는 「여성의 시간」의 일부인 소제목 '권력의 테러 아니면 테러리즘의 권력the terror of power or the power of terrorism' 부분에서 여성이 권력을 얻어 권력과 한편이 될 때, 과연 어떤 일이 일어날 것인지를 묻는다. 그리고 그와는 반대로 여성이 권력을 거부하고 이념들 집단으로부터 테러리스트 특공대 집단에 이르기까지 다양한 양상을 띠는 권력에 대한 대항체를 만들면서 기존의 사회에 반하는 새로운 사회를 만들어낼 때에는 또 과연 어떤 일이 일어날 것인지를 묻는다.

'권력의 테러'에 대한 그녀의 질문은, 어떻게 해야 권력의 집중화를 피함과 동시에 여성을 그러한 집중화로부터 분리시킬 수 있는가 하는 점과, 그다음에는 어떻게 그들의 비판적·차별적·자율적 조정들을 통해 결정권을 지닌 제반 제도들을 유연하게 만드는 방향으로 나아갈 수 있는가 하는 점이다. 그리고 '테러리즘의 권력'에 대해서는 기존 사회에 대응하는 새로운 '여성의 사회'를 만드는 보다 급진적인 페미니스트 조류가 문제가 된다고 본다. 희생을 요구하고 우리를 조절하는 사회적·상징적 계약에 반해 일종의 '반사회'는 하나의 유토피아, '유토피아의 출구'로 제시된다.

이 과정에서 크리스테바가 문제시하는 것은 페미니즘이 일종의 전도된 여남차별주의가 될 가능성이다. 그녀에 의하면 현대의 저항운동들은 자신들에게 돌아오는 비판을 회피하기 위해 외국에, 자본주의에, 다른 종교에, 그리고 다른 성에 죄가 있다고 탓하면서 이러한 논의를 종종 되풀이해왔다고 보고 페미니즘도 그렇게 할 가능성이 있다는 것이다. 그녀는 반권력과 반사회를 부르짖던 바로 그 논리가 스스로의 구조에 의해 필연적으로 자신의 본질을 투쟁의 대상이었던 사회 또는 권력의 한 모조품으로 생성해낸다고 말한다. 그녀는 과거 2세기 동안의 혁명들과 보다 최근의 파시즘과 스탈린주의는 바로 그러한 억압받는 자들의 논리를 비극적으로 실행시켜 대학살을 가져온 경우로 본다. 크리스테바는 여성들이 테러리스트 그룹에 많이 참여한다고 하면서 "여성들에게는 다른 사회적 범주들—특히 착취당한 계급—보다도 이러한 무자비한 테러리즘 조직에 더 쉽게 빠지는 경향이 있는 것일까?" 라고 묻는다.

그리고 크리스테바는 페미니즘이 테러리즘과 유사해질 가능성에 대해 경고하면서 자신이 바라는 "제3의 태도"는 남성과 여성이라는 이분법이 '형이상학'에나 속하는 것으로 이해되고 성적 정체성이 도전받는 그런 태도임을 밝힌다. 그녀는 제3의 시간은 성적 정체성이 와해되는 공간이 되기를 기대한다. 또한 페미니즘이 새로운 윤리의 탐색작업에 참여하는 것일지도 모른다는 가능성을 열어둔다.

크리스테바는 페미니스트?

크리스테바의 모성적 육체에 기반을 둔 기호분석, 코라, 비체 그리고 사랑 등의 개념은 페미니즘과 어떤 연관이 있는가? 그녀의 언어학과 정신분석을 중심으로 하는 경계선의 철학이 페미니즘에 도움이 되는 철학을 제시하는가? 그리고 「여성의 시간」에서 제3의 태도로 제시하는 개별 인자들의 자유함을 위해 그녀는 어떤 실천을 하고 있는가? 그녀의 정신분석적·철학적·문학적 실천은 페미니즘적인가?

크리스테바의 기호계적 코라, 비체, 시적 언어의 혁명, 사랑의 정신분석은 모두 모성적 육체 공간에 토대를 두고 있다. 그리고 그녀의 중심 개념들에서는 말하는 주체, 과정 중의 주체에 대한 집중적 관심을 볼 수 있다. 크리스테바가 주체의 개념을 젠더에 적용하지는 않았지만 그녀의 주체관은 고정된 주체 혹은 초월적 주체에 대한 비판을 담고 있기 때문에 여성과 남성의 주체를 총체적이고 고정된 것으로 파악하지 않도록 하는 실마리를 제공한다. 그리고 시적 언어, 비체, 기호계에서 주변화된 존재에 대한 관심을 볼 수 있고, 이를 통해 크리스테바의 반권력, 반사회, 반상징계적인 시각을 볼 수도 있다. 이러한 시각은 주변화된 존재로서의 여성에 대한 관심으로 이어질 수도 있다. 하지만 전반적으로 크리스테바의 사상은 여성의 문제에 직접적으로 천착하지 않기 때문에 그녀를 페미니스트로 볼 것인지 아닌지는 논란의 여지가 있다. 그리고 여성의 문제를 논한 소수의 글에서도 그녀의 태도는 논쟁의 여지가 있다. 따라서 페미니즘에 대한 크리스테바의 태도에 대해 그녀가 정치적·여성적 행동인을 제공하지 못했다는 입장과 제공했다는 입장이 엇갈린다.

그녀가 모성에 천착하는 이유는 간단하지 않지만, 「여성의 시간」에서 모성, 원형적 어머니, 고대사회의 여가장 등에 대한 관심의 이유를 엿볼 수 있는 대목을 찾을 수 있다. "고대의 충만하고 총체적이고 모든 것을 포함하는 어머니의 전능함에 대한 믿음이 있었다면, 우리는—고대의 어머니라는 이와 같은 신화에 도전하지 않는 한—이러한 환상을 수행하는 데 필요한 역투자를 통해 동원된 폭력을 결코 제거할 수 없다"(208)고 말한다. 우리는 이 대목을 모성 신화의 실체를 들여다봄으로써 모성에 대한 환상이 낳는 폭력을 보겠다는 의지로 읽을 수 있다. 하지만 모성에 대한 환상에 그녀가 비판적인지 아니면 그녀 스스로 이 환상을 자신의 철학의 토대로 삼을 정도로 환상에 빠져 있는지를 구분하는 일은 쉽지 않다. 크리스테바에게서는 이 양면을 다 발견할 수 있다. 문제는 모성 환상에 비판적인 지점이 어디이고 그녀가 가진 모성 환상으로 무엇을 하는지 파악하는 일이 중요할 것이다.

크리스테바가 모성에 대해 갖는 관심은 일차적으로 부성적 기능에 반하는 모성적 기능의 부각에 있다. 모성적 기능의 부각은 육체의 물질성을 부각시키는 일이기도 하다. 크리스테바는 언어학과 정신분석을 부성적 기능이 아닌 모성적 기능에 초점을 맞추어 설명하고자 한다. 「정신분석과 폴리스」에서 정신분석은 모든 환상이 원형적 어머니인 바로 그 '사태', 그 명명할 수 없는 대상의 유린을 통해 획득한 남근적 '향유'에서 생긴다는 것을 보여줌으로써 의미 생성 과정의 남성중심성과 주체의 망상 또한 남성중심적임을 보여주기 위한 것이라고 주장한다.

크리스테바는 여성 육체의 경험, 어머니-아이의 기호계적 관계, 상상계적 관계, 전 오이디푸스적 관계에서 이미 주체가 형성되는 단초를 찾을 수 있다고 말함으로써 프로이트의 오이디푸스화 과정 혹은 라캉의 상징계로의 진입에 저항한다. 의미의 생성이 기호계 혹은 코라(자궁)의 공간과 관계된다는 점을 주장함으로써 의미화 작용의 관심 대상을 아버지에서 어머니에게로 옮겨놓는다는 점은 그녀가 여성이라는 것을 의식했기 때문에 나온 이론이라고 볼 수도 있다.

그리고 어머니의 육체를 이론화하는 작업은 라캉의 관념적이고 추상적인 것을 거부함으로써 가능하다. 이것을 크리스테바가 "라캉의 욕망으로부터 프로이트의 육체를 보호하려"는 움직임으로 볼 수도 있다(올리버 10). 캘리 올리버에 의하면 크리스테바는 "충동이 가득한 육체를 다시 구조주의 속에 끌어들이기 위해" 두 가지 전략을 쓴다. 첫째, "육체적 충동이 언어 속에 진입한다고 주장함으로써 말하는 육체를 의미화에 끌어넣는 일이다. 그녀는 바로 언어의 구조 속에 육체를 끌어넣기 위해 의미화 내에 기호적 요소의 개념을 발전시킨다. 육체적 충동은 이 파괴적이지만 필수적인 기호적 요소의 힘을 통해 의미화 속으로 진입한다." 둘째, "상징계를 움직이는 역학이 이미 육체의 물질 및 전 상징적 기호계 속에서 작용을 개시하고 있다고 주장하면서 언어를 육체 내에 재각인한다. 이 역학은 상징적일 뿐만 아니라 물질적 혹은 생논리적bio-logical이어야 한다. 그녀의 전략은 육체를 통해 기표를 추적하는 일이다." 의미화 논리가 이미 물질적 육체에 들어 있다고 주장하는 이 전략은 부성적 기능에 대한 거부의 몸짓으로 볼 수 있다(올리버 10 인용 및 참조).

여성의 임신과 출산이 갖는 물리적이고 물질적이며 현실적인 상황에서 크리스테바의 모성적 육체의 은유화와 모성적 기능의 찬양을 어떻게 볼 것인가? 그녀는 모성 환상에 대한 탐색을 시도하는 가운데 모성 환상을 비판하기보다는 스스로 본질주의적 모성을 부각시키고 찬양하는 쪽으로 빠져버린 듯하다. 그렇기 때문에 여성의 임신과 출산이라는 육체적 기능이 여성의 억압과는 어떤 연관성이 있는지의 문제에 초점을 맞추지 못하게 되어버렸다. 기호계적 코라가 갖는 주체 내의 타자라는 개념이 바탕이 된 그녀의 타자의 윤리학은 나와 타자의 경계선이 모호해지는 "나 혹은 그것Am I me or it?"의 공간이다. 크리스테바의 이론은 하나의 주체가 되기 위해 그 모성적 공간을 거부해야 하며, 또한 출산이라는 파열의 행위를 통해 어머니도 아이를 거부해야 하는 정립기의 단계를 강조하기보다 자기 내의 타자를 품는 코라의 공간을 강조했을 때 모성적 기능이 다시 확립되어버린다는 모순을 안고 있다. 자기 내의 타인을 인정하는 타자의 윤리학이 전이와 역전이의 사랑의 정신분석으로 이어지는데 이 전이-역전이의 고리를 끊을 때 환자의 치유가 이루어지지만, 이 치유는 또 다른 환상을 가질 수 있는 능력을 갖게 한다는 점에서 환상의 전이는 계속된다. 모성적 기호계의 혁명적 힘은 계속 환상의 전이일 뿐이다.

그러면 과연 혁명과 변혁은 가능한가? 주디스 버틀러Judith Butler는 크리스테바가 "부성적 구조로서 문화의 개념을 안전하게 보호하며 모성을 근본적으로는 전 문화적 실재로 한정한다"고 비판한다(올리버 19 재인용). 상징계의 전면적 거부가 불가능해진다고 보는 것이다. 이 점에 대해 올리버는 크리스테바가 모성을 전 문화적 실재로 한정하지 않았으며, 문화와 자연 그리고 주체와 타자의 경계를 무너뜨리기 때문에 모성을 하나의 원형으로 택한다고 반론을 편다. 올리버는 엘리자베스 그로스Elizabeth Grosz가 크리스테바의 모성에는 주체가 없다고 주장하는 데 대해서도, 크리스테바가 모성을 통일된 주체라는 개념에 대해 의문을 제기하는 것이라고 반박하면서 크리스테바의 모성은 "과정 중의 주체"의 예가 된다고 옹호한다(올리버 19).

크리스테바가 기호계적 공간에서 이미 언어, 주체화의 과정이 일어난다는 점을 말하고자 했다는 점에서 버틀러가 비판하듯 부성적 구조로서의 문화의 개념을 안전하게 보호하는 것은 아니다. 그러나 크리스테바는 버틀러의 말을 뒷받침해주는 듯한 말을 했다. 상징적 차원, 문화, 정신의 필요성을 강조한 것이다.

> 나는 문화—특히 가부장제를 토대로 하고, 위대한 과거나 현재의 종교—유태교와 기독교—로 표현된 서양문화—가 인간을 상징적 존재로, 언어 속에 살고 또 자궁과 재생산만으로 환원되지 않는 존재로 보는 매우 진실한 시각을 형성해주었다고 생각한다. 지금 사랑이란 언제나 육체 속에 갇혀 있으면서 상징적 차원으로 자신을 열어나가는, 말하는 존재의 삶의 한순간이다. …… 그래서 만약 그 상징적 차원을 생산하는 것이 가부장제라고 말한다면, 가부장제 만세(올리버 274 재인용).

여기서 크리스테바의 착각이 드러난다. 가부장제가 인간을 물적인 존재로만 보지 않고 상징적 존재로 보는 시각을 형성한 것이 아니라 상징의 가능성은 인간의 보편적 행위라고 보아야 할 것이며, 가부장제는 오히려 여성을 상징적 존재로 보지 않고 자궁과 재생산만으로 환원되는 물적 존재로 '상징화'해온 것에 대한 책임을 져야 한다. 신을 상정한 형이상학을 갖는 것만이 문화가 아니다. 위의 인용은 크리스테바가 인간, 특히 여성이 "자궁과 재생산만으로 환원되지 않는 존재"임을 말하기는 하지만 육체 또한 문화적 읽기에 따라 달라진다는 점을 의식하지 않은 단순한 이분법에 의존하고 있음을 보여준다.

그리고 앞에서 그로스에 대한 올리버의 반박은 올리버가 크리스테바의 주장을 비판적으로 읽지 않고 크리스테바를 그대로 반복하면서 변호하는 것이다. 크리스테바의 모성이 통일된 주체의 개념을 무너뜨린다는 점에서 페미니즘이 받아들일 점이 없는 것은 아니지만, 남성중심사회에서 여성이 모성적 기능으로만 강조되었기 때문에 주변부적인 타자의 존재가 되었다는 점을 반박하는 이론은 아니다. 주체와 타자의 경계선이 무너지는 것은 타자를 자기 안에 품는다는 점에서 타자의 윤리학이 될 수 있을지도 모른다. 하지만 사회적 타자로 밀려난 존재 쪽에서 볼 때 주체와 타자의 경계선이 무너져 힘 있는 주체에 의존적이고 순응적인 타자가 될 가능성을 배제할 수 없다. 태아가 스스로 모성적 육체 내에 존재하며 모성적 육체를 흔들고, 그 안에 자신의 공간을 만들고 나중에는 그 모체를 거부하기도 하지만 그 안에 있는 동안에는 거의 전적으로 모체에 의존할 수밖에 없다는 점도 인정되어야 한다.

크리스테바의 경계선 철학이 보여주는 착각은 「여성의 시간」에서도 볼 수 있다. 페미니즘이 테러리즘이 될 가능성 혹은 전도된 여남차별주의가 될 가능성을 말한다는 점은 권력과 대항체 사이의 관계를 몰역사적 시각에서 보기 때문이다. 크리스테바는 일단 권력에 대한 저항이나 대항으로서의 힘은 권력의 힘과는 다르다는 점을 간과한다. 물론 페미니즘이 더디게 가더라도 여성해방을 위해 "더 억압적이고 더 많은 희생을 요구"해서는 안 될 것이다. 그러나 크리스테바는 집단적 주체, 집단으로서의 여성이 반드시 파시즘이나 테러리즘으로 빠지지는 않는다는 점을 간과한다. 크리스테바가 주장하듯이 여성이 집단이 아니라 개개인으로 자신의 특성을 살려주는 사회가 이상적이라는 점에는 누구나 동의할 것이다. 문제는 그 개개인의 여성들이 자신들의 특성을 살리기 위해 서로의 입지를 침범해야 할 가능성이 있다는 점이고, 그 가능성을 여는 길은 개개인에게도 달려 있지만 개인의 선을 넘어서는 범위의 것이기도 하다는 점이다. 결국 사회 구조적인 측면을 고려해야 개개인의 특성이 살려질 것이다. 크리스테바의 자기 안의 이방인 혹은 주체 내부의 타자 등을 말할 때 개인적 차원과 집단적 차원이 동일한 것이 아니라는 점을 인식해야 할 것이다.

여성 스스로 여성들의 자유를 주장하면서 억압적이고 폭력적이어서는 안 될 것이다. 그리고 남성/여성이라는 대립 구도로만, 즉 "형이상학"적인 구도로만 파악해서도 안 될 것이다. 그러나 남성권력의 집중화에 대한 대항과 대안이 남성권력보다 더한 권력을 휘두르게 된다거나, 반사회적 행위가 테러리즘으로 귀착된다는 것은 크리스테바의 극단화로 보인다. 이것이 페미니즘 운동에 대한 염려에서 출발했으리라 여겨지지만 여성들이 테러리즘 조직에 더 쉽게 빠져든다는 식의 발언은 너무 가볍게 제시된 느낌을 준다. 보편적인 여성만을, 신비한 모성으로서의 어머니만을 염두에 두지 않아야 한다는 점은 일단 귀담아 들어야 할 부분이고, 그녀의 지적대로 파시즘에 저항하다가 그만 파시스트가 된다는 논리처럼 저항의 방식이 권력을 닮을 수도 있는 일이다. 그러나 자기반성적이고 자기반영적인 저항은 그대로 저항하는 대상을 닮지는 않을 것이다.

엘리자베스 그로스가 이리가라이와 크리스테바의 '차이'에 대한 견해를 구분하는 대목을 통해 크리스테바가 갖는 문제점을 생각해볼 수 있다.

> 크리스테바가 각각의 주체에 내재하는 차이를 지칭하기 위해 '차이의 개념'을 사용하는 곳에서, 이리가라이는 한 성과 다른 성의 차이를 지칭하기 위해 그것을 사용한다. 크리스테바에게 이리가라이의 프로젝트는 이성중심적이며 형이상학적 전통에 빠져 있다. 이리가라이에게 크리스테바의 입장은 반페미니스트적이고 남근정치적이다(올리버 278-279 재인용).

이 문제는 최근의 페미니즘 내부의 논란과 관련된다. 여성/남성이라는 젠더에 입각한 시각은 젠더중심주의라고 비판하는 입장이 있다.

크리스테바처럼 여성/남성이라는 구분이 아니라 각각의 주체가 갖는 차이 지점들을 살피는 것이 더 바람직할 수도 있다. 크리스테바는 이러한 차이들을 살필 수 있는 이론적 개념들을 제시했다. "말하는 주체", "과정 중의 주체"는 고정된 여성, 고정된 남성 주체를 상정하는 것이 아니기 때문이다. 그러나 그녀의 사상에 모성적 주체는 있을지 모르지만 여성적 주체는 찾기 힘들다. 여성과 모성을 구분하긴 하지만 그녀의 관심은 어디까지나 모성에 있다.

크리스테바의 현실 속 여성에 대한 직접적인 관심의 부족은 가야트리 스피박에 의해서도 지적된다. 스피박은, 크리스테바가 『중국 여성들에 대하여』에서 모권적인 원시적 여가장제에 관심을 보이는 점을 비판한다. 크리스테바는 그 책의 「중심에 있는 어머니」 부분에서 중국 유물론과 모계사회를 연결하며 "중국 유물론은 여성, 어머니가 적극적이며 억압되지 않은 생식 행위를 통해 타자의 역할을 자임한 성적·사회적 경제 구조를 떠나서는 상상할 수 없다"고 말한다(크리스테바, 1988: 350). 그리고 중국은 이미지와 몸짓과 소리를 글로 구성하면서 (집단적이고, 개인적으로) 모계적이었던 선사시대의 기억을 보존하고 있다고 말한다(352). 이에 대해 스피박은 자신의 글 「국제적 틀에서 본 프랑스 페미니즘」에서 크리스테바가 중국의 원시사회로 여성 문제를 끌고 가 신비화시키면서 현재 중국 여성들의 힘든 현실에 대해서는 언급이 없다고 공격한다(Spivak 136-140).

또한 크리스테바의 관심이 거의 전적으로 남성 이론가들에게 쏠려 있다는 점 또한 그녀의 경계선 철학이 머무는 곳이 어딘지를 말해주는 듯하다. 마오쩌둥을 포함, 그녀의 텍스트에 등장하는 서양 문화의 위대한 아버지들의 이름을 몇 개만 살펴보자. 프레게, 헤겔, 로트레아몽, 말라르메, 프로이트, 라캉, 바타이유, 보들레르, 바르트, 아르토, 마르크스, 소쉬르, 네르발, 방브니스트, 하이데거, 알튀세르 등이다. 크리스테바는 언어가 남근적이라는 것을 거부한다. 그렇게 하면 여성은

"말할 수 없는 자", "히스테릭한 자"로 남기 때문이다. "히스테릭한 자"가 되지 않는 것과 자신의 분석과 인용 대상(비판의 대상이 아닌)을 거의 남성 이론가들로 채우는 것은 다르지 않겠는가?

크리스테바의 사상은 반항, 거부, 부정, 혁명에서부터 사랑으로 이동한다는 인상을 준다. 물론 그녀가 사랑의 정신분석을 이야기할 때도 거기에는 아방가르드적인 거부와 부정에 대한 관심이 포함되어 있다. 모성에 대한 그녀의 관심은 타자에 대한 인식을 반영하고 비천한 것으로 간주되는 것들에 대한 인정을 전제로 한다. 태아의 공간을 인정하듯이 내담자의 주체성을 인정하는 것도 같은 맥락이다. 타자와 비천한 것에 대한 관심은 정신분석가의 냉정한 시선이 아니라 정신분석 임상의가 내담자인 분석 주체에게 갖는 사랑에 기인한다. 하지만 이 사랑은 어디까지나 타자화된 존재, 비천한 존재들이 어떻게 의미와 무의미를 나누는 경계선, 정상과 비정상을 구분하는 경계선을 넘지 않을 수 있는지를 염두에 두는 사랑이다. 크리스테바가 말하는 사랑의 정신분석 실천은 탈주를 위한 정신분열이 아니라 치유의 정신분석이고 사회를 철저하게 일탈하는, 그래서 사회로 돌아오지 못하는 자가 되는 것을 가슴 아파하는 사랑의 정신분석이다. 그래서 그녀의 혁명은 사회적·물질적 혁명으로 넘어가지 않는 시적 언어의 혁명이고 그 혁명마저 정신분석적 사랑에게 자리를 내주게 된다. 초기에 아방가르드에 대한 관심과 시적 언어의 혁명을 논하고 부정과 거부를 말하는 혁명론이 후기로 갈수록 사랑과 정신분석으로 기울어지면서 모성적이 되어가는 현상은 비판의 칼날을 접어버렸다는 인상을 준다.

크리스테바는 「정신분석과 폴리스」에서 "정치적 해석이 진실일 수 있는가?"라고 묻는다. 그녀는 해석의 효능은 해석의 전이적인 진리의 기능이라고 말하면서 정치적 해석은 욕망을 해석하며 욕망에 대한 진실을 담고 있다고 말한다. 욕망에 대한 진실을 담고 있기 때문에 정치적 해석은 이상향적이며 이데올로기적인 것이라는 그녀의 말을 우리의 크리스테바 읽기에도 적용할 수 있을 것이다. 우리가 크리스테바를 어떻게 읽어낼 것인지는 우리의 욕망과 그 욕망의 이데올로기에 의존할 것이다.

3 되받아치기와 대항 담론 만들기: 탈식민주의 저항 전략과 페미니즘

1980년대 후반부터 이론의 지형에 떠오르기 시작한 탈식민주의는 흔히 에드워드 사이드Edward Said의 『오리엔탈리즘』과 『문화와 제국주의』를 그 출발로 잡는다. 사이드와 함께 호미 바바Homi Bhabha의 이론이 중심 담론이 되며 프란츠 파농Frantz Fanon이 재해석된다. 그리고 가야트리 스피박Gayatri Spivak을 위시하여 이론의 지형을 새롭게 만드는 장을 형성하게 되었다. 이들이 배경으로 삼는 이론가들은 다양하다. 데리다, 라캉 등의 해체론과 정신분석, 푸코의 권력과 지식 문제, 그람시의 헤게모니 개념이 배경으로 깔린다. 헤겔의 주인과 노예의 변증법도 한몫을 한다. 그리고 문학 텍스트가 상당히 중요한 역할을 차지한다. 문학 텍스트로는 식민지 종주국이었던 영국의 텍스트뿐만 아니라 아프리카, 호주, 캐나다, 미국 내의 흑인, 제3세계 작가들의 작품들이 포함된다. 문학뿐만 아니라 식민지와 제국의 문화 관계에 대한 논의가 중요한 몫을 차지한다.

탈식민주의에 대해서는 비판도 이어지고 있다. '탈식민주의 비평'이 반혁명에 부역한다는 비판까지 나왔다(Dilrik, 2001). 탈식민주의에 대한 이러한 비판은 탈식민주의 담론이 문화나 언어 그리고 재현에 초점을 맞추면서 정치경제학적 헤게모니와 이데올로기 문제를 간과한다는 점과 연결된다. 제국주의의 문화에 초점을 맞추면서 현재의 전 지구적 자본주의 경제에 관심을 보이지 않는 것은 신식민지적 상황에 대한 현실적 실천이나 행동을 간과하는 것으로 읽힐 수 있다. 아리프 딜릭은 마르크스주의와 사회주의로부터 후퇴한 급진주의자들이 안도감을 얻는 자기 위안의 과정이 탈식민주의라고 본다. 탈식민주의가 사회정치적 급진주의를 문화로 환치하는 것으로 보고 "현재의 억압과 불평등의 문제로부터 관심을 돌려 과거의 유산에 초점을 맞추는" 것이라고 비판한다(딜릭 1998: 126). 그에 의하면 탈식민적 주장은 "자본주의에 '토대론적' 위치를 부여하기를 거부함으로써 현 자본주의 하에서 새로운 권력형태가 생성되고 억압과 불평등이 생성된다는 사실"을 은폐한다는 것이다(126). 따라서 탈식민주의는 "기존의 전 지구적 질서를 공고화하는 반혁명"에 부역하는 혐의가 있다는 지적을 받는다(장세룡, 2011 재인용). 그리고 유럽중심주의를 비판하는 현재의 탈식민주의 논의가 근대성에 대한 비판을 동반해야 한다는 시각 또한 기존 탈식민주의에 대한 비판으로 읽을 수 있다. 김은중은 "계몽주의 근대성은 식민성을 토대로 가능했다는 점에서 근대 세계체제는 근대/식민 자본주의 세계체제였다"고 주장한다. 그는 근대성과 식민성의 상관관계를 근대/식민 세계체제로 보지 않은 것은 유럽중심적 내부사유의 문제라고 본다(121).

이러한 비판의 맥락에서 탈식민주의와 페미니즘의 관계를 생각해보는 것은 의미있다. 제국주의의 정치적 지배가 끝났지만 문화적으로는 여전히 그 지배가 지속된다고 보는 탈식민주의와 페미니즘의 관계는 어떻게 설정할 것인가? 그리고 이미 나름대로 이 관계를 설정하고 있는 탈식민주의 페미니즘은 어떻게 볼 것인가? 이 글은 탈식민주의 페미니즘을 보기 전 단계로 탈식민주의와 페미니즘의 관계를 살펴보려고 한다. 탈식민주의는 페미니즘에 무엇을, 페미니즘은 탈식민주의에 무엇을 제공하는지, 다시 말해 이 글은 탈식민주의가 페미니즘에 대안을 제공했으며 제공할 것인지에 대한 질문이 지금 새삼 필요하다는 전제에서 출발한다.

탈식민주의라는 우산 안에서는 여성의 문제가 제기되더라도 중심 주제로 자리 잡지 못하는 경향을 보인다. 페미니즘이 젠더화된 주체를 그 중심에 둔다면 탈식민주의는 식민주의/제국주의적 주체의 문제를 그 중심에 두기 때문에 둘의 관계는 서로 보완이 될 수도 있다. 이 둘은 생산적 위기를 조성하며 서로에게 비판과 확장을 가져올 수도 있을 것이다. 생산적 위기란 비판과 확장을 의미한다. 그러나 앞에서 제시한 바와 같이 탈식민주의가 전 지구적 자본주의에 확실한 비판적 입장을 취하지 않는 이론이라면 이 시점에서 탈식민주의에 대해 다시 논의해볼 필요가 있다. 그리고 전 지구적 자본주의적 가부장제에 대한 비판의 지점으로 페미니즘을 놓는다면 탈식민주의와 페미니즘의 관계는 단순히 생산적 위기를 조성하고 서로에게 보완적 역할을 할 수만은 없을 것이다.

탈식민주의와 페미니즘의 관계를 살피는 일은 이와 같이 탈식민주의에 대한 비판적 성찰을 전제로 한다. 비판적 성찰을 위해, 그리고 필요한 경우 탈식민주의와 페미니즘의 생산적 위기를 위해 이 글은 탈식민주의의 저항 전략을 살피고 페미니즘의 개입 가능성을 살펴보기로 한다. 탈식민주의의 특성을 살핀다는 것은 광범위하기 때문에 주로 탈식민주의의 문화적 저항 전략에 초점을 맞추어 최근까지의 탈식민주의 논의를 개괄해볼 수도 있을 것이다. 이 글에서 다루는 탈식민주의의 저항 전략 또한 극히 부분적일 수밖에 없음을 먼저 밝혀야겠다. 이 글은 탈식민주의가 페미니즘과 생산적 위기를 조성하는지 살피기 위한 전 단계로 탈식민주의가 갖는 정치성의 성격을 살펴보는 것에 초점을 맞추고자 한다. 이는 이어지는 작업으로서 탈식민주의적 페미니즘과 페미니즘의 대안에 대한 논의를 전개하기 위한 준비 작업이 될 것이다.

탈식민주의 저항 전략: 흉내 내기와 대항 담론

탈식민주의는 특정 민족이나 인종이 식민지 상태에서 벗어나 정치·경제적으로 독립한 듯하지만 여전히 제국주의가 문화적 지배를 계속하고 있다고 보거나 새로운 식민의 상태에 처해 있다고 보는 관점으로 이루어진다. 탈식민주의를 의미하는 영어 표기인 '포스트콜로니얼리즘'에서 포스트post를 '후'로 번역할 것인지 '탈'로 번역할 것인지에 대해서는 논란이 많았다. 아직은 제국/식민주의의 지배를 벗어났다는 것을 의미하는 '탈'식민 상태가 아니라는 점에는 탈식민주의 이론가들 사이에 합의가 이루어지는 것 같다. 그러나 탈식민주의라고 할 때, 이 용어는 제국의 지배를 벗어나려는 움직임을 향해 가는 과정이라는 의미에서 '탈'을 사용한다고도 볼 수 있다. 이런 맥락에서 문화적으로 식민 상태에 있거나 경제적 신식민 상태에 있는 현재를 탈피하려는 의지와 노력이 '탈'식민주의를 구성하고 있는지, 그리고 과연 탈식민주의 이론과 실천이 '후'식민 혹은 '신'식민의 상태를 벗어나려는 의지와 벗어날 가능성을 제시하는지의 문제를 살피는 일이 중요해진다.

이 글은 일단 탈식민주의가 탈식민화를 목표로 한다고 보되, '포스트콜로니얼리즘'의 '포스트'가 의미하는 바가 단순하지 않다는 것을 전제로 한다. 이러한 전제하에서 후/탈식민주의가 제시하는 저항 전략이 무엇인지를 살펴보고자 한다. '탈'식민이 현재와 과거의 식민주의의 잔재와 유산을 안고 있는 '후'식민 상태와 '신'식민 상태를 탈피하는 것이라면 무엇보다 지배의 방식과 내용 그리고 그것에 대한 저항 전략이 무엇인지를 살피는 일이 필요할 것이다. 그리고 대안이 가능하다면 대안 전략은 무엇인지를 페미니즘과 연결하여 살피는 작업도 요구된다.

탈식민주의 이론은 저항의 전략을 세우기 위해 현재의 문제를 만들어낸 제국 혹은 제국주의/식민주의의 지배 전략을 분석하는 일을 한다고 전제할 수 있다. 현재 서구 탈식민주의 논의의 중심에 있는 주요 내용들은 정치·경제적 실천보다 이론적·담론적·문화적 실천이 주축을 이루고 있다. 제국은 문화를 통해 자신들의 이데올로기를 전수하고 지배를 가능하게 했으며, 현재도 하고 있다는 판단하에 탈식민주의 논의들은 제국의 텍스트를 분석하고 그 서사구조와 내용을 분석한다. 이 분석의 출발로 파농의 『검은 피부, 하얀 가면』, 에드워드 사이드의 『오리엔탈리즘』, 『문화와 제국주의』, 호미 바바의 『국가, 서사』 등을 들 수 있다. 이들은 서구중심성과 유럽중심성 그리고 백인중심성에 기초한 제국주의와 식민주의/신식민주의에 대한 분석을 시도한다.

탈식민주의 이론가들은 저항 전략으로 제국의 담론을 되받아치는 행위로서 글쓰기 혹은 대항 담론의 중요성을 제기하고, 글쓰기의 행위로서 대항 담론 중 알레고리의 중요성을 강조하기도 한다. 문화의 혼종성이 열어주는 가능성, 흉내 내기와 틈새 전략으로 균열적·해체적 읽기, 협상과 번역의 중요성 등을 제안한다. 이러한 전략의 배경에는 다양한 이론이 혼합되어 있다. 포스트모더니즘, 후기구조주의, 정신분석 그리고 문화론 등이 탈식민주의의 저항 전략에 동원된다. 데리다의 해체론, 푸코의 지식과 권력, 라캉의 정신분석, 그람시의 헤게모니 등이 동원된다. 호미 바바에게는 포스트모더니즘과 정신분석이, 가야트리 스피박에게는 해체론이, 다시 되살려지고 있는 프란츠 파농에게는 헤겔과 프로이트가, 에드워드 사이드에게는 푸코와 그람시가 바탕에 깔려 있다. 문화의 혼종성을 이해하기 위해 이론의 혼종이 이루어지는 장이 탈식민주의의 장이다. 이 글에서는 이렇게 이론들의 혼합으로 이루어지는 다양한 탈식민적 저항 전략 중 '대항 담론', '흉내 내기', '번역' 그리고 '제국의 언어거부'를 중심으로 살펴보기로 한다. 대항 담론, 흉내 내기, 번역, '제국의 언어거부'는 기본적으로 담론에 초점을 맞춘 저항 전략이라 할 수 있다.

저항 전략에 선행되는 것은 탈식민주의 이론가들(사이드, 바바, 스피박, 파농, 압둘 잔모하미드Abdul JanMohamed, 아자즈 아마드Aijaz Ahmad, 치누아 아체베Chinua Achebe, 응구기 와 씨옹오Ngugi Wa Thiong'o, 베니타 패리Benita Parry)의 지배 전략에 대한 분석이다. 에드워드 사이드의 『오리엔탈리즘』과 『문화와 제국주의』는 서양의 담론과 문학, 문화적 텍스트를 통한 제국주의의 재생산에 초점을 맞춘다. 이것은 현재 영토상 지배로서의 식민주의/제국주의가 거의 사라진 상황에서 제국주의 논의와 식민주의 논의를 다시 시작하는 것은 아직도 여전히 문화적으로 제국주의의 지배하에 있다는 인식에서 출발한다. 따라서 인식적 폭력과 정신의 영토화를 문제 삼는 탈식민주의 이론에서 담론과 문화는 중요한 요소로 등장한다. 탈식민주의 이론가들은 지배 전략에 대한 분석을 한 후, 중심을 해체하고 주변부의 침묵당한 목소리를 복원하며, 텍스트를 꼼꼼히 읽고 되받아치는 전략을 제시한다. 이 작업은 제국의 서사를 다시 읽고 새로 쓰는 작업으로 이어진다. 그리고 협상, 간섭, 번역, 흉내 내기 등의 정치학이 동원된다.

흉내 내기는 호미 바바 이론의 중심 개념으로 상당한 논란의 여지가 있는 용어다. 『문화의 위치*Location of Culture*』에 실린 「흉내 내기와 인간에 관하여*Of Mimicry and Man: The Ambivalence of Colonial Discourse*」라는 제목의 글에서 바바는 라캉의 흉내 내기를 차용한다. 라캉은 흉내 내기를 다음과 같이 정의한다.

> "흉내 내기란 그 어떤 것의 뒤에 있는 그 자체라 불릴 수 있는 것과 구별되는 어떤 것을 드러낸다. 흉내 내기의 효과는 위장술이다. …… 그것은 배경과 조화를 이루는 문제가 아니고 얼룩덜룩해진 배경에

대항하는 문제다. 얼룩덜룩해지는 문제다. 정확히 말해 인간의 전쟁에서 사용된 위장술과 같은 것이다."(Bhabha, 1994: 99 재인용)

바바에 의하면 이러한 동질화와 차이의 지배 전략에서 파생되는 흉내 내기는 피지배자가 지배자와 "똑같아지는 것이 불가능할 뿐만 아니라" 피지배자의 흉내 내기는 "패러디"나 "조롱"에 가까워진다(Aschcroft, 1998: 13). 바바는 "제국의 식민 주체들을 흉내 낸다는 것은 그들과 똑같이 하는 것이 아니라 똑같은 척하는 것이며 오히려 제국의 권위와 지배를 교란시킨다"(Aschcroft, 1998: 12)고 주장한다. 갈라진 혀로 말하는 것은 한편으로는 복종이요 다른 한편으로는 저항이 된다. 따라서 흉내 내기는 아이러니한 절충을 의미하게 된다. 그 예로 바바는 방글라데시에 간 선교사의 글을 통해 그곳의 거주민들이 휴지 혹은 시장에서 물건을 싸는 종이로 사용하기 위해 성경책을 받으려 했다는 일화를 제시한다(Bhabha, 1994: 92).

바바의 양가성 이론은 흉내 내기와 연결된다. "양가성이란 정신분석에서 하나를 원하고 그것의 반대를 원하는 것 사이를 끊임없이 오락가락하는 상태를 설명하기 위한 용어다. 다시 말해 끌림과 혐오가 동시에 일어남을 의미한다."(Aschcroft, 1998: 13) 이러한 정신분석의 양가성이 바바에 의해 식민담론 이론에 차용되면, 식민지배자와 피식민자 사이는 단순히 일방향적인 것이 아니라 끌림과 혐오가 복잡하게 뒤섞이는 양가적 관계가 된다. 피식민 주체는 식민 주체에 완전히 대항하지 않기 때문에 양가적이고, 식민 주체 또한 착취적이면서 베푸는 것으로 재현되기 때문에 양가적이다. 바바에 의하면, 양가성은 식민지배자에게는 "식민담론이 갖는 부정적 측면"이 된다. 식민주의 담론을 통해 지배자는 순응적인 주체, 즉 지배자를 흉내내는 주체를 생산하기를 원하지만 실은 끌림과 밀어냄을 동시에 하는 양가적 주체들을 생산하게 된다(Aschcroft, 1998: 13 참조).

바바의 양가성은 사이드의 오리엔탈리즘의 문제점을 지적한다. 바바는 식민주의 담론에서 차이와 차별에 대해 말하면서 사이드의 "오리엔탈리즘론이 지니고 있는 창의성과 유용성에도 불구하고 사이드가 이해하지 못한 것은 하나의 지식으로서 오리엔탈리즘 담론의 목적과 그 안에서 구성된 주체를 분열시키는 두 체계 사이에 존재하는 타자성과 양가성"(Bhabha, 1994: 199)이라고 주장한다. 그에 의하면 힘의 역학은 일방적이 아니라 양가적이다. 이것은 제국 담론이 일방향적이라는 생각을 수정한다. 주변부가 중심을 비결정적이며, 불확정적이고, 양가적인 것으로 만들 수 있다는 전제에서 출발한다. 이런 전제는 제국의 중심성을 교란시킬 수 있다는 가정을 가능하게 한다.

바바의 양가성은 혼종성hybridity으로 이어진다. 양가성이 권력의 위치에서 그 권위를 탈중심화하는 것과 마찬가지로 권위도 다른 문화에 감염되는 식민주의 맥락에 놓이면 혼종화된다. 이 혼종성은 식민화 과정에서 일어나는 접촉면 내에서 새로운 문화적 형태가 형성됨을 가리킨다. "원래 혼종성은 식물학에서 두 종을 접붙여 새로운 혼종hybrid species을 만드는 것을 의미한다. 이 혼종성은 탈식민주의 이론에서 언어적·문화적·정치적·인종적 섞임을 의미한다."(Ashcroft, 1998: 118) 그에 의하면 지배자의 것이든 피지배자의 것이든 모든 형태의 주체와 정체 그리고 담론은 차이와 분열에 의해 이루어진다. 주체의 정체성에는 이미 타자가 섞여 있다. 모든 형태의 정체성은 이미 혼성체로 존재하게 되는 것이다. 그의 혼종성 개념은 독립적 실체로서의 국가나 민족을 부정한다. 대표적 논문 중 하나인 「디세미네이션*DissemiNation*」에서 그가 주장하는 것은 국가의 정체성이 혼종적으로 구성되었다는 점이며, 타자와 상호작용하는 독립적 실체 개념으로서의 국가 혹은 민족이라고 하는 개념은 탈식민주의적 이론에 의해 해체되어야 할 요소임을 밝힌다(Bhabha 1990).

바바의 흉내 내기에 이어 스티븐 슬레먼Steven Slemon이 제안하는 대항 담론counter discourse은 제국주의, 식민주의의 지배 서사를 통한 문화 재생산을 막기 위해 탈식민주의가 제기하는 방식의 하나다. 슬레먼은 「제국의 기념비들: 탈식민적 글쓰기의 알레고리와 대항 담론 행위」라는 논문에서 제국주의의 문화적 지배에서 담론이 갖는 헤게모니의 중요성을 지적하면서 이러한 헤게모니에 대한 저항의 가능성으로 대항 담론을 제안한다. 슬레먼은 탈식민 문화의 대항 담론이 제국주의적 동질화에 도전하고, 그것을 전복할 수 있다고 주장한다(63). 그리고 대항 담론의 중심 형식으로 알레고리에 관심을 갖는다. 그에 의하면 알레고리는 제국과 피식민 주체들이 동시에 사용할 수 있는 것이다. 제국의 알레고리에 저항하는 알레고리를 상정함으로써 알레고리가 대항 담론적일 수 있음을 강조한다(65). 알레고리에 대한 논의는 일찍이 프레드릭 제임슨Fredric Jameson이 「다국적 자본주의 시대의 제3세계 문학」에서 제시한 바 있다. 그는 제3세계의 알레고리의 가능성에 대해 논하면서 민족주의적 알레고리와 제1, 제3세계 자본주의의 발전단계의 차이를 연결한다(슬레먼 63-65 참조). 제임슨에 의하면 공/사의 분리가 진전되지 않은 곳, 예컨대 중국의 루신의 글쓰기를 통해 보면 사적인 것은 바로 사회적·집단적 알레고리가 된다는 것이다.

이 알레고리를 둘러싼 논의에서 아자즈 아마드는 제임슨의 논의를 비판한다. 아마드는 제임슨이 자본주의의 제1세계와 사회주의의 제2세계는 '생산 체제'에 의거하여 정의하고 있는 반면, 제3세계는 제국주의나 식민주의 등 순전히 "외부에서 삽입된 현상의 '경험'에 의거하여 정의하고 있다"고 지적한다(Ahmad 78). 아마드는 우리는 세 개의 세계 속에 살고 있는 것이 아니라, 하나의 세계 속에 살고 있다고 주장한다(80). 제1, 2, 3세계로 구분하는 것은 인위적이며, 자본주의 체제도 "이원론적 대립이 아니라 차이가 있지만 깊숙이 겹쳐져 있는 모순적 통합의 용어로 알려지게 될 것"이라고 말한다(80). 제1세계와 제3세계의 차이가 타자성이라는 개념으로 절대화된 것으로 보이지만 소위 '제3세계' 내부의 사회적 구성이 문화적으로 엄청나게 중층적이고 이질적이기 때문에 '타자'라는 개념은 결국 해체되어버릴 것이라고 주장한다(80).

알레고리는 잔모하미드에게 오면 다른 각도에서 제시된다. 잔모하미드는 「이원구조적 알레고리의 경제학*The Economy of Manichean Allegory*」이라는 논문에서 식민지배자의 문학 텍스트와 이에 대응하는 식민지 아프리카의 문학을 분석한다. 잔모하미드의 이원구조적 알레고리론이 보여주는 식민문화론은 식민지배자와 피지배자의 절대적 대립관계를 설정한 파농에서 출발하여 이러한 대립관계가 어떻게 변증법적 관계로 변모할 수 있을까를 모색하는 문화적 융합주의syncretism로 발전한다. 그리고 그의 식민문화론은 이러한 문화적·문학적 융합론의 가능성을 식민지배자층의 작가에게서가 아니라 제3세계 작가에게서 찾는다(JanMohamed 18-23).

번역은 호미 바바가 내놓은 용어다. 바바는 재현의 미결정성에 탈식민주의가 관심을 갖고 개입할 때 정치적 저항이 가능해진다고 본다. 그는 번역을 "불연속적 다시 쓰기disjunctive rewriting"(1994: 226)라 부르고 이것은 제국적 주체의 기반인 동질적 공간과 연속적 시간을 해체한다고 주장한다. 번역은 제국에 대한 저항의 수단임과 동시에 주변인이 자신의 "고유명사"를 찾기 위한 투쟁이 된다. 주변인은 "탈식민주의적 번역"을 통해 서구 근대성을 재해석하고, 적극적으로 "자신에게 이름을 부여하는 것"이다(1994: 242).

바바는 번역이 단지 언어적 미결정성만을 의미하는 것이 아니고 역사적 현상임을 강조한다. 그는 자본의 전 지구화 현상에 의한 이산의 문화현상에서 이질적 문화들이 부딪치고 갈등하는 것을 잘 드러내주는 것이 번역이라고 본다. 바바는 이산자들의 "경계성"이 "초국가적transnational"일 뿐만 아니라 "번역적translational"이라고 주장한다. 그는 탈식민주의적 번역을 통해 식민주의의 근대화론의 재현 과정에 존재하는 서구의 지배욕을 드러낼 수 있다고 믿는다. 현대 탈식민사회는 전 지구적인 이산과 자본의 속도와 유연화를 통한 경계의 붕괴를 경험한다(1994: 149). 현대사회는 "새로운 혼성적이고 전환적인 정체성"을 창출하고, "동질화가 불가능한 차이들의 협상"을 가능하게 하며, "경계적 존재"들이 생존하는 "제3의 공간"을 창조한다(1994: 218). 바바의 "제3의 공간의 발화들Third Space Enunciations"은 문화적 차이의 절합을 위한 전제조건이 된다(1994: 38). 바바에 의하면 이 제3의 공간을 발굴함으로써 우리는 대립의 정치학을 피하고 우리 자신들의 타자가 될 수 있다(1994: 38-39). 바바는 이 "제3의 공간"에서 탈식민주의적인 저항적 글쓰기의 한 형태인 번역이 가능해지고, 번역을 통해 "소수민족 공동체가 자신의 집단적 정체성들을 협상"할 수 있다는 것이다(1994: 230-231).

슬레먼과 바바와는 다소 다른 각도에서 접근하는 응구기 와 씨옹오의 언어 저항 전략을 생각해보자. 이미 제국의 언어들이 피식민지의 언어로 자리 잡고 있는 현실에서 제국의 언어로만 표현하는 법을 배운 이들이 어떻게 문화적 독립, 문화적 주체가 될 수 있는지를 놓고 아프리카 탈식민주의자들의 저항 전략은 갈라진다. 그 예로 치누아 아체베와 응구기 와 씨옹오를 들 수 있다. 아체베는 영어를 사용해야 한다는 입장이고, 응구기 와 씨옹오는 영어를 사용하지 않아야 한다는 입장이다. 응구기 와 씨옹오는 영문학과의 폐지를 주장하고 나섰다. 협상을 하는 쪽은 아체베라 하겠고, 거부함으로써 저항하는 전략을 펴는 쪽은 응구기 와 씨옹오다.

응구기 와 씨옹오는 아프리카 대륙에 대한 서구의 식민지배는 지금도 계속되고 있다고 보고 생물학적 형상이나 피부색으로 억압해온 방식에 대해 다른 접근을 한다. 그에 의하면 오늘날 아프리카 대륙 내부에는 두 가지 적대 세력이 존재한다. 그것은 제국주의 전통과 저항 전통이다. 아프리카의 제국주의 전통은 국제 부르주아들과 아프리카

내의 꼭두각시 지배계급들이다. 이 꼭두각시 지배계급들은 형식적으로 독립의 깃발을 흔들고 있지만 실은 신식민지 부르주아들이다. 이들은 군화, 가시철선, 제복 입은 성직자 그리고 법관들, 거기다 일군의 지식인, 학자 그리고 언론인들이 이에 합세하여 신식민지 체제를 구성한다. 이에 대한 저항 세력의 주체는 노동자들(소작농, 프롤레타리아)인데 여기에 운동권 학생들, 대학 내 혹은 재야의 지식인, 그 밖의 진보적 중산층이 합세한다(와 씨옹오 20-21).

그러므로 응구기 와 씨옹오는 제국주의의 힘은 여전히 지속되고 이 힘은 "문화폭탄이라는 초유의 무기"를 동원하여 집단 저항의지를 공중분해시킨다고 본다(22).

> 문화폭탄의 위력은 실로 가공할 만하다. 그것은 피억압자들의 이름, 언어, 환경, 저항, 전통, 대동단결, 그리고 그들 자신의 능력뿐만 아니라 그들 스스로에 대한 소신조차 일거에 박멸해버린다. 심지어는 피억압자 자신의 과거에 대해서도 내세울 만한 것이라곤 아무것도 없는 쓰레기 소각장 정도로 인식하도록 만들어버린다. 그리하여 그들로 하여금 황무지 같은 과거에 등을 돌리도록 만든다. 이러한 문화폭탄이 진정으로 희구하는 것은 피억압자들로 하여금 그들과 가장 거리가 먼 곳에 존재하는 그 어떤 것에 스스로를 동화하도록 유도하는 것이다. …… 이것은 결국 피억압자의 삶에 대한 의지 그 자체를 무화시키는 결과를 초래한다. 심하게는 저항의 도덕적 정당성마저 회의하게 만든다(22-23).

응구기 와 씨옹오가 보기에 문화폭탄이 의도하는 효과는 절망과 비애 그리고 집단자살 충동이다. 문화폭탄에 대항하기 위해 응구기 와 씨옹오는 아프리카 내부와 외부의 연대를 제시한다. 아프리카 내에서는 두 가지를 제시한다. 전통문화와 단일한 언어다. 그는 전통문화가 문화투쟁의 무기가 된다고 보고, 각자의 언어 속에 공통적으로 내장되어 있는 단일한 언어, 곧 투쟁의 언어를 사용해야 한다고 주장한다. 이러한 투쟁의 언어는 아프리카 언어를 계속 개발하는 것을 의미하기도 한다. "과거의 식민지에서 현재의 신식민지로 전락한 아프리카 국가들은 이제 유럽의 언어로 그들 자신을 규정하기에 이르렀다"는 것이다. 소위 영어권, 불어권 혹은 포르투갈어권 아프리카 국가들이라는 명명법을 사용한다는 것이다. "언어적 예속상태를 벗어나려는 지난한 몸짓을 보여야 할 작가들마저도 제국주의자들의 이식언어를 그대로 답습"하며 "아프리카 문화의 르네상스는 유럽언어와 불가분의 관계를 맺고 있다"는 공리를 편다고 비판한다. 아프리카의 민중은 자유로운 서구의 금융자본과 그 우산 아래 있는 방대한 초국적 독점체에 대항할 연대가 필요하다고 주장한다(22-27 인용 및 참조).

앞에서 살펴본 흉내 내기, 대항 담론, 번역, 그리고 제국의 언어거부가 갖는 정치학은 모두 관계의 정치학이다. 그러므로 각각의 주체가 독자성을 갖기보다 제국의 힘이라는 것을 전제한 상태에서 저항의 전략을 짠 것이다. 그래서 파농이 말하는 민족해방, 문화민족주의, 혹은 생고르의 네그리튀드는 단순한 발상으로 치부되는 경향이 있다. 파농의 복원도 민족해방전선이나 민족주의전선을 주장한 운동가로서가 아니다. 그는 경제적 절차와 무의식의 내재화라는 이중의 절차에 의해 식민화가 이루어진다고 본 이론가가 아니라 타자화된 무의식에 초점을 맞춘 정신분석학적 식민주의 이론가로 복원된다.

탈식민주의 저항 전략을 비판적으로 보기

호미 바바의 저항 전략에 대한 비판적 시각들은 다양하다. 아예 저항적 전략이라고 볼 수 없다는 시각도 존재한다. 그의 이론에 의하면 식민담론에는 이미 저항의 가능성이 존재하기 때문이다. 식민담론에서 지배자와 피지배자 사이의 관계는 양가적이고, 지배자 안에 이미 타자로서 피지배자가, 피지배자 안에 지배자가 타자로서 존재한다. 이미 언제나 지배자의 담론이 피지배자의 담론에 의해 분열되어 있는 이 상황은 제3의 공간을 만들며, 그 공간은 새로운 문화의 가능성에 열려 있는 혼종의 공간이다. 흉내 내기가 조롱이나 패러디라고 하면서 그 안에 이미 차이와 저항의 요소가 내재해 있다고 말하는 바바의 입장은 동화주의자의 발상, 혹은 제국의 힘을 인정하는 발상으로 보이기도 한다.

잔모하미드는 바바 식의 양가성이라 하는 것도 실은 이중적 대립관계에서 헤게모니적 우위를 점유하고 있는 식민지배자의 지배담론의 일종이며, 그러한 양가성에 대한 주장 자체가 이미 지배담론의 영향력을 보여주는 예가 된다고 본다. 그래서 그는 식민사회의 지배/피지배 관계를 확실히 함으로써 식민 상황을 극복할 수 있을 것임을 강조한다. 바바는 파농의 식민지배 주체와 피식민 타자라는 이원대립구조가 야기하는 투쟁을 무시하고 있다고 비판받는다. 혼종성에서 도출한 바바의 문화론은 지나치게 안이하게 피지배자들이 힘을 소유한다는 결론에 도달하게 될 가능성을 담고 있는 셈이다. 잔모하미드는 바바가 물질적 갈등의 오랜 역사를 무시하고 '식민담론' 분석에 치중함으로써 경제와 문화 모두를 파괴당한 피지배자가 힘을 갖는다는 이상한 결론에 도달했다고 비판한다. 그리고 바바가 물질적 착취와 그에 대한 투쟁을 무시한다고 주장한다. 잔모하미드는 식민담론의 정치성과 역사성을 충분히 밝히기 위해 식민담론의 '이데올로기적 기능'과 '실제적인 제국주의의 실천'의 관계를 고찰해야 함을 강조한다(18-23). 흉내 내기가 저항이 된다는 바바의 견해에 대해 아지즈 아마드, 베니타 패리, 챈드라 모핸티 등도 비판하고 나선다. 이들은 바바가 권력관계의 불평등함과 불균형상태를 간과하고 있다고 비판한다. 그리고 지역의 문화적 차이를 약소화함으로써 은연중 동화주의 정책을 지지하는 텍스트주의적 관점이라고 비판한다(Ashcroft et al., 1998: 118).

앞에서 언급한 비판들을 기반으로 하여 탈식민주의 저항 전략에 대한 몇 가지 질문이 가능하다. 탈식민주의의 공간은 어떤 공간인가? 제3의 공간을 말하지만 실제로는 제국의 서사들로 다시 돌아가야 하는, 그래서 제국의 공간과 피식민의 공간이 함께하는 그런 공간으로 보인다. 흉내 내기, 되받아치기, 해체적·균열적 읽기, 대항 담론 등은 모두 여전히 제국의 서사에 대한 관심을 기반으로 한다. 탈식민화 과정에서 제국의 서사로 다시 돌아가는 것의 효과에 대한 논의는 상당히 중요한 문제다. 탈식민주의가 설정하는 공간이 제국과 식민 사이의 경계 지역이라면 제국의 서사의 중요성은 아무리 탈중심화된다고 하더라도 여전히 중요한 것으로 남는다. 해체적 읽기를 통해 제국을 전복하고 신식민주의를 얼마나 교란시킬 수 있는가? 탈식민주의는 제국을 교란하고 제국에 저항한다고 하지만 여전히 제국의 힘을 강조하고 그 언저리에만 머물러 있게 만드는 교묘한 논리를 제공하고 있는 것으로도 보인다. 담론과 지식이 갖는 권력의 문제에 관심을 갖는 것은 그것이 경제, 정치적인 제국의 상황과 연결되지 않을 때는 단편적인 정치성만을 띠게 된다.

그리고 제국의 언저리를 떠나지 않음으로써 여전히 제국의 문화를 재생산하고 있음을 보여주는 좋은 예가 출판과 유통, 즉 문화의 생산과 소비다. 탈식민주의 이론이나 비평의 내용은 변경의 공간이자 제3의 공간이지만, 출판생산은 제1세계가 중심이며, 이론가들도 제1세계에 거주하는 제3세계인들이라는 점은 반드시 짚을 필요가 있다. 그러나 제3세계의 문화 원자재를 제1세계가 가공하여 생산품으로 내놓는 현실에서 보면 여전히 제1세계 중심임을 알 수 있다. 문학과 비평의 생산에 관해 미첼W. J. T. Mitchell은 「포스트식민 문화, 포스트 제국주의적 비평」에서 '주변' 국가에서 '문학'이 번성하고 '중심' 국가에서 '비평'이 뛰어나다는 지적에 대해 문화는 더 이상 "일방통행"이 아니기 때문에 "식민지에서 나온 문화적 '원료'가 제국의 문화 산업에 의해 '최종 생산품'으로 바뀐다고 말하는 것은 명백히 잘못"이라고 반박한다(475). 하지만 "공통의 이해관계, 동맹과 협력의 기회"를 규명해냄으로써 "포괄적 비전"을 제시할 수 있을지 모른다는 미첼의 희망과 제국주의 국가였으면서도 반제국주의적 이상을 갖고 있었던 미국이 그 역할을 담당할 수 있기를 소망하는 미첼의 태도는 지극히 제1세계적 시각이라는 생각이 든다.

호미 바바가 말하는 제3의 공간이 갖는 전복성은 어디까지나 비정치적일 가능성이 있다. 탈식민의 논의인 되받아치기, 은밀한 전복, 흉내 내기, 협상, 번역 등이 저항의 정치성을 띤다는 것은 의심의 여지가 있다. 그리고 이러한 저항 전략들이 갖는 정치성이 의심스러운 이유는 상당 부분 제1세계에 있는 제3세계 지식인들에 의해 제시되었다는 점과 상관이 있다. 탈식민주의는 여전히 제국의 언저리를 돌면서 제3세계에 어느 정도 목소리를 내주는 시늉을 하면서 오히려 제3, 4세계의 독특한 목소리들을 차단하고 있을 수도 있다. 콰메 안소니 아파이어Kwame Anthony Appiah 같은 이론가가 탈식민성의 효용성을 전적으로 신뢰하지 않는 이유도 여기에 있다. 아파이어에 의하면 "포스트콜로니얼리티는 '주변'에서 세계 자본주의 문화상품의 교역에 관여하고 있는, 서구적 스타일에 서구적 교육을 받았으며 상대적으로 소수인 작가와 지식인 집단, 소위 '매판 지식인 계급'의 상황이다"(119).

탈식민주의가 제시하는 저항성이 특히 포스트모더니즘에게 영향받고 있음은 문제점을 내포한다. 바바는 포스트모더니즘이 근대의 연속적 시간과 공간적 구별성에 대한 비판을 담고 있다고 전제한다. 서구 근대의 연속적 역사관과 구별되는 공간의 구획화가 결국 식민주의와 연결된다고 보고 포스트모더니즘이 이러한 연속성과 차별성을 해체한다고 본다. 제국의 공간적 동질성을 불가능하게 하는 '제3의 공간'은 경계들이 만나는 공간이다. 이 경계적 공간은 서구의 지배가 필요로 하는 지배 주체의 공간적 동질성을 불가능하게 한다. 따라서 문화적 혼종성은 그 자체로서 이미 제국의 구별된 공간을 해체하고 있는 셈이다. 엄밀히 말하면 그에게 있어 피지배 주체는 저항이나 독립의 의지를 갖고 움직이지 않아도 포스트모던한 문화, 그 자체가 이미 그러한 변화의 상황을 마련하고 있는 셈이다. 따라서 바바에게 포스트모더니즘은 탈식민주의의 유용한 틀이 된다. 하지만 이 지점이 바로 탈-식민을 향한 저항을 명확히 하는 것을 어렵게 만든다.

이런 상황에서 비제이 미쉬라와 밥 하지의 '공모적 탈식민주의'와 '저항적 탈-식민주의'의 구분에 관심을 기울일 만하다. 하지는 포스트모더니즘의 텍스트성에 의해 오염된 탈식민주의를 '공모적 탈식민주의'라 부르고 이것과 대비하여 탈식민주의의 정치성을 하이픈을 통해 강조한 '저항적 탈-식민주의'라고 주장한다(Mishra & Hodge 407). 미쉬라와 하지는 포스트모더니즘과 탈식민주의가 지니는 유사성 때문에 둘을 혼동하는 것을 경계해야 한다고 말한다. 포스트모더니즘을 지배적이며 유럽중심적이고 신보편주의적인 제국주의 담론으로 보는 관점이 있기 때문에 탈식민주의와 포스트모더니즘의 관계에 대한 관심이 필요하다. 포스트모더니즘의 정치적 모호성이 탈식민주의의 저항적 글쓰기에 장애가 된다는 다이애나 브라이든Diana Brydon은 탈식민적인 것과 포스트모던한 것 사이에는 강력하고 분명한 연계가 있다고 보는 린다 허치언의 주장을 반박한다(136). 포스트모더니즘이 집착하는 의미의 위기가 모든 지역의 위기는 아니라는 점을 생각하면 포스트모더니즘이 중심화된 주체를 비판하며 해체한다고 해서 탈식민주의의 비판과 동일하다고 믿는 것은 탈식민주의가 가질 수 있는 역사성과 정치성을 약화시킬 수 있다.

포스트모더니즘과의 제휴가 '공모적 탈식민주의'를 낳을 가능성을 제공한다면, 탈식민 이론가들의 '서구적 틀' 또한 문제다. 베니타 패리는 「현재의 식민담론 이론들의 문제점」이라는 글에서 잔모하미드, 스피박, 바바를 비판하고 있다. 이들의 서구적 틀은 신식민주의의 지배에 포섭될 수밖에 없다는 것이다. 다시 말해 이 세 이론가의 논의는 생산적이긴 하지만 식민 상황에 필연적으로 요구되는 정치성을 무시하거나 지나치게 단순화함으로써 제국주의의 요구에 부응한다고 패리는 비판한다. 그녀는 잔모하미드의 융합론, 바바의 혼성론 및 후기구조주의적 담론 우위론 등은 파농이 담보하는 투쟁력을 갖지 못한다고 본다. 패리는 바바가 파농의 『검은 피부, 흰 가면』의 개정판 서문인 「파농을 기억하며」에서 행한 후기구조주의적 파농 읽기를 문제 삼는다. 패리는 잔모하미드의 파농 수용은 지나치게 도식적이고 파농이 지니는 섬세함과 유토피아적 측면을 결여하고 있다고 본다. "억압자와의 적대관계"를 포기하지 않고 식민권력과 대항하여 싸울 수 있는 하나의 "전투적 주체"를 구성해야 함을 역설한 파농의 이론이야말로 정치적으로 효용 있는 식민이론이라고 주장한다(36).

담론과 물질적 현실을 구분할 필요성은 탈식민주의 논의의 전개과정을 보면 알 수 있다. 여전히 제1세계를 중심으로 이루어지고 있는 담론 시장과 문화의 유통구조에 대한 통찰이 요구된다. 바바는 '문화의 위치'에 대해 썼지만 실제로 스피박, 바바, 사이드 등의 자리는 어디인가를 살펴볼 필요가 있다. 사이드의 『문화와 제국주의』가 분석 대상으로 삼는 텍스트들은 영국의 것들이며 그들은 미국이라는 땅에 거주한다. 그들이 주장하는 문화를 통한 제국주의는 아이러니컬하게도 지금 탈식민주의 담론을 통해 그 힘을 유지한다. 오늘의 비판이론들이 수입되고 소비되는 방식은 신식민주의의 강화와 관련된다. 문화가 자본주의의 존재를 보이지 않게 만드는 역할을 한다는 점을 탈식민주의 이론의 유통에서도 볼 수 있다.

따라서 진정한 탈식민을 향해 가려면 현재의 경계지역의 혼종성에만 초점을 맞출 것이 아니라 지역 공동체로서 제3, 제4세계의 목소리들이 스스로 자신의 목소리를 내는 대안의 정치학이 가능해져야 한다. 이것은 프레드릭 제임슨이 말하는 제3세계의 민족적 알레고리에 대한 관심이 아닌, 특정 민족이나 인종 혹은 지역의 공동체가 갖는 중층적인 목소리에 관심을 가짐으로써 가능해질 것이다. 여기서 중요한 것은 이들의 목소리가 다시 제1세계에 포섭되지 않는 방법을 찾는 일이다. 그리고 현재 탈식민주의 관련서들의 출판사들이 거의 미국과 영국이라는 점에서도 지식 생산물의 불평등한 분배를 알 수 있다. 따라서 제1세계를 매개로 하지 않고 제3세계 국가 간의 대화가 가능해져야 하며, 토착 출판과 내부 분배 능력을 강화하고, 정확한 현실 분석을 바탕으로 서적 출판 산업 정책이 수립되어야 한다.

탈식민주의 저항 전략과 페미니즘

페미니즘은 탈식민주의의 제국주의/식민주의/신식민주의에 대한 인식적 지도 그리기를 통해 다시 인종/민족의 차이, 지역적 차이 등을 중심으로 여성들 사이의 차이를 인식할 가능성이 넓어진다. 제국주의적 주체의 문제에 접근하는 탈식민주의는 총체적 여성이라는 전제에 대한 도전을 가능하게 한다. 탈식민주의의 관심은 인종과 민족이 다른 여성들 사이의 차이들에 대해 좀 더 깊이 생각할 계기를 마련한다. 그리고 탈식민주의의 저항 전략이 페미니즘이 지금까지 제기해온 문제들과 상당한 정도로 공통점을 갖는다는 측면에서도 페미니즘의 저항 전략을 풍부히 할 것이다. 이뿐만 아니라 전 지구적 자본주의와 제국주의 혹은 식민주의가 만나는 지점에 대한 탈식민주의의 관심은 페미니즘이 궁극적으로 지향하는 세계를 만드는 데 필요한 관심이기도 하다. 전 지구적 자본주의와 제국주의뿐 아니라 남성과의 관계에서 협상이나 대항 담론, 언어거부가 갖는 저항의 방법론도 고려해볼 수 있다. 젠더의 문제에 초점을 맞추는 페미니즘의 내용과 방법론은 젠더가 작용하는 다양한 방식에 대한 관심을 의미한다.

탈식민주의와 페미니즘은 상호 생산적 위기를 만들 가능성들을 내포하고 있다. 일단 탈식민주의와 페미니즘은 공통된 관심사를 갖는다. 지배/피지배, 주체/타자의 문제들과 문화적·인식적 지배에 관한 관심 등이다. 그러나 가장 핵심이 되는 접점의 문제가 다르다고 하겠다. 가부장제의 문제를 여러 각도에서 살피는 페미니즘과 제국주의/식민주의 그리고 그 후를 살피는 탈식민주의는 주된 관심사가 다르다. 그렇기 때문에 탈식민주의와 페미니즘은 서로 생산적 위기를 조성할 수 있는 여지가 분명히 있다.

페미니즘이 탈식민주의에 제공할 수 있는 생산적 위기는 우선 탈식민주의가 젠더와 섹슈얼리티의 문제에 거의 관심을 갖지 않거나 못한다는 점에서 찾을 수 있다. 남성주도적인 탈식민주의 이론들에서는 젠더와 제국주의/식민주의의 문제가 전혀 제기되지 않는다. 이론의 면에서도 실제 비평의 면에서도 그러하다. 탈식민주의는 여전히 사이드, 바바, 파농 등 남성들을 중심으로 논의되고 있으며 그 외 압둘 잔모하메드, 아지즈 아마드, 그리고 치누아 아체베, 응구기 와 씨옹오를 중심으로 논의된다. 스피박, 패리, 술레리 등 여성 이론가들에 대해서는 다음 기회에 더 구체적으로 다루겠지만 현재 이러한 탈식민을 중심에 두는 여성주의 이론가들을 제외하고, 『검은 피부, 하얀 가면』에서 인종과 섹슈얼리티를 교차시킨 파농의 경우를 제외하면 앞에서 보았던 바바를 위시한 남성 이론가들은 젠더와 섹슈얼리티 문제를 핵심에 두지 않는다.

탈식민주의 이론에서는 여성이 겪는 이중, 삼중의 식민 경험이 역사화되지 않고 여전히 매장된다. 남성중심의 근대문명, 근대화과정에서 제국주의, 식민주의의 지배를 거쳐온 나라와 민족, 부족들의 여성은 이중적 억압을 경험했고, 탈식민·신식민 상황에서 여전히 이중의 억압을 겪는다. 그리고 그 부족과 민족들 내부에서 다시 계급적·성적 차이에 의해 삼중 혹은 중층적으로 억압을 경험한다. 그러나 탈식민주의의 저항 전략을 통해 드러나는 내용을 보면 이러한 중층적 억압의 경험에 대해 남성 이론가들, 현재 탈식민주의 담론의 중심에 있는 이론가들 대부분이 무관심하거나 침묵을 지킨다. 따라서 이 중층적 억압의 지점에 대해 탈식민주의적 페미니즘의 개입이 필요하다. 식민주의, 제국주의를 단순히 제국주의적·식민주의적 지배자와 피지배자의 구도로 보는 경우 차이에 입각한 문제의식이 결여되어 제대로 제국주의와 신식민주의의 모습이 드러나지 않는다. 나딘 고디머, 토니 모리슨 등 여성 작가들이 여성의 경험에 가까이 가는 작업을 했고, 이들이 정전화(正典化) 과정에 있는 것도 사실이다. 그러나 이론에서는 다시 남성화가 일어나고 있다. 다시 말해 가부장제와 제국/식민주의가 만나는 지점에 대한 관심이 부족하다는 말이다.

젠더와 인종의 문제를 두고 우선 심급을 묻는 상황은 1980년대 한 아프리카의 시인의 시에서 볼 수 있다. 젠더와 인종의 긴장관계에 대해 커스틴 피터슨Kirsten Petersen은 1981년 가을 "아프리카에서 여성들의 역할"이라는 주제하에 열린 학회에서 드러난 차이에 대해 말한다. 피터슨에 의하면 이 학회에서 서구 페미니스트들은 계급과 젠더 중 어느 것이 더 중요한가를 토론하고, 아프리카 페미니스트들은 신식민주의에 대한 싸움과 페미니스트적 해방 사이의 문제를 논했다(251-2). 어떤 것이 더 중요한가를 놓고 페미니스트들 사이에도 차이가 있음을 보여준다. 아프리카 페미니스트들은 서구 페미니스트들과는 다른 경험을 한다. 서구의 문화적 제국주의에 대항해 싸우는 것과 여성의 평등을 위해 싸우는 것, 그중 무엇이 우선하는가를 놓고 고민할 수밖에 없는 것이 아프리카 여성들이 처한 현실이었다. 식민지의 경험을 하고, 아직도 문화적 제국주의 하에 있는 아프리카에서는 성과 제국주의 중 어느 것이 더 중요한가의 문제로 고민하게 된다. 피터슨은 이러한 고민을 할 수밖에 없는 여건임을 보여주는 시 한 편을 제시한다. 말라위 시인 펠릭스 은탈리Felix Mnthali의 「페미니스트 친구에게 보내는 편지」라는 시는 아프리카의 탈식민주의자 남성과 아프리카 페미니스트 사이의 긴장을 보여준다. 길지만 인용해보기로 한다.

나는 당신의 글귀의 리듬에서 빛을 보는 체할 수는 없다
빛나는 페이지들이 꼭 역사에 관한 저작권을 소지할 필요도 없다
나의 세계는 강간당하고 약탈당하고 쥐어짜졌다
유럽과 미국에 의하여
그리고 나는 유럽과 미국을 즐겁게 하기 위하여 세 대륙에 걸쳐 흩어져 존재해왔다
그리고 지금
유럽과 미국의 여자들은
나의 땀 위에서 진탕 마시고 떠들썩하게 잔치를 벌인 후
내가 세운 세상의 쿠션으로부터
그들의 남성동지들을 징계하고 거세하려 튀어 오른다!
왜 그들이 우리 사이를 헤집고 들어오도록 놔두어야만 하는가?
그대와 나는 함께 노예였고
함께 뿌리 뽑히고 굴욕을 받았다
강간과 린치를

관리자의 채찍과
노예주의 색욕
당신의 친구들은 '운동 속에서'
이러한 일들을 이해하는가?

아니, 아니, 나의 누이여,
나의 사랑이여,
먼저 해야 할 것은 먼저!
아직 너무 많은 강도들이
이 대륙에 살금살금 다가온다
너무 많은 해적들이
너무 많은 약탈자들이
너무나 많이
아직도 이 땅에 살금살금 다가온다

아프리카가 이 땅에서건 바다 건너서건
진정으로 자유로워질 때
요리를 함께하고
냅킨을 바꾸고 할 그런 시간이
나에게
그리고 그대에게 있을 것이다
그때까지는,
먼저 해야 할 것은 먼저!
(Petersen 252-3)

피터슨에 의하면 1960년대 아프리카의 글쓰기 물결은 아프리카의 과거가 얼마나 위엄 있고, 정돈되어 있으며, 복잡한, 그래서 가치가 있는 유산임을 밝히는 작업이었고, 이것은 문화적 제국주의에 대한 싸움을 열었다. 그러나 이 과정에서 여성들의 문제는 때가 무르익어야 표면으로 부상할 운명인 것으로 무시되었고, 아프리카의 과거를 위엄 있는 것으로 만들고 아프리카의 자존감을 회복하는 데 징집되었다. 피터슨에 의하면 아체베의 아프리카 전통적 이보Ibo 사회의 장단점도 이런 각도에서 보면 칭찬할 것만은 아니다. 여성은 지속적으로 매 맞고 공동체의 의사결정 과정에서 한마디도 못하게 되어 있다. 그리고 속담이나 격언에서 항상 욕먹는 존재로 등장하며, 여자처럼 행동하는 것은 열등한 존재처럼 행동하는 것인데도 그의 여성들은 공동체 내에서 행복하고 조화로운 구성원들이 된다(253). 피터슨은 아체베의 인물 오콘코Okonkow가 아내를 때린 것 때문이 아니라 평화의 주간에 아내를 때렸다는 것으로 벌을 받는 것을 제시하는 과정을 보면, 명백한 성적 불평등이 아체베에게는 마치 즐거움을 선사하는 주제로 비추어지는 듯하다고 말한다(254). 따라서 페미니즘은 여성들 사이의 차이들에 분명히 예민해져야 함과 동시에 연대의 가능성을 찾아야 한다. 반다나 쉬바와 마리아 미즈의 공저『에코페미니즘』의 서문을 보면 연대의 가능성이 제시된다. 아프리카를 비롯한 제3세계 여성들이 서구 백인여성들과 차이가 없는 것이 아니지만 그렇다고 같은 국가, 민족, 부족의 남성 또한 여성과 공감대만 형성되어 있는 것은 아니다. 따라서 아프리카, 제3세계의 페미니즘 실천은 훨씬 더 복잡하다고 할 수 있다.

탈식민주의의 저항 전략은 이제까지 논의된 저항 전략을 심화시킬 필요가 있다. 심화는 탈식민주의적 페미니즘이 내세울 수 있는 새로운 혹은 다른 저항 전략을 따라가는 데서 찾을 수 있다. 탈식민주의 페미니스트로 스피박과 모핸티는 계급, 인종, 성의 교차 지점에 대한 관심을 확실하게 보여주었다. 스피박의 '하위주체'에 대한 관심과 모핸티의 제1세계 안의 제3세계 여성 그리고 특히 노동자들, 자유무역지대나 실리콘 밸리의 이주여성노동자들에 대한 관심은 단순히 문화적 저항 전략을 뛰어넘는 관심이다. 그리고 실천적 행동으로 이어질 수도 있는 관심이다. 모핸티가 '반자본주의 비평', '탈식민주의', '여성의 개입'을 연결하면서 페미니즘을 제시하는 것은 탈식민주의와 페미니즘의 관계 설정에 중요한 축이 될 것으로 보인다. 스피박이 보여준 하위주체연구모임에 대한 비판적 관심과 제1세계 페미니스트들에 대한 비판적 시각 또한 탈식민주의 저항 전략에서 젠더와 계급 그리고 인종적 층차를 고려하는 데 중요한 제안으로 받아들일 수 있다. 이와 같이 탈식민주의 저항 전략은 탈식민주의 페미니즘이 제시하는 젠더와 인종과 계급의 중층적 차이에 입각한 저항 전략으로의 전환이 필요한 것으로 보인다. 그러나 탈식민주의 페미니즘이 앞에서 언급한 탈식민주의 저항 전략이 갖는 한계를 부분적으로 포함한다는 점 또한 간과하지 말아야 한다. 전 지구적 차원에서 지역이 갖는 저항성을 담보하려면 제국과 식민의 접점으로서 다른 공간에 대한 관심들이 확장되어야 할 것이다.

그리고 저항 전략만이 아니라 대항·대안 전략이 필요하다. 대안은 대항을 전제로 하거나 상대를 의식하지 않는 독립을 향하는 전략이다. 물론 간단하지 않을 것이다. 페미니즘은 두 가지 전략을 동시에 사용하고 있다. 남성중심의 사회에 끼어들기와 새 틀 짜기다. 탈식민의 저항 전략들이 끼어들기와 간섭하기에 그치지 않고 새 틀 짜기가 필요한 때다. 이 새 틀 짜기는 제3, 제4세계의 목소리에 기반을 둔 페미니즘에서 출발할 수 있다. 페미니즘은 이미 자본주의와 가부장제의 관계에 대한 논쟁뿐만 아니라 젠더와 섹슈얼리티를 둘러싼 다양한 논쟁의 역사를 거쳤다는 점에서 그러하다.

새 틀 짜기를 위해 탈식민주의 페미니즘의 지형도를 먼저 그려볼 필요가 있다. 가부장제와 제국/식민주의의 접점을 찾아내는 일은 제국/식민의 역사도 남성중심의 역사였고 역사임을 반증하는 이론과 실천의 방향을 트는 일이기도 하다. 그리고 탈식민주의 논의에서 부차적이 될 수밖에 없었던 자본주의와 제국주의/식민주의의 접점은 살리되, 자본주의적 가부장제와 제국주의적 가부장제가 식민화된 공간에 미치는 영향을 점검하는 일이 바로 현재 흑인, 제3세계, 제4세계 여성들의 타자화된 입지를 설명하는 일이 된다. 이러한 입지에 대한 인식 없는 탈식민은 허구임을 말할 수밖에 없다. 흑인 페미니즘, 제3세계 페미니즘이 안고 있는 인종, 민족의 문제가 지구적으로 어떻게 얽혀 있는지를 규명하는 작업이 필요할 것이다. 다시 말해 탈식민주의적 페미니즘의 지형을 그리는 작업이 필요하다.

이 글은 탈식민(주의) 페미니즘의 지형을 그리기 전 작업으로 썼다. 현재 전 지구적 자본주의, 신자유주의의 물결 속에서 제국 혹은 신제국과 제국주의, 신식민주의를 탈식민, 탈제국, 탈근대의 측면에서 다시 살펴볼 필요가 있다. 탈식민주의는 앞에서 보았듯이 식민자와 피식민자 사이의 경계와 관계를 파들어 가면서도 쉽게 탈식민을 말하지 못하고 있는 것이 현실이기도 하다. 그렇기 때문에 더더욱 탈식민과 탈제국의 관점에서 탈식민 페미니즘 혹은 확장된 페미니즘을 정립하는 일이 중요하다. 탈식민과 탈제국의 관점은 아시아, 라틴아메리카, 아프리카 같은 남반구의 현실을 바라보면서 미국과 유럽중심주의를 벗어나고 식민성으로서 근대성을 벗어나는 작업을 동반해야 할 것이다. 이렇게 될 때, 탈식민이 제1세계에 있는 제3세계 지식인들의 전유물이 되지 않고 본격적으로 제3, 제4세계와 남반구의 저항주체들의 행동지침이 될 것이다. 이를 위해 우리는 현재 탈식민 사상을 전달하는 스피박, 모핸티, 트린 민하 같은 여성 이론가들을 기반으로 하면서 그들을 넘어서는 탈제국, 탈식민, 탈근대적 페미니즘 사상을 찾아내고 설정하는 작업이 필요하다.

4 대안문화와 정치: 생태학적 페미니즘의 제안

희망을 노래하는 여성들이 있다. 유전공학, 핵전쟁, 가상현실, 사이버 공간이라는 단어들 틈새에서 숲의 생명을 이야기하고 자매애를 이야기하며 상처의 치유를 말하는 여성들이 있다. 포스트모던 시대에 어울리지 않는 꼬이지 않은 문장을 쓰고 목적지향적인 글을 쓰는 무리가 있다. 생태학적 페미니즘을 말하는 사람들이다. 이는 생태학ecology과 페미니즘이 합류한 것으로 생태계에 관한 관심과 여성의 문제를 함께 생각해보고자 하는 최근의 움직임이다. 이 움직임의 일부로 부인과의학을 의미하는 gynecology라는 단어 사이에 빗금을 그어 여성과 생태를 의미하는 단어 gyn/ecology가 만들어지기도 했다.[7] 환경론이나 환경보호주의에 국한되지 않은 좀 더 폭넓은 의미로 쓰이는 생태학적 정치학과 여성의 입장을 연결함으로써 이 에코페미니즘이라는 용어가 연상시키는 문제들은 대단히 광범위하다. 이제까지 페미니즘 앞에는

7. 앨리스 자딘(Alice Jardine)이 창세기를 의미하는 "genesis"의 글자 중 e를 y로 고쳐 여성과 관련된 단어인 "gynesis"로 바꾸었듯이, 메리 댈리(Mary Daly)도 용어의 변용을 꾀한다(Daly 제목 참조).

여러 형용사가 붙여졌다. 자유주의, 급진적, 영·미, 프랑스, 사회주의, 마르크스주의, 정신분석학적 등 페미니즘의 차이를 표현하기 위해 다양한 말이 만들어졌다. 그런데 여기 이제까지의 분류와는 다른 페미니즘이 "생태학적"이라는 또 하나의 우산 아래 모이게 되었다.

이네스트라 킹Ynestra King은 생태학이란 "통합과학이며 비판과학이고 재건설과학"이라고 정의한다(19). 파편화와 전문화의 시대에 통합과학이며, 현대사회를 비판하는 과학이고 인간사회가 자연환경과 조화를 이루도록 재건설하는 과학을 의미한다(19). 현대사회의 비판은 문명비판이 되며, 기술자본주의 사회의 비판이 되고 이러한 비판을 위해 생태론자들은 인식론, 철학, 과학, 기술공학 등 다양한 분야를 포함하면서 논리를 전개해나간다. 윤리, 경제, 생태학의 긴밀한 대화의 필요성을 강조하는 이론인 생태학은 환경학보다는 더 큰 범주라고 볼 수 있다.

이러한 생태학과 페미니즘이 왜 서로를 필요로 하는가? 이유는 생태계운동이 반드시 페미니스트 운동은 아니기 때문이다. 에코페미니스트들은 생태학자들이 여성에 대한 지배를 종식시키는 데 특별한 관심을 가져야 한다고 주장한다. 사회생태학이 자연/문화가 서로 반대되는 것이라는 이분법에 도전한다면, 생태학적 페미니즘은 이 이분법의 근저에 여성혐오증이 자리한다고 본다. 여성혐오증은 자연혐오의 가장 깊은 형태의 표현이라고 보고 "만약 남성 생태과학자들과 사회생태학자들이 그들 삶에서 자연 혐오의 가장 깊은 형태의 표현인 여성혐오증을 다루지 못한다면 그들이 주장하는 생태 사회를 창조하거나 생태적 삶을 살지 못한다"(King 24)고 말한다. 즉, 페미니즘이 없는 생태학은 불완전하다는 것이다.

여성을 자연에 비유하는 것은 오래된 전통이지만, 생태학적 페미니스트들은 이 문제를 정면으로 다시 거론한다. 왜냐하면 여성에 대한 억압이 자연에 대한 억압과 연결된다고 보기 때문이다. 독일 녹색당의 창시자 페트라 켈리는 "한 여성이 능욕을 당하는 것과 지구가 생태적 능욕을 당하는 것은 구조적으로 연결되어 있다"고 말한다(101). 이제까지의 생태학이 '가이아 이론'[8]에 기초를 두고 있다면 페미니스트들은 '가이아'가 여성임을 강조한다고 볼 수 있다. '가이아'는 그리스 신화에 나오는 대지의 여신으로, 지구가 자기조절능력을 가진 초유기체임을 나타내는 상징적 단어다. 병든 가이아는 바로 병든 여성의 현실과 동일한 것이고 지구-자연이 회복되는 것, 치유되는 것은 여성이 치유되는 것과 동일선상에 있다. 그래서 생태학적 페미니스트는 "모든 자연의 생명을 위한 투쟁을 우리 자신의 것으로 간주한다"라고 선언하며, 여성이 회복되면 남성도 자연히 현재의 가부장제가 낳은 부조리들로부터 자유롭게 된다는 논리를 제시한다. 주디스 플랜트Judith Plant가 편집한 생태학적 페미니즘의 책 제목이 『상처들을 치유하며*Healing the Wounds*』(1989)인 이유도 여기에 있다. 영국 낭만주의 시인 워즈워스처럼 단지 인간이 자연으로부터 상처를 치유 받는 것이 아니라 이제는 인류가 상처받은 자연을 의식하고 더 이상의 상처를 막아야 한다는 생각이다.

자연철학이 과학이 되고 계몽주의가 진보의 개념을 내놓기 시작하면서 이 자연-여성의 억압이 강화된다는 것은 일반적인 견해가 되었다. 이러한 견해는 여성이 자연에 더 가깝다는 믿음을 토대로 자연에 반대되는 산업문명의 구축은 여성의 복종을 강화했다는 주장을 낳게 된다. 킹은 이 점을 설명하기 위해 『계몽의 변증법*Dialectic of Enlightenment*』을 쓴 호르크하이머Horkheimer와 아도르노Adorno를 인용

---

8. 제임스 러브럭(James Lovelock)은 "인간은 지구의 주인도 관리인도 아닌 오염자"라는 가이아 이론을 펴고 있다. 행성의학의 필요성을 강조하면서 인류를 지구생명체의 건강을 훼손하는 세균에 비유한다. 더 이상 암적 존재가 되지 않기 위해 예를 들면 독일 녹색당의 생태주의는 '책임, 자율 연대를 위한 경제'정책을 제시하고, 김지하는 『옹치격』 등에서 생명사상을 통해 정치, 경제, 문화의 기저에 깔려 있는 사상을 문제삼고 있다.

한다.

여성은 생물적 역할을 하는 자, 자연을 대변하는 이미지, 그리고 종속의 상징이 되었다. 여성을 이렇게 만들면서 문명은 유명세를 얻었다. 천년왕국을 위해 남성들은 자연에 대한 절대적인 지배를 획득하는 것과 우주를 하나의 거대한 수렵지로 만드는 것을 꿈꾸었다. 남성지배사회에서 남자의 생각이 박차를 가하며 향하는 지점은 바로 여기였다(Horkheimer & Adorno 248).

여성과 자연의 연결, 그리고 남성의 자연-여성의 지배는 생태학적 페미니스트들이 가장 많은 관심을 기울이는 문제다. 여성과 동일시된 자연은 남성들의 탐구 영역이고 바라보는 객체이며 대상이 된다. 메리 셸리의 소설 『프랑켄슈타인』에서 과학자 빅터 프랑켄슈타인은 "자연의 깊숙한 곳까지 파고들어 가 자연이 그녀(자연)의 은밀한 곳에서 어떻게 작용하는지를 밝히는 것"이 자신이 할 일이라고 생각한다(Shelley 47). 여기서 자연은 과학자의 욕망을 충족하는 대상이며 질료로 등장한다.[9]

여성-자연의 연결은 페미니즘 이론 내에서는 단순한 문제가 아니다. 여기서도 이분법에 대한 태도가 문제가 된다. 이러한 자연-여성의 연관은 자연/문명, 자연/문화의 이분법을 토대로 하여 설명될 수 있다. 킹의 세 가지 견해(22-23)에 대한 설명을 토대로 이 문제를 살펴보면 다음과 같다.

여성이 여성-자연의 관계를 끊음으로써 문화와 생산의 세계로 영입되어야 한다는 주장은 종래의 페미니즘이 해온 것이다. 페미니스트들은 남성이 여성을 자연과 연결시킴으로써 여성을 문화영역에서 소

9. 남성이 "그녀의" 은밀한 곳의 작용에 대해 가지는 관심은 프로이트가 만들어낸 여성의 음경선망을 뒤집는 남성의 자궁에 대한 선망의 표현이라고도 할 수 있겠다.

외시켜왔다는 관점에서 문화란 여성이 담당할 수 있는 영역이라는 견해를 주장해왔다. 이들은 자연과 여성의 연결고리를 끊는 것이 여성해방의 조건이라고 보았다. 이 입장은 자연-문화의 이분법에 의문을 제기하지 않는다. 남성과 동등해지려고 노력한 초기 자유주의자들의 페미니즘처럼 남성의 영역으로 여겨진 문화의 영역에 여성이 들어가고자 하는 이러한 태도는, 여성이 단순히 남성이 문화를 구축하기 위해 바라보는 원자료로서의 대상이고 질료가 아니라 여성도 문화의 주체가 될 수 있다는 말이 된다.

이러한 태도와는 달리 기존의 여성-자연의 연결을 강화하는 입장이 있다. 즉 여성은 자연 또는 정신적이고 직관적인 것과 연결되고 남성은 가부장적 합리성의 문화와 연결된다고 보는 입장으로, 자연/문화의 이분법에 의문을 제기하지 않는다. 이 입장은 여성들의 생태적 감수성과 살아온 방식이 매일매일의 생활 속에서 사회화된 관점이라는 점을 간과한다. 여성들도 가부장적 권력에 들어가면 남성들과 비슷하게 행동할 것이라는 점도 염두에 두지 않는다. 역사에 대한 의식적인 이해와 현재의 경제적이고 정치적인 권력 구조들을 제대로 직면하지 않고 있다고 할 수 있다.

세 번째는 비록 자연-문화의 이분법이 문화의 산물이라 할지라도 여성이 남성 문화에 들어감으로써 여성-자연의 연결을 분리하는 것이 아니라, 오히려 지식의 직관적, 정신적 그리고 이성적 형태들을 통합할 수 있는 다른 문화와 정치를 만들어내기 위해 유리한 위치로 이 연결을 사용할 수 있다는 입장이다. 과학과 비과학적인 신비의 영역이 우리로 하여금 자연-문화의 구분을 변화시키면서 새롭고 자유로운 생태적 사회를 그리게 하는 한 이 둘 모두를 포용하면서 대안문화를 만들자는 것이다.

생태학적 페미니즘이 제시하는 대안문화와 정치

기존의 것과는 다른 문화와 정치를 만들어내는 일이 생태학적 페미니즘이 목표로 하는 바이고 이러한 목표는 여러 가지로 표현된다. 이 목표는 상호 연관적이며, 반위계질서적이며, 비폭력적인 문화, 다양성을 염두에 두는 문화, 생산만을 전제로 하지 않은 에코체제 문화 그리고 가부장제의 무장해제와 탈중앙화된 공동체정치로 나누어 설명할 수 있다.

먼저 이들은 자연과의 "자매애"를 강조하며, "전 지구적이고 생태계적인 자매애"를 통한 상호 관련성과 상호 의존성을 강조한다. 이 점은 자아/타자를 구분하고 독립성과 독자성을 주장해온 서구 개인주의 문화를 고치고자 하는 것이다. 또한 자연과 자기 자신 그리고 다른 존재로부터의 분열과 분리에 대항하여 여성 생태론자들은 다시 전체성이나 총체성을 강조한다. 수전 그리핀Susan Griffin은 먼저 "우리는 우리로부터 분리되어 있다"는 자각을 보여주며, 문화와 자연, 정신과 육체는 나누어진 것이 아니라고 하면서 전체성을 부각시킨다. 그리핀은 이 잃어버린 전체성에 대한 지식을 다시 찾는 일이 중요하다고 말한다.

> 우리는 이 생태계에 의존하고 있다는 사실, 또한 나의 피부와 공기 그리고 당신 사이의 경계가 존재하지 않는 물질과 에너지의 장에 참여하고 있다는 사실에 의해서뿐만 아니라, 우리가 알고 우리가 느끼는 것에 의해 우리는 연결되어 있다. 우리 자신의 지식은 만약 다시 한 번 그것을 가질 수 있다면, 존재만큼 광범위한 것이다 (Griffin 17).

그리핀은 스스로 "이 문명의 일부로, 여성으로 태어나 변화와 고통을 거부하여 자기 멸절self-annihilation을 향한 의지"를 가지고 있지만,

다시 말해 자연과의 합일의 상태에서 멀어져 있지만, 아직도 자기 "몸 속의 노랫소리"가 매일 이 땅에 대한 사랑을 생각하게 해준다고 말한다. 그 변화의 속도는 느리겠지만 언젠가는 이 노래를 들어야만 한다고 말한다(17). 몸은 자연의 일부이고 그러기에 자신이 속해야 할 그것을 찾아 나선다는 말로 풀이할 수 있겠다.

에코페미니스트들은 분열과 분리에 대한 대안문화로 '생태체제의 문화'를 내세운다. 라차펠르Dolores LaChapelle는 인간이 땅과 분리되면서 땅을 타자화시키는 소외현상이 일어난다고 본다. 그녀는 이 분리가 인간의 분열을 낳았음을 '생물권biosphere 문화'와 '생태권ecosphere 문화'의 구분을 통해 설명한다. 땅이 여성에 비유되는 것은 동양이나 서양이나 마찬가지다.[10] 땅의 생산성이 여성의 생산성과 연관되고, 이 여성과 땅의 베풂이 고갈되었다고 생각하는 논리에서 자연과의 분리가 생겨난다는 것이다. 라차펠르에 의하면 생물권 문화란 자연이 더 이상 넘쳐나고 풍성한 어머니가 아니라고 생각하는 문화다. 자연은 그녀의 풍성함을 철회했고, 더 이상 신뢰할 만한 것이 아니기 때문에 인간은 그들 손으로 일을 맡아야 한다고 생각하게 되고 여기서 윤리체계가 생기고 공자, 플라톤, 기독교가 등장한다는 것이다(LaChapelle 158).[11] '생태권 문화'란 농업에 기반을 두지 않고 사막, 정글, 고립된 섬, 산들

10. 하늘은 남성이고 땅은 여성으로 상징되는 동양사상은 우라누스(Uranus)가 하늘을 상징하는 남성 신이라는 점과 데메테르(Demeter)가 땅의 여신이 되는 희랍 신화와 통한다.

11. 라차펠르는 도교/유대-기독교-불교를 구분하며 이 양자는 삶을 바라보는 견해에 차이가 있다고 본다. 전자는 태어남과 새로운 존재로 되는 것을 강조하며, 과정의 초기 단계, 출생, 삶의 '그치지 않는 생산성'에 초점을 맞추며, 후자는 죽음과 옛것의 사라짐을 강조하며, 모든 사물의 종말, 어쩔 수 없는 쇠퇴, 파멸, 죽음에 초점을 맞춘다고 본다. 도교에서는 인간과 비인간 사이에 구분이 없으며, 인간 정신은 자연에서 나오고 우주의 구조와 동일한 것으로 인식된다고 설명한다. 따라서 '사상'을 만들어낸 '위인'들도 없다. 인간은 '도'라는 전체의 작은 일부이기 때문에 인간사회는 자연의 질서 속에 동화될 때만 질서를 유지할 수 있다는 설명을 덧붙인다(159).

을 옮겨 다니며 모든 생명체를 마치 자신의 몸과 삶처럼 존중하는 것을 배움으로써 이루어진 문화다(159). 라파첼르는 "성스런 땅과 성스런 성sex"에 토대를 둔 생태계적 삶의 방식인 원시문화에서는 종족의 지혜가 "지구와 균형을 이루며 걷는" 것에 바쳐진다고 설명한다. 그녀는 성이 필요로 인정되고 그래서 아무도 그것 없이는 살지 않는 문화, 즉 감정과 필요에 충실한 인디언의 삶을 찬양한다(161). 생태학적 페미니스트들은 서구문명의 폐해를 지적하고 그로부터 벗어나자는 움직임에 입각하여 동양이나 원시문화를 부각시킨다.

생태학적 페미니즘이 제시하는 원칙 중 하나는 위계질서에 반대하는 것이다. 킹은 "에코페미니스트의 실천은 반anti위계질서적"이라고 말함으로써(King 19) 세상의 생명은 위계질서가 아니라 서로 연관된 망임을 강조한다. 자연적 위계질서란 없고 인간적 위계가 자연에 투사되어 사회적 지배를 위해 정당화되었다고 생각한다. 이러한 위계질서에 대한 반대는 인류 역사상 오래되었지만, 생태론자들이 변별성을 띠는 것은 바로 인간의 인간에 대한 지배뿐만 아니라 인간의 자연에 대한 지배로 눈을 돌렸다는 데 있다. 지배자와 피지배자의 관계는 인간이 나무와 풀 한 포기에게 가하는 지배까지를 포함한다.

이러한 위계질서에 대한 킹의 반대는 단순히 사회적 억압의 고리에만 국한되지 않고 서구 신학 전통에 문제를 제기하며 "땅에 기반을 둔 정신"을 강조한다. 위계질서적인 존재의 고리라는 서구 신학적 전통이 땅에 기반을 둔 정신으로 변화할 때, 정신/물질이라는 이원성의 갈라짐이 치유되기 시작한다고 본다. 정신/물질이라는 이분법은 서구 정신사를 통해 지속적으로 유지되어온 전통이다. 위로부터의 하나님과 그 하나님의 법을 토대로 한 위에서 아래로 내려오는 질서 개념이 땅의 것을 이차적인 것으로 생각하는 사고를 형성했다고 본다. 땅이 여성과 물질 그리고 육체와 연결되고 영혼은 하늘과 정신과 연결되었다. 에코페미니즘은 이 둘에 우열을 가릴 수도 없고 가리지도 말아야 한다고 생각한다. 그리고 곧 영혼, 물질, 정신, 육체 모두가 "살아있는 유기체"(Plant 113)의 일부라는 의식이 생태학적 페미니스트들의 주장에 깔려 있다.

"땅에 기반을 둔 정신"은 이제까지 중요시되어온 '초월transcendence' 대신에 '내재Immanence'의 강조와 연결된다(Plant 113). 이때 초월은 문화와 연결되고 이것은 남성적인 것으로 간주된다. 시몬 드 보부아르Simone de Beauvoir는 자연과 여성이 '타자'들이고, '초월'은 문화의 산물이며 남성들의 산물이라고 말한다. 이 논리를 킹의 설명으로 요약하면 다음과 같다. 남성 문명은 '내재'를 극복하려는 과정이며, 가속되는 자연의 지배 위에 세운 문화구축의 과정이다. '내재'는 여성으로 상징되며, 이것은 하늘을 향하는 그리고 초월을 추구하는 남자를 끌어내리고, 남자들이 잊고 싶은 것을 상기시키는 것이다. 이때 잊고 싶은 것은 남성이 남성으로 키워지고 초월에 이르기 위해 그가 잊어야 하고 극복해야 하는 자연과의 고리다. 이 '망각'은 그가 그녀로부터 나고 그녀 안에서 죽는다는 것을 망각하는 것이다. 그들은 여성에게서 태어났다는 것을 잊고, 도움이 필요한 어린 시절에 여성에게 의존했다는 것을 잊고, 그들 전 생애에 걸쳐 인간이 아닌 자연에 의존한다는 것을 잊는다. 이러한 망각은 객관화를 가능하게 하고 객관화는 지배를 가능하게 한다. 이 망각 위에서 남성의 문화가 세워진다는 말이다. 망각하지 않는다는 말은 연결되어 있음을 아는 것이고, 그럴 경우 주체와 떨어진 객체로 파악하지 않을 것이기 때문에 객관화나 타자화가 이루어지지 않는다(King 21). 호르크하이머는 "기억의 상실은 과학을 가능하게 하는 초월적 조건이다. 모든 객관화는 망각"이라고 말한다(Horkheimer & Adorno 230). 그러나 기억은 잔존한다. 남성들은 그들의 사적 현실과 공적 문명의 건설을 도와주고 중재한 여성에게 의존한 일을 기억하지 않을 수 없다. 그래서 자연에 대한 기억과 망각을 위한 노력은 남성들이 자연-여성에게 양가적 감정을 가지게 한다.

> 그녀는 그의 존재의 근원이고 그가 그의 의지에 복종시키는 영역이다. 자연은 그 안에 정신이 갇혀 있는 거대한 물질의 동맥이다. 그리고 그녀는 최고의 실재supreme reality다. 그녀는 우연성이고 이데아이며, 유한하며 완전하다. 그녀는 정신spirit에 반하는 것이고 정신 자체다. 때로는 동지이고 때로는 적이다. 그녀는 그곳으로부터 생명이 솟구쳐 나오는 어두운 혼돈으로 나타난다. 또 그 생명 자체다. 그리고 생명이 향하는 저 너머이기도 하다. 여성은 자연을 어머니, 아내 그리고 이데아로 종합한다. 이러한 형상들은 때로는 어울리고 때로는 갈등한다. 그리고 각각은 이중적인 모습을 띤다(King 21).

이러한 자연-여성은 남성에게 죽을 수밖에 없는 운명을 끊임없이 상기시킨다. 왜냐하면 기억은 완전히 지워지지 않았기 때문이다. 이 기억은 죽을 수밖에 없는 운명에 대한 지식과 여성의 힘에 대한 두려움의 형태로 남아 있다. 이 자연-여성을 억압하는 가부장적 문명은 (보부아르에게는) 남성 자신이 죽을 수밖에 없음을 부정하는 것이다. 여성혐오 문화 속에서 키워진 남자들이 타자들을 이용하고 지배하는 것은 깊이 뿌리박힌 망각에 토대를 두고 있다(King 20-22).

이와 같은 초월과 망각에 대한 보부아르, 호르크하이머 그리고 킹의 생각은 여성-자연이라는 등식을 강화하면서 기독교를 완전히 초월로만 가정하는 오류와 그 초월이 문화라는 등식을 낳는 위험을 안고 있긴 하다. 또한 문명 성립의 경제적 이유를 설명하지 않은 채 그 저변의 심리적이고 인식론적인 차원만을 제시하는 한계도 있다. 그러나 초월과 망각은 가부장적 문화를 설명해줄 수 있는 하나의 통로를 마련해준다. 정신분석적 용어로 다시 쓰면, 망각이란 사회화이고, 아버지의 이름이란 세계에 들어가는, 즉 상징계에 진입하는 것이며 이것은 곧 오이디푸스 단계를 지나는 것을 의미한다. 그러므로 그들의 주장은 전(前) 오이디푸스 단계에 대한 기억을 재생하자는 말이 될 수도 있다. 그래야만 현대문명이 살아남고 남성-여성이 함께 환경을 개선해나갈 수 있기 때문이다. 이런 점에서 차이는 있지만, 모성-여성성, 기호계나 전 오이디푸스 단계를 부각시켜 가부장제의 법과 문화에 도전하겠다는 씩수, 이리가라이, 크리스테바와 연결되는 측면도 있다.

생태학적 페미니즘은 자본주의 대중소비시장의 지배에 대한 대안으로 탈중앙화를 제시한다. 자본주의 대중소비시장 구조가 그 사회의 문화를 단순화·일원화시킨다고 본다. 시장경제는 우리의 요구와 욕망을 동일한 것으로 만들며, 이는 중국의 코카콜라, 러시아의 청바지, 미국의 록rock 등에서 나타난다는 것이다. 이러한 일원화에 저항하기 위해 에코페미니스트는 다양성의 문화를 강조한다. 킹은 “생태학적으로 환경의 단순화는 환경오염만큼이나 중요한 문제”라고 말한다(King 25). 생태학적 페미니스트들은 사회운동 부분에서 여성의 다양성을 지지함으로써 사회적 단순화를 거부한다. 이 견해는 소규모의 공동체론으로 거대산업, 거대문명을 변화시킬 수 있는 길이라고 보는 남성 생태학자들의 생각과 같다. 생태학자들은 자본주의건 사회주의건 산업공학의 주된 결과는 환경을 단순화하는 작업이라고 본다. 다시 말해 사회주의도 생산력을 늘리고자 하는 점에서는 자본주의와 같다는 논리를 제시한다.[12] 이 논리는 당장 현재 전개되고 있는 노사 문제나 노동자의 삶을 바꾸자는 사회주의의 노력을 단순히 환경이라는 말로 간과해버리는 잘못을 저지른다고 볼 수 있다.

조화롭고 다양하고 탈중앙화된 공동체들을 지지하는 생태학적

12. 프랑스 녹색당의 경제정책에 대한 글에서 알랭 리피에츠는 사회주의 자체도 생산지상주의의 논리 가운데 매몰되어왔다. 사회주의는 자본주의적 ‘이윤의 논리’를 그 이윤이 노동자가 생산한 것의 일부를 착취한 것이라는 이유로만 비판했을 뿐 모든 생산을 국유화함으로써 이윤을 모든 사람의 행복을 위해 사용하고, 또 생산을 보다 합리적으로 조직할 것을 희망했다는 점에서 자본주의의 가장 기본적인 측면인 생산지상주의를 계승해왔다고 비판한다(116).

페미니스트들은 "생태학적 원칙들에 기초한 기술들만을 사용하는 공동체"만이 실제적인 해결책이라고 말한다(King 25). 킹은 인간해방과 자연-인간의 관계에 관심을 두고 있는 생태론자들은 기술에 대한 태도를 결정하는 데 요구되는 일련의 윤리학을 세우는 것이 필요하다고 본다(25). 여성 생태론자들은 기술만을 중시하는 기술주의자들을 '가부장적 기술주의자들'이라고 부르고 이들에 반대한다. 또한 군국주의적 기술공학도 거부한다. 그것은 강간, 종족대량학살, 제국주의, 기아, 무주택 그리고 환경오염과 연루된다. 유전공학, 생명공학 등 생태계적 원리에 반하는 기술을 배척하면서 생태학적 페미니즘은 생태계의 원리에 부합하는 기술만을 사용할 것을 주장한다.

여성 생태론자들은 가부장제적 남성 권력 대신에 비폭력적인 '나눔의 힘'을 부각시킨다. "가부장제의 무장을 해제하라." 이는 미 국방성의 정책들에 대항하는 여성단체(The Women's Pentagon Action)가 외친 구호 중 하나다(King 27). 이 말은 가부장제와 군국주의를 연결시키는 말이다. 남성 생태론자들도 전쟁을 거부하지만 생태학적 페미니스트는 전쟁과 가부장제를 연결한다. 이 연결이 가장 명확하게 시각적으로 제시된 한 예로, 이 글의 시작 부분에 넣은 피카소의 그림「한국전쟁의 대학살」을 들 수 있다. 피카소는 고야의「1808년 5월 3일」(나폴레옹 난민 학살)을 바탕으로 황해도 신천 양민학살이 보여주는 전쟁의 면모를 그리고 있다.「게르니카」가 인간과 말의 고통을 함께 그리면서 전쟁의 참상을 상징화함으로써 인간과 인간을 넘어선 동물 세계의 고통을 보여준다면「한국전쟁의 대학살」은 남성체제가 여성에게 가하는 폭력성을 선명하고 간결하게 보여준다. 전쟁은 남성들이 일으키는 것이고 이 남성체제의 폭력에 희생당하는 이들은 여성(특히 임부들)으로 그려지고 있다. 로봇 같은 남성들이 총부리를 겨누고 있는 자세는 남성의 '찌름'을 상징한다. 성적 암시도 포함되는 이 그림은 생산의 고통을 짊어진 여성들을 향한 남성들의 폭력을 시각적으로 상징화한다.

독일 녹색당의 페트라 켈리는 "군국주의와 환경파괴와 성차별주의 사이에는 깊은 관계가 있다. 남성에 의한 여성지배 구조를 외면하고 이루어지는 사회정의와 비폭력운동은 공허하고 불완전하다"(100)고 주장한다. 그녀는 위계질서라는 남성적 가치에 충실하게 적응한 마거릿 대처 같은 사람들을 모방하기보다 여성들의 가치와 경험을 반영하도록 권력을 새롭게 정의할 필요가 있다고 본다(101). 이것은 남들 위에 군림하는 권력power이 아니라 남들과 함께하는 힘power을 의미하는 '나눔의 힘'으로 가부장적 권력을 대체할 수 있다고 보는 견해다(101).

따라서 페미니즘은 새롭게 정의된다. 남성 권력의 중심부에 그냥 들어갈 것이 아니라 여성적 가치를 살리자는 것이다. 이제까지 부정적으로 취급당한 여성적 가치들을 살리는 길이 여성들이 나아갈 방향이라고 보는 이 견해는 "평등에 대한 가부장적 해석"을 거부하고 새로운 기준을 세우자는 것이다.

> 우리는 우리 자신의 가치를 기준으로 일해야 하며, 그 가치들이 남성의 것만큼 영향력을 갖도록 해야 한다. 비인도적인 것이든 아니든 가리지 않고 모든 직업에 여성이 접근하고자 하는 것은 페미니스트 논리의 일부가 될 수 없다. 나는 핵 지휘본부나 전쟁터, 수천 명의 죽음을 계획하는 회의실에서 여성들이 남자형제들과 아버지들과 남편들과 함께 동등하게 서 있는 것을 보고 싶지 않다(켈리 105).

"이러한 남성중심체제에 들어가려는 것이 여성해방인가?"라는 질문은 켈리 이전에 이미 버지니어 울프에 의해 제시되었다. 울프의 『3기니』(1938) 또한 남성중심의 문명세계와 교육체제에 대해 비판을 가한다.

> 우리가 몸을 담게 된 이 '문명세계'란 과연 무엇인지 쉬지 말고 생각해봅시다. 이들 의식이란 무엇이며 왜 우리가 여기에 참여해야 하는지를, 이들 행렬은 무엇이며 왜 우리가 여기에 가담하여 돈을 벌어야 하는지를, 간단히 말해 교육받은 남성의 아들들의 행렬이 우리를 어디로 이끌고 갈지 거듭 생각해봅시다(121).
>
> 우선 대학교육이 피교육자들로 하여금 전쟁에 반대하도록 가르친다고 생각할 근거가 있습니까? 만약 우리가 교육받은 남성의 딸이 케임브리지 대학에 가도록 도움을 준다면 그녀를 교육 자체에 대해서가 아니라 전쟁에 대해 생각하도록 몰아가지나 않을까요? 즉, 그녀가 공부를 어떻게 할 것인가가 아니라 남자형제들과 똑같은 기득권을 얻기 위해 어떻게 싸울 것인가만 생각하도록 만들지 않을까요?(63)

『3기니』의 '나'는 언론을 비롯한 모든 문화기관이 애국심을 빙자하여 전쟁을 옹호하고 가부장적 지배와 독재정치를 합리화해왔다고 말하고, 개인으로서는 훌륭한 남성들도 단체나 사회를 이루면 비합리적이고 폭력적으로 변화되는 것을 익히 보아왔기 때문에 새로운 문화를 꽃피우고 새로운 세계를 가꾸려는 국외자 단체를 중요하게 생각한다. 이 단체는 기존의 잘못을 답습하지 않기 위해 어떠한 위계질서나 굳건한 조직도 없이 독자적 이념과 방식에 따라 자유와 평등과 평화를 실천하고자 한다.

생태학적 페미니즘은 남성중심사회의 '발전' 개념에 의문을 제기한다. 반다나 시바Vandana Shiva는 「발전, 생태학 그리고 여성*Development, Ecology, and Women*」에서 제3세계와 여성원리의 식민화를 잘못된 발전과 연결시킨다(82-3). 시바는 발전이 여성적 감수성, 자연, 여성적 부드러움의 억압 위에 세워졌으며, 여성의 창의성과 여성적 활동이 '수동적'인 것으로 정의되고 있는 상황을 비판하면서 더 나아가 여성적 가치의 살림을 강조한다. 가부장제 사회에서는 "타자"에 대한 존경심이 없기 때문에 이 "남성의 사회"는 무너질 위기에 직면해 있다. "타자"는 가부장제의 합리성의 객체가 되며, 그것이 주체에 이들을 가져다주는 것으로만 여겨진다. 에코페미니스트들은 자기중심적인 가부장들과 동정심과 애정을 가진 여성들의 차이를 강조한다. 남성들도 애정과 연민을 가질 수는 있지만, 그들이 받은 교육을 극복하기 위해 엄청난 노력을 하고 난 뒤라야 가능하게 된다고 본다.

이러한 체제 안에서 여성은 종속적이도록 교육받았고, 책임을 발휘할 능력이 없는 것으로 교육받았다. 실은 남성뿐 아니라 여성도 지배와 억압의 체제를 영속화하기 위한 병적인 행동들로 병들어 있다. 따라서 생태학적 페미니즘의 메시지는 '우리 모두'가 가부장제의 죽음을 불러오는 특권을 버림으로써 부드러움, 돌봄이라는 인간적 특성을 배양하자는 것이다. 상호 의존을 통해 차이라는 즐거운 경험 위에 자기 이익을 위해서가 아니라 타자를 의식하는 삶을 구축하자는 것이다. 이는 여성이 남성과 같아지려고 할 것이 아니라 오히려 여성적 특질들을 지키고 보존해야 한다는 견해가 된다. 그것이 가부장제가 야기한 문명사회의 문제점들에 대한 대안이라고 본다.

생태학적 페미니즘의 문제점들

생태학적 페미니즘은 현재의 서구 물질문명, 자본주의의 바탕이 되고 있는 남성중심 문화, 정치 그리고 윤리, 가치체계 등을 문제 삼고 그것에 대한 나름대로의 대안을 제시하고자 한 이론이다. 인간중심주의에서 생명중심주의로, 서양사상에서 동양사상으로, 이원론에서 일원론으로의 패러다임의 이동과 초식주의, 금욕주의, 정신주의를 부르짖는 '녹색윤리'의 생태이론이다(박이문). 권리보다는 책임을, 남성적 성장 발전 가치보다는 서로 나눔을, 위계질서적인 종교체계보다는 땅에 기초한 정신성을, 전쟁에는 평화를, 폭력에는 비폭력을, 기술지상주의에는 생태학적 기술을 내세우는 이론이다. 그 어느 페미니즘 이론보다 거창한 문제들을 거론하는 동시에 또 가장 실제적인 문제들을 제기하고 그에 대한 행동 방향을 설정하는 이론이라 볼 수도 있다. 그런데 이들의 이론은 몇 가지 짚고 넘어갈 문제들이 있다. 여기서는 크게 세 가지 문제를 제기하고 이 문제들을 살펴보고자 한다. 첫째는 현 체제 속에서 여성의 역할과 관련된 문제다. 두 번째는 과학기술의 이용과 관련된 질문이다. 그리고 세 번째는 최근에 부상하고 있는 에코페미니즘이 지금까지 소개된 페미니즘들의 대안이 될 수 있는가 하는 문제다.

첫째 문제를 살펴보면, 생태학적 페미니즘이 여성적 가치체계를 강조하고 이 체계가 남성가치체계의 대안이 된다고 할 때, 현재 이 순간 여성이 해야 할 일은 무엇인가에 대한 해답을 구하는 데 어려움이 있다. 핵확산을 금지하는 운동, 핵폐지 운동, 환경오염과 싸우는 일, 전쟁을 방지하는 일 등 다양한 일을 여성이 참여해야 할 일로 만들어 여성이 행동할 수 있는 반경을 넓힌다는 점에서 이 페미니즘은 상당히 중요하다. 현 남성중심 체제에 대한 문화, 정치, 경제적인 도전이 되고 혁명이 될 수 있기 때문이다. 그러나 당장 먹고사는 일, 그리고 바꿀 수 있는 힘의 측면에서 볼 때, 현재 남성체제라고 할 수 있는 사회에서 여성이 무엇을 어떻게 해야 하는가 하는 질문은 여전히 제기될 수 있다. 여성이 군국주의적인 남성들의 사회에 그대로 편입되는 것과 남성들과 동등하게 생산지상주의[13] 사회의 역군이 되는 것에 대한 비판은 앞

13. 알랭 라피에츠는 생산지상주의 경제가 '손익계산'을 제대로 하지 못한다고 본다. 그는 이 경제가 생태적 회계를 필요로 한다고 말한다. 환경과의 거래가 기록되어 있지 않은 손익계산서는 잘못된 것이며, 환경의 파괴와 그 개선이 고려되지 않을 때, 유기

에서 살펴본 켈리나 울프에게서 제시되었고 이것은 중요한 비판이지만, 이러한 세계를 바꾸기 위한 여성의 힘과 능력은 단순히 거부와 도전에서 비롯되지 않는다. 그리고 지금의 힘없는 위치를 오히려 유리한 지점으로 삼고 그것이 사실은 힘 있는 위치임을 그저 상기시킬 수는 없다. 권력구조 문제에서 그 권력구조에 들어가지 않고 그 구조를 바꾸고 고치기는 쉽지 않은 일이기 때문이다. 여성들이 군화와 카우보이 장화를 신는 문화, 즉 가부장제적 남성문화를 그냥 받아들이는 것을 막기 위해, 그리고 전쟁을 막기 위해서는 어떻게 해야 하는가? 이 문제에 대해서는 앞에서 언급한 버지니어 울프의 『3기니』에서 제기된 해결책을 살펴보는 것이 도움이 되리라 생각된다. 울프의 생각은 지금 이 시점의 우리나라 여성들에게도 적용되고 생태학적 페미니스트들이 현재 말하고 있는 부분과도 통한다.

가부장제와 파시즘 그리고 제국주의를 연결시키며 남성이 전쟁을 일으키는 집단임을 주장하는 울프가 전쟁을 방지하는 단체에 먼저 돈을 기부하지 않고 여성교육과 여성취업을 위해 먼저 1기니씩을 투자하기로 한 이유는 여성들이 교육받은 남성들이 일삼는 전쟁이 나쁘다고 결연히 말할 수 있으려면 여성의 경제적 독립이 무엇보다 필요하다고 여기기 때문이다. 그녀는 직업이 중요하며, 여성은 취업 이전에 먼저 의식교육부터 받아야 한다고 말한다. 남성의 문화와 정치를 답습하지 않도록 여성의 교육이 먼저 이루어져야 한다는 것이다. 그리고 여성이 생활비를 벌 수 있으려면 그동안의 가정교육 같은 무력한 사교육이 아닌 공교육기관인 대학에서 진정한 교육이념에 따라 제대로 교육을 받아야 한다고 주장한다. 그래서 기부금을 부탁한 신사의 전쟁방지단체보다 여대 증축기금에 먼저 기부하겠다고 한다. 그러나 이 대학은 "다른 사람을 지배하는 기술, 군림하고 살상하며 땅이나 자본을 획

농업에 관한 대차대조표나 원자력발전의 개발에 관한 대차대조표가 지금으로서는 전혀 차이가 없다는 논리를 주장한다(137).

득하는 기술을 가르쳐서는 안 됩니다"(68)라고 역설하면서 여성들이 먼저 직업을 가져야 한다고 울프는 주장한다. "만약 딸들이 취직을 할 수 없다면 또다시 아버지나 오빠에게 의존해야 할 것입니다. 그렇다면 딸들은 또다시 의식적이든 무의식적이든 전쟁을 선호하게 될 겁니다"(72). 여성취업을 돕는 단체에 다른 1기니를 기부하면서 여성취업의 열악한 상황을 말하고, 전쟁을 일삼는 사회와 기존 전문직 남성들의 자기과시와 선전을 일삼는 직업실천, 그리고 일에 대한 진정한 만족감도 없이 돈벌레처럼 사는 삶의 비인간성에 대해 여성이 소신껏 비판하기 위해서는 난관을 헤치고라도 직업을 가져야 한다고 주장한다. 그래서 안티고네같이 남성의 법에 대항해 양심의 법을 따르는 여성들이 나와야 한다고 본다.

우리가 처한 상황이 결국 울프가 지적한 상황과 크게 다르지 않은 가운데 생태학적 페미니즘이 여성은 남성체제에 대한 대안이 되어야 한다고 말하는 것은 너무 막연할 수도 있다. 그렇기 때문에 문명비판, 전쟁, 가부장제에 대한 여성의 의식교육과 부드러움, 동정심, 따뜻함 등의 여성성의 가치를 존중하는 교육을 통해 진정한 사회인으로서의 여성을 적극적으로 배출해야 할 필요성은 그만큼 중요하다.

앞에서 말한 두 번째 문제로 들어가 보자. 생태학적 페미니즘은 '대안적인 생태학적 기술'을 제시하는데, 이는 구체적으로 어느 정도의 기술을 의미하는지 그리고 현실적으로 가능한지에 대한 의문이 제기된다. 어떤 경우 생태학적 페미니스트들은 남성 생태론자들과 함께 기술공학, 과학, 종교, 문명을 모두 거부하고 있다는 인상을 풍긴다. 그래서 현대판 기계파괴운동을 보는 듯하다.

예를 들어, 엘렌 바스Ellen Bass가 쓴 「탬폰들」이라는 시에서는 여성이 생리 때 탬폰을 쓰지 않음으로써 얻을 수 있는 엄청난 결과들을 발견할 수 있다. 일단 탬폰을 생산하는 회사가 문을 닫을 것이고, 여성들이 그냥 어디서나 피를 흘리게 되면 매일 청소를 하는 도시가 청소하기를 포기할 것이고, 여성들은 더 이상 멋을 내기 위해 향수를 뿌리거나 화장을 할 필요가 없어진다. 그 대신 강에서 그냥 헤엄을 치게 되면 물고기들을 먹여살릴 수도 있게 되고, 또 하나의 대안으로 인디언이 사용한 이끼를 생리대 대신 사용할 수 있다고도 제의한다. 이와 같이 "우리 여성들이여 피를 흘리자We will bleed"라는 시구(51-52)는 상당히 많은 의미를 함축하고 있다. 그런데 그냥 어디서나 피를 흘림으로써 남성문명과 자본주의에 항거하고 생태계를 살리자는 견해는 현실적으로 도시문명에 젖은 여성들이 실천하기에는 너무나 힘든 제안이기도 하다. 그것의 실천은 과히 혁명적이 될 것이다.

이러한 원시주의자적인 발상이 문명, 즉 가부장적 문명이 낳은 병폐들을 돌이킬 수 있는가? 현재는 컴퓨터 쓰지 않기 운동을 벌이는 일도 쉽지 않다. 과학기술문명은 전적으로 부정되어야만 하는가? 실제로 러브럭이 잠시 언급하듯이 생태학도 과학이라고 보면, 과학(기술과는 구별되는)을 완전히 부정하려는 일부의 시도는 어떻게 보아야 하는가? 서양의학을 거부하며, 신비주의를 재정의하려는 시도(Deena Metzger 123 참조)를 어떻게 보아야 하는가? 그리고 전적으로 원시적이 되거나 과학기술을 부정하지 않는 경우에는 대안 기술을 제시하게 되는데, 생태계적 윤리만을 가지고 그것을 적용하는 일은 쉽지 않을 수도 있다. 그리고 이것은 후기산업사회의 엄청나게 빠른 속도의 발전과 변화에 대한 충분한 대안이 될 수 있는가? 세계화, 국제화, 전 지구화의 과정에서, 즉 국경을 초월하는 정보세계시민netizen화를 말하는 지점에서, 과학기술문명의 거부는 어느 선에서 이루어질 수 있는가? 혹 이는 현대판 기계파괴운동[14]에 머무르는 수준은 아닌가? 이는 첨단

14. 라나 라코브(Lakow)는 「기술과 남성지배의 권력」에서 "현대의 러다이즘은 기술의 구조와 본질을 의심한다"고 말한다. 라코브는 루이스 멈포드(Lewis Mumford), 자크 앨럴(Jacques Ellul), 그리고 허버트 마르쿠제(Herbert Marcuse)를 기계파괴론자로 들고, 이들은 비관주의자이고 기술은 모두 동일한 결과를 만든다고 간주하는 사람들이라고 말한다. 기계파괴론자들에 의하면 "기술 사용 방법상의 변화가 문제를 해결

과학기술 시대에 대한 대응으로 문화적 복고주의가 될 가능성이 있다.

인공지능 정보공간cyberspace, 정보시민netizen, 가상현실VR 등으로 대변되는 시대에 '대안 기술'은 어느 정도의 기술을 의미하는가? 공상과학소설, 과학영화에서 보이는 환경이 이미 현실화되고 있다. 그 환경은 이미 지구가 아니라 지구를 넘어선 공간들이며, 인간의 공간 범위는 우주로 확대되고 있다. 시간과 공간의 개념 자체가 달라지고 있다. 이 변화에 대항하는 방식은 어떠해야 하는가? 현재는 다나 해러웨이 같은 페미니스트가 작성한 기계와 유기체로서의 인간의 연계를 위한 사이보그 선언문이 현 남성중심체제의 대항이 된 시점이다(Haraway 참조). 이런 시점에서 자연과 인간의 합일을 부르짖는 생태학적 페미니스트들은 하나의 저항이 될 수도 있는 동시에 정반대로 무력한 해결책이 될 수도 있다.

또한 환경 문제에 부단히 새로운 과학적 시도가 이루어지고 있지만 "과학기술로 환경 문제가 해결 가능한가?"라는 질문이 제기된다(이필렬). 과학기술로 환경 문제를 풀어내려는 것은 과학과 기술이 불러온 문제를 그 문제 틀 안에서 분석하고 해결하겠다는 의도를 내포한다. 분명히 우리는 로렌스D. H. Lawrence가 말하듯이 "뿌리에서부터 피를 흘리고 있다." 이 병든 문명에 대한 대안이 생명을 존중하는 사상이어야 할 것은 분명하나 기술에 대해서는 단순히 복고적일 수만은 없다는 생각이 든다. 기술이 문제인지 그것을 사용하는 사람이 문제인지에 대한 논의는 계속되겠지만, 기술이 사회환경의 산물이기에 기술을 통해 어떤 권력이 어떻게 행사되는지를 밝히는 일도 필요하다. 과학기술이 단지 부정적인 결과만을 불러온 것은 아니기 때문이다. 한 생명이 밝게 살아가도록 도와주는 기술들도 상당히 많기 때문이다.

그리고 라코브가 말하듯이 여성도 기술 개발자들이었음을 간과

하지 않으므로 기술은 제한되거나 통제되어야 한다는 것"이다.

해서는 안 될 것이다. 오텀 스탠리Autumn Stanley의 주장에 따르면, "여성은 분명히 초기의 대부분의 도구, 미술품, 공예품 및 기계를 발명한 인류 최초의 기술자들이었다"(라코브 367). 따라서 기술 자체를 거부하는 것과 기술이 어떻게 여성이나 노동계급과 관련되는지를 파악하는 문제는 조금 다르다. 남성이 기술을 가지고 기술을 통해 어떻게 권력을 행사하는지,[15] 그리고 현재도 기술이 억압적인 성별관계를 형성하고 유지하는 데 어떤 역할을 하는지를 물어야 하며, 기술이 여성의 발언권 기회, 즉 공적 생활에서 발언할 여성의 기회를 어떻게 변형시켰는지를 물어야 한다.

그리고 과학과 공학의 속성을 여성적 가치로 변화시키는 방법을 논의해야 하리라 생각된다. 예컨대 조앤 로스샤일드는 '기술의 자율성'에 대한 신념을 반박하고(라코브 365-66), 제도 자체가 남성적이고 공격, 독립, 객관성 및 합리성같이 문화적으로 존중되는 남성가치에 근거를 두고 있기 때문에 기술은 남성적이고 비인간적이며 반생태적이라고 주장한다. 로스샤일드는 기술이 양육, 살림, 감성, 감정이입, 직관 같은 여성적 가치에 근거를 두고 있다면 기술은 사회생활을 자유롭게 하는 적절한 역할을 할 수 있을 것이라고 시사한다(라코브 366). 그러나 이 문제는 아직 실현되지 않았기 때문에 단순히 "더 많은 여성이 그 대열에 참가한다면, 주로 남성의 활동영역이며 직업인 과학과 공학의 속성을 여성적 가치로 변화시킬 수 있다"고 간단히 논의할 수는 없는 문제다. 물론 앤 파우스토-스털링Anne Fausto-Sterling처럼 과학이 가부장적이며 이데올로기적 구성물이라는 점에 주목하여 과학 분야에서 여성을 배제하기 위해 제시되는 설명들을 검토해야 한다고 충고한다.

15. 캐롤라인 머천트(Carolyn Merchant), 아네트 콜로드니(Annette Kolodny), 수전 그리핀 등은 기술을 여성과 자연에 대한 남성의 파괴적인 통제수단으로 파악한다. 이들은 자연을 여성으로 기술을 남성으로 의인화한 남성적 메타포들이 어떻게 계몽주의 시대와 19세기를 거치면서 정복정신을 구축해왔는지 보여주고 있다.

"여성과 과학의 문제는 과학 내에서의 여성의 문제이며, 또한 여성이 없는 과학의 문제다. 그 근본적인 해결책에는 지식의 구성과 발달에 대한 우리 사고방식 자체의 커다란 변화도 포함될 것이다"라고 그녀는 말한다(49). 우리는 가부장적인 과학 구조에 전통적인 여성적 가치들이 포함되도록 변화시켜야 한다는 그녀의 결론을 재고해볼 필요가 있다.

세 번째 문제는 에코페미니즘이 지금까지 소개된 다른 페미니스트들이 해결하고자 한 문제들을 지나치게 간단히 뒤집고 있는 것은 아닌가 하는 점이다. 급진적 페미니스트들, 특히 파이어스톤 같은 사람이 이제까지의 모성에 부여된 짐과 여성을 생산(재생산)만을 위한 존재로 보는 점에 반발하여 저항하고자 했다면, 생태학적 페미니스트들은 여성을 자연과 연결시킴으로써 다시 이런 관점을 강화하는 역할을 하고 있다는 인상을 준다. 그래서 이들은 지금까지 남성 생태론자들이 말하는 것과 같은 말을 하며, 단지 생태학에 여성혐오증만을 첨가하여 이론을 전개하고자 하는 안이함도 느껴진다. 이제까지 여성적 가치라고 여겨진 것들이 결국 여성혐오증(여성신비증)에 토대를 두고 있음은 제대로 문제 삼지 않고, 문제 삼을 수도 없게 된다. 또한 프랑스 신세대 페미니스트들(씩수, 이리가라이, 크리스테바 등)이 비판한 지점은 참고하지 않고 보부아르를 별 비판 없이 수용하는 점도 문제가 된다. 그리고 문명비판이라는 차원에서 이제까지 페미니즘의 시각에서는 문제성 많은 로렌스를 다시 끌어들이게 되는 것도 에코페미니스트들이 다시 생각해야 할 문제다. 이 점과 관련하여 이들의 문명비판이 동양을 그냥 신비화시키는 것이어서는 안 될 것 같다. 에코페미니스트들이 도교Taoism를 이야기하고 동양과 인디언 문화를 이야기할 때, 그것들이 그 시대와 환경 안에서 가졌던 한계점들을 짚어주면서 받아들여야 한다고 생각된다. 무조건의 신비화는 앞에서 말한 과거로의 복귀에 불과할 수도 있다. 에코페미니즘은 다른 페미니즘의 이론들이 쌓

아온 것들을 그냥 폐기할 것이 아니라 진지하게 검토한 후에 생태학의 페미니즘이 아닌 페미니즘의 생태학을 말해야 하리라 생각된다.

생태학적 페미니즘은 문화/자연이라는 종래의 이분법에 대한 재고찰을 가능하게 하며, 문화정치학이며 담론적 실천에 국한된 듯한 페미니즘 이론들에 결여되어 있는 실제적이고 직접적인 현실 개입을 하는 이론이다. 단순히 실질적인 쪽이 아니라, 철학적이고 인식론적인 시각을 제시한다는 점도 생태학적 페미니즘의 공헌이라 할 수 있다. 그리고 이 페미니즘은 여성-남성들로 하여금 가부장제, 자본주의 기술문명에 대한 시각을 넓히게 한다는 점에서 긍정적이다. 또한 "우리[여성]가 우리의 가장 큰 적"이라고 생각하는 에코페미니즘의 관점은 종래의 페미니즘이 한번 참고할 만하다. 이 문명의 일부로 태어난 여성이 변화를 거부하여 자기 파멸로 치달을 수 있다는 인식은 곧 여성이 이 남성문화, 남성체계를 구축하는 데 일조했다는 반성과 향후 세계를 이끌 수 있다는 각성을 동시에 포함한다. 세계가 전 지구화의 기치 아래 범국가적인 다국적 기업이 장악력을 확대해나가는 시점에서 이 이론이 가지는 전 지구적이고 우주중심적인 성격의 저항적 가치는 중요하다.

씩수나 이리가라이가 자본주의의 경제체제에 여성성의 경제, 즉 무한한 베풂으로 경쟁사회의 면모에 대처하겠다고 한 점이 실질적인 대안으로 다가올 수 없었음에 반해 생태학적 페미니즘은 공장폐수 문제, 쓰레기부터 전쟁, 핵무기(반핵, 반전운동) 등 다양한 차원의 문제들을 안고 그에 대항하여 비폭력적으로 싸우겠다는 현실적인 목표들을 가진다. 그렇지만 이 페미니즘은 현재 노동자, 계급, 인종, 성의 문제에 대한 구체적인 논의 없이 거대한 인식의 혁명으로 이 문제들을 포장할 위험이 있다. 다시 말해, 문제의 많은 부분이 핵 반대나 무기제조 반대 같은 구체적 성과로 이어지지 못한 채 주저앉을 수도 있다. 그리고 여성적 가치의 긍정성을 강하게 내세우고, 그 가치를 자연과 연결시키고 있는 에코페미니즘이 혹 여성 문제에 관해 복고적이 될 여지가 있는 것은 아닌가 한번 짚고 넘어가야 한다.

5 페미니즘과 리얼리즘, 포스트모더니즘, 탈식민주의: 민족, 주체, 국가

성차의 문제가 개입되면서 페미니즘은 다른 여러 이론을 비판할 수 있는 이론이 되었다. 페미니즘은 다른 이론들에 비판적인 동시에 다른 이론들을 최대로 활용하고 있다는 특성을 띤다. 그래서 페미니즘 앞에 붙는 개념들은 자유주의, 마르크스주의, 정신분석학적, 생태학적, 탈식민주의 등 서로 다른 그리고 때로는 상반된 것이다. 이와 같이 서로 다른 이론들을 토대로 삼고 있어 페미니즘은 백가쟁명의 춘추전국시대를 구가하고 있기도 하다. 그렇기 때문에 페미니즘의 이론 연구가 방향을 잡는 데는 다소 어려움이 따른다.

한국의 경우 이런 복잡한 이론들의 갈래를 일일이 점검하면서 소개한 글이 많지 않아 아직 쟁점화가 힘든 단계이긴 하다.[16] 그러나 가능한 선에서 페미니즘 이론을 한국의 (영)문학연구와 연결시켜 생각

16. 이 글이 발표된 1990년대 중반의 상황을 말한다. 글 전체적으로 1990년대를 중심에 두고 있기 때문에 그대로 두기로 한다. 1990년대 중반 이후 한국에서 정신분석, 생태론, 마르크스주의와 페미니즘의 관계들이 더 진행되었으며, 젠더만이 아니라 섹슈얼리티 관련 글들이 많이 나오기 시작했다.

해보고자 한다. 한국의 (영)문학연구와 관련된 논의는 리얼리즘, 포스트모더니즘 그리고 탈식민주의[17]를 중심으로 이루어졌거나 이루어지고 있다. 그렇다면 페미니즘은 이 세 사조 또는 세계관 또는 비평방법론과는 어떻게 연관되는가? 리얼리즘, 포스트모더니즘 그리고 탈식민주의의 한계들을 넘어서서 포괄할 수 있는 세계관과 방법론이 가능하다면 그것이 페미니즘이 될 수 있는가? 그렇다면 그것은 어떤 페미니즘이어야 하고 한국의 (영)문학연구와 페미니즘은 그것에 따른 방향성을 설정할 수 있는가? 동시에 서구의 다양한 이론들에 대해 어떤 방향성을 제시할 수 있는가?

이러한 질문은 페미니즘이 비판이론이 될 수 있다는 것을 전제로 하며, 페미니즘이 이제까지의 이론들이 가지는 한계를 극복하고 진정한 인간해방의 길을 제시할 수도 있다는 것을 전제로 한다. 혹자는 생각할 것이다. 페미니즘이란 단순히 여성의 문제만을 다루는 것이기에 어디까지나 '주변부' 또는 '변방'의 학문 방법론이라고. 그리고 "페미니즘 자체가 철학이나 인식론이 될 수도 없는데 어떻게 감히 모든 이론을 포괄하고 포함하여 새로운 비판이론을 마련한다는 말인가?"라고. 그러나 페미니즘이 여타의 이론들에 인식론적 전환을 요구해왔고, 거의 모든 학문과 철학의 영역을 다시 볼 수 있는 틀이 된다는 것을 인정

17. 문화가 부각되고 문학에서도 문화와 제국의 문제를 점검하는 탈식민주의 논의가 등장했다. 『외국문학』이 1992년 여름호 특집으로 탈식민주의를 다루었고, 『현대시사상』(고려원, 1996 봄호)이 다시 특집으로 다루었다. 『영어영문학』과 영미문학페미니즘학회에서 발간하는 『영미문학페미니즘』을 일별해보면 과거 식민지 출신의 여성 작가들에 대한 글들이 눈에 띄게 드러난다. 영미문학 전공자들은 토니 모리슨(Toni Morrison), 앨리스 워커(Alice Walker), 엔토자케 샹게(Ntozake Shang)e 등 흑인 여성 작가들을 다루고, 맥신 홍 킹스턴(Maxine Hong Kingston), 차학경(Hakyung Cha)을 소개하고, 진 리스(Jean Lys), 도리스 레싱(Doris Lessing), 마거릿 앳우드(Margaret Atwood) 등의 제3세계와 관련된 여성 작가들을 다루었다. 그중에서 토니 모리슨이 상당한 비중을 차지하고 그 외의 작가들도 주로 아시아계, 남아공, 캐나다, 미국 흑인, 서인도 제도 출신의 작가들이다.

한다면, 방향의 제시와 새로운 이론의 창출은 가능해질 수 있다. 페미니즘은 기존의 마르크스주의, 정신분석, 생태학, 과학기술문명론 등이 담고 있는 문제들을 모두 재고하며, 탈식민주의도 끌어들인다는 점에서 새로운 이론 생산의 가능성을 보여준다. 인류가 이제까지 고려하지 않았던 성의 문제를 고려함으로써, 그리고 페미니즘이 실천운동 차원에만 머무르지 않고 이론을 생산함으로써 새로운 하나의 세계관 그리고 인간해방론을 만들어내고 있음을 진지하게 검토할 필요가 있다.

이론의 춘추전국시대에 기존의 이론들에 성gender의 문제를 도입하여 다양하고 복잡한 이론들을 만들어내고 있는 페미니즘이 단순히 여성 또는 성차를 여러 이론에 대입시켜 그 이론들에 기생하는 이론을 만들고 있는 것은 아니다. 페미니즘이 여러 이론을 알아야만 이해할 수 있는 영역이기에 생기는 어려움을 극복하고 방향을 잘 잡기만 하면 오히려 새로운 비판이론을 형성할 수 있는 토대를 마련해줄 수도 있다. 마르크스, 라캉, 프로이트, 러브럭 등의 남성 이론가들을 숙주삼아 이론을 공부해온 여성들이, 이제는 기존의 역량들을 모아 필요한 이론을 만들어내고 그것으로 기존의 이론들 그리고 이론가들과 논쟁을 벌이고 동시에 대안을 제시할 때가 되었다. 루카치와 브레히트, 정신분석과 마르크스주의, 생태학과 테크노토피아, 하버마스와 후이센 사이의 논쟁만이 아니라 새로운 논쟁 구도를 만들어보자는 것이다. 신비평과 리얼리즘, 모더니즘과 포스트모더니즘, 리얼리즘과 (포스트)모더니즘 그리고 리얼리즘과 탈식민주의 등으로만 논의의 장을 전개할 것이 아니라 페미니즘과 리얼리즘, 페미니즘과 포스트모더니즘, 페미니즘과 탈식민주의 사이의 논쟁이 가능해져야 한다. 이러한 논의는 새로운 이론의 창출을 위한 준비 작업이 될 수 있다. 그리고 비판적 문학연구 방법론으로서 페미니즘을 생산하는 것이기도 하다.

한국에서 영문학연구의 구도는 크게 신비평적 방법과 리얼리즘론을 통한 접근방법으로 나눌 수 있다. 이런 구도가 후기구조주의와 포스트모더니즘이 소개되면서 리얼리즘과 포스트모더니즘이라는 대립 구도로 논쟁점이 바뀌었다. 포스트모더니즘이라는 문화현상과 일맥상통하는 점이 있는 후기구조주의에 입각한 비평방법들이 신비평적 접근방법을 비판하면서 목소리를 높여왔다. 이러한 상황에서 이 글은 우리의 맥락 속에서 영문학 그리고 페미니즘을 살피고자 하는 의도에서 페미니즘과 리얼리즘, 포스트모더니즘 그리고 탈식민주의의 관계를 짚어보고자 한다. 이것은 논의의 구도 속에 페미니즘을 고려하자는 시도이며 새로운 논의 구도를 만들어낼 가능성을 다지는 시도다.

리얼리즘과 페미니즘: 민족

리얼리즘과 페미니즘은 상호 보완적일 수 있는가? 리얼리즘의 한계를 페미니즘이 보완할 수 있는가? 국내 영문학계에서의 현재 논의에서 이 둘의 관계는 어떠한가? 리얼리즘론은 국내 영문학계에서는 신비평적 방법론으로 영문학을 연구해온 풍토와는 상당히 다른 입장을 유지했다. 그리고 모더니즘 문학에 대해서는 양가적 태도를 취하긴 했지만 전반적으로 비판적인 입장을 견지했다. 1970년대의 민족, 1980년대의 민중 그리고 1980년대 후반의 노동문학을 정립하려고 고민해온 리얼리즘이 영문학에 적용될 때는 특히 19세기의 영국 소설들로 관심을 유도했고, 제3세계의 민중이라는 토대를 가지고 외국문학에 접근했다. 그런데 한국의 1970년대, 1980년대 문화의 장 그리고 (영)문학의 장에서 분명한 입장을 유지한 리얼리즘은 1980년대 후반까지 여성의 문제는 일차적 문제가 아닌 것으로 간주해왔다.

리얼리즘의 입장에서 모더니즘과 포스트모더니즘 그리고 최근에 소개되고 있는 탈식민주의도 비판할 수 있다는 사실은 리얼리즘이 국내 영문학연구에서 여전히 중요한 의미를 지닐 수 있음을 말해준다.

그리고 페미니즘의 세례를 받은 여성연구자들이 한국여성연구회를 만들고, 『여성과 사회』라는 연간지를 내고, 민족문학작가회의에서 여성문학분과를 두고 여성운동과 문학에 대한 관심을 표명했던 것은 리얼리즘 논의와 무관하지는 않을 것이다. 그리고 영문학연구에서는 리얼리즘이 19세기 영국 소설에 대한 집중적 관심을 유도했기 때문에 여성의 현실에 대한 인식을 도왔다는 것 또한 사실이다.

페미니즘을 중심으로 한 국내 논쟁의 가능성을 위해 페미니즘의 현안에 대해 리얼리즘이 기여할 수 있는 가능성을 살필 필요가 있다. 먼저 영문학 논의에서 여성의 문제를 다루는 글들을 보면, 비교적 가부장제의 문제는 다루어지는 편이지만, 자본주의의 문제는 제대로 고려되고 있지 않음을 알 수 있다. 자본주의의 문제는 주로 문화연구에서 가능한 것으로 여기거나 자본주의의 문제가 여성의 문제와는 상관없는 듯한 논의를 하는 경우가 많다. 국내의 연구에서 영미문학을 계급의 시각에서 바라보는 글들이 빠져 있는 점은 마르크스주의가 페미니즘과 제대로 결합하지 못한 결과이기도 할 것이고, 마르크스주의 페미니즘은 한계를 드러냈고 더 이상 유효하지 않다는 생각에서일 수도 있으나, 실제로 대부분의 경우에 영문학을 연구하는 연구자들이 이 문제에 대해 깊이 천착하지 않았기 때문이라 하겠다. 그리고 우리의 페미니즘이 미국을 통해 수용되고 있기 때문이기도 할 것이다. 다시 말해 미국을 통해 우리에게 소개되는 글들이 이 문제에 대해 침묵하고 있다는 말이다.

리얼리즘은 문학 텍스트가 현실을 반영한다는 광범위한, 그래서 다소 막연하기도 한 틀을 가지고 접근하기 때문에 가부장제와 계급 문제를 동시에 고려할 수 있다. 국내의 페미니즘 논의가 주로 가부장제에 대한 논의라는 점에서 계급, 계층('기층여성')의 문제를 다루는 리얼리즘의 시각이 페미니즘에 수용되면 현재의 논의를 보완해줄 수 있으리라 생각된다. 그런데 그 논의가 자본주의에 대한 단편적인 논의여서는 안 될 것이다. 자본주의와 여성의 문제를 좀 더 폭넓게 다룰 수 있어야 리얼리즘이 페미니즘에 의미를 부여할 수 있으며, 또 그 자체로서 의미를 계속 유지해나갈 수도 있을 것이다.

리얼리즘이 '민족' 문제를 하나의 중심 틀로 제기하고 민족적 시각에서 (영)문학을 바라보아야 한다는 관점을 유지하는데, 이 민족이라는 개념이 여성 문제와는 어떤 관련을 지니는지 재고되어야 할 필요가 있다. 민족 고유의 정서라든가 전통을 말할 때도 여성의 전통은 빠져 있거나 여성이 억압받은 현실은 고려하지 않을 경우, '민족'은 여성에게 하나의 억압기제로 작용할 수 있다. 예를 들어 유교적 전통이 민족적 전통이라면, 서구의 자유사상은 오히려 이 땅의 여성에게 숨통을 터주는 역할을 했다. 영문학이 페미니즘의 도입에 우호적인 것도 영문학을 통해 서구의 자유사상이 한 역할이 이미 있었기 때문이다. 문제는 그런 자유사상과 함께 묻어오는 그들의 경제논리나 제국주의적 속성들일 텐데, 그런 것에 대한 경계를 풀지 않으면서 받아들일 필요는 있을 것이다. 민족적인 주체와 여성 주체가 어떻게 서로 만날 수 있는지는 좀 더 생각해보아야 할 문제다.

최근 흔히 민족, 성, 인종, 계급이라는 항목들을 페미니즘에서 언급하면서 이 모든 것이 고려되어야 한다고 말들을 한다. 언어로 표현된 이 네 항목은 너무나 단순하고 간단해 보인다. 그러나 실제 삶의 현장에서 이 항목들은 상호 보완적인 것만은 아니다. 토니 모리슨의 『타르 베이비』는 문화적 민족주의와 여/남의 성적 대립을 다룬 텍스트다. 흑인 공동체의 고유문화 보존에 성공한 흑인 남자의 영웅담과 개인의 자유를 위해 비상하려는 흑인 여자의 탐색을 대비하고 있는 이 작품이 어느 한쪽이 가야 할 방향을 말해주는 것은 아니다. 이럴 경우 할 수 있는 일은 우선 문제의 지점들을 구체적으로 지적하는 일일 것이고 그 지적을 바탕으로 차근차근 논의해나가는 일일 것이다. 그래서 한국의 경우도 일단은 영문학에서 그런 지점들을 찾는 것이 중요하며, 그것을 우리의 현실에서도 찾아 함께 논의해야 할 필요가 있다. 그것은 비교문학적 연구가 될 수도 있고, 문학연구와 현실을 연계하는 직접적인 일로 나타날 수도 있을 것이다. 기존의 영문학 논문들이 영미권 작가들의 작품론이나 작가론으로 범위를 한정하지 않고 이러한 비교문학적 시각과 직접 현실과 연결된 글을 쓰고 그러한 담론들이 공론화될 필요가 있을 것이다.

포스트모더니즘과 페미니즘: 주체, 탈중심

페미니즘은 리얼리즘과 포스트모더니즘의 차이를 어떻게 볼 것인가? 리얼리즘과는 달리 포스트모더니즘은 여성 문제를 고려하는 듯한 인상을 주기도 한다. 그래서 페미니즘과 포스트모더니즘의 제휴에 대한 질문도 일차적으로 편역서 속의 서문에서 제기되었다(정정호·이소영). 일단 이러한 질문이 제기되고 그에 대한 답을 서구 페미니스트들의 글을 번역하여 내놓음으로써 찾고자 한 시도를 우리 논의의 출발로 삼을 수밖에 없을 것이다. 김영희·이명호·김영미가 공동으로 쓴 논문이 "포스트모던 페미니즘"이라는 이름으로 일부 프랑스 페미니스트들을 비롯한 페미니즘 이론가들을 비판한 것, 그리고 유제분이 도리스 레싱을 중심으로 페미니즘과 포스트모더니즘을 다룬 논문이 전부일 정도로 국내의 페미니즘은 포스트모더니즘 논쟁에 제대로 개입하지 않았다.

정정호·이소영이 편역한 『페미니즘과 포스트모더니즘』 서문에서 역자들은 "포스트모더니즘과 페미니즘은 서로에게 어떤 의미를 가지는가? 생산적인 '유익한 관계'를 맺을 것인가, 아니면 '위험한 긴장관계'가 될 것인가? 또 그렇지 않으면 그저 '상호 보완의 관계'인가? 아니면 전혀 '불가능한 관계'인가?"(정정호·이소영 1)라는 질문을 제기한다. 그리고 역자들은 포스트모더니즘과 페미니즘이 저항과 간섭의 문화운동이라고 하면서 새로운 이론 창출과 혁신과 변혁의 실천 작업을 위한 가능성을 이 둘의 단합에서 찾을 수 있다고 전제한다(2). 이와는 조금 다르게 유제분은 포스트모더니즘이 "뚜렷한 정치적 방향이 부족"하다는 점과 페미니즘이 "비평과 미학적 전략이 부족"하다고 지적받아온 점을 들면서 페미니즘의 결점을 포스트모더니즘의 비평과 미학적 전략으로 보완하는 것이 "재미있는 가능성"이라고 말한다(460). 유제분은 이 둘이 "상호 보완적"일 수 있는가, "어떤 방식으로 하나의 이론이자 방법으로서의 포스트모더니즘이 페미니즘의 목적과 미학에 영향을 줄 수 있을 것인가? 그것은 페미니즘의 문화적 목적을 방해하는가? 아니면 진일보시키는가?"(461)라는 질문을 던진다. 저항문화운동으로 포스트모더니즘을 보고, 페미니즘이 그것과 단합할 경우 혁신과 변혁이 가능하다고 보는 입장과 포스트모더니즘이 미학적 전략을 페미니즘에 제공할 수 있다고 보는 입장은 양쪽 모두 포스트모더니즘에 대해 우호적이다.

그런데 과연 페미니즘이 포스트모더니즘에 대해 우호적이기만 한가? 이러한 물음은 앞의 두 태도에 김영희 외의 논문「포스트모던 여성해방론의 딜레마」가 제기하는 것이기도 하다. 하나의 새로운 이론 창출과 변혁의 가능성을 포스트모던 여성해방론(?)에서 보는 입장과 포스트모던 여성해방론을 "비역사적 여성성으로의 복귀 혹은 여성해방론의 폐기"(김영희 외 35)로 보는 입장은 다르다. 이 논문의 필자들은 포스트모더니즘론이 민족문학론의 핵심 개념들인 '현실', '반영', '당파성', '총체성', '객관성', '과학성', '계급성' 등에 "의혹의 시선"을 던진다고 보고, "리얼리즘적 관점이란 여성해방을 지향하는 문학비평으로서는 쉽게 포기할 수 없는 것"(79)이라고 주장한다. 그리고 포스트모더니즘이 억압적 구조들을 규명하는 데 "도움이 되기보다는 이와 같은 노력을 애당초 부질없는 것처럼 만들어버리는 장애로 작용"한다는 논지를 편다(79). 이것은 대다수의 서구 페미니스트 비평가들이 포스트모더니즘과 관계를 맺게 되면 페미니즘이 방향감각을 상실할 수 있다고 지적하는 점[18]과도 통한다.

탈중심성, 주체, 언어, 미학의 대중주의 문제와 관련하여 페미니즘과 포스트모더니즘의 관계에 대한 논의를 간단히 전개해보자. 탈중심성이나 주체의 해체는 기존의 남성중심의 문화와 정체성을 해체하는 문제이고 언어도 기존의 남성중심적 언어행위에 대한 도전이고 해체이지 주체, 언어 모두를 해체하는 것은 아니며 그래서도 안 될 것이라 생각된다. 그래서 포스트모더니즘이 중심, 언어, 주체의 해체를 말하는 부분은 이제까지의 역사적 문맥에서 이해해야 할 것이다. 현실적으로 언어를 전적으로 폐기할 수도 없으며 여성의 언어를 비언어, 광기의 언어, 비문법적 언어로만 자리매김할 수도 없을 것이다.

주체 또는 정체성의 문제와 연결해보면 일단 근대적 주체를 문제삼은 것은 후기구조주의이고 포스트모던 문학에서는 '실종된 주체'나 '분열된 주체'를 논한다. 계몽주의와 인본주의에 반발하고 그 이념의 밑바탕에 깔려 있는 근대적 주체를 재고하는 자기반성적 움직임은 서구의 남성 주체를 해체할 가능성을 제공한다. 그러나 여성에게는 다르게 적용될 수도 있다. 이 주체의 해체론이 한국(그리고 서구) 여성에게 적용되면, 여성이 근대적 주체를 전혀 체험하지 않고 곧바로 주체의 해체라는 틀로 들어가게 되는 문제가 발생한다. 여성이 이제 주체적으로 서려는 시점에서 주체의 해체 등을 말하는 후기구조주의 이론과 포스트모던 문화논리가 등장한 것을 그대로 수용할 수만은 없다.

포스트모더니즘 미학의 대중주의에 대한 비판을 여성과 연결시켜 생각해볼 필요는 있다. 여성의 현실을 반영하거나 생산하는 텍스트들을 대중문학 장르라고 해서 연구 대상에서 배제해서는 자본주의나

---

18. 그 예로 패트리샤 워(Patricia Waugh), 다나 폴란(Dana Polan) 등을 들 수 있다.

후기자본주의의 실상을 제대로 파악하지 못할 것이다. 그리고 대중화된 텍스트들을 그냥 대중문학이라고 무시할 경우 그 속에 제시된 여성 이미지에 대한 비판이나 수정이 가능하지 않을 것이다. 미학의 대중주의는 새롭게 평가되어야 할 것이다.

현실의 반영, 재현의 가능성과 불가능성의 문제를 놓고 페미니즘은 리얼리즘론의 현실 재현 가능성을 주장해야 하는가? 이 점을 놓고 볼 때, 페미니즘이 실천운동에서 출발할 수밖에 없었던 점을 상기해야 한다. 현실은 엄연히 여성들에게 불합리하고 부조리하다. 페미니즘은 이런 부조리한 현실을 담을 수 있는 문학 텍스트라는 그릇을 필요로 한다. 그런데 현실이라는 틀을 좁게 한정하면 곤란하다. 후기산업사회, 정보사회의 양상들은 리얼리즘이 태동한 19세기의 현실에서 출발하긴 했지만 변화된 상황이다. 그래서 리얼리티라는 개념은 심리적이고 정신적인 것까지를 다 포함해야 할 것이다. 따라서 사실주의의 현실, 모더니즘의 현실, 포스트시대의 현실과 문학의 관계를 다시 규명해야 할 것이다. 넓은 의미에서는 문학이 하는 일과 영상매체가 하는 일 모두 인간 삶의 영역을 반영하는 것일 텐데, 가상현실의 긍정적 혹은 부정적인 점 등에 대해 리얼리즘론이 할 역할이 있을 것이고 그 역할은 점점 더 다원화되는 시대에 감당해야 할 부분일 것이다. 물질적 조건에 대한 인식이나 연결 없이 심리현실이나 정신의 현실을 말하는 지금의 풍토에서 리얼리즘은 유효하다. 그러나 리얼리즘론은 그 심리와 정신의 현상을 좀 더 깊이 있게 파악해야 할 필요가 있을 것이다.

리얼리즘론의 “과학성”이나 “객관성” 그리고 “총체성”을 놓고 생각해보면, 이제까지 이 개념들을 사용한 주체가 누구였느냐가 문제가 된다. 페미니즘은 이 개념들을 사용한 주체가 누구였는지, 그리고 이러한 단어들이 사용되는 현장에 여성은 빠져 있었다는 점을 문제 삼을 수밖에 없다. 그렇다고 해서 이러한 용어들 자체가 사라져야 한다는 말이 아니다. 다만 우리는 이러한 용어들을 사용하는 입장에 의심의 눈초리를 보낼 수 밖에 없도록 리얼리즘이 철저히 객관적이거나 총체적이 되지 못했음을 지적해야겠다. 여성(그리고 어린이 등 지금까지 배제되어왔고 앞으로도 배제될지도 모를 존재들)의 문제가 포함되어야 더 과학적·객관적·총체적이 될 수 있다는 점을 인식해야 할 것이고, 각각 다양한 입장의 문제가 '총체적'으로 고려되어야 할 것이다. 예를 들어 성sexuality이나 무의식에 관한 담론을 민족이나 민중과 대립되는 개념으로 생각하거나, 그런 개념들은 계급성이 없는 담론을 전제한다는 가정하에서 배제해서는 안 될 것이다. 오히려 이런 개념들이 분단이나 노동의 현실과 관련해 총체적이고 객관적인 의식의 틀을 마련하는 데 필요한 것으로 간주하고 그러한 총체적인 시각을 위해 노력해야 할 것이라 생각된다. 총체성이나 객관성이 여성들을 억압하거나 배제하는 담론으로 쓰이는 것에 대한 경계심만 있다면, 그 개념 자체는 여성 문제를 해결함으로써 가능할 진정한 인간해방을 위해 활용되어야 할 것이라고 생각한다.

페미니즘과 리얼리즘의 관계를 다시 살펴볼 수 있는 분야가 정신분석학이다. 서구의 페미니즘이 정신분석에 대해 정면으로 반발하거나 수용하고 있는 현상에 대해 리얼리즘은 제대로 반응을 보이지 못하고 있다. 현재 페미니즘의 중심이 되는 갈래 중의 하나가 정신분석학적 페미니즘이다. 한국의 경우 1990년대 들어서 정신분석 영역이 조금씩 소개되고 있다. 라캉이 소개되고 일부 번역되었다. 라캉과 페미니즘에 대한 논문이 있고, 영문학과 관련해서는 정신분석과 문학에 대한 논문들도 나온다. 그러나 아직 프로이트도 제대로 번역되어 있지 않고, 정신분석학적 페미니스트들의 글들도 많이 번역되어 있지 않은 상황이다.[19]

정신분석담론은 욕망이론, 라캉, 정신분석과 문학의 관계 등을 다

19. 이 글을 쓸 당시의 상황이 현재는 많이 달라졌다.

루었다. 도정일은 '지식'으로서의 정신분석이 '심문방식'으로서의 정신분석으로 이행했다는 점을 들어 정신분석이 비평이 된 점을 말한다. 정신분석을 문학비평의 일종으로 보며 비평의 '문맥확장'으로 본다(12). 그리고 페미니즘은 정신분석 비평에 주목함으로써 담론을 생산해내고 있는 것으로 본다. 정신분석은 한국의 1980년대 노동·민중 논의로 일관한 풍토에서는 받아들여지지 않다가 1990년대가 되어 성담론과 함께 활성화되기 시작했는데, 지금 한국의 현실에서 정신분석이 담고 있는 의미가 기존 논의와의 연계하에서 짚어지지 않았다. 여성문제에 대한 인식 없이 정신분석이 대중화되기 시작한다는 점[20]과 미국을 거친 정신분석만이 소개되고 있다는 점은 문제가 있다. 정신분석이 문학에서 비평의 문맥 확장이 되므로 정신분석 담론의 내러티브와 문학의 내러티브가 다를 것이 없다는 결론에 도달하는 데 그칠 것이 아니라 그것을 통해 무엇을 말할 것인가가 더 강조되어야 할 것이다.

페미니즘의 입장에서는 일단 프로이트 그리고 라캉도 비판의 대상이 되는데, 비판하기 위해서는 프로이트를 다시 읽을 필요가 있다. 단순히 분석의와 환자의 관계가 비평가(독자)와 문학 텍스트의 관계와 유사하다는 이유로 정신분석을 비평 방법론으로 도입하는 것이 아니고 페미니즘은 프로이트와 라캉이 제시하는 세계관 자체에 관심을 가진다. 프로이트의 오이디푸스 콤플렉스, 여성성, 동성애 등에 관한 이론이 지니는 영향력을 재검토하기 위해 여성 이론가들은 프로이트에서 출발점을 찾거나, 그를 다시 쓰거나 비판했다. 라캉은 여성 이론가들에게 이론의 토대를 일부 제공한 것은 사실이지만, 여전히 남근중심적이라는 비판을 받을 수밖에 없는 지점을 지니고 있다. 이런 지점

---

20. 1990년대에 들어와서는 정신분석이 성담론과 함께 대중화되기 시작했고 정신분석 또는 심리상담에 관한 책들이 나왔다. 그런데 페미니즘이 고려되지 않은『아하! 프로이트』(푸른숲, 1996) 유의 정신분석 상담은 상당한 문제를 안고 있다. 따라서 이 부분을 제대로 진단하고 짚어야 할 필요가 분명히 있다.

에 대해 국내의 이론 연구는 제대로 손을 대고 있지 못하다. 그리고 서구의 정신분석학, 그리고 정신분석학적 페미니즘이 비교적 계급이나 민족 등의 특수성에 대해 무관심한 점 등은 리얼리즘론이 비판적으로 접근할 근거가 될 것이다. 마르크스주의와 정신분석의 접합 가능성을 알튀세르에게서 발견할 수 있다 하더라도 그 자체도 비판적으로 짚어야 할 필요가 있다.[21] 만약 리얼리즘이 이런 요소를 짚는다면 그 측면에서는 페미니즘이 리얼리즘과 부분적으로 입장을 같이할 수 있을 것이다.

탈식민주의와 페미니즘: 국가

정신분석과 아울러 탈식민주의에 대한 담론이 생산되고 있다. 페미니즘과 탈식민주의가 접합하여 탈식민주의 페미니즘이 소개되고 그와 함께 미국 흑인 여성이나 제3세계의 여성 작가들에 관한 글들이 영문학 논문의 상당수를 차지하고 있다. 이제까지 제대로 시선을 받지 못했던 세계의 작가들이 그것도 여성 작가들이 관심의 대상이 되고 우리에게까지 소개되고 있다는 점은 일단 긍정적인 눈으로 바라보게 된다. 그러나 에드워드 사이드를 위시한 이론가들을 소개할 때 짚어야 할 문제들이 있을 것이다. 국내의 페미니즘이 무조건 제3세계적 여성 작가들에 대한 관심을 제시하는 탈식민주의를 그냥 받아들일 것이 아니라 그것의 유통과정을 짚어볼 필요가 있으리라 생각된다.

탈식민주의는 『문화와 제국주의』, 『오리엔탈리즘』 등을 쓴 사이드에서 출발한다. 파농의 경우는 1970년대 한국에 소개되었다. 탈식민주의는 "니체를 끌어들인 해체비평이 텍스트 밖으로 충분히 뛰쳐나

---

21. 그리고 에티엔 발리바르 외, 「프로이트박사의 발견」을 보면 여성에 대해서는 발리바르가 프로이트를 그대로 답습하는 것을 발견할 수 있다.

가지 못하자 여기서 한 걸음 나아간 것”(권택영 77)이라고 정의된다. 탈식민주의는 문화비평의 한 갈래로서 문화란 가치중립적이지 않은 수사학이라는 전제 아래 문화적·정신적으로 여전히 식민지가 계속되고 있는 신식민지시대의 현상을 읽어내려 한다. 텍스트 안에 깊이 내재하는 제국주의 이데올로기를 밝혀내는 작업이다. 해체론의 자기반성적 사유와 푸코의 권력의 편재성에 대한 시각이 합쳐져서 ‘정치’의 영역만이 아니라 문화의 영역에도 제국의 이데올로기가 속속들이 배여 있음을 주장하는 탈식민주의는 피지배 민족 또는 개인 속의 타자를 상정한다. 김성곤은 탈식민주의가 “분명히 민족주의 운동이고 제3세계 문화운동”이라고 보며, 탈식민주의가 종래의 민족주의 운동과 다른 점은 그것이 ‘비교문화적’이고 ‘통문화적cross-cultural’인 면이라고 말한다(8-9). 김성곤은 탈식민주의가 민족주의 운동임과 동시에 “문화의 합병성과 혼종성을 인정하고 타 문화와의 공존”을 추구하며, 기법 상에서도 리얼리즘만을 고집하지 않고 알레고리나 패러디나 마술적 리얼리즘도 유용한 전략으로 받아들이는 “포용성”을 보여주고 있다는 점을 강조하며 종래의 리얼리즘론과의 차이를 지적한다(9).

탈식민주의와 리얼리즘의 민족문학론은 어떻게 만나고 차이를 형성하는가? 이 질문은 페미니즘이 탈식민주의를 단순히 자신의 동지로 생각하고 받아들이는 일에 조금은 거리를 두는 것과 관련이 있다. 특히 한국에서의 페미니즘이 탈식민주의를 어떻게 볼 것인가를 리얼리즘론과 최근의 탈식민주의의 차이점을 짚어봄으로써 살펴볼 수 있을 것이다. 윤지관은 『리얼리즘의 옹호』에서 사이드를 비판적으로 읽으면서, 동서양을 막론해 사회와 인간을 지배하는 보이지 않는 막강한 힘인 오리엔탈리즘이라는 무서운 괴물에 대항할 힘을 사이드가 ‘개인적 정신’으로밖에 상정할 수 없는 점을 문제시한다. 그리고 사이드가 “왜곡된 상황을 변화시킬 해방운동의 정당성”마저 해체하는 경향이 있다고 비판하면서 그의 『오리엔탈리즘』이 이룩한 성과가 “기왕에 우리 비평에서 이루어진 제3세계 문학론이나 민족문학론의 수준에 훨씬 못 미친다"고 주장한다(윤지관 387, 389). 이러한 입장은 김성곤이 탈식민주의를 "탄탄한 민족주의 운동이자 제3세계 문화운동"이며, 탈식민주의 문학이 "민족문학과 제3세계 문학의 수준을 한 단계 높여주는 새로운 형태의 민족문학, 제3세계 문학"이라고 보는 입장(9)과는 다르다.

탈식민주의가 "주변문화"의 반격이며, "'포스트모던 리얼리즘'의 한 바람직한 전형"이라고 보는 입장과 국내의 리얼리즘이 제기한 제3세계론보다 못하다는 입장의 차이를 페미니즘은 어떻게 보게 되는가? 페미니즘의 관점에서 보자면 탈식민주의는 (남성)지배문화의 힘을 보게 만듦과 동시에 여성 자신들 안의 타자를 보게 하는 역할을 한다. 그렇지만 사이드가 문화의 저항성 자체를 제대로 바라보지 못하도록 하는 점은 지적되어야 할 것이다. 이 지적은 사이드가 문화와 국가를 동일시하는 데서 찾을 수 있다.

> 문화 편에 그리고 문화 안에 있다는 것은 국가 편에, 국가 안에 너무나 충직하게 있다는 것이다. 이처럼 문화가 권위와 국가의 외적인 틀에 동화되어 있음은 믿음, 자신감, 다수의식, 우리가 '집'이라는 말로 연상하는 모든 의미체, 소속 그리고 공동체 따위의 것들을 동반하는 것이다. 이 의미영역의 바깥에는 — 왜냐하면 이 경우 안을 부분적으로 규정해주는 것이 바로 바깥이기에 — 무질서, 문화적으로 선거권을 박탈당한 자들, 문화와 국가에 반대되는 요소들, 한마디로 말해 집 없는 자들이 서 있다(Said 11; 윤지관 375-376 재인용).

이와 같이 문화-국가와 그 바깥을 상정하는 것은 오류라고 생각된다. 문화는 그렇게 모두 권위와 국가의 틀에 동화되어 있지만은 않다.

제국과 식민의 관계에서 국가-문화를 상정하는 사이드의 인식은 부분적으로 유용하다. 탈식민을 논의할 때 국가와 문화를 동일시하는 이유가 있을 수 있지만 그것을 모든 경우에 적용한다는 것은 문제가 있다. 한 국가 내에서 고급문화/대중문화를 구별했던 것도, 하위문화를 말하게 되었던 것도 국가 자체와 문화가 동일시되지 않는다는 것을 의미한다. 국가장치, 정치권력이 문화를 생산하며 그 문화가 지배문화라면 우리는 지배문화에 맞서는 대항·저항·대안문화를 상정해야 한다. 현실적으로도 하위문화로 취급되는 여러 문화의 영역들이 단순히 자본과 국가권력의 문화를 그대로 답습하지는 않을 것이다. 여성의 경우에는 분명히 남성중심의 지배문화가 국가권력과 연결되어 있다고 전제할 수 있다. 그러나 한 국가 내에서 남성과는 다른 여성문화가 전혀 없다고 상정할 수는 없다. 아직 온전히 여성문화를 제대로 발굴하고 담론화해내지 못한 부분이 있지만 여성문화는 존재하고 이 문화가 지배문화에 대한 저항문화 또는 대안문화가 될 수 있다고 생각해야 한다.

문화의 지배적 편재성을 말하고 피지배자들을 상정하면서, 그들이 속속들이 국가와 관련된 문화를 내재화하고 있음을 지적하는 사이드는 탈식민적 페미니즘의 영역에서 부분적으로 의미가 있다. 타 문화, 타 민족에 대한 존중이 파시즘이나 나치즘의 발아를 막는 논리가 되겠지만, 거기에서 지배/피지배라는 억압과 해방의 담론이 배제되어 버리면 상대를 그저 용인하게 되어 오리엔탈리즘을 변화시킬 길이 없어지게 된다. "내 안의 타자를 본다", "우리 안의 미국을 본다", "여성 안에서 남성을 본다"는 것이 제국/식민의 경계를 해체하는 것과 동일한 작업은 아닐 것이다.

종래의 이분법이 불평등한 구조로 되어 있기 때문에 그 이분법이 평등하게 되어야 한다고 해서 이분법 자체를 담론이나 인식의 차원에서 해체해버리는 것이 평등에 이르는 방법은 아니다. 이 이분법을 토대로 하여 식민 안에 있는 제국의 요소를 보는 것이고 제국 안의 식민을 보는 것일 텐데, 현실에 엄연히 존재하는 식민 안에서 제국을 보아내고 그것을 몰아내려는 행동이 있어야 제국/식민의 이분법이 결과적으로 해체될 수 있을 것이다. 종국에는, 즉 동등한 입장으로 인정할 수 있을 정도로 힘의 균형이 이루어진 뒤에는 여성도 남성의 문화를 타문화로 인정할 수 있을지 모르겠지만 현재는 그렇게 "제휴"하거나 "협상"할 수는 없다. 탈식민주의가 타 문화를 비하하는 것을 경계하며 서로 다른 문화들의 '통합과 공존'을 말하는 것은 '편집증적 국수주의'에 대한 대항 담론이 되겠지만, 동시에 영미의 다문화주의가 노리는 중심에 대한 비판약화라는 결과를 낳을 수도 있다. 이런 측면에서 "제3세계의 여성, 그것도 '성별화된 하위체들gendered subaltern'은 말할 수 있는가?"라는 질문을 제기하는 스피박의 경우에도 그녀 자신의 이론 안에서 '협상negotiation'이라는 개념을 내놓고 있는 점(Spivak 1989)은 다시 짚어보아야 하겠다. 사이드와 나란히 컬럼비아 대학의 교수이고, 해체론을 부분적으로 고수하고 있는 그녀가 "주체의 해체와 성별화된 하층민이라는 주체 또는 정체성을 설정하는 문제 사이의 간극을 어떻게 해결할 것인가?" 하는 문제는 스피박의 탈식민주의의 과제이기도 하다.

페미니스트들 중에는 이즘(ism, 주의)이라는 말이나 이론(theory)에 대해 거부감을 보이는 사람들도 있다. 그것이 바로 남성중심문화, 남근이성중심주의를 그대로 받아들이고 답습하는 것이라는 이유에서다. 남성중심, 남근이성중심의 문화에 대한 대안으로서 여성적 글쓰기, 여성중심비평, 여성성의 강조 등을 주장하고 나서게 되었지만, 페미니즘이 이론의 영역들을 계속 확보해나가는 작업도 그사이 진행되어왔고, 때로는 그런 작업이 여러 다양한 이론을 그냥 받아들여 혼란을 빚는 결과를 낳은 것도 사실이다. 그렇다고 해서 페미니즘이 이 이론의 영역을 포기하거나 간과할 수는 없다고 생각된다. 이론은 실천영역의 문제들을 담론화하는 역할을 하기 때문이다. 그래서 페미니즘과 여타 이론들과의 관계를 꼼꼼하게 재검토하는 것이 필요하다.

페미니즘에는 과학기술문명과 생태계 문제, 계급 문제, 인종 문제, 민족 문제, 섹슈얼리티 문제, 출산과 임신 등의 재생산 문제 등이 서로 얽혀 있다. 이러한 문제들은 단순히 여성의 문제만이 아니다. 인류의 문제이며, 한국인의 문제이기도 하다. 앞에서 리얼리즘, 포스트모더니즘, 탈식민주의와 페미니즘의 관계를 개략적으로 짚어보았는데, 이러한 문제들을 싸안고 고민할 수 있는 틀로서 페미니즘을 고려할 필요가 있다. 그런데 페미니즘이 제공할 수 있는 인식론적 전환은 이제까지의 이론들과 그 방법론들의 도움 위에 가능하다. 앞에서 살핀 대로 리얼리즘, 포스트모더니즘, 탈식민주의의 일부를 취하고, 또 지속적인 논쟁을 통해 페미니즘을 다지는 일이 필요할 것이다. 영문학연구에서 페미니즘이 하는 역할은 일차적으로 인식의 전환을 계속 시도하는 것이고, 타 이론들과의 논쟁을 영문학의 구도 속으로 끌어들이는 동시에 영문학의 범위를 넓혀나가는 일이 되어야 할 것이다.

Ⅱ

페미니즘과 문학적 인식의 전환

2부 페미니즘과 문학적 인식의 전환

페미니즘은 이론과 실천 영역을 가진 말이다. 문학과 페미니즘의 관계를 짚어보고자 하는 2부[1]에서는 페미니즘이 기존의 인식체계에 전환을 가져왔다고 보고 그 인식의 전환이 문학적 인식의 전환을 불러온 지점을 살핀다.

6장 「성의 도입과 그 영향」에서는 페미니즘이 젠더를 도입한 것의 영향을 다룬다. 페미니즘은 보편성과 객관성에 문제를 제기하고, 문학의 가부장제를 비판한다. 문학연구에 성을 도입한다는 것은 지식과 권력의 관계를 드러내는 것이다. 이 관계는 아버지와 아들의 장과 남성적 글쓰기의 장 등으로 나타난다. 그리고 페미니즘이 가져온 인식론적 전환은 문학의 연구 방법론을 전환했다. 정전의 탈신비화, 역사(歷史)가 아닌 逆史(거꾸로 쓰이는 역사)를 쓰는 페미니즘이 문학연구에 미친 영향은 상당하다. 젠더가 중요한 요소로 고려됨으로써 작품에 나

1. 2부의 6장은 필자의 「한국의 영문학연구와 페미니즘」의 일부(335-347)를 부분적으로 수정한 내용임. 7장은 필자의 「정전의 탈신비화와 한국의 영문학 교육」을 부분 수정한 내용임.

타나는 여성 이미지가 분석되고 새로운 여성 이미지가 생산되기 시작했다. 여성적 글쓰기의 가능성을 열었다. 여성적 글쓰기에 대한 관심은 기존의 장르에 대한 인식을 바꾸게 하고, 장르를 확대하는 일로 연결된다. 페미니즘은 문학이라는 영역을 문화론과 접목하는 역할을 해왔다.

7장 「정전의 탈신비화와 한국의 영문학 교육」에서는 정전의 신비화, 정전의 탈신비화, 탈정전이라는 세 가지로 나누어 살핀다. 문학의 정전과 정전화에 대해 페미니스트 비평가들은 강력한 반응을 보였고, 남성중심의 문학 전통과 문학사에 이의를 제기했다. 페미니즘이 전적으로 새로운 문학사를 쓰는 데까지는 아직 가지 않았지만, 기존의 문학사에 균열을 내는 역할을 했다. 그리고 정전과 관련하여 보편적 인문학론과 탈정전-탈서구론을 분석하면서 한국에서의 영문학 교육의 논의들을 살핀다. 인문학으로서의 영문학, 민족, 민중이라는 시각에서 본 영문학, 제국주의 시각에서 보는 영문학, 문화연구의 일환으로서의 영문학, 실용적 영어를 전달하는 수단으로서의 영문학을 둘러싼 논의들이다. 이 논의들은 민족문학론, 제3세계론, 탈식민, 탈서구의 움직임들을 포함한다. 정전에 대한 입장은 비판은 가능하지만, 정전은 여전히 의미 있고 유지되어야 한다는 입장에 전면으로 반대하는 입장은 아직 나오지 않은 셈이다. 또한 페미니즘의 시각에서 보는 영미문학의 정전에 대한 논의가 본격적으로 진행된 것도 아니다. 따라서 필자는 교육이 이데올로기와 관련되어 있고 교육이 전수된 가치를 전파하는 역할을 하지만, 전수되는 가치에 대한 비판의 계기를 제공해야 한다는 의미에서 정전의 탈신비화가 필요하고 정전의 수정이 필요하다고 제안한다. 정전의 탈신비화와 수정을 위해 문학교육의 내용으로 문화연구, 탈식민주의, 마르크스주의 페미니즘 등의 강의가 병행되어야 한다고 주장한다.

7장은 또한 '보편적 인문학' 논의와 '탈정전-탈서구' 논의를 끌어들인다. 인문학이 지니는 보편성과 특정 지역의 문학이 지니는 특수성 사이가 바로 연결되는 것은 아니지만, 인문학을 보편성과 연결하는 순간 제국과 제3세계의 관계가 무화될 수 있다. 탈정전과 탈서구, 탈식민의 담론들은 보편성에 대한 도전이다. 한국의 영미문학을 중심에 놓고 보면 외국문학으로서 영미문학의 의미가 무엇인지를 살필 필요가 있다. 이 의미를 살피는 과정에서 남성중심의 정전, 서구 제국주의, 제3세계 등의 개념들은 문학의 특수성을 생각하게 한다. 그리고 이 특수성은 탈정전과 탈서구의 인식과 맞닿아 있다.

8장「페미니즘과 공유의 페다고지: 문화재생산의 고리 끊기」에서는 제도로서 (영)문학이 재생산하는 것이 무엇인지를 물으면서 교육을 성장치로 보고, 페미니즘이 (영)문학에 제안할 수 있는 것이 있다는 내용을 다룬다. 공유의 페다고지는 문화재생산의 고리를 끊으면서 페다고지의 방법론을 페미니즘과 연관시킨다. 문학비평과 현대이론의 관계 맺기라는 '영미문학비평' 수업-강의의 세 가지 측면을 소개한다. 첫째는 이 수업의 내용이 텍스트들을 중층적으로 교차함으로써 텍스트들의 관계 맺기를 시도한다는 점, 둘째는 현대이론(마르크스주의, 정신분석, 페미니즘, 탈식민주의)을 문학 읽기에 도입함으로써 문학과 현대이론의 관계 맺기를 시도한다는 점, 셋째는 토론을 통해 수업 참여자들 사이의 관계 맺기를 시도한다는 점이 소개된다. 제도로서의 대학교육의 장은 기본적으로 경쟁의 페다고지에 입각하지만 그 한계 내에서 최대한 공유의 페다고지가 가능한 장을 만드는 데 마르크스주의, 페미니즘, 탈식민주의 같은 이론이 기여하는 부분이 있다는 점을 소개한다.

6 성의 도입과 그 영향: 인식의 전환과 문학

페미니즘이 인식론 혹은 하나의 주의ism가 될 수 있느냐는 질문을 받는 경우가 있다. 모든 인식체계에 내재되거나 표출되어 있는 남성중심 사상을 지적하고 비판하며 인식의 전환을 촉구한다는 측면에서 페미니즘은 인식론이다. 이제까지의 철학, 역사학, 자연과학, 문학, 예술론 등의 인식전환을 가져오고 있다는 의미에서 그러하다. 프로이트, 마르크스, 소쉬르, 라캉, 알튀세르, 데리다 등과는 다른 시선으로 세상과 지식체계를 바라본다는 점에서 페미니즘은 하나의 새로운 인식론이다.

일차적으로는 실천운동에서 출발한 페미니즘이 문학이론 또는 문학비평의 토대를 형성하는 그 어떤 것으로 정의될 때, 가장 핵심적인 부분은 이 이론체계가 성gender을 도입했다는 점이다. 페미니즘은 문화연구와 문학연구에 성에 대한 인식을 도입했다. 매우 상식적이고 간단한 것 같은 이 말은 성의 도입이 그동안 인류 역사와 문학사에 실제로 도입되지 않았다는 것을 반증한다. 따라서 페미니즘이 문학과 연결될 때에도 이 성의 도입이 획기적인 사실이 된다. '성'이라는 단어는 영어로는 섹스sex로, 젠더gender로, 때로는 섹슈얼리티sexuality로 번역될 수 있다.[2] 페미니즘은 사회문화적인 의미의 '성'인 젠더가 가치 판단의 기준으로 문학연구에 작용하도록 했다. 기존의 모든 영역에 이 성이라는 부분을 적용할 때, 우리는 거의 대부분의 지식체계를 다시 볼 수밖에 없다. 중립적이라고 인정되어온 자연과학이 문제가 되며, 객관성을 추구해온 인문학과 사회과학이 문제가 된다. 문학이론이나 미학이론도 마찬가지다. 문학연구에 성이 도입되어 미치는 영향은 다양하겠지만, 이 글에서는 몇 가지로 나누어 살펴보고자 한다.

페미니즘은 보편성과 객관성에 대해 문제를 제기한다. 페미니즘은 여성과 관련된 한 방법론이라기보다는 사회 전체의 보편적 인식의 틀에 대한 반성을 촉구하는 포괄적인 인식전환의 계기를 마련해오고 있다. 문학 영역에서 여성은 배제되어 있었으며, 남성의 가치체계가 보편성이라는 이름으로 작용하는 경우가 많았다. '보편성'이나 '객관성'의 추구가 인류의 진보를 담보해온 것도 사실이지만, 여러 경우에 보편성이나 객관성이 일부 계층이나 하나의 성sex을 대변하기도 했다. 1960년대 이후 서구에서는 '보편성'과 '객관성'이 정면으로 도전받게 되지만, 아직도 여전히 문학은 편파적인 '보편성'과 '객관성'을 진정한 보편성과 객관성으로 착각하는 오류를 범할 때가 있다. 이 오류 중의 하나가 남성중심적 '보편성'과 '객관성'이다. 이제까지 '보편성'과 '객관성'은 많은 경우 무성(無性)이 아니라 남성이었다. '의심의 미학'인 페미니즘은 남성중심의 보편성과 객관성을 문제시했다.

19세기 자유주의 페미니스트들이 여성이 남성과 동등해져야 한다고 생각하고 여성의 법적·사회적 권리를 주장한 이유의 하나는 이제까지 인간의 기준이 되는 것이 남성이었기 때문이다. 문학의 장에

2. 보통 섹스(sex)는 생물학적인 차이, 젠더(gender)는 사회문화적인 성차, 섹슈얼리티(sexuality)는 인간의 성이 생물학적이거나 사회적인 것으로 양분되기 어렵기 때문에 그 복합적이고 다면적인 측면을 포괄하기 위한 새로운 개념의 출현이 요구되어 사용된 용어다. 프로이트는 「성에 관한 세 편의 에세이」(1905)에서 '성적(sexual)'과 '성기적(genital)'을 구분하고 있다(Freud 1992 참조).

서는 여성들이 남성의 시선으로 세상을 보며 남성적인 글쓰기를 하여 남성적인 문학을 생산하려고 노력했다. 지금도 학문적인 글쓰기의 장에서는 남성적인 글쓰기가 '보편적'이고 '객관적'인 것으로 인정되고 있다.

문학의 가부장제는 부정할 수 없는 뚜렷한 현상이었고 지금도 그러하다. 작가와 작품생산에 대한 남성 작가들의 인식을 보면 알 수 있다. 19세기 영국문학에서는 작가(저자)는 신 또는 가부장과 동일시된다. 존 키츠John Keats에게 저자는 "거대한 왕국의 황제들"(Keats 121)이고 제럴드 맨리 홉킨스Gerald M. Hopkins에게 예술가의 "가장 본질적인 특성은 예술작업을 주인과 같이 수행한다는 것인데, 그것은 일종의 남성적인 능력이며 남성을 여성과 구별지어주는 것으로서 종이 위나 운문, 아니면 그 어떤 재료 위에든지 자신의 사상을 출산하는 작용"(Abott 133)이다. 그리고 로버트 사우디Robert Southey의 경우 "문학은 어떤 여자들이 인생을 걸고 할 일이 아니며, 그렇게 될 수도 없다"(Gérin 110)고 했으며, 해럴드 블룸은 "문학사의 핵심에 있는 투쟁 역시 언제나 강한 맞수끼리의 전투, 강력한 적수로서의 아버지와 아들의 대결, 또는 교차로에 있는 라이어스와 오이디푸스의 대결이었다"(Bloom 26)고 말한다. 이를 뒷받침해주는 17세기 윈칠시의 백작부인 앤 핀치Anne Finch의 시를 보자.

> 아아! 감히 펜을 드는 여자는
> 남자들의 권리에 대한 침범자요
> 건방진 노예로서 간주되어
> 그 죄과는 어떠한 미덕으로도 속량받을 수 없네(Finch 155)

시대마다 조금씩의 차이는 있지만 문학의 세계를 아버지와 아들의 대결장이거나 남성 출산의 장으로 보는 인식은 예나 지금이나 다를 바 없다. 문학을 생산하고 그것을 읽는 시선의 준거는 남성적인 시선이었다. 여성이 작가가 되는 것에 대한 불안은 바로 남성적인 시선이 보편적이라는 인식에서 출발한다. 19세기 메리 셸리Mary Shelley는, 헌트Hunt라는 비평가가 잡지 『이그재미너*The Examiner*』에 자신이 남편인 퍼시 셸리에게 보낸 편지의 한 문단을 따서 인용한 것에 대해 "너무나 여성적으로 표현되어 모든 문인들이 그것을 읽고서 내가 남성적인 인식이 모자란다고 생각할 것"이라고 말한다. 그녀는, 만약 헌트가 미리 말해주었더라면 좀 더 "활자화될 가치가 있는 위엄"을 지닌 말들을 사용했을 것"이라고 덧붙인다(Letter to Percy Shelley on her comment on Cobbett in The Examiner). 어디까지나 활자화될 가치가 있는 것이란 바로 남성적인 인식에 바탕을 둔 것이어야 한다는 것을 드러내는 말이다.

문학연구에 성을 도입하게 됨으로써 지식과 권력의 관계가 드러나게 되었다. 미셸 푸코Michele Foucault가 지적하는 지식과 권력의 관계를 확대시키면, 지식의 주체인 남성이 바로 권력을 가진 자가 된다. 프랑스의 여성 이론가들인 씩수와 클레망은 대담 형식으로 지배와 지식의 문제를 거론한다. 씩수는 『새로 태어난 여성』에서 "객관적 담론"을 "지배담론"이라고 명명하고, "보편적 지식"이라는 이름으로 말하는 담론을 의미한다고 정의한다(Cixous & Clément 137).

문학이 가부장제의 힘의 논리에 기초하는 부권주의에 바탕을 두고 있다면 객관적이고 보편적일 수 없다. 따라서 여성의 문학은 이 가부장제에 저항한다. 가부장제의 권력을 드러내주는 좋은 예로 실비아 플라스Sylvia Plath의 시 「아빠daddy」를 들 수 있다. 이 시에서 아빠는 거대한 조상이며 검은 군화를 신었다. 아빠는 나치에 비유되고, 아빠의 힘은 파시즘에 비유된다. 이러한 힘에 대한 저항으로 페미니스트들은 여성이 주체가 되어 읽고 쓰기를 하고자 하며, 잃어버린 전통인 어머니-딸의 관계를 회복하고자 한다. 그리고 회복할 전통조차 없다면 그것을 만들어나가고자 한다.

페미니즘이 가져온 인식론적 전환은 특히 문학연구의 방법론을 전환했다고 할 수 있다. 페미니스트 비평가들은 문학사를 서술하는 방식에 문제를 제기하게 되고, 위대한 문학적 전통과 유산에 대해 의심의 시선을 보냈다. 이러한 의심은 정전화된 작품의 대열인 문학사를 다시 보게 만들었다. 그리고 이제까지의 문학사가 남성중심의 문학사였음을 입증하는 자료들을 찾고, 위대한 전통의 작가들에게서 남성중심적 시각을 발견함으로써 그들의 인식이 한계를 지닌 인식임을 지적했다. 기존의 "위대한 전통"은 새롭게 정의될 수밖에 없었고, 고전은 재해석을 필요로 했다. 따라서 페미니스트 문학비평가들은 현재 정전의 탈신비화를 주도한 주체가 되었다. 이들은 탈신비화뿐 아니라 새로운 문학사의 수립을 주장했다. 문화연구, '정치적 공정성PC, politically correct' 운동, 다문화주의, 탈식민주의 등이 정전에 대해 문제를 제기하는 기저에는 페미니스트 비평가들의 정전에 대한 문제 제기가 있다.

문학의 정전 형성에서 여성 작가들이 배제되었음은 노튼 앤솔로지를 보아도 바로 알 수 있다. 『노튼 영문학 선집』의 초판은 1950년 이전의 여성 작품은 전혀 포함시키지 않았다. 지금(6판)도 몇몇 '재능 있는' 여성 작가가 포함되어 있을 뿐이다.[3] 페미니스트 비평가들은 역사를 통해 억압되고 정전으로부터 제외된 작품들을 적극적으로 찾아냈다. 그리고 어머니-딸이라는 잃어버린 전통에 대한 논의를 시작했다. 샌드러 길버트Sandra Gilbert와 수전 구바Susan Gubar는 '전통과 여성의 재능'을 논했고(Gilbert & Gubar 참조), 일레인 쇼워터Elaine Showalter 같은 비평가는 여성의 문학은 남성문학을 모방하고 그것에 저항하고 다음 단계로 자기발견에 이른다는 이론을 가지고 여성문학사를 "여성적feminine", "여성해방적feminist", "여성의female" 단계로 나누어 분류하기

---

3. 이 글을 쓸 당시에는 6판이었던 노튼 앤솔로지가 지금은 8판이고, 그사이 여성 작가 선집도 나왔다.

도 한다(13). 여성문학을 '하위문학'으로 놓았다거나, 세 가지 단계가 적절하지 않다는 논의의 여지는 있으나, 여성을 기준으로 문학사를 쓰려고 한 시도는 높이 살만한 것이다.

역사(歷史)가 아닌 逆史(거꾸로 쓰이는 역사)를 쓰는 페미니즘이 문학에 미친 영향은 상당하다. 문학연구의 방향을 많이 바꾸어놓았고, 내용을 바꾸어놓았다. 이러한 점은 영문학을 연구하는 한국의 영문학자들도 생각 없이 영문학을 받아들이지 않게 하는 계기를 마련했다. 기존의 제3세계, 민중 민족문학을 논하는 입장과는 또 다른 측면에서 서구의 문학을 보게 하는 역할을 담당할 것이라고 생각한다. 문학연구에서 기존의 정전을 벗어나는 작품을 다루는 경우들이 늘어나고 있고, 이론에 대한 논의들도 이루어지고 있다.

문학에 성gender이 중요한 요소로 고려됨으로써 작품에 나타나는 여성 이미지가 분석되고 새로운 여성 이미지가 생산되기 시작했다. 페미니스트 비평가들은 문학작품들에서 재현되는 여성이 천사/괴물, 성녀/마녀, 마리아/이브, 백설공주/왕비 등 이분화된 이미지로 등장한다는 점을 지적한다. 이들은 여성이 현실감 있는 인물로 그려지는 것이 아니라 극단적으로 대조적인 이분화된 이미지로 재현되고 있음을 지적한다. 그러면서도 마녀나 히스테리컬한 인물은 기존의 남성사회에 의해 마녀로 명명되지만, 기존 사회에 저항하는 역할을 맡는다고도 본다. 길버트와 구바는 『다락방의 미친 여자』에서 『제인 에어』를 다시 읽음으로써 제인 에어가 아닌 다락방에 갇힌 여성에 초점을 맞추었다. 그리고 "마녀-괴물-미친 여자의 이미지가 작가 자신의 자아에 그토록 중요한 화신으로 등장하는 것은 마녀가 어떤 의미에서 열등성과 긴밀히 얽혀 있기 때문"(Gilbert & Gubar 1979: 79)이라고 여성의 열등성과 분노와 마녀 이미지를 연결시킨다. 여성의 히스테리 증상 또한 바로 여성이 처한 사회경제적인 환경에서 오는 것이라는 자각을 보여준다.

버지니어 울프Virginia Woolf는 『자기만의 방』에서 소설 속의 여성 이미지와 현실의 간극을 다음과 같이 지적한다.

> 여성은 상상적으로는 더없이 중요한 인물로 그려지지만 실제로는 하잘것없는 인물이다. 여성들은 시에서는 곳곳에서 내노라 뽐내고 있지만 역사 속에서는 거의 취급되지 않고 있다. 여성들은 소설에서는 군주나 정복자의 삶을 좌우하고 있지만, 실제로는 상대방 양친으로부터 싫건 좋건 반지가 끼워지면 상대방이 어떤 남자이건 그 남자의 노예가 되어버린다(Gilbert & Gubar, 1979: 45-46 재인용).

여성이미지비평과 아울러 여성중심비평도 제시되었다. 여성들이 분석 가능한 특수한 문학적 역사를 가진다고 생각한 일레인 쇼워터는 '여성중심비평gynocriticism'이라는 분야를 만들었다. 여성 나름의 특수한 역사는 여성이 문학시장과 맺는 경제적 관계라든가, 여성의 사회적·정치적 지위 변화가 개인에게 미친 효과, 여성 작가의 상투적 유형이 지니는 의미, 여성 작가의 예술적 자율성이 제한되는 이유 등의 복잡한 문제들을 포함하는 것으로 보았다.

문학에 성이 도입되면서 여성의 독자적인 글쓰기가 가능해졌다. 텍스트의 생산과 수용의 역사인 문학사를 다시 쓴다는 말은 새로운 생산을 준비하는 것이었다. 그리고 여성이미지비평은 여성의 이름으로 다시 쓰기, 새롭게 쓰기의 필요성을 부각시켰다. 길버트와 구바는 「백설공주」에 나오는 왕비를 두고 가부장적인 사회 속에서 여성은 어떤 목소리를 낼 수 있는가에 대해 다음과 같이 질문한다.

> 자신이 듣고 있는 소리가 대부분 왕의 목소리이기 때문에 여왕은 왕의 억양과 음조, 표현, 관점을 흉내 내어 왕처럼 말하려고 하는

가? 아니면 여왕 자신의 어휘와 음조로 자신의 견해를 주장하면서 왕에게 '되받아치려고' 하는가? 우리는 이 질문이 이론비평에서든 실제비평에서든 페미니즘 비평이 답해야 할 근본적인 문제라고 생각한다. 그러므로 이 문제는 이 장에서뿐 아니라 우리가 19세기 여성작가들을 읽어내면서 끊임없이 되돌아가야 할 문제다(Gilbert & Gubar, 1979: 46).

이 목소리의 문제는 19세기 문학을 읽기 위한 질문일 뿐 20세기 문학을 위해서나 문학연구자들에게 해당하는 질문은 아니라고 말하는 페미니스트들도 있을 것이다. 그러나 이 질문은 지금도 여전히 유효하다.

메리 셸리의 단편 「잘못 쓴 시*The False Rhyme*」에서 여왕은 오빠인 왕의 2행 연구couplet 압운시를 부분적으로 고쳐 쓴다. 그래서 왕의 내용을 완전히 반대의 의미로 만들고 왕으로 하여금 자신의 시구를 적은 창을 깨도록 만든다. 샬럿 브론테Charlotte Brontë의 『제인 에어』가 진 리스Jean Rhys의 『드넓은 사가소 바다*Wide Sargasso Sea*』로 다시 쓰였다. 다시 씀으로써 백인여성 제인 에어에 맞추어졌던 초점이 크레올 여성인 버사 메이슨에게로 옮겨지게 됨을 보여준다. 그리고 이것은 계급, 인종, 민족의 문제가 개입되면 동일한 이야기가 완전히 다른 내용이 될 수 있음을 보여주는 좋은 예가 된다.

이러한 다시 쓰기는 새로운 이미지를 생산해야 할 필요성을 강조하게 되었다. 새로운 이미지 생산의 좋은 예로 독일의 이링 페처Iring Fetcher가 「백설공주」와 「신데렐라」 동화를 재구성한 것을 들 수 있다. 이것은 기존의 바보스러운 백설공주, 미모와 마술의 힘에 의해 계급상승한 신데렐라의 이미지를 다시 만드는 일이다. 두 동화의 원래 모습이 19세기 "소시민적인 환경에서 자란 '겁 많은' 작가들에 의해 변형되어" 지금의 이야기로 전수되었다는 전제하에 이링 페처는 두 동화를 계급 문제와 연결시켜 여성 이미지를 다시 만들고 있다.

백설공주는 한 청년을 만나 계급에 대한 인식을 하게 되고 그 반란군 청년과 혁명정부에 가담하게 되어 왕정을 무너뜨린다. 혁명정부에서 백설공주는 여성해방을 위해 일한다. 우리에게 난쟁이들로 제시된 일곱은 용감한 반란군으로 재구성된다. '벽거울'은 구석구석마다 염탐꾼과 스파이를 두고 있는 비밀경찰에 대한 동화적인 비유로 읽는다. 신데렐라 또한 하녀 신분으로 굴욕적이고 고된 생활을 하다가 하녀의 처지에 대한 보고서를 쓰기로 하고 우물가에서 다른 집 하녀들과 비밀 집회를 연다. 하녀들은 크리스마스 전날 자신들의 노동조건에 대한 요구가 관철되지 않자 파업을 일으킨다.

신데렐라는 하녀 노동조합 사무실을 열기 위해 집안일을 그만둔다. 신데렐라는 "단결은 힘이다"라든가, "우리 팔이 쓸기 싫어하면 모든 빗자루는 멈추어 선다"라는 말을 한다. 이 소문이 왕실에 미쳐 왕자는 신데렐라와 깊은 대화를 나눈 후 청혼하지만, 신분차이가 아니라 정치적 신념의 차이가 좁혀지기 힘들다는 생각에 청혼을 거절한다. 슬픔에 빠진 왕자가 자신이 무엇을 할 수 있는지를 묻자 "당신 아버지를 졸라 모든 직종의 노동자들의 연대활동을 허용하고 중세적인 하인법을 철폐하는 법안을 통과시키도록" 하라고 요청한다. 신데렐라는 왕실 모독과 하인법 위반으로 감옥살이를 하고, 왕자는 그가 실행하고자 한 첫 번째 진지한 정치적 임무에서 실패하고 스스로 목숨을 끊는다 (또하나의문화 286-94 인용 및 참조).

이러한 동화 다시 쓰기의 영향력은 상당할 것이다. 이링 페처의 「백설공주」와 「신데렐라」 동화를 다시 쓰는 일은 여성의 목소리로 다시 쓰기가 가능함을 보여준다. 여성의 이름으로 다시 쓴다는 것은 상당히 광범위한 의미를 띤다. 문학 텍스트와 문학연구에서 여성의 '되받아침'이 실제로 어느 정도 실현되고 있는가라는 질문은 여성적 글쓰기의 가능성을 묻는 것이다. 프랑스 페미니스트들은 '여성적 글쓰기'

라는 개념을 생산하고, 그것의 가능성을 짚어본다. 여성적 글쓰기란 '몸으로 글쓰기'라는 말로 표현되기도 한다. 여성적 글쓰기라는 개념은 언어를 여성의 입장에서 다시 보는 것을 전제로 한다. 기존의 언어가 남성중심적이고 남근이성중심적이라고 보기 때문이다. 즉, 언어가 이미 오염되어 있다는 말이다. 그래서 프랑스의 이론가 씩수는 "여성적 글쓰기는 언제나 남근중심적 체계를 규제하는 담론을 넘어서게 될 것이다. 이 실천은 철학적-이론적 지배에 복종하는 그런 영역이 아닌 곳에서 행동하고 일어나게 될 것"이라고 말한다(Cixous, 1980: 253). 씩수는 여성이 썼더라도 지극히 남성적인 글쓰기가 될 수도 있으며 그 반대의 경우도 있을 수 있다고 본다. 현실적으로 남성의 이름으로 서명된 글쓰기 작품이라고 해서 여성성이 배제되어 있는 것은 아니며, 드문 현상이기는 하지만 남성이 쓴 작품에서도 간혹 여성성을 발견할 수 있다는 것이다(Cixous, 1981: 52).

여성적 글쓰기에 대한 관심은 기존의 장르에 대한 인식을 바꾸게 하고, 장르를 확대하는 일로 연결된다. 성차에 대한 인식이 문학에 개입되면서 문학연구자들은 문학 장르 같은 형식의 영역에 적용되고 있는 계급의식을 보게 되었다. 서사시를 가장 고급 형식으로 인정하며 소설을 저급한 것으로 자리매김한 인식을 비판하고 지적했다. 페미니스트 비평가들은 문학의 형식이나 문학적 지식의 양과는 상관없이도 쓸 수 있다고 간주된 이 새롭고 진기한 '소설novel'은 바로 여성들의 장르라는 관념이 남성 작가들에게 내재되어 있었다고 주장한다. 이 비평가들은 문학이 성gender과는 무관한 분야가 아님을 문학 형식에 대한 차별개념에서 다시 한 번 확인하고 있는 셈이다.

여성적 글쓰기에 대한 관심은 이제까지 기존의 문학 장르로 인정받지 못한 일기, 편지, 산문 등에 대한 관심으로 연결되고, 18세기의 고딕소설이나 19세기 이후의 공상과학소설에 대한 관심으로 이어졌다. 그리고 여성의 일상문화를 담고 있는 자전적 글쓰기의 형식에도 관심을 가지게 되었다. 이제까지 문학작품을 이해하기 위한 주변의 참고자료로 사용된 일기나 편지가 실제로는 여성들의 문학 활동의 장이었음을 알 수 있다. 주변부화되고 타자화된 여성에 대한 관심은 주변부화되어온 장르들의 의미를 문화적인 맥락에서 다시 보게 했다.

페미니즘은 문학의 영역을 문화론과 접목하는 역할을 해왔다. 연구자들은 문학이 그 시대의 문화와 역사에 대한 이해 없이는 가능한 것이 아님에도 불구하고 신비평의 영향 아래 문학은 문학으로 순수하게 기능할 수 있고 존재할 수 있다고 착각을 했다. 여러 다른 이론들도 그러하지만, 페미니즘은 일차적으로 문화이론이기도 하여 이 이론을 바탕으로 문학을 바라보기 때문에 문학을 문화연구 선상에서 파악하게 했다. 뒤에서 언급할 페미니즘 이론의 다양성을 생각하면 페미니즘이 단순히 여성이미지비평에 머무르지 않는다는 점을 쉽게 알 수 있고, 한계를 지니는 것으로 비판되기도 한 여성이미지비평도 문화 정치적인 맥락하에서 행해질 수밖에 없음을 알 수 있다.

일례로 영국의 빅토리아조에 대한 해석을 들어보기로 하자. 빅토리아 시대는 한때는 비평계에서 억압과 침묵 그리고 얌전빼기 등으로 특징지어지는 역사적인 시기라고 안이하게 이해되었지만, 이제는 이 시기가 성적인 것이 명료해져가는 과정상의 중요한 시기로 다시 지적되었다. 빅토리아 시대 여성들의 일기라든가 편지 그리고 사적인 담화를 통해 당대의 여성들이 자신들의 에로틱한 경험들에 생명을 부여하고 형태를 부여하기 위해 싸웠음을 알 수 있다(Gay 참조). 얌전함과 침묵이라는 빅토리아 시대의 지배적인 개념이, 당대가 성을 텍스트화하고 성과학을 발생시켰다는 사실을 무시하고 있다고 설명하는 푸코의 말이 이것을 뒷받침한다. 이와 같이 페미니즘이라는 맥락 속에서 문학을 보게 될 때, 기존의 해석이 달라질 수 있다. 그리고 문학이라는 영역을 고립화하지 않는 데도 기여하는 셈이다. 페미니즘이 문학연구를 통합학문의 방향으로 가게 하는 역할을 한다고 생각된다.

일곱째, 페미니즘이 문학에 미칠 수 있는 중요한 영향 중의 하나는 페미니즘이 여러 다른 이론을 비판할 수 있는 이론이라는 점이다. 문학연구는 방법론으로서 제반 이론들의 도움을 받아왔다. 페미니즘은 이 제반 이론들 위에 하나의 이론을 구축하고자 한다. 다시 말해 여타의 이론들을 점검하고 그 이론들에 내재된 남성중심 사상을 비판하게 된다. 1960년대 이후 휴머니즘의 보편성이 비판을 받아오듯이 휴머니즘, 마르크시즘, 정신분석학, 생태학, 탈식민주의 등과 다른 철학들에 내재된 남성중심 사상이 비판의 대상이 된다. 물론 페미니즘은 그들과 제휴도 하지만 그 이론들을 비판할 수 있는 입지에도 있다. 이러한 절합 가능성이 페미니즘이 가지는 한계가 아니라 강점일 수 있다.

7 정전의 탈신비화와 한국의 영문학 교육: 보편적 인문학인가, 탈서구인가?

정전[4]과 페다고지에 대해 써달라는 부탁을 받고 필자는 먼저 분서갱유를 떠올렸다. 왜 진시황은 책을 불태우고 유학자들을 산 채로 묻어버렸을까? 프랑스의 감독이며 시인인 안토냉 아르토Antonin Artaud는 연극의 대본이 되는 "텍스트들을 불태우라"고 말했고, 미국의 여성시인이며 페미니스트인 애드리언 리치는「아이들 대신 종이를 불태우며*The Burning of Paper Instead of Children*」라는 시에서 기존의 책들을 불태워야 한다는 암시를 한다(Rich 148-150). 책들을 모조리 불태우는 꿈은 비단 이들만이 아니라 책이라는 무게에 짓눌린 사람들이라면 한 번씩은 생각해보았을 것이다. 그러나 이것은 어디까지나 꿈에 불과하다. 메리 셸리의 소설『최후의 인간*The Last Man*』에서는 한 인간만 남고 모든 인간이

4. '정전'은 측정 도구로 사용된 '갈대'나 '장대'를 의미하는 고대 그리스어 'Kanon'에서 유래된 말이다. 그 후 'Kanon'은 '규칙' 혹은 '법'이라는 제2의 의미를 갖게 되었고, 서기 4세기경의 '정전'은 텍스트나 작가의 목록, 특히 성서와 초기 기독교 신학자들의 책을 뜻하는 말로 사용되었다. 최근에 많은 문학 비평가들이 '고전'이라고 불리는 것들을 선정하는 '정전화'를 위한 문학 텍스트의 선택도 성서적 정전의 형성과 매우 흡사한 방식으로 이루어지고 있음이 지적되고 있다(길로리 303-304 참조).

죽지만 도서관은 살아남는다. 도서관에 살아남은 책들 중 일부가 바로 고전이라는 이름으로 정전화된 텍스트들이다.

정전과 정전 형성 자체가 논란의 대상이 된 것은 최근의 일이다. 서구의 "위대한" 문학작품들인 정전의 목록을 일별해본다면, 우리는 여성작가, 비백인 작가, 그리고 하층 계급 출신의 작가들이 극히 소수임을 알게 된다. 가치 판단의 객관성이라는 가정하에 문학의 정전 선정에서 많은 집단의 텍스트들이 배제되었다. 따라서 정전에 대한 논의는 정전을 고수할 것인가, 정전을 폐기할 것인가의 논쟁으로 발전한다. 정전 옹호자들은 어떤 작품이 다른 것보다 더 우수하다는 것은 틀림없다고 말하며, 위대한 작품은 그것이 생산된 시대에 독자들의 단한 번의 "투표"에 의해 정전성을 획득하는 것이 아니라고 지적한다. 어떤 작품이 정전성을 띤다는 것은 세대를 거쳐 독자들이 계속해서 위대함에 대한 판단을 추인한다는 것을 의미한다고 본다. 정전을 탈신비화시키고자 하는 사람들은 정전 형성에는 분명히 특정 집단의 텍스트들을 제외시키는 기준이 작용하고 있다고 생각한다. 그리고 그 기준은 지배집단의 "이데올로기"를 반영한다고 본다. 어떤 작품이 위대하다는 판단은 일정한 제도적 맥락, 즉 그 작품의 재생산을 가능하게 할 수 있고, 여러 세대의 독자들에게 그것을 계속적으로 재소개시킬 수 있는 장치 속에서 이루어진다고 본다.

현재의 문학 정전의 신비화와 탈신비화 그리고 탈정전에 대한 서구의 논쟁과 관련하여 영미문학을 연구하고 가르치는 일에 종사하는 사람들이 제기할 질문들은 많다. 한국에서 "영미문학, 무엇을 어떻게 가르칠 것인가?"라는 질문은 다시 말하면 정전(正典, canon)과 페다고지의 문제라고 할 수 있다. 그것은 이제까지 신비평에 입각한 교육을 그대로 유지할 것인가, 영국과 미국의 대학에서 가르쳐온 방식과 내용을 그대로 가르칠 것인가, 요즈음의 비평 이론들을 어떻게 수용할 것인가, 문학과 문화연구와의 관계를 어떻게 설정할 것인가 등의 질문들과 관련된다. 이 질문들은 영문학과가 가르칠 내용과 해야 할 일의 범주를 설정하는 문제와 연결된다. 국내에서 제기되어온 민중, 민족문학론과 현재의 문화연구, 포스트모더니즘이라는 논의 속에서 제기된 대중문학(화)과 고급문학(화)의 관계는 정전과 페다고지라는 주제와 연관될 수밖에 없다.

영미문학연구와 교육에서 정전의 문제와 관련된 국내 학자들의 입장 차이를 밝히기 위해서는 우선 영국과 미국에서의 논쟁을 살펴보고 그 논쟁들이 이 땅의 영문학연구와 교육과 어떻게 연관되는지를 살펴보아야겠다. 먼저 정전을 둘러싼 문제를 보는 방법으로 정전의 필요성을 주장하는 쪽과 기존의 정전이란 개념에 반대하는 쪽의 논지를 살피고, 이것과 연관시켜 문학연구와 문화연구라는 구분에 대한 입장을 살펴본 다음, 국내에서의 인문학, 민족 민중문학, 문화론에 대한 입장들의 차이를 살펴보기로 한다.

정전의 신비화와 탈신비화: 전통의 역사성과 역사의 무게

정전에 대한 태도는 정전의 신비화, 정전의 탈신비화 그리고 탈정전 세 가지로 나눌 수 있다. 정전에 대한 긍정적인 견해를 보여준 대표적인 비평가로는 엘리엇T. S. Eliot, 리비스F. R. Leavis 그리고 해럴드 블룸Harold Bloom을 들 수 있다. 엘리엇은「전통과 개인의 재능*Tradition and Individual Talent*」이라는 글에서 문학사 속의 정전과 그 대열에 끼게 되는 개인의 문제를 다루고 있다. 실제로 이 글은 시인의 '몰개성론'을 주장하기 위한 것이긴 하지만, 시인은 자신을 시에 드러내지 않음으로써 위대한 시를 써서 정전의 대열에 오를 수 있다는 주장이다. 여기서 전통은 개인에 의해 재조정됨을 보여주고 있다. 리비스는『위대한 전통*The Great Tradition*』이라는 책에서 영국 소설 전통의 계보를 세운다. 블룸은 최근에 『서구의 정전*The Western Canon*』을 내놓으면서 정전을 강조한다.

과거가 귀한 유산으로 느껴지는가 아니면 짐으로 느껴지는가 하는 문제는 처해 있는 위치에 따라 다를 것이다. 예를 들면 영국의 식민지였던 미국의 18~19세기는 유럽의 전통에 대한 두 가지 상반되는 태도들을 보인다. 스스로 문학적인 아버지가 되고자 하는 의지를 보이는 쿠퍼, 에머슨, 소로, 휘트먼 등이 있고, 미국이라는 문화적인 황야를 피해 유럽을 동경하고 영국으로 귀화한 헨리 제임스, 엘리엇 등이 있다. 테리 이글턴Terry Eagleton의 『문학이론입문*Literary Theory: An Introduction*』에서 잘 설명되고 있듯이 영국의 '국민문학' 정립 과정에서 과거를 귀한 유산으로 만드는 것은 정립 당시의 이해관계와 관련되어 있다. 전통을 무거움으로 느끼고 그것을 극복하려는 마음이 있다 하더라도 엘리엇과 블룸 같은 강력한 시인들처럼 그 전통을 거부하고 재구축하는 일을 통해 스스로 정전의 대열로 들어가려는 노력이 남아 있으면 그것은 정전을 탈신비화시키는 것이 아니다. "전통"을 짐으로 여기는 쪽은 역사 속에서 소외되고 억압된 존재들이다. 이들은 '위대한 작품', '위대한 유산', '위대한 전통'이 그 배후에 눌러놓은 작품들을 발견하고 그러한 배제행위를 지적하며 정전화된 유산들을 탈신비화시키려는 시도를 한다.[5]

문학의 정전과 정전화에 대해 가장 강력한 반응을 보인 것은 여성 비평가들이다. 페미니스트 비평가들은 남성중심의 문학 전통과 문학

5. 영국 작가 찰스 디킨스(Charles Dickens)의 『위대한 유산(*The Great Expectations*)』과 미국 작가 스콧 피츠제럴드(F. S. Fitzerald)의 『위대한 개츠비(*Great Gatsby*)』는 작품을 통해 '위대함'의 이면을 상징적으로 보여준다. 디킨스의 소설에서 주인공 핍은 자신이 받고 있는 유산이 자기 마을의 훌륭한 가문으로부터라고 생각했으나 그의 유산은 범죄자로 낙인찍힌 자로부터라는 것을 발견하게 된다. 그리고 그가 훌륭한 가문이라 여겼던 가문이 몰락한 가문이라는 점은 미국의 꿈을 실현한 개츠비의 위대함이 주류밀매를 통해서라는 점과 아울러 '위대함'에 대한 반어의 좋은 예가 된다.

사에 이의를 제기하고 새로운 문학사의 수립을 주장하게 되었다. 새로운 문학사의 수립이란 기존의 정전 다시 보기를 통한 탈신비화와 정전화에 대한 비판에 기반을 둔다. 이러한 비판의 움직임들은 여성비평가들의 문학 정전에 대한 문제 제기가 확장된 형태라 할 수 있다. 이 움직임들은 이제까지 전통에 의한 정전 형성에 문제를 제기한다. 영국의 문화이론들이 그렇고, 미국의 PC(Politically Correct)운동과 비평이론들, 그리고 다문화주의 등이 이제까지 영미문학의 제도권 속에서 행해진 연구와 교육에 새로운 바람을 불러일으키고 있다. 이 바람은 현재 영미에서 정전의 존폐 문제를 놓고 일어나고 있다. 정전을 수정할 것인가 아니면 폐기할 것인가에 대한 논의다. 이 논의는 문학이란 무엇인가라는 근본적인 문제 제기로까지 확산된다. 이는 고급문학과 대중문화라는 이분법, 문학교육의 의미를 인문학으로서의 가치에서 찾을 것인가 아니면 이데올로기(들)의 전파자로서 문학작품들을 보고 비판의 대상으로 삼을 것인가 하는 문제와 맥을 같이한다.

먼저 정전의 존폐와 수정 문제는 문학과 문화연구의 대립지점을 통해 살펴볼 수 있으리라 생각된다. 문화연구가 문학을 완전히 폐기하거나 문학 정전들을 폐기하자는 주장만은 아니지만 이제까지 정전화된 작품들을 통한 교육을 다시 보자는 시도인 것은 분명하다. 문화연구를 주장하는 쪽은 텍스트의 선택이 달라지기 때문에 기존의 문학 정전들의 실제적인 폐기까지 갈 수도 있다. 실제로 미국의 영문학과에서는 신학, 형이상학, 심리학, 윤리학, 정치학, 사회사, 지성사, 정신분석학, 과학사까지 가르치게 되었다. 1960년대부터 1990년 사이에 "문화연구"라는 새로운 학제 간 연구가 영미 대학들에 나타났다.

문학-문화에 대한 입장의 차이는 크게 둘로 나누어진다. 그 하나는 문학연구가 문화연구로 바뀌고 있음을 지적하고 문학의 위기를 말하는 입장과 문학에 쏟아온 열정을 문화연구에 쏟아야 한다는 입장이다. 그리고 문학을 연구하되 문학을 이제까지의 미학으로 접근해서는 안 된다는 주장이 있다. 문제는 문학연구가 문화연구로 이행되는 것을 어떻게 볼 것인가 하는 점이다. 이 이행을 문학비평의 확대로 볼 것인가 아니면 문학비평의 죽음으로 볼 것인가? 이에 대한 논의는 최근 『서구의 정전』을 쓴 미국 예일대와 뉴욕대의 교수인 블룸과 『문학연구에서 문화연구로*Literary to Cultural Studies*』를 쓴 영국 맨체스터 폴리테크닉의 영문학 및 문화연구 교수인 앤서니 이스트호프Anthony Easthope를 대비시켜 살펴볼 수 있다.

문학성을 주장하는 블룸 같은 입장은 문학의 '미학성'을 말하면서 문학의 '고유성'을 말한다. 그에 의하면 지금 문학은 다른 대중매체들에게 그 영역을 빼앗기고 있다. 그는 문학에 대한 논의가 문화논의로 옮아가고 있다고 개탄한다. 그리고 종래의 문학연구를 강조하는 문학연구자의 입장은 문화비평이라고 하는 정치적·철학적 색채로 변질된 새로운 비평 영역 속에 문학비평이 흡수되어 문학과 문학비평의 아이덴티티가 상실된 것은 문제라고 본다. 블룸은, 이러한 문화비평의 결과로 문학작품은 제쳐놓고 문화론에 심취하여 문학과는 상관없는 데리다, 푸코, 라캉, 마르크스, 니체를 즐겨 논하고 인용하는 문학연구 풍토가 조성되어가고 있다고 지적한다. 이제까지는 문학작품, 비평, 이론 중 이론과 비평은 원 텍스트를 이해할 수 있게 도와주는 시녀의 역할을 해왔는데, 이제는 문화를 연구하기 위해 문학이 보조 수단으로 전락했기 때문에 문학비평과 문학 자체는 위기를 맞고 있다는 것이다. 블룸은 『뉴스위크』 기자와의 인터뷰에서 "문학연구는 문화비평이라는 놀랄 만한 쓰레기에 의해 장악되었다"고 개탄한다(Newsweek 1994.11.7).

> 나는 우리나라의 주요 대학 중의 하나에서 평생을 문학을 가르치고 난 지금에 이르러 문학 교육이 이 시대적인 불안 속에서 살아남을 수 있을지 크게 자신이 없다. ······ 오늘날 나를 에워싸고 있는 것

> 은 저차원 문화 옹호 교수들이고, 프랑스-독일 이론의 추종자들이며, 성과 각종 성적 신념의 이론가들, 그리고 끝없는 다원주의 문화론자들이어서 이런 상황에서 문학이론의 절대적 다변화는 뒤집을 수 없으리라고 생각한다. 문학의 미학적 가치에 대한 '원한자'들은 물러갈 것 같지 않고, 그들은 자기들을 따르는 제도적인 원한자들을 키워낼 것이다(Bloom 517-518).

그는 장차 미국의 영문학 교육이 문화비평으로 대체되고 영문학과에서는 셰익스피어나 밀턴 대신에 만화나 영화, 록뮤직을 가르칠 날이 올 것이라고 매우 비관적으로 말한다.

이러한 상황에서 나온『서구의 정전』은 정전의 필요성을 강조하며, 서구의 위대한 문학적 전통을 찬양하고 있다. 그는 이 책에서 26명의 작가들을 제시하고 문학비평이 이데올로기에 경도됨을 반대하며, 다문화주의, 마르크스주의, 여성해방론, 신보수주의, 신역사주의, 아프리카중심주의를 한탄한다. 대신에 "미학의 자족성the autonomy of the aesthetic"을 주장하며 셰익스피어를 서구 정전의 중심에 위치시킨다. 밀턴, 새뮤얼 존슨, 괴테, 입센, 조이스 그리고 베케트 등이 모두 셰익스피어에게 빚을 지고 있으며, 톨스토이와 프로이트가 그에게 반기를 든다고 본다. 또한 단테, 워즈워스, 오스틴, 디킨스, 휘트먼, 디킨슨, 프루스트 그리고 현대의 스페인과 포르투갈계 작가들(보르헤스, 네루다 그리고 페소아)이 전통과 섞여서 독창성을 지니는 과정을 보여준다. 블룸에게 정전화는 전통과 씨름하여 자기의 위치를 확립하는 개인의 투쟁사와 동일하다.

블룸과는 달리 이스트호프는 문학연구에서 문화연구로 이행되어야 함을 논하는 이유를 종래의 문학연구가 부르주아 고급문학이고 문화연구는 대중문화를 논하기 때문이라고 말한다. 그는 이제까지의 "문학연구의 패러다임을 무너뜨려야" 한다고 주장한다. 그는 리비스가 대중문화를 '문명'과 동일시하면서 '문화'라는 용어를 문학을 위해 선취하고 있다고 본다. 그는 리비스의 『대중문명과 소수문화』와 테리 이글턴을 대비시키면서 리비스의 입장에서 바라보는 사회는 민주주의 사회라기보다는 엘리트들이 중심원을 형성하고 있는 일종의 과두정치적 사회라고 말하고 이글턴을 옹호한다.

리비스와 이글턴의 글을 대비하여 비교해보면 이스트호프의 논지를 알 수 있다.

> 어떠한 시기에도 아주 적은 소수의 사람들만이 예술과 문학의 감식안을 가지고 있다. 그들은 자발적이고 직접적인 판단을 할 수 있는 아주 적은 수의 사람들이다. …… 그러한 소수들은 (주된 예를 들자면) 단테, 셰익스피어, 보들레르 그리고 하디를 감상할 수 있을 뿐 아니라, 자신들이 살고 있는 시대에서 인류의 의식(혹은 그 지류)을 구성하는 앞서 말한 대가들의 후계자들을 알아볼 수 있는 능력을 갖고 있다(Leavis, 『대중문명과 소수문화』, 1930: 30; 이스트호프 14 재인용).

> 나[이글턴] 자신의 견해는 미셸 푸코가 '담론 실천'이라고 부르는 전체 장 안에 있는 특정한 종류의 글에 사람들이 때로 이러저러한 이유로 붙인 이름이 '문학'이라고 파악하는 것이 매우 유용하다는 것이며, 그리고 연구 대상이 되어야 할 것이 있다면, 그것은 때로 다소 모호하게 '문학'이라고 이름 붙여지는 것에 그칠 것이 아니라 이러한 담론 실천의 장 전체여야 한다는 것이다. 나는 이 책에서 열거한 이론들과 또 다른 문학이론을 대립시키고자 하는 것이 아니라, 다른 종류의 담론 — 사람들이 이것을 '문화'라고 부르건 '의미화 실천'이라고 부르건 또는 다른 무엇으로 부르건 간에 이것이 가장 중요한 문제는 아니다 — 을 지금까지 말한 이론들과 대립시키

고자 한다. 그런데 그 다른 종류의 담론은 앞의 이론들이 취급하는 대상('문학')을 포함하지만, 대상을 보다 넓은 맥락에 위치시켜서 그것을 변형시킬 것이다(Eagleton 205; 이스트호프 14-15에서 재인용).

이글턴의 말에 기대어 이스트호프는 이른바 정전화된 순수문학과 대중문화 사이의 극단적인 대립을 감소시키고자 한다. 문학을 탈신비화시키고자 시도하는 그는 "만약 정전 전통의 텍스트들을 내가 제안하는 방식대로 확실하게 대면하고 탈신비화시키지 않는다면, 그 텍스트는 사실상 고급문화에게 헤게모니적 우월성을 양보하는 단순히 대립적인 문화연구의 타자로서 제자리에 안전하게 남아 있게 될 것이다"(이스트호프 208)라고 말한다. 엘리엇과 파운드의 70년도 넘은 시가 마치 우리와 동시대의 작품인 것처럼 여전히 문학연구에서 널리 교수되고 있는 사실은 믿기 어렵다는 점을 지적하는 이스트호프의 말(208)에서 정전화된 텍스트만을 가르치고 있는 현실에 대한 비판을 볼 수 있다. 그는 성, 민족, 계급의 문제에서 이제까지 문학연구가 지니는 한계점을 지적함으로써 문화연구로의 이행을 강조한다(209-230).

영국에서 더 활발한 문화연구에 대한 주장과 아울러 미국의 '도의적 공정성'에 대한 주장도 문학의 정전화에 문제를 제기하고 정전의 탈신비화에 일익을 담당한다. 최근 미국 대학에서 중요한 쟁점으로 부상하고 있는 도의적 공정성 운동은 "미국 대학들을 지배해온 근본적인 편견을 제거하고, 인류 문명사의 중심부에 위치해온 서구(유럽)의 지적 전통의 유효성에 회의를 던진다는 데 있다. 이 운동의 주창자들은 그동안 대학에서 가르쳐온 '위대한 책들Great Books'이나 '걸작masterpiece'이나 '정전'들이 모두 서구 백인들의 문화유산이었음을 지적하며, 이제는 아리스토텔레스나 단테나 셰익스피어와 더불어 소수 인종 문학 텍스트도 가르치고 배워야만 한다고 주장한다"(김성곤 61-62). 성적·인종적·민족적 소수자들에 대한 문화적인 인정까지를 포함하는 이 움직임은 여성/남성의 문제만이 아니라 동성애자들에 대한 편견도 포함하여 문제 삼는다. 그리고 나이, 성적 경향, 외모, 신체능력 등에 대한 차별에도 반대한다.

문화연구, '도의적 공정성' 운동, 그리고 미국의 다문화주의와 아울러 1960년대 말 이후의 후기구조주의라는 이름하에 포함되는 다양한 이론들이 기존의 정전을 문제 삼고 문학연구자들이 자기비판을 해보게 만들며, 문학과 문화에 배어 있는 이데올로기들을 드러내어 정전을 탈신비화시키는 일에 동참했다. 데리다와 예일학파의 해체론, 라캉의 정신분석학, 알튀세르의 전화된 마르크스주의, 푸코와 신역사주의, 그리고 페미니즘 등은 영문학의 영역을 확대시키고 정전을 수정하거나 탈정전화로 나아가는 데 중요한 역할을 하고 있다.

앞에서 잠시 언급했지만 페미니즘은 정전의 탈신비화, 수정 그리고 탈정전을 제기한 중요한 이론적 실천이었다. 페미니스트 비평은 문학의 정전 형성에서 여성 작가들이 배제되었음을 보여준다. 많은 여성 비평가들은 대다수의 정전화된 작가들이 남성들이며, 18세기 이전에는 정전화된 여성 작가들을 거의 발견할 수 없었다는 점을 지적한다. 『노튼 영문학 선집』의 초판은 1950년 이전의 여성 작품은 전혀 포함시키지 않았다. 초판과 그 이후의 판들(6판까지)을 비교하면 달라진 정전을 파악하게 될 것이다. 지금은 조금은 나아졌지만 여전히 몇 명의 여성 작가만이 무명의 그늘로부터 회복되어 후기판에 포함되게 되었다.

그리고 정전이라는 전통이 지니는 폭력성에 대한 도전으로 여성 비평가들은 이제까지 남성중심의 미학과 문학사에 대한 전면적인 도전을 시도한다. 이들은 역사를 통해 억압되고, 정전으로부터 제외된 많은 작품을 적극적으로 찾아냈다. 이들은 또한 전통의 수정도 시도한다. 블룸이 전통의 대열 속에서 아버지와 아들이라는 가족 관계의 은

유를 사용한다면, 여성들은 어머니-딸이라는 잃어버린 전통에 대한 논의를 제기한다(Hirsch, 1980). 어머니-딸이라는 가족적인 은유만이 아니라 수전 구바와 길버트는『남자들이 없는 땅』에서 "전통과 여성의 재능"이라는 엘리엇을 패러디한 말을 만들어내고 있다(Gilbert & Gubar 참조). 이들은 새로운 작품들은 여성들의 작품들이 될 것이라고 예언함으로써 여성 작가들이 하나의 새로운 전통을 만들어낼 수 있는 가능성을 말하고 있다. 이보다 앞서 출판한 책인『다락방의 미친 여자Mad Woman in the Attic』에서 이들은 여성 작가가 남성들의 영역인 문학의 장으로 들어올 때의 불안Anxiety of Authorship을 살펴보고 있다. 정전화의 대열에서 밀려난 여자들은 바로 갇혀서 답답한 '다락방의 여자들'인 셈이다.[6]

제도와 역사에서 배제된, 즉 정전에서 타자화되고 식민화되어 추방된 여성들이 전통과 역사를 무거운 짐으로 여기는 것은 당연할 것이다. 여성비평가들이 정전을 문제 삼고, 안이하게 과거니 전통이니 역사의 유산만을 이야기할 수 없는 이유가 여기에 있다. 과거의 전통이 훌륭한 유산으로만 여겨질 수 없음은 비단 여성만이 아니라 서구의 문학적 전통에서 타자화된 인종, 민족 그리고 계급들에게도 동시에 일어나는 일이다.

존 길로리John Guillory는 정전의 비판자들이 위대한 텍스트가 최종 불변의 선정으로부터 배제되었다고 생각하는 것은 역사적 맥락으로 볼 때 실은 문학적 생산수단, 읽고 쓰는 능력 그 자체로부터 배제였다고 생각할 수도 있다고 말한다(길로리 311). 이 견해는 예를 들어 18세

6. 최근 독일의 훔볼트대 교수인 잉에 슈테판이 쓴 책『남과 여에 관한 우울하고 슬픈 결론』과『프로이트를 만든 여자들』을 보면 정전화의 과정에서 "잊힌 여성사"를 볼 수 있다. 밀레바 마리치, 첼다 자이레, 카미유 클로델, 소피아 안드레예브나 등의 여성 이름들은 모두 낯설지만 그들과 관련된 남성 이름들인 아인슈타인, 피츠제럴드, 로댕, 톨스토이는 역사에 기록된 이름들이다. 역사 속에서 위대한 남성들의 이면에 가려진 여성들을 보게 된다.

기 이전의 여성 작가들을 서구의 고전에서 발견하기 힘든 것에 대한 설명을 가능하게 한다. "역사를 텍스트의 생산과 수용의 역사"로 보아야 한다는 존 길로리는 "문학사란 우리가 무엇을 읽느냐의 문제뿐만 아니라 누가 읽으며 누가 쓰느냐의 문제이고 어떤 사회적 환경에서 쓰는지 이해해야 한다"고 말한다(311). "정전 형성의 문제는 사회가 글 읽기와 쓰기의 관행을 조직하고 규제하는 방식에 대한 더 큰 테두리의 역사의 한 측면이다"(312). 이 규제력을 행사하는 사회제도인 학교, 그 학교의 사회적 기능과 지식의 보급 문제를 생각해볼 때, "위대한 문학 작품은 지식으로서의 제도에 의해 정의된다"(313)고 할 수 있다. 이글턴이 말하듯이 이제까지 사람들이 문제 삼지 않았던 문학의 정전이라거나 영국의 '국민문학'의 '위대한 전통'이라는 것은 "특정한 시기에 특별한 이유로 특수한 사람들에 의해 형성된 '구성물'"로서 인식되어야 할 것이다(Eagleton 21).

고전이나 정전이 지식이라는 제도에 의해 정의된다고 볼 때 정전 형성과 교육이 연관된다. 정전화된 텍스트들을 교육할 것인가, 한다면 어떻게 할 것인가, 그리고 지금의 교육제도가 어떻게 정전을 형성해나가는가라는 질문들이 가능해진다. 이 점에 정전과 페다고지를 함께 논의해야 하는 이유가 있다. 정전을 탈신비화시키거나 폐기할 수도 있지만, 동시에 새로운 정전들을 형성해나가는 것도 교육자들이 할 수 있는 일이라는 말이 됨으로써 문학연구에 새로운 장을 열어갈 수 있는 가능성 또한 존재한다. 문학연구에서 문화연구로의 이행이 실제 교육 현장에서 문학 텍스트들을 몰아낼 수도 있으나, 한편으로는 기존의 문학연구, 특히 신비평적 방법론에 의한 문학연구에 충격을 가함으로써 문학을 더욱 활성화시킬 가능성도 있다. 영문학 교육에 종사한 사람들은 비평방법이 달라짐으로써 텍스트의 선택이 달라진다는 것을 잘 알고 있다. 예를 들어 신비평이 정전화시킨 존 키츠John Keats 대신에 미국 해체비평은 셸리를 연구하게 했고, 신역사주의는 셰익스피어의 『템페스트』와 『오셀로』를, 페미니즘 비평은 많은 여성 텍스트들을 연구 대상으로 삼게 했다. 그리고 앞에서 언급된 영국의 문화연구와 미국의 다문화주의는 10년 전에 교육을 받은 사람이면 듣지도 못한 많은 새로운 주제와 텍스트들을 교과과정의 대상으로 삼게 했다. 미국 캘리포니아 주립대학 학부학생을 대상으로 한 미국 소설 강의계획서를 보면, 조라 닐 허스턴, 아메리코 파레데스, 레즐리 마몬 실코, 애미 탠 등의 이름과 그들의 작품들이 등장한다(정상준 89 참조).

끝으로 한마디 덧붙이고 싶은 질문은 "현재의 문화운동, 다문화주의를 우리는 어떤 시각으로 바라보아야 하는가?" 하는 점이다. 주변부니 제3세계니 성, 인종, 계급 등으로 소외된 소수를 존중하자는 움직임이 분명히 기존의 제국주의적인 중심부 문화에는 반기를 드는 것이어서 기존의 정전을 수정하고 탈신비화하는 데 중요한 기여를 하지만 우리의 입장으로 단순히 그냥 받아들일 수 있는가? 영미에서 왜 이런 움직임이 일어나고 있는가? 이것은 순전히 인문학이 지니는 자기비판적인 측면에서 나온 것인가? 카리브 섬의 시인 데릭 월컷과 러시아 망명시인 요세프 브로드스키, 아일랜드의 시인 시머스 히니, 미국 흑인 여성 작가 토니 모리슨이 최근의 노벨 문학상 수상자들이라는 것을 보면 분명히 여기에서 중심부와 주변부라는 논의가 끼치는 영향을 느낄 수 있다. 그러나 문제는 이들이 영어권의 주변부에 있다는 점과 도정일 교수가 지적하듯이 "영어권이 대표하는 정치적 중심성을 문화적으로 희석해 보이는 듯한 유용한 작업을 해온"(도정일 86) 작가들이다. 이 유용성은 "문화의 우루과이 라운드가 노리는 국제주의와 다양성의 논리"(86)와 연루되어 있다. 최근 영국의 문화운동과 미국의 '도의적 공정성', '다문화주의' 등은 모두 조금씩 의심스럽다. 이러한 움직임들이 인간의 삶의 가치를 높여주고 이제까지 목소리를 내지 못하던 그룹들을 대변하는 자들에게 목소리를 낼 자리를 마련해준다는 의의는 분명히 있다. 하지만 이들의 주변성은 여전히 '문화'라는 이름 하에 영미의 힘을 파급시키는 역할을 하고 있다. 학생들과 함께 토니 모리슨의『가장 푸른 눈』을 읽으면서 생각하는 것이 영미문학의 교과과정에서 이렇게 중심부의 이데올로기, 미의 기준, 그것이 미치는 영향 같은 것을 말할 수 있으며, 이 지구 내에 살고 있는 흑인의 삶을 이해할 수 있다는 점이 좋지만, 한편으로는 여전히 우리는 토니 모리슨의 책을 사고 읽기 위해 영어를 공부해야 하고 돈을 지불해야 한다. 그 돈은 결국 미국이라는 나라의 출판사에 지불해야 한다. 먹고 먹히는 관계라는 것이 문화에서도 분명히 일어나는 일이라면, 그래서 우리가 문화와 제국주의를 논한다면, 최근의 정전에 관한 논의는 또 다른 문화적 제국주의를 위한 그들의 노력인가? 폴 리쾨르가 말한 '의심의 해석학'은 어디까지 가야 하나?

보편적 인문학인가? 탈서구인가?

문화연구, 도의적 공정성, 다문화주의, 후기구조주의 이론들 그리고 페미니즘 등에 대한 논의가 외국문학으로 영미문학을 연구하고 교육하는 우리와는 어떤 관련성이 있는가? 국내에서도 '영미문학, 무엇을 어떻게 가르칠 것인가?'에 대한 논의는 1990년부터 조금씩 제기되어 왔다. 이러한 논의들에서 나타난 관점들을 몇 가지로 구분해보면 인문학으로의 영문학, 민족, 민중이라는 시각에서 본 영문학, 제국주의 시각에서 보는 영문학, 문화연구 일환으로서의 영문학, 실용적 영어를 전달하는 하나의 수단으로서 영문학이 되어야 한다는 관점이다. 이러한 인문주의론, 민족주의론, 탈식민주의론 그리고 문화론은 아직 제대로 대학의 영미문학 교육에 큰 영향을 미치고 있다고는 할 수 없지만 부분적으로 교과과정과 교수법에 문제를 제기하고 우리의 교육과 연구를 재검토할 기회를 제공한 것은 사실이다.

영미문학연구와 교육에 대한 국내 논의의 차이를 나타내주는 개념으로 '보편성'을 들 수 있다. 영미문학은 인문학으로서 '보편성'을 지니고 있으므로 그것을 연구하고 가르치면서 인간과 삶에 대한 보편성을 터득하여 인간에 대한 이해를 높이는 것을 목적으로 할 수 있다는 입장이 하나 있다. 그리고 그와 대조적인 입장이 영미문학은 보편성을 띠는 것이 아니라 특수성을 띠며 우리는 그런 특수성을 주체적으로 읽어야 한다는 입장이다.

단순히 인문학이 보편적인 가치를 추구하는 학문이라는 시각은 차츰 우리 영문학계에서도 사라지고 있다. 그러나 여전히 정전화된 고전들에 대한 태도는 '보편성'을 전제로 하는 경우가 많다. 영어권 문화가 "문화의 융통성"을 지닌다고 생각하며, 그것이 단순히 "경제, 군사력에 의한 강압적 침투력이라고만 하는 것은 아주 소박한 냉전 논리에 걸맞은 냉소가 아닐까?"라고 보는 이상섭 교수의 논리는 그 융통성이 접근 용이한 '보편성'이라고 말한다(이상섭 73-74 참조). 문학연구에 대한 재해석이 보편과 특수의 상호 관련성을 새로 정립하려는 노력이어야지 일체의 보편성의 부정으로 보지 않아야 한다는 이상섭 교수의 논리는 일면 타당하지만 곧 반대 의견에 부딪치게 된다.

민족적 입장에서 영미문학을 보아야 한다는 견해와 제국주의론은 이러한 보편성의 논리를 반박한다. 민족의 관점에서 내지는 주체적인 영미문학 읽기를 강조해온 입장도 있다. 백낙청 교수의 제3세계론, 민족문학론, 리얼리즘론 등이 그것이다. 이 입장은 영미문학이 보편성을 띤 사심 없는 문학이 아님을 강조한다. 영문학의 성격을 우리 자신의 입장에서 좀 더 철저히 따져보는 일의 중요성을 주장하고 있는 백낙청 교수는 다음과 같이 영문학의 특수성을 먼저 논한다. 어디까지나 영미문학이라고 할 때, 문학이라는 보편성이 아니라 영국, 미국의 문학이라는 특수성을 띠고 있음을 강조하는 셈이다.

> 근대적인 민족으로서의 자의식을 갖기로는 아마 영국인이 처음이었을 것이고, 16세기 말에 쓰여진 셰익스피어의 사극들은 그 위대한 문학적 표현이었던 셈이다. 그러나 영국은 최초의 성공적인 민족국가였고 뒤이어 최초의 시민혁명을 이룩한 나라이자 최초의 제국주의 국가였다는 바로 그 이유 때문에 자본주의의 확산과정에서 후진지역에 속하는 운명을 한 번도 맛보지 못했고, 따라서 후진국 특유의 민족의식을 창출하지 못했다. 그 점에서 영문학은 독일문학이나 러시아문학, 동구 또는 스페인 등의 문학이 우리에게 줄 수 있는 친근감과 교훈을 주지 못한다. 다만 아일랜드 문학이 영국에 대항하는 민족의식을 표출함으로써 우리의 민족문학 개념에 접근하고 있는데…….
>
> 미국은 영국보다 엄청나게 큰 나라이고 지금은 훨씬 강한 나라이며 애초부터 더욱 철저한 근대사회였다. 그래서 미국문명은 보편성과 합리성을 내세운다. 그러나 미국문학의 경우는 "영문학이 아일랜드 문학이나 스코틀랜드 문학이 더러 그런 것처럼 미국문학에서는 흑인문학과 인디언문학의 일부가 이 허구적 보편성의 다른 측면을 증언해준다(백낙청 160-165).

윗글에서 쓰인 '보편성'과 앞에서 논의의 쟁점으로 삼는 인문학으로서의 '보편성'은 다소 다른 이야기이지만, 백낙청은 영미의 특수성을 주체적으로 읽는 것이 영미문학자에게 중요한 문제임을 지적함으로써 '보편성'의 개념에 반박한다. 그는 영미문학의 "선진성과 창조성"은 인정하면서 동시에 그 한계를 바로 보는 것과 서양문학의 고전 자체를 '제3세계적' 시각에서 재해석해야 한다고 본다. 그가 인정하는 "한국의 영문학자"는 "오늘의 한국이라는 상황에서 학자라면 누구나 해야 할 말과 일을 영문학의 연구를 통해 가장 잘 말하고 일하는 사람"(165)이다. 이러한 그의 관점을 다시 정리하면 그는 영국과 미국문학의 특수성이 그 세계사적 선진성과 일치하는 면이 있음을 인정하며, 동시에 그 문학이 "허구적 보편성"을 나타낸 경우에도 몇몇 개인의 착각에 의한 것이 아니라 여러 세기를 휩쓸어온 허위의식의 결과이며 우리에게도 직접적인 영향을 미쳐온 허위의식이라고 본다(165-166).

민족문학론, 제3세계론에서 크게 달라진 것은 아니지만 최근의 탈식민주의에 입각한 제국주의의 주제는 탈서구의 입장을 다시 한 번 강조하는 셈이다. 기존의 성, 인종, 계급 문제들은 비록 남성 중심, 백인 중심, 그리고 중산층 중심에서 탈피하더라도 여전히 서구중심적일 수 있지만, 탈식민주의의 경우는 좀 다르다. 탈정전의 움직임은 성, 계급, 인종, 민족 차원에서 모두 일어나는 것이고, 탈서구-탈정전의 움직임은 민족의 문제와 직결된다. 탈식민주의론은 문화에 스며들어 있는 제국주의 이데올로기를 경계한다. 한때 많은 식민지를 거느리고 제국을 이루었던 강대국들은 지금도 세계사의 대부분을 차지하고 있는 동시에 문화를 통한 영토화는 여전히 계속되고 있다고 보아야 할 것이기 때문이다. 에드워드 사이드는 이러한 문화와 제국주의 관계에 대해 다음과 같이 지적한다.

> 우리는 무엇보다도 제국의 상상력을 길러낸 문화를 주의 깊게 살펴보아야 한다. 우리는 또한 19세기 말까지는 문화 — 그것의 괜찮은 부분은 오늘날에도 찬양되고 있는 — 속에 완전히 스며들어간 제국주의 이데올로기의 헤게모니를 파악하기 위해 노력해야 한다. 나는 오늘날 우리의 비평의식이 심각하게 분열되어 있다고 믿는다. 그래서 우리는 칼라일과 러스킨의 심미적 이론들을 설명하는 데 많은 시간을 할애하면서도 정작 그들의 관념이 동시에 열등한 민족과 식민지의 복종을 생성시켰다는 점에 대해서는 거의 주의를 기울이지 않고 있다(사이드 60).

사이드를 소개한 김성곤은 '보편성'이라는 이름으로 제시되는 정전의 강요는 문제가 있다는 입장을 보인다. 그는 세계 문화사와 지성사의 주변으로 밀려난 문학과 문화에 대한 우리의 관심을 유도한다.

> 자신들[이전의 식민지 국가들]의 다양한 문화와 역사는 철저히 무시당한 채 그들은 다만 특정지역의 경험일 뿐인 강대국들의 문화와 언어를 "보편화"라는 미명하에 표준화된 규범과 정전으로 받아들이도록 강요받고 있다 …… "탈식민주의"의 관심은 식민주의의 잔재 색출에서 끝나는 것이 아니라, 오늘날 더욱 교묘해지고 더욱 불가시적이 되어버린 문화적·경제적 제국주의의 탐색으로까지 확장된다. 그래서 '탈식민주의'는 이 정신적 식민지시대에 스며들어 있는 제국주의적 억압구조를 드러내고 그것을 해체시킬 수 있는 '대항 담론counter-discourse'의 창출을 주창한다. 그러한 면에서 '탈식민주의'는 분명히 민족주의 운동이고 제3세계 문화운동이라고 할 수 있다(김성곤, 1992: 8).

김성곤은 탈식민주의가 종래의 민족주의 운동과는 다른 지점을 그것의 "비교문화적"이고 "통문화적"인 점을 들어 설명한다. 탈식민주의가 민족주의 운동이면서 동시에 "문화의 합병성과 혼종성을 인정하고 타 문화와의 공존"을 추구하기 때문이라는 것이다. 그리고 탈식민주의 문학은 기법에 있어서도 리얼리즘만을 고집하지 않고 알레고리나 패러디나 마술적 리얼리즘까지도 유용한 전략으로 받아들이는 "포용성"을 보여주고 있다는 점을 강조하여 종래의 리얼리즘론과의 차이를 지적한다.

탈식민주의가 문화를 "여러 가지 정치적·이념적 명분들이 서로 뒤섞이는 일종의 극장"(사이드 17)으로 보아 하나의 "전쟁터"가 될 수 있다는 점을 지적하고, 종래의 문학(화)의 탈신비화를 통해 문화의 보편성 이론에 대한 대항 담론을 창출하는 점은 중요하다. 그런데 타 문화를 비하시키는 것을 경계하며, 서로 다른 문화들의 "통합과 공존"을 말하는 것은 "편집증적인 국수주의"에 대한 대항 담론이 되겠지만, 동시에 미국의 다문화주의가 일면 노리는 중심에 대한 비판을 약화시키는 역할도 하지 않을지 의문스럽다.

정전의 문제로 다시 돌아와서 생각할 때, '보편성' 이론에 대한 비판이 바로 정전의 부정으로 이어지지는 않는다는 점을 지적할 필요가 있다. 문학과 문화의 보편성을 강조하는 편이 서구의 정전을 신비화하는 데 일조했다면, 보편성을 전제로 하지 않는 입장은 탈서구를 말하면서도 탈정전을 말하지는 않는다. 국내의 대부분의 논의들은 여전히 '고전' 또는 정전이 필요함을 말한다. 고전의 위대함을 인정하며 신비화시키는 경우와 정전을 수정하거나 탈신비화시키고 정전 형성에 대한 의문을 제기하더라도 정전을 수립하는 일은 여전히 필요하다는 주장으로 정리될 수 있겠다. 극히 일부에서만 문화연구로 관심을 돌리자고 하여 탈정전 또는 정전의 해체를 주장하고 있다. 이 경우에도 문화연구로 문학연구를 재해석하고 해체/확대시킨다고 해서 인문학 전체를 해체하자는 것은 아닐 것이다. 왜냐하면 문화연구의 대상은 종래의 문학연구의 대상과는 다른 대중문화(학)를 포함할 것이지만 그것의 이론적 바탕은 여전히 철학, 심리학, 문학, 사회학 등이 될 것이기 때문이다.

고전 또는 정전에 대한 국내 논의들은 다음과 같은 몇 가지로 나누어진다. 탈서구를 말하더라도 서구 고전의 진정한 창조정신과 비판정신을 인정하거나, 서구의 고전이 한국인의 체험이 될 수 있다고 보거나, 제3세계의 작가들에게도 서구의 고전은 밑거름이 된다고 보는 논의들로 나누어진다. 이 세 가지는 모두 고전의 의미를 인정하는 태도다. 백낙청 교수도 정전에 관한 한 이러한 입장을 지닌다고 보아야겠다. 그의 이론은 영미문학을 주체적으로 읽어야 하는 것을 강조하지만, 주체적인 읽기를 한다고 해서 모두가 비판과 탈신비화의 대상이 되는 것은 아니다. 그에 의하면 일부의 고전들은 비판정신을 보여주기 때문에 그들을 통해 한국의 독자들이 비판적으로 읽는 훈련도 가능해진다. 그는 제3세계 문학, 동양문학에 대한 더 많은 연구도 필요하지만 또한 "서양문학의 변방이 아닌 그 중심부 자체도 제3세계적인 시각에서 새로이 연구되어야 함"을 강조한다(백낙청 175). 서구를 비판적으로 보기 위해서도 서구의 중심부 문학은 읽혀야 한다는 주장이다. 그렇게 민중의 입장에서 새로 읽은 중심부 "예컨대 영국이나 프랑스, 독일" 등의 문학에서 진정으로 값진 작품들은 당연히 인류 전체의 유산으로 활용되어야 할 것이라고 본다(175). 그는 "진정으로 값진 작품" 들의 예로 셰익스피어, 괴테, 톨스토이 등을 들고 있다. 그는 중심부 국가들의 "문화적 우월감"이 "제3세계 민중에 대한 부당행위"일 뿐 아니라 "셰익스피어, 괴테 그리고 톨스토이의 진정한 창조정신에 대한 배신"이기도 함이 서구문학의 고전들을 정말 제대로 읽는다면 드러나기 마련이라고 말한다(175). 셰익스피어라는 작가 개인의 창조정신을 인정하며, 이런 창조정신이 인류 전체의 유산으로 활용되어야 한다는 말은 정전화된 고전의 긍정적인 의미를 인정하는 태도다.

영문학연구의 여파 또는 영향에 대한 의견을 제시하는 이상섭의 논리도 고전이 가지는 긍정성을 인정하는 셈이다. "영문학 교육은 영문학이라는 학문의 지식 체계의 전수라기보다는 영미의 정평 있는 글을 이용하여 한국의 청소년을 지적·정서적으로 성장 훈련시키는 것으로 인지할 필요가 있다"(이상섭 84). 그는 "한국에서 한국어로 한국인에게 한국인이 적어도 40년이나 가르친 영문학은 영국이나 미국의 학문이 아니라 한국의 학문임에 틀림없다"고 주장한다. 그리고 "우리 학생들도 마크 트웨인에게서, 하디에게서, 밀턴에게서 귀중한 체험을 얻게 되리라고 믿지 말라는 법이 없다. 한국인의 귀중한 체험은 한국인의 생활의 일부가 된다. 우리의 영문학연구와 교육은 영국이나 미국의 재산으로 귀속되는 것이 아니다"(85).

민족주의, 탈식민주의, 문화의 우루과이 라운드, 페미니즘 등을 말하는 우리 중 누구도 정전에 대해 선뜻 탈정전을 말하지는 못한다. 다시 말해 정전에 대한 극단적 비판을 가하지는 못한다. 고전의 위대함, 정전의 탁월성 그리고 "객관적 평가의 가능성"은 여전히 추구의 대상이 되며 유지된다. 이 점은 도정일의 다음 논지를 보면 알 수 있다.

> 영문학의 세계화가 대영제국의 패권주의 역사와 전혀 관계없다고는 말할 수 없고, '정전을 선정하는 자는 누구인가?'라는 질문의 정당성이 전면 부정되어야 하는 것도 아니다. 그러나 '누가 정전을 만드는가?'라는 질문은 '정전이란 없다'는 주장과 반드시 같은 것이 아니다. 우리 시대의 문학론과 외국문학 교육이 당면하는 가장 곤혹스런 문제 중의 하나는 식민주의와 패권주의의 이해관계에 연결된 측면에서의 '정전의 확립'에 대한 비판이 탁월성의 부정 또는 객관적 평가의 가능성 부정이라는 입장과 곧바로 이어져야 한다는 관점의 무분별한 확산이다. 급진비평이 문화식민주의와 패권주의의 혐의를 문학교육에서도 발견한다는 것은 의미 있는 일이지만 그것이 반드시 정전의 권위나 탁월성, 객관적 평가의 가능성 부정으로 발전할 필요는 없다. 이런 방향으로 발전했을 때의 급진비평은 포스트모더니즘적 '평가의 상대주의'에 먹이를 제공하는 것으로 끝나게 되고, 이는 실제로 급진비평의 공과 가운데 우리가 신중히 따지지 않으면 안 되는 '과' 부분이다. 월컷을 키운 것은 카리브의 바닷바람만이 아니라 영문학의 정전들과 세계문학의 정전들이다. 이 정전들이 세계적 인문문화의 전통을 이루면서 '의미 생성'의 부단한 연원이 된다. 우리는 지금 우리 자신의 문맥에서 이 같은 전통의 중요성을 다시 생각해봐야 하는 상황에 빠져 있다(89-90).

정전에 대한 비판은 가능하지만 정전은 여전히 의미 있고 유지되어야 한다는 이러한 입장들에 전면으로 맞서는 주장들은 아직 나오고 있지 않다. 문화연구와 운동을 주도하는 입장에 있는 경우에는 이제까지 문학연구 방법으로는 안 된다는 입장을 가지고 있으면서 문학에 종사하는 인력들이 대중문화연구에 시선을 돌려야 한다는 주장을 하기도 한다. 이러한 주장이 정전의 문제를 직접 다루고 있는 글을 보지 못했기 때문에 이 글에서는 이 정도로 언급하기로 한다.

그리고 페미니즘의 시각에서 보는 영미문학의 정전에 대한 논의는 아직은 없는 실정임을 덧붙이고 싶다. 많은 여성 교수와 연구자들이 영미문학 내에 나타나는 여성의 이미지, 새로운 여성 작가들을 소개하고 있으며, 이 연구와 가르침들이 탈정전이나 새로운 정전을 구축하는 작업을 부분적으로 하고 있지만, 아직까지 제대로 목소리를 내지는 못하고 있다. 실제로 이제까지 인류 전체의 유산 그리고 서구 정전의 대부분이 남성의 시선에 의해 결정된 남성중심 문학이라고 볼 때, 고전의 상당 부분을 다시 읽거나 폐기해야 하고 새로운 정전을 수립해야 할 것이다. 교육이 가치를 전수하고 강화하는 일차적인 의미가 있다면, 여성 영문학 교수들도 여전히 남성가치를 전수하고 강화하는 데 일조하는 셈이 되기 때문이다.

필자는 정전의 권위나 탁월성 또는 객관적 평가의 가능성 부정이 곧바로 포스트모더니즘적 '평가의 상대주의'로 연결되지만은 않는다는 것은 위에서 살펴본 제3세계적, 탈식민주의적, 페미니즘적 읽기로도 충분한 예가 될 것이라고 생각한다. 설혹 그것이 평가의 상대주의를 낳는 듯하더라도 그 상대주의는 각각이 서 있는 자리에서 주체적 또는 '사심을 가지고' 문학을 바라본 결과임을 말하고 싶다. 고전과 확립된 정전들도 이러한 상대주의의 결과라는 점을 생각해보아야 할 것이다. 절대적이고 객관적 평가라는 이상이 공동체의 전부가 아닌 일부의 이상임을 이제까지의 문학-문화사가 반증하고 있다. 최근에 교육의 내용만이 아니라 교육의 방법론 그리고 교육이라는 개념 자체를 다시 반성해보는 것도 교육이라는 이름하에 행해진 사회 전체 구성원의 일부가 다른 일부인 피교육자들에게 지운 짐들을 반성하기 위한 것은 아닌가?

최근의 노턴 앤솔로지에 수록된 스펜서 홀스트의 매우 짧은 단편인 「얼룩말 이야기꾼*The Zebra Storyteller*」의 내용은 문학이라는 담론이 생존과 관련되어 있음을 암시하는 이야기다. 그 내용은 다음과 같다. 태국산 고양이가 얼룩말의 언어를 배워 얼룩말을 언어로 녹여 속인 다음 묶어 잡아먹는다. 이런 사실을 알지 못하는 얼룩말 이야기꾼이 태국산 고양이에 대한 허구의 이야기를 만든다. 그 후 실제로 이 고양이가 이야기꾼 앞에 나타났을 때 이야기꾼은 속지 않고 오히려 고양이를 잡아먹어 버린다. 그래서 얼룩말은 더 이상 죽지 않았다. 이것이 얼룩말 이야기꾼이 하는 일이라는 말로 이 단편은 끝난다.

이 우화 같은 단편에서 말하고자 하는 것은 무엇일까? 그리고 이 단편을 쓴 작가는 얼룩말 종족인가? 일단 이 우화는 이야기의 순수성, 문학이라는 허구의 비실제성, 비실용성을 반박하는 것으로 보인다. 그리고 담론은 힘의 세계와 무관하지 않다는 것, 즉 담론은 힘이 된다는 것을 말하는 것으로 보인다. 먹고 먹히는 관계라는 살벌함을 제시하는 이 이야기를 말하면, 문학의 순수함과 인간주의적인 특성을 매도한다는 반론이 나올 만하다. 이 단편은 문학의 심미적인 차원, 신의 영감을 받아 영혼을 노래하고, 진리는 미이고 미는 진리인 세계를 그리는 시인들과 비평가들에게는 말이 되지 않는 싸움꾼의 논리가 될 수도 있다. 지식은 권력과 연루되어 있으며, 진리란 막연하고 보편적인 어떤 것이 아니다. 그런데 문제는 살아있다는 것은 어느 한편에 자신의 입장을 정하고 밝혀야 한다는 사실이다. 본인이 아무리 무관하다고 주장하며 선택하지 않아도 선택하지 않음으로써 선택하게 된다. 한국에서의 영문학의 연구와 교육의 문제를 짚어보는 일도 예외는 아니다.

문학사는 담론의 각축장이고 세계 문화사는 상당 부분 제국들의 문화 싸움터라는 점만을 다시 강조한다면 분명히 삭막할 것이다. 전통은 우리에게 의미를 주고, 우리 삶의 무게를 더해주며, 어떻게 보면 그것 없이는 살 수 없는 생존의 터전이기도 하다. 그러나 그러기에 더더욱 그것은 무게와 짐으로 다가올 수도 있다. 물론 문학적 '고전', 곧 정전화된 텍스트들이 당대의 사회 상황을 비판적인 시각으로 보는 점들이 분명히 있다. 『베어울프』는 당시 사회제도의 어두운 측면들을 조명하고 있다. 초서의 『캔터베리 이야기』에도 당시의 권위에 대한 도전과 당시 민중의 삶이 어우러져 있기도 하다. 셰익스피어의 『폭풍우』는 식민화의 문제를 바로 드러내어 보여주기도 한다. 밀턴의 『실락원』이 기독교적인 우주관에 대해 "악마적인" 비판적 읽기를 보여주는 점도 있다. 영문학의 정전은 정통 영국문학작품만이 아니라 영국문학에 편입된 예이츠, 조이스 그리고 씽이 보여주는 속국 아일랜드인으로서의 고뇌나 민족의식도 포함하고 있다. 그러나 동시에 이러한 읽기를 뒤집을 수 있는 반론들이 그대로 제기될 수도 있다. 『베어울프』는 당시의 영웅중심주의와 여성의 예속을 그대로 전달하기도 한다. 『캔터베리 이야기』는 마지막의 "철회Retraction" 부분에서 앞에서 보인 자유분방함을 스스로 취소하는 구성을 하고 있다고도 볼 수 있다. 『실락원』은 여전히 당대의 제도인 기독교의 섭리를 옹호하는 것으로 구성되어 있고, 『폭풍우』는 프로스페로 일당이 섬을 떠나지만 섬에 자신들의 언어를 뿌렸으며, 그들은 식민화에 대한 대가를 제대로 치르지 않는다고도 볼 수 있다. 여성문학의 좋은 예로 정전화된 『제인 에어』는 『드넓은 사가소 바다』와 대조해볼 때 그 위대함의 이면이 드러난다. 하여튼 이런 예는 수없이 들 수 있을 것이다.

정전화된 텍스트가 위대하지만은 않다는 주장과 문화연구 운동 등이 문학을 탈신비화시키는 과정에 있는 요즈음 영문학 교육에 종사하는 사람들은 무엇을 어떻게 가르칠 것인가? 기존의 정전이 탈신비화되고 수정되어야 하는 것만은 확실하다. 그러나 그것이 문학의 영역을 축소시키고 다른 문화 텍스트들로 대체해야 할 것인지는 토론을 거쳐야 할 것이다. 그러면 일단 수정되고 새로운 텍스트들을 기존의 정전화된 텍스트들과 함께 가르친다고 한다면 선정 기준은 무엇이 되어야 할 것인가? 교육이란 이데올로기와 관련되어 있고, 정해진 시간이 주어져 있기 때문에 무엇이든 가르칠 수 있는 것은 아니다. 교육의 목표가 현재 사는 사람들의 삶을 보다 더 가치 있는 것으로 만들기 위한 것이라고 막연하게 말한다면 이 목표를 위해 문학 교육은 어떻게 이루어져야 하는지를 묻게 된다. 교육이 현재의 삶을 가치 있는 것으로 만들기 위해 과거와 현재를 잇는 역할을 하는 것인가? 아니면 과거를 비판적으로 보는 일을 하는 것인가? 과거를 제대로 알지 못하면서 어떻게 비판할 수 있는가? 그렇기 때문에 교육은 "일차적으로는 전수된 가치를 전파, 강화시키는 일이면서도 그 일을 수행하면서, 아니 수행함으로써 이에 대한 반성과 비판의 계기를 제공한다는 사실", 이 "교육이 지닌 비밀스러운 작용"(이성원 15)을 그대로 인정해야 할 것인가? 이 점을 인정한다면 정전화된 텍스트는 필수적으로 교육의 현장에서 읽어야 한다. 그러나 현재의 삶에 강조점이 주어질 때, 과거의 정전화된 텍스트들만으로는 학생들의 삶과 관련된 이야기를 하기 힘들 수도 있다. 우선 정전의 탈신비화가 필요하고 정전의 수정이 필요할 것이다. 그리고 텍스트는 문학 텍스트를 읽되, 방법론에서는 문화연구, 다문화주의, 탈식민주의, 페미니즘 등에 대한 강의가 병행되어야 할 것이다. 영미문학 텍스트를 우리가 영문학 교육을 서구의 비판정신을 배우기 위한 것인 동시에 영미의 제국주의적인 특성을 바로 보기 위한 것이라고 한다면 영미문학만이 아니라 다른 외국문학과의 비교하에서 영미문학을 바라보는 일도 필요할 것이다. 그리고 영미문학을 읽으면서 그 문학이 쓰이고 읽히는 현장에 대한 인식을 학생들이 가지도록 교육하는 것이 중요할 것이다. 학생들의 삶과는 유리된 영미문학을 전수할 것이 아니라 그들이 살고 있는 현장에서 출발하는 교육이 필요할 것이다.

8 페미니즘과 공유의 페다고지: 문화재생산의 고리 끊기

교육과 문화재생산 고리 끊기

1970년대 중반 이후 페미니즘의 수용은 한국 사회에서 다양한 각도로 진행되고 있다. 페미니즘은 여성운동단체를 구성하는 데 기여했을 뿐만 아니라, 대학의 연구와 교육의 장으로 진입했다. 여성학과, 대학의 연구소, 학회들이 만들어졌다. '한국여성학회'가 구성되고 '영미문학페미니즘학회'(1992), '여성철학회', '여성코뮤니케이션학회', '한국여성문학회'(1999) 등이 출현했다. 여성학 교재들의 출간과 저널들 그리고 한국문학 저서들이 출판되었다.[7] 페미니즘 이론과 비평을 수용

7. "오늘날 페미니즘은 더 이상 특정한 외래 사조가 아니다. …… 1980~1990년대에 활발하게 이루어졌던 페미니즘 논의들이 외래 사조로서의 페미니즘의 문제의식을 우리의 문학작품, 우리의 문화적 풍토 및 문학 전통의 규명에 어떻게 적용할 것인가 하는 방법론적 갱신 내지는 토착화의 한 과정이었다는 점을 인정한다면, 여기에 수록된 글들은 서구 페미니즘의 다양한 방법론의 세례 및 수용 과정을 겪으면서 우리 여성문학 고유의 시학을 어떻게 정립하고 규명해나갈 것인가 하는 방법론적 모색의 한 결과물이라고도 할 수 있을 것이다."(김경수 편 5-6)

하고 강단과 연구에 적용시킨 영문학 전공자들의 노력은 『영미문학페미니즘』이라는 학회지 발간(1995)과 『페미니즘 어제와 오늘』(2000)이라는 서구 이론을 소개하는 책으로 이어졌다. 국제심포지엄과 일반강좌 개최도 뒤따랐다. 그러나 영문학연구에 페미니즘이 활발하게 적용되고 있지만 어디까지나 여성 전공자들에 국한되고(몇 명의 남성 전공자들의 경우를 제외하고) 교육에서도 극히 제한적으로 적용되고 있다고 보아야 할 것이어서 페미니즘이 학문적 시민권을 얻었다고 보기는 힘들다.

교육, 학교는 성장치gender-sexuality apparatus의 하나다. '성장치'라는 개념은 이데올로기 장치를 바꾸어 사용한 용어로 젠더-섹슈얼리티 장치를 의미하고 육체, 시장, 서사, 가족, 교육(학교), 미디어 등을 그 내용으로 갖는다(고정갑희, 2000). 교육(학교)은 성별을 생산하는 주요 장치 중의 하나다. 성장치로서 대학 그리고 제도로서 영어영문학은 아직도 젠더를 생산해내고 성차별이데올로기를 재생산하는 것을 전제로 한다. 재생산을 전제로 하는 교육은 '당연과 물론의 세계'를 만들고 유지하는 하나의 장치다. 교육자와 피교육자의 관계에서 교육자가 갖고 있는 사유를 전수하는 것이 교육이라면 명백히 재생산을 전제하는 것이다. 이때 지식을 전달함으로써 재생산이 가능해지기 때문에 그 지식의 내용이 문제가 된다.

프랑스 사회학자인 피에르 부르디외는 교육의 재생산 기능을 '사회질서 옹호'로 본다. 교육 정보는 가치 중립적인 것이 아니라 가치 비중립적인 것이며, 위계적인 사회질서와 관련될 뿐만 아니라 이런 질서에서 만들어진 것이라고 본다. 그에 의하면 교육은 바로 이런 정보를 정당한 것인 양 학생들에게 주입함으로써 기존 사회질서를 정당화한다. 아울러 이 질서를 안정적으로 재생산한다. 그는 질서를 안정적으로 재생산하는 아비투스를 유전자에 비교한다.

> 교육은 역사의 연속성을 위한 근본적인 도구로서 문화적 자의성을 시간의 흐름 속에서 재생산해내는 과정이다. 이 과정은 문화적 자의성에 부합되는 실천행위를 생산해내는 아비투스를 생산한다는 매개항을 통해(다시 말해 끊임없이 '정보를 제공'할 수 있는 정보로 수용자들을 길들임으로써) 이루어진다. 그러므로 문화질서에서 교육이 차지하는 위치는 생물체의 질서에서 주요 유전자가 차지하는 위치와 같다. 만일 아비투스가 주요 유전자와 비슷한 것이라면, AP[교육행위]의 기능인 주입은 유사한 정보에서 유전 정보를 전달하는 생식행위와 비슷하다(부르디외 56).

부르디외, 알튀세르, 푸코는 차이는 있지만 지배계급 혹은 권력의 재생산구조를 벗어나기가 힘들다는 것을 강조하는 듯이 보인다.

페미니즘의 시각에서 보면 이 지식은 기존 남성중심사회가 필요로 하는 지식이다. 따라서 페미니즘은 이 지식을 의심하는 '의심의 정치학'이고, 이 지식과 갈등을 일으키는 '갈등의 정치학'일 수밖에 없다. 페미니즘은 지식이 무성적(無性的)이 아님에도 불구하고 무성적이고 객관적인 것처럼 전달되는 문화재생산의 고리를 끊는 작업을 해왔으며 지금도 하고 있으며 앞으로도 해나가게 될 것이다. 그런데 그 고리가 엄청나게 질기면서 때로는 잘 보이지 않기 때문에 고리를 끊는 일은 쉬운 일이 아니다. 그러나 필자는 페미니즘의 진행을 보면서 미세하지만 새로운 주체의 형성과 '대안의 정치학' 가능성을 본다. 주체가 구성된다면 다른 주체의 형성 가능성도 바로 그곳에서 찾을 수 있다고 보기 때문이다. 다시 말해 기존의 주체를 유지하는 문화재생산의 장으로서 교육장치는 새로운 주체를 생산할 수 있는 '가능성의 공간'으로 변할 수도 있다. 교육장치로서 학교는 근대적 공간으로 엄청난 수를 한곳에 모아놓았다. 그래서 통제가 용이해지도록 만들어진 이 장에 페미니즘이 대안적인 지식으로 작용하게 되면 그 어느 때보다 '페미니즘적 주체'를 생산(고갑희 참조)하는 것이 가능해질 수도 있다.

제도로서 영문학이 재생산하는 것은 무엇인가? 대부분 한국 대학의 영어영문학과는 자본의 논리를 따르는 실용영어교육,[8] 실용주의에 반박하는 인문학으로서의 영문학에 대한 강조, 그리고 한국문학과 문화에 대한 기여를 교육 목표로 삼는다(박거용 122-125 참조). 기존의 영문학연구와 교육이 남성중심의 문화재생산이었다는 것은 페미니즘이 영문학의 장에서 어떤 역할을 했는지를 설명함으로써 증명될 수 있다. 페미니즘 문학비평은 기존 남성 작가들의 작품, 고전작품 속에 드러나는 여성 이미지와 성차별적 요소를 발견하는 데서 여성 작가의 발굴, 새로운 역사와 전통을 찾아내려는 시도로 이어졌다. 일레인 쇼워터의 '여성중심비평gynocriticism'과 앨리스 자딘의 '여성창세기gynesis' 등의 개념들이 등장했다. 케이트 밀레트의 『성의 정치학』은 "위대한" 남성 작가들의 작품이 보여주는 성차별이데올로기를 파헤친다.

그리고 이론의 장에서도 무성적인 것 같은 이론들이 페미니스트들에 의해 수정되고 비판받고 재구성된다. 정신분석에 대한 페미니스트 정신분석학자들의 다시 쓰기를 비롯하여 여성주의자들은 마르크스주의, 생태주의, 탈식민주의 등을 다른 시각으로 제공한다. 이와 같은 인식의 전환은 성을 중심으로 세계를 바라봄으로써 가능했다. 기존의 사회계약, 정치, 계급을 바라보는 시각을 바꾸어버린 페이트만의 '성계약', 밀레트의 '성의 정치', 파이어스톤의 '성의 변증법' 등은 가히 혁명적인 발상이라 여겨진다.

이론과 비평 분야에서 남성중심 문화재생산의 고리 끊기는 어느 정도 진행되고 있는가? 한국의 영문학 교육을 둘러싼 텍스트 내외적

---

8. 2000년 5월 11일자 뉴스에서 몇몇 대학이 토플 570, 토익 820 정도의 점수를 받은 학생은 학교에서 특별 입학이 가능하다고 나왔다. 우리 대학의 단면을 보여주는 예다. 어학실력, 그중에서도 특히 영어가 자본이 되는 사회라는 것을 단적으로 보여준다.

인 부분에서 과연 남성중심성은 깨어졌으며 깨어지고 있는가? 문학 텍스트 내적인 측면에서 페미니즘이 해온 작업이 과연 현실의 문학 교육의 장을 바꾸어놓았는가라는 질문을 제기해보자. 정치권에서는 여성 할당제 30%가 논의되고 형식상으로는 받아들여졌지만, 대학의 영문학 교수직에서는 여성의 할당제조차 논의된 적이 없으며, 페미니즘이 연구 분야에서 언어화되고 있다 해도 연구와 강단 사이에는 간극이 있고, 페미니즘 교육은 여성강의자를 중심으로 진행되며, 아직 게토화되어 있다고까지 할 수 있다. 물론 이 '게토화'라는 말이 여성 스스로를 비하하는 말이 될 수 있으므로 '분리된 상태'라고 이야기하는 것이 좋을 것이다.

'성장치'로서 작동하는 영문학 교육의 장의 남성중심성을 깨기 위한 페미니즘 문학 교육에 대한 집단적 논의는 1999년 영어영문학회 겨울 심포지엄에서 처음 제기되었다.[9] 영문학을 둘러싼 다양한 관계망에 대한 논의로 발전되지는 않았지만 이제 교육의 '실명제'가 이루어지기 시작하는 단초가 되었다고 할 수 있다. 교육의 실명제라는 말이 적합할지는 모르지만 교육자의 현주소, 현재 위치와 피교육자가 논의의 대상이 되었다는 점만으로도 누가 하는 영문학인지 모를 논문들로 이루어져왔던 우리 학계의 연구와 교육의 익명성을 깼다는 의미에서 실명제라는 말을 사용해보았다. 다시 말해 외국문학으로서 영문학을 하고 있다는 자각은 연구/교육자가 개인적으로는 했겠지만 그것이 공적 담론으로 부상하지 않았다는 말이다.

페미니즘 교육과 연구는 서로 연결되기도 하지만 동시에 분리되는 것인데, 이제까지 교육에 대한 공적 담론이 부재한 현실에서 연구논문을 중심으로 영문학의 남성중심적 문화재생산의 고리를 끊는 방

9. 이소희, 전승혜 그리고 토론자들의 토론으로 이루어진 논의는 페미니즘 문학 교육에 대한 관심을 보였다는 점에서 의미 있는 작업이었다[『영미문학페미니즘』 1999(7권 1호) 참조].

식에 대한 논의가 진행되었다고 하겠다. 『영미문학페미니즘』은 페미니즘에 관한 글들을 집중적으로 모아놓고 있다는 점에서 접근이 용이한 점과 아울러 몇 년 사이의 변화과정을 추론해볼 수 있어 좋은 자료가 된다. 한 가지 눈에 띄는 현상은 1999년 정도에서 포스트식민주의와 관련된 글이 많이 실렸다는 점이다. 최근 탈식민주의 논의와 그에 관한 책과 논문이 많이 등장하는 한국 영문학계의 일반적인 현상과도 통하는 이 현상은 무엇을 의미하는가? 포스트식민주의와 페미니즘의 만남이 연구와 교육의 실명제로 이어질 것인가? 포스트식민주의와는 다른 담론을 만들어낼 수 있게 될 것인가? 포스트식민주의도 여전히 영미권에서 이야기되는 방식을 그대로 따르게 될 것인가? 한국의 현실과 연결된 맥락에서 포스트식민주의 페미니즘은 어떤 방식으로 논의되어야 할 것인가?

이에 대한 답을 하기 위해서는 맥락화의 작업이 필요한 것으로 보인다. 우리는 서구의 이론이나 비평을 그대로 수입하여 사용할 수 없다고 생각한다. 언제나 왜 이것을 해야 하고 이것을 함으로써 누구에게 어떻게 좋은 것인지 이득과 이해를 따져야 한다고 생각한다. 그리고 이론에 대한 논의도 다양한 이론들을 그냥 제시할 것이 아니라 치열한 논쟁이 필요할 것이라 생각된다. 경험과 현실에 뿌리를 둔 이론 연구와 교육이 되기 위한 방법의 모색이 요청된다. 어떤 입장에서 페미니즘 이론과 비평적 실천이 이루어져야 하는지 이제 치열한 논쟁이 필요한 시점이 되었다고 생각된다. 이것은 국가, 민족, 계급, 섹슈얼리티, 젠더 등이 어떻게 얽혀들어 있는지를 밝히는 작업과 연결되는 방식에 대한 이해를 요구한다.[10] 그리고 현장에 대한 인식을 기반으로 이

10. 포스트식민주의를 논의하더라도 그것이 당시의 역사적 배경에 대한 이해와 성(젠더-섹슈얼리티)정책, 식민지-제국의 관계 등이 함께 어우러지는 논의가 이루어져야 함을 의미한다. 예를 들어 글로벌 경제와 지역의 특수성이 함께 고려되며, 섹슈얼리티-젠더가 역사, 정치경제학과 맺는 관계를 파헤치는 작업을 의미한다(Lancaster & Leonardo 참조).

루어져야 할 것이다.

영문학이 안고 있는 문제들이 페미니즘 시각에서 재고되고 변화될 수 있을 것인가를 물어보자. 그러니까 영문학의 문화재생산의 고리를 끊는 작업에 페미니즘이 하나의 대안을 제시할 수 있는가라는 물음이다. 현재 영문학 교육이 안고 있는 문제 중 하나는 실용영어, 문학교육과 병행되어야 하는 의무감을 갖는 영어 교육이다. 한국의 자본주의는 세계화, 국제화라는 이름으로 영어를 공용어로 사용하자는 제의까지 나올 지경으로 사회구성원을 몰아가고 있다. 그리고 그 덕분에 영어영문학과는 학부제의 파고 속에서도 상대적으로 편안한 잠을 잘 수 있었다. 자본의 논리, 자본의 고리를 끊는다는 것은 엄청나게 어려울 것이다. 이것은 생존이 달린 문제이기 때문이기도 하다. 당장 『영미문학교육』(1999)의 한 호만 보아도 「영어교육을 위한 영문학작품 지도법: 학습자 활동 중심의 수업지도」, 「"영어교육과 문학" 교재개발을 위한 연구」, 「인터넷을 이용한 영어교육」, 「영문학작품을 통한 영어교육의 필요성과 방법론」 등이 "영문학과 영어교육"이라는 분류 항목에 포함되어 있다.

페미니즘이 가부장제만큼이나 자본주의의 문제에 민감해야 한다면 자본의 논리에 대한 비판이 페미니즘 내부에서 나와야 한다고 생각된다. 페미니즘이 자본의 논리에 민감해야 하는 이유는 일단 여성/남성과 자본의 관계에 대한 비교 분석이 필요하기 때문이며, 여성의 노동이 자본 축적에 이용당하기 때문이고, 세계화의 논리에 (제1/제3세계) 여성이 식민화되고 있는 방식에 대한 분석이 필요하기 때문이다.

그리고 페미니즘은 영문학의 범주를 넘어서 있다는 점에서 영문학 교육제도에 제안할 수 있는 입장을 갖기도 한다. 페미니즘은 영어권문학과, 영어권문학부 혹은 영어권문화학부 등으로 전환할 것을 제안해볼 수도 있다. 왜냐하면 페미니즘은 영미문학, 말하자면 현재 영문학 장의 안과 밖에 있기 때문이다. 페미니즘의 이슈들이 현재의 장르 중심, 세기 중심의 영미문학 교과과정에서는 제한을 받고 있다면 여러 문화권의 문학과 문화에 대한 교과과정을 짤 때 페미니즘이 교과과정으로 연결될 가능성이 커지기 때문이다. 지금은 이론과 비평이 강의 내용으로 포함될지는 모르지만, 그것은 강의자에 달린 정도에 그친다. 하나의 제도인 교육의 장에서 남성중심의 문학 강의와 연구의 재생산 고리를 끊기 위해서는 페미니즘을 토대로 한 제도적인 장치가 보완되어야 한다.

영미문학 밖의 페미니즘이 다양한 문화이론, 후기구조주의, 포스트모더니즘 이론들과 연결되어 있기 때문에 영어권문화학부가 될 경우에 숨을 쉴 공간이 확대된다. 그리고 우리가 현재 페미니즘을 그냥 수입하는 정도에 그치지 않고 현실과 접목되는 이론을 만들어나가기 위해서는 제국의 중심에 있었고/있는 영국과 미국만을 중심으로 하는 문학연구와 교육은 문제가 있다. 영어권을 살리되 소문자 영문학, 영어권문학(호주, 인도, 필리핀, 서인도 제도, 남미, 아프리카 등)에 대한 연구로 확대되면 여성 문제에 대한 인식을 서로 나누고 국제적인 연대가 가능해질 수도 있다.

또한 창작과 연결될 수 있는 교육 장치도 '여성적 글쓰기'의 가능성을 열어가는 공간을 확보하는 일이 될 수 있다. 다시 말해 기존의 영문학연구와 교육을 페미니즘의 시각에서 확장시킬 방법을 시도해보는 일의 일환으로 문예창작학과와 연계강좌를 시도한다든가 아예 영문학과에 연계된 전공으로 페미니즘 글쓰기를 특화하는 대학들이 생겨날 수도 있다. 이때 영문학이 언어자본, 문화자본을 독점하지 않기 위해 영문학과의 수는 줄어들어야 할 것이다. 지금처럼 계속 영미문학을 중심으로 하는 전공자들을 재생산하는 것은 문제가 있다. 대학카스트를 지금처럼 유지하는 방식으로 교육을 담당하는 자 스스로 문화재생산의 도구가 되지 않을 필요성이 있다. 언어자본과 문화자본이 갖는 힘을 생각해보면 가장 보수적일 수도 있는 곳이 소위 일류대학들이다.

몇몇 영문학을 진지하게 고민하고 전공하는 사람들을 기르는 것과 전국의 학부에서 영문학과를 두고 영문학 전공생들을 교육하는 문제는 구별해야 한다고 생각한다.

창작으로 연결되면 실제로 문학을 재생산하는 것에 기여할 뿐만 아니라, 글쓰기에 대한 고민이 현실의 자신과 연결고리를 찾게 될 것이다. 1970년대, 1980년대에 리얼리즘이 창작과 비평을 통해 일군의 문학계를 형성했듯이 페미니즘에 입각한 창작 교육은 글쓰기라는 작업을 통해 글 쓰는 이의 현실을 돌아볼 수 있을 것이다. 그리고 영어권 문학이라는 지식에 바탕을 둔 문학행위라는 점에서 세계를 보는 시각이 깊어질 수도 있을 것이다.

페미니즘의 시각에서 대학원 과정들의 특화를 일부 시도할 수도 있을 것이다. 예를 들어 페미니즘 문학, 문화와 관련된 책들을 읽고 토론하고 번역하는 교과과정을 담은 특수대학원도 생길 수 있고, 지역학과 페미니즘이 연결된 교과과정도 가능할 것이다. 페미니즘 문학부를 통해 비교문학, 비교문화도 가능할 수 있게 되면 페미니즘이 전면으로 부각되는 제도적 장치가 마련될 수 있을 것이다.

공유의 페다고지: 문학비평과 현대이론의 관계 맺기

이 글을 준비하면서 필자는 강의(講義) 혹은 수업(受業), 수업(修業)기획자로서 그리고 강의-수업 참여자로서 자신을 되돌아보면서 낯설게 하는 시간을 갖게 되었다. 그리고 우연히 학생들이 자발적으로 수업 페이퍼를 엮어 만든 책자를 다시 읽게 되었다. 특히 1996년도 책자를 보면서 많은 생각을 하게 되었다. 최근 몇 년 동안은 필자도 그런 제안조차 하지 않았고, 학생들도 자발적으로 그것을 엮지 않게 되었음을 돌아보게 되었다. 이 발표를 하게 된 것은 필자가 수업하는 대학의 학과를 벗어나 사람들 앞에 수업 내용을 공개함으로써 수업 내용과 방법론을 공유하고자 하는 것을 의미한다.

필자는 학부에서 '문학과 성', '현대영어권문학의 이해'를 제안하고 과목을 만들어 강의했으며, '혁명기의 서양문학', '서양 고전문학의 이해', '영미문학과 문화', '영미문학비평', '19세기, 20세기 영문학, 미국 시, 영국 시' 등을 강의해왔다. (다소 차이들은 있지만) 현재의 영문학 커리큘럼이 "폐쇄회로"에 갇혀 있다고 생각하면서도 필자 자신은 교수로 있는 학교의 학과 커리큘럼을 근본적으로 바꾸어내지는 못하고 있다. 한국의 영어영문학과들이 그렇듯이 문학과 관련한 커리큘럼은 시대와 장르로 나누고, 영(국)문학, 미국문학으로 크게 나눈다. 그러므로 국가경계와 장르, 세기가 커리큘럼의 기본 원칙이 되는 셈이다. 인문학의 경우는 어떠한가? 필자가 일하고 있는 대학교의 인문대학 또한 분과학문이 문사철을 기반으로 하지만 인문대학 차원의 철학을 갖거나 체계를 갖추고 있지 않다. 상당 부분 우연성에 의존하여 구성되어 있다. 필자는 현재 인문대학의 체계와 영어영문학과의 존재에 대해 문제적이라 생각하는 사람 중의 하나다.

평소 이런 생각을 갖고 있던 필자는 '영미문학비평'이라는 과목의 수업을 맡아오면서 문학과 현대이론을 접목하려고 시도했으며, 이러한 시도가 개인적으로는 영문학의 폐쇄적인 커리큘럼 내에서 숨통을 터주는 역할을 했다고 생각한다. 물론 그것 자체가 영문학과의 폐쇄회로를 치고 나올 정도의 힘을 갖지 못하고, 이 과목이 다른 여타 과목에 크게 영향을 미치는 것도 아니었다. 그리고 학생들의 인생의 진로를 바꿀 정도의 사상적 충격을 주지도 못했다고 생각한다. 이 과목과 교양과목인 '문학과 성' 그리고 아프리카, 서인도 제도, 인도, 호주 등의 문학 텍스트를 읽고 토론하는 '현대영어권문학의 이해'가 그나마 폐쇄회로를 벗어날 수 있는 약간의 가능성을 열어준다고 생각한다. 그러나 전체적으로 대학의 제도가 달라질 때, 근본적인 변화가 오는 것이지 과목이 허용하는 약간의 자유가 근본적인 변화를 가져오는 것은 아니다. 어쩌면 그 약간의 자유로 인해 그 제도는 더 잘 유지되는지도 모른다.

이런 한계를 전제로 하여 이 글은 필자가 영문학과 학부 3학년 3학점 수업인 '영미문학비평' 과목의 내용과 수업방식을 소개하면서 강의-수업의 의미와 페다고지에 대해 생각해보는 것으로 진행하고자 한다.

필자는 이 강의의 강좌목표를 다음과 같이 잡았다. "영미문학과 문학비평 그리고 현대이론을 공부한다. 현대이론으로 마르크스주의, 정신분석학, 페미니즘, 탈식민주의를 선택한다. 가능하다면 이들 이론의 문학론도 포함시킨다. 텍스트는 한국어 혹은 영어로 읽으면서 영미문학 텍스트를 현대이론과 연결하여 읽는 것을 강좌의 목표로 삼는다. 그렇게 함으로써 문학과 이론에 대한 이해를 얻고자 한다. 현대이론을 도입함으로써 가부장제, 자본주의, 제국주의의 문제를 문학과 연결시키는 것 또한 과목의 목표다."

교재는 '이론에 관한 논문 모음집', 로렌스D. H. Lawrence의 단편 「흔들목마 타기*The Rocking Horse Winner*」, 「흔들목마 타기」에 대한 비평 발췌문 4편, 토니 모리슨Toni Morrison의 『가장 푸른 눈*The Bluest Eye*』, 조지프 콘래드의 『암흑의 핵심*Heart of Darkness*』이다. 그리고 참고문헌으로는 『가부장제와 자본주의』, 『제국주의: 신화와 현실』, 『제3세계문학과 식민주의 비평』(치누아 아체베, 인간사랑), 『탈식민주의 페미니즘』 등이다. '이론에 관한 논문 모음집'에는 신비평, 마르크스주의, 정신분석, 페미니즘에 관한 일차 소개 글 + 포스트식민주의의 범주와 성격 정도에서 다른 텍스트들이 가감되며 그때그때 달라진다. 참고문헌은 수업에서 직접 다루지 않는다.

간략한 수업 일정 및 진도표는 다음과 같다.

1. 강의 소개
2. 「흔들목마 타기」 읽고 토론하기
3. 「흔들목마 타기」에 대한 비평 발췌문 읽고 토론하기
4. 마르크스주의, 페미니즘, 정신분석, 탈식민주의에 관한 짧은 소개 글 읽고 토론하기 Ⅰ
5. 마르크스주의, 페미니즘, 정신분석, 탈식민주의에 관한 짧은 소개 글 읽고 토론하기 Ⅱ
6. 「흔들목마 타기」에 대해 하나의 이론적 입장을 선택하여 읽고 조별로 토론하기
7. 『암흑의 핵심』 읽고 토론하기
8. 4개의 이론조를 구성하여 『암흑의 핵심』 조별 토론 + 토론 비교하기
   수업 참여자는 자신이 원하는 이론을 선택한다. 수가 많은 경우는 이론조가 중복될 수 있다.
9. 4개의 이론조가 각 이론에 대한 참고문헌 조사와 조원이 참고문헌 하나씩을 정리하여 조별로 모여 논의하면서 조별 리포트 작성 준비 시작하기, 조별 발표는 이론/문학론 정리와 『암흑의 핵심』과 다음에 읽을 『가장 푸른 눈』에 대한 이론적 입장으로 읽기, 그리고 각 조의 문제 제기라는 세 가지로 구성한다.
10. 『가장 푸른 눈』 읽고 조별 토론하기
11. 각 조의 입장에서 『가장 푸른 눈』 읽기
12. 조별 발표하기
13. 조별 발표에 대해 토론하기
14. 이론적 입장과 문학 텍스트를 선택하여 개인 페이퍼 작성 준비하기
15. 강의 정리하기

16. 학기말 시험 및 개인 페이퍼 제출

텍스트들의 관계 맺기: 텍스트를 중층적으로 교차하기

1차 텍스트는 소설 텍스트, 소설에 대한 비평 텍스트, 이론 텍스트로 이루어진다. 이 강좌에서 이 텍스트들은 수업 참여자들을 통해 관계를 맺는다. 주로 이론 텍스트와 소설 텍스트가 관계를 맺게 되고, 비평 텍스트와 수업 참여자들이 읽는 이론 텍스트가 관계를 맺게 된다. 물론 중간 매개자는 수업기획자와 참여자들이다. 강의가 진행됨에 따라 시간의 추이 과정은 소설 텍스트와 이론 텍스트가 엮이고, 다시 그 위에 소설 텍스트가 엮인다. 그리고 소설에 대한 비평 텍스트가 이론 텍스트와 엮인다. 텍스트들은 중층적으로 교차된다.

텍스트의 1차 선정은 1차 수업기획자인 교수가 한다. 그러나 수업이 진행되면서 네 가지 이론 중 하나를 선택하여 조가 구성되는 단계에서부터는 다른 텍스트들이 수업에 들어오게 된다. 이론 텍스트를 수업 참여자 학생들이 선정한다. 마르크스주의/탈식민주의/정신분석/페미니즘 중 하나를 선택하여 조별 리포트를 준비하는 과정에서 학생들이 참고문헌을 찾아와 조원들에게 소개하고, 그러한 소개는 각 토론의 과정을 수업 전체로 여는 과정에서 수업 참여자 전체에게 소개된다. 이때 다양한 텍스트들이 강의실에 유입된다. 마르크스-엥겔스의 『공산당선언』, 프로이트의 『꿈의 해석』, 파농의 『검은 피부, 하얀 가면』, 사이드의 『문화와 제국주의』, 『오리엔탈리즘』, 케이트 밀레트의 『성의 정치』뿐 아니라 논문들과 비평문들이 부분적으로 소개되고 유입된다. 각 텍스트들을 수업 참여자 모두가 깊이 이해하는 차원으로 가는 것이 아니라, 그것을 소개하는 조원들이 함께 혹은 개인별로 1차 공유한다.

수업에서 만난 「흔들목마 타기」라는 텍스트에 대한 비평 텍스트들은 이 텍스트를 하나의 '도덕적 우화moral fable'로, '현대판 신화modern myth'로 해석한다. 어머니 헤스터Hester와 아들 폴Paul의 관계를 논하면서 폴을 그 중심에 놓고 폴이 기사이며 공주인 엄마를 구하려 하지만 구하지 못하고 실패하는, 현대사회의 성적으로 그리고 금전적으로 무능한 남성성의 소유자로 해석한다. 이러한 해석의 정치를 놓고 이론적 접근을 시도해보면, 마르크스주의, 정신분석, 페미니즘은 적용 가능한 선이 있지만 탈식민주의는 적합하지 않은 이론으로 간주된다. 여기서 질문이 제기된다. 텍스트가 해석을 부르는 것과 이론적 해석이 텍스트를 만드는 것에 대한 질문이 제기된다. 그리고 수업 참여자들이 자신이 해석한 것과 다른 비평가들의 해석을 비교하게 된다. 단계적으로 다른 비평가들의 해석의 한계를 보게 되는 것으로 나아가게 되는 것은 수업 참여자들이 해석의 틀로서 이론적 언어를 갖고 있기 때문에 가능해진다.

'문학'과 현대이론의 관계 맺기: 현대이론을 문학 읽기에 도입하기

현대이론을 문학 읽기에 도입한다는 것은 문학을 읽는 언어를 도입하는 것이기도 하다. 영어로 읽는 텍스트여서 영어 개념들을 익히게 된다. 마르크스주의에서 기본적 개념인 계급, 토대/상부구조, 정신분석에서 무의식, 집단무의식, 상상계/상징계 그리고 젠더, 가부장제, 여성적 글쓰기, 여성중심비평 그리고 탈식민주의, 신식민주의, 포스트식민주의, 제국주의, 양가성, 잡종성, 하위주체 등의 개념들이 들어오게 된다. 그리고 이론가들인 마르크스, 엥겔스, 프로이트, 융, 라캉, 우에노 치즈코, 월비, 김욱동, 스피박, 사이드, 파농 등의 이름들이 들어오게 된다.

현대이론을 통해 문학 읽기를 함으로써 역설적으로 문학 텍스트/작품이 갖는 사상성의 깊이를 보게 되기도 한다. 콘래드와 모리슨의 소설 텍스트는 그 자체가 일차적으로 제국주의/식민주의 비판이론서 혹은 문화이론서이기도 하다. 이 소설 텍스트들이 갖는 한계 또한 이야기되어야 할 문제다. 결국 문학 텍스트가 갖는 이론적 혜안과 한계가 동시에 보이게 된다. 토니 모리슨의 『가장 푸른 눈』은 롤랑 바르트의 『신화론』에 버금간다. 모리슨은 이 소설 텍스트에서 백인 중심 이데올로기적 장치로서 문화를 심도 있게 드러내고 있다는 점에서 하나의 '미국 신화론'으로 불릴 수 있다.

현대이론을 통해 문학 읽기를 한다는 것은 정전화된 문학 텍스트 혹은 고전이 자칫 놓칠 수 있는 현재성을 회복하는 것이기도 하다. 또한 현대이론을 통해 문학을 읽게 되면 영미문학의 범주를 넘어서거나 문학 텍스트의 범주를 넘어서게 되기도 한다. 그리고 일차적으로 문학 텍스트를 이해하기 위해 현대이론을 도입하지만, 역으로 문학 텍스트에 대한 읽기를 통해 이론을 이해하게 되기도 한다. 현대이론을 만난다는 것은 수업에 참여하는 학생들이 자신들이 살고 있는 현재적 삶을 이해하는 사상적 틀을 만나게 되는 것이다. 이는 자칫 문학에 대한 화석화된 읽기가 놓칠 수 있는 부분이기도 하다.

수업에서 네 가지 다른 이론을 도입한다는 것은 이론들 사이의 입장 차이를 인식하기 위한 것이다. 각 이론이 갖는 입장의 차이는 동일한 텍스트를 놓고 해석의 정치를 펼칠 때 더 확실하게 드러나게 된다. 역으로 소설 텍스트의 차이 또한 상이한 이론들의 적용을 통해 드러나기도 한다. 수업 참여자들은 『암흑의 핵심』을 읽고 처음에는 쉽게 탈식민주의나 정신분석을 적용하면서도 페미니즘 적용은 어렵다고 판단한다. 그러나 『암흑의 핵심』을 페미니즘의 시각에서 읽어야 하는 다소 "억지스러운" 상황을 맞이하게 되었을 때 이론적 용어들을 통해 이 텍스트에 접근하게 되는 수업 참여자들은 텍스트가 직접적으로 드러내지 않는 것, 말하지 않는 것, 혹은 말하지만 비가시적인 것에 대한 생각들을 하게 된다.

학부강의에서 현대이론을 문학 읽기에 도입할 때 여러 가지 문제가 있을 수 있다. 난해하고 복잡한 현대이론을 어떻게 소화하고 그것을 또 문학 텍스트에 적용까지 할 수 있는지에 대한 의문이 제기될 수 있다. 그러나 이 문제에 대해 필자는 욕심을 크게 내지 않는 것, 수업 참여자들의 수준을 낮게 보지 않는 것, 그리고 언제 어디서나 어떤 출발은 필요하다는 것을 생각해보자는 제안을 한다. 강의의 목표를 거창하게 놓지 않고, 마르크스주의의 기본 개념 중 몇 가지, 페미니즘의 기본 개념 중 몇 가지 등 각 이론들의 기본(?) 개념들 몇 가지만 가지고도 텍스트와의 만남은 시도될 수 있다고 생각한다. 각 이론의 기본 개념들 몇 개만 머리 속에 들어와도 텍스트를 읽는 입장이 달라진다는 것을 알게 되는 것만으로도 강의의 목표를 이룬 것이라 할 수 있다. 거기서 조금씩 더 나아가 이론적인 내용들이 더 들어온다면 더 많은 것을 얻을 수 있게 된다. 실제로 상당수의 수업 참여자들은 학부에서 이론을 소개하는 수업을 접하지 않았다면 삶에서 현대이론을 접할 기회가 없을 수도 있다.

네 가지 현대이론을 문학 읽기에 도입하여 문학 텍스트를 읽게 되면 텍스트를 도식적으로 볼 수도 있다. 그러나 한 텍스트를 각각 다른 입장을 선택해서 접근하고, 각각의 접근을 서로 비교해보면서 오히려 텍스트의 풍부함과 해석의 풍부함을 느끼게 되기도 한다. 수업 참여자들이 서로 각각 달리 보는 것을 보면서 자신을 돌아보기도 하고, 다른 시선의 가능성이 열리게 되기도 한다. 필자는 수업을 하면서 지금 관심을 갖고 있는 연구 작업이나 일과 수업이 그렇게 동떨어지지 않음을 느낀다. 실상 가르치는 일, 연구하는 일의 연계가 이루어지지 않는 것이 오늘날 교육 현장이다. 현대이론을 문학 읽기에 도입하는 것은 가르치는 일과 연구하는 일과 입장을 정하는 문제와 연결될 기회를 제공하는 것일 수 있다.

이론 네 가지를 각각 선택함으로써 얻는 효과와 문제점은 다음과 같다. 수업 참여자들은 각각의 이론에 대한 기본적 이해를 갖게 된다. 그리고 각각의 입장에서 텍스트에 접근할 때 텍스트에서 정전화되는 내용이 다르거나 같은 내용도 달리 해석된다는 것을 알게 된다. 그리고 어떤 텍스트에는 어떤 특정한 이론적 접근이 더 풍부하게 그 텍스트를 설명해준다는 것도 알게 된다. 그리고 어떤 텍스트든 입장을 갖고 접근할 수 있을 가능성이 있다는 것을 알게 된다. 또한 한 텍스트를 해석하는 데 있어 한 가지 이론적 접근 이상을 적용할 수 있다는 것도 알게 된다. 이는 이론과 이론 사이의 연계관계를 파악함으로써 가능하고, 역으로 문학 텍스트에 이론들을 각각 적용해봄으로써 가능해지기도 한다.

이 중에서 가장 중요한 것은 자신이 어떤 이론적 접근을 선택하는가의 문제다. 말하자면 이는 입장의 선택이기도 하다. 이러한 입장의 선택은 각 수업 참여자가 자신의 페이퍼를 작성하는 과정에서 수업에서 정해진 텍스트가 아닌 영미에 국한되지 않은 문학 텍스트와 영화 텍스트를 자신이 선택하고 그 텍스트를 특정 이론적 틀을 통해 해석하는 과제에서 드러난다. 이 경우 수업 참여자들은 한 가지 이론만을 적용하지 않을 수도 있다.

수업 참여자들 사이의 관계 맺기: 어떤 페다고지에서 출발할 것인가?

여기서 수업 참여자란 수업의 1차 기획자로서 교수와 참여자 학생들을 일컫는다. 현 사회의 대학은 계급을 재생산하는 역할을 하면서 동시에 그 안에서 계급을 재생산하는 사회에 대한 비판의식을 가질 수 있게 하는, 어떻게 보면 모순적인 공간이다. 이 모순적인 공간을 가장 잘 드러내주는 곳이 현대이론과 문학을 접목시키고 있는 강의실일 수도 있다. 기본적으로 강의실은 교수의 시선이 학생들을 모두 살필 수 있는 구조로 되어 있고, 학생 수가 많을 때는 한 사람의 목소리가 아니라 그 목소리를 확대해주는 마이크를 사용하게 된다. 교수에게 마이크 사용권한이 주어지는 것이다. 동시에 학생들은 교수들을 평가하는 위치에 있기도 하다. 필요한 경우 특정 교수의 강의를 수강신청하지 않을 수도 있다. 그러나 강의-수업이 시작된 다음에는 교수에게 학점을 부여할 권한이 주어짐으로써 일차적으로 수업 참여자 학생들이 갖는 권한이 약화되는 것은 사실이다. 이러한 한계 속에서 최대한 그 공간을 바꾸는 방법은 무엇인가? 우선 의자들의 배치를 바꾸어 수업 참여자 학생들이 교수만을 바라보는 그런 공간배치로 바꾼다. 그리고 1주에 3시간 강의 중 적어도 1~2시간은 토론시간으로 만들고 그 토론을 수렴하는 과정을 둔다. 수업기획자로서 교수는 전체를 일차적으로 통제하는 사람이다. 그러나 그 한계 내에서 수업 참여자 학생들이 그 공간의 주체가 되도록 하는 강의-수업을 진행한다. 토론 수업이 갖는 이점이 바로 이런 것이다. 토론과정은 수업 참여자 학생들 사이의 경쟁관계가 미묘하게 토론에 작용하지만 서로를 알게 되는 역할도 한다.

수업 참여자들 사이의 관계 맺기는 배움의 방향과 지향점을 제시할 페다고지를 설정하는 문제와 긴밀하게 연관된다. 페다고지의 방향 혹은 지향을 몇 가지로 생각해보면 다음과 같다. 먼저 질문하기의 페다고지를 지향한다. 한국의 중등교육은 입시 위주의 교육을 해왔기 때문에 대학에 들어와 몇 년이 되어도 수업 참여자들이 그런 관성을 버리지 못하는 경우가 많다. 자신의 목소리로 질문하는 법을 배우는 그런 수업이 되기를 지향하는 이유는, 삶이란 결국 어떤 질문을 하는가에 따라 달라지기 때문이다. 창조적이고 도전적으로 살기 위한 근본적인 질문을 할 수 있다면 삶을 대면할 혹은 직면할 능력을 갖추게 될 것이다. 문학 읽기와 이론으로 문학 읽기란 결국 질문하기이고, 삶의 방향을 결정하는 질문들을 하고, 그 생각의 넓이와 깊이를 추구하는 것, 그것이 공부하는 삶일 것이다. 따라서 매 수업마다 과제로 질문을 준비해오고 때로는 자신의 답까지 준비해오기를 요구한다. 필자는 페미니즘을 '의심의 정치학'으로 정의한 적이 있다. '의심의 정치학'이란 기존의 것을 그대로 받아들이지 않고 의문을 품고 질문하는 것을 의미한다. 질문한다는 것은 그냥 받아들이지 않음을 의미한다.

필자는 또한 사회변혁을 고민하는 페다고지를 지향한다. 마르크스주의, 페미니즘, 탈식민주의는 일차적으로 사회의 변혁을 추구하는 과정에서 생긴 이론이라 할 수 있다. 현재로선 마르크스주의, 탈식민주의 자체가 갖는 한계들이 있지만 근본적인 변혁을 위해 일정 정도 기여하는 이론이라 할 수 있다. 그리고 정신분석이 정치적 무의식과 개인의 정치적 무의식까지를 보게 한다면, 정신분석은 실천적 행동까지 갈 수 있는 통로가 될 수도 있다. 정신분석 자체가 서구 부르주아 사회의 이론으로 출발했다 하더라도 버릴 것은 버리면서 그것을 마르크스주의, 페미니즘, 탈식민주의에 접목한다면 다른 그 무엇을 가능하게 할 수도 있다. 다양한 권력이 충돌하고 협상하는 장소인 강의실에서 이러한 이론적 논의를 전개한다는 것은 사회의 변화와 변혁을 위한 작은 시도가 될 수도 있다. 수업 참여자들이 강의실을 단순한 지식전달이 아닌 그곳에 있는 사람들의 변화를 가능케 하는 곳으로 바꾸기 위한 노력이 필요하다. 그 일환으로 수업 참여자들이 스스로 자신의 현재 상황에서 출발하는 토론과 페이퍼 쓰기를 강조할 필요가 있다. 비록 이러한 노력이 매우 매끄러운 토론이나 페이퍼를 생산하지 못한다 하더라도 자신의 현재 상황을 직시하면서 변화의 출발을 기할 수 있을지도 모르기 때문이다.

변화의 가능성은 '자율성'과 '실천성'을 지향하는 페다고지에서 시작될 수 있다. 이 경우 '전문성'보다는 '실천성'을 강조하는 페다고지라

할 수 있다. '영미문학비평' 수업에서 한 학생이 쓴 페이퍼를 예로 들어 보자. 이 학생은 『가장 푸른 눈』에 나타난 흑인의 허위의식에 대한 계급적 고찰」이라는 제목으로 자신의 페이퍼를 작성했다(최원기). 이 글의 본론은 1. 흑인들의 허위의식이 나타날 수밖에 없는 사회, 경제적 요인 2. 흑인들의 계급 문제에서 나타난 허위의식의 실체 3. 계급적인 관점에서 바라본 우리나라 대학생의 허위의식으로 구성되어 있다. 미국 백인 중심의 사회에서 흑인들의 허위의식에 초점을 맞춘 마르크스주의적 관점에서 페이퍼를 작성한 이 수업 참여자는 자신을 포함하여 한국사회의 대학생이 갖는 허위의식을 글에 포함시켰다. 구성 면에서 보면 '허위의식'으로는 연결되지만 인종적 허위의식과 대학생의 허위의식은 비교수위가 다르다고 지적할 수도 있다. 그러나 여기서 소중히 생각할 지점은 자신의 현재와 자신이 읽는 문학 텍스트를 연결하려는 태도다. 또 다른 수업 참여자가 『가장 푸른 눈』에 대한 페이퍼를 쓰면서 "소설 속의 대안, 나의 대안"으로 나누어 대안을 제시했는데, 이러한 시도 또한 중요하다고 생각한다. 이러한 시도를 교육적 관점에서 본다면 '자율성'과 '실천성'을 지향한 결과로 볼 수 있다.

필자가 지향하는 페다고지는 복잡함, 혼란스러움, 난해함과의 부딪침을 당연히 여기는 페다고지다. 실제로 수업시간 동안 수업 참여자 학생들은 계속 복잡한 질문들에 부딪친다. 한 학생(문유선)의 페이퍼 시작부분을 소개한다. 「『가장 푸른 눈』에 나타난 흑인 페미니즘과 여성의 이미지」라는 제목으로 페미니즘의 시각에서 페이퍼를 쓴 참여자의 '서론'은 다음과 같다.

> 어려운 일이었다. 나의 생각들을 잘 정리해서 멋진 보고서를 만들어야지 하고 몇 번씩이나 다짐했는데, 글을 쓸 때마다 자꾸 내가 의도했던 방향이 아닌 다른 방향으로 글이 쓰였다. 나는 왜 페미니즘이라는 말만 들으면 민감해지는 걸까? 그러면서 왜 페미니즘을 주

제로 삼았을까? 내가 여자이기에? 참고가 될 만한 책에서 발췌해 복사해놓은 자료만도 두꺼운 책 한 권 이상이었다. 정작 『가장 푸른 눈』과 접목시킨 내용은 그 양의 아주 일부분임에도 불구하고.

이론과 작품의 내용을 정리하다 보면 내가 원하는 그 무언가를 찾을 수 있다는 희망과 신념하에 글을 썼지만, 이상하게도 글을 쓸수록 일관성이 없어지고 더욱 복잡해졌다. 힘들고 어려운 작업이었다. 이러한 내 모습을 나름대로 진단해본다면 그것은 내가 여성의 한 사람으로서 객관성을 유지하기보다는 자주 고개를 들어 올리는 내 안의 여성상에 대한 주관적 외침으로부터의 거리를 유지하기가 힘들었기 때문이라고 생각한다.

여자들!

페미니즘!

페미니스트!.

.

.

토니 모리슨!

.

.

.

피콜라!

클라우디아!

폴린!

맥티어!

.

.

.

그리고 나!

학술 논문의 전문성과 전형성을 벗어나 자신의 목소리를 내는 서론으로 시작하면서 이론가들의 목소리들이 중첩되고 그 복잡함 가운데서 자신의 목소리를 찾으려는 시도는 결국 수업 참여자들이 대학 바깥의 사회에서도 해야 하는 그런 시도라는 점에서 필자는 복잡함과 난해함을 죽이지 않는 페다고지를 지향한다. 수업 참여자들은 주로 답을 주지 않는 이 강의에 대해 졸업 후에도 혼란스러웠다고 말하는 경우가 있다. 교수의 답을 기대하고 완성된 답을 원하는 것은 "지식의 영역에 있어서도 생산의 공정라인에 참여하는 노동자가 되기보다는 완제품을 구입하는 소비자로 길들여졌기 때문이다. 자본주의 사회에서의 노동과 생산품으로부터의 인간의 소외는 지식과 교육에도 마찬가지로 적용될 수 있다"(최성희 171-172).

페미니즘적 페다고지를 지향한다. 페미니즘은 "개인적인 것이 정치적인 것이다"라는 명제를 중요하게 생각하는 사상이다. 개인적인 것이 정치적인 것은 개인이 차별의 씨줄과 날줄을 포함하고 있기 때문이다. 페미니즘은 미시적 차원의 정치까지를 정치로 보기 시작했다. 이 미시 영역은 개개인의 편견이나 차별이 표현되는 영역이다. 수업 참여자 학생들 가운데 때로는 특히 여학생들이 더 혼란스럽고 난감해할 때가 있다. 같이 잘 지내는 남학생들을 의식하기도 한다. 때로는 조심스럽게 쪽지를 보내기도 한다. 같이 공부하는 남학생들이 불편하지 않을까 하여 교수가 페미니스트로서의 입장을 드러내지 않았으면 하는 바람을 표하기도 한다. 필자는 이러한 불편함이 나올 수 있는 강의실이 모든 것이 그냥 받아들여지는 강의실보다 나을지도 모른다고 생각한다.

필자는 또한 차이의 정치학이 드러나는 페다고지를 지향한다. 이론들 사이의 차이와 그 이론과 자신들의 생각의 차이를 드러내며 서로 논쟁할 수 있는 그런 강의-수업을 지향한다. 우리는 서로의 차이를 배울 수 있다. 그래서 그 안에서 하나의 텍스트가, 하나의 목소리가 다시 쓰이고, 또다시 쓰이는 그런 강의실이 되기를 바란다.

오늘날 대학은 산학협동이 강조되며 마케팅이 중요한 기업으로 존재한다. 대학이 기업이 되고, 자본주의가 극단화된 현실 속에서 이론과 문학 텍스트의 실천은 삶과 사회의 방향타가 될 수밖에 없다는 점에서 중요하다. 그리고 삶의 가치를 다시 정립할 인문학이 절실한 시대이기도 하다. 현대이론을 영문학 수업에 도입하는 것은 인문대학의 커리큘럼을 넘어 사회과학까지 확대할 수 있는 가능성을 여는 일이고, 비판교육으로서의 이론 교육을 활성화함으로써 사회적 쟁점들을 문학 강의-수업에 끌어들이는 한 방법이 될 것이다.

이 글은 애초에 영미문학 비평을 강의하는 교수들과의 "페다고지의 공유"를 위해 썼다. 그러나 자신의 수업 과정을 검토하면서 필자가 꿈꾸고 있는 것은 "공유의 페다고지"임을 발견하게 된다. 비록 강의가 시작되는 지점에서는 강의-수업 기획자로서의 교수라는 정체성을 갖고 출발하지만 강의-수업이 진행되는 과정에서는 수업 참여자로서 교수라는 정체성이 더 강해지는 측면을 발견하게 된다. 학점을 주는 교수, 학점을 위해 수업에 참여하는 학생이라는 정체성이 바탕에 깔려 있지만 그 한계적 상황 속에서 최대한 공유의 페다고지를 실천하는 길을 모색하는 것이 바로 수업 과정이라는 생각을 하게 된다. 경쟁의 페다고지를 수동적으로 전수하면서도 참여자들과의 그리고 참여자들 사이에 공유의 페다고지를 꿈꾸는 모순적인 상황에 처한 필자 자신을 (그리고 학생들을) 이 글에서 다시 한 번 공유하고자 한다. 그렇다면?

Ⅲ

페미니즘으로 문학 다시 쓰기

3부 페미니즘으로 문학 다시 쓰기

3부는 구체적인 문학작품에 대한 비평 혹은 비평을 다시 쓰는 작업으로 구성된다. 영문학, 그리스로마신화, 한국문학에 대한 생각들을 담은 글들이다. 문학 자체가 이론이 되고 비평이 되는 순간들이 있다. 물론 문학은 삶의 이론이고 비평이다. 형상화를 하기 때문에 이론 텍스트와 차이가 있는 것이라 간주되지만, 실은 이 경계가 확실하지 않다. 모두가 서사이기 때문이다. 시와 소설과 신화가 형식을 달리하지만 그 형식은 내용면에서 경계를 넘나든다.

9장과 10장은 '수정주의적 비평'을 이론화하는 문학작품들을 소개한다. 시를 쓰고 소설을 쓴다는 것은 이전의 시인과 소설가를 다시 쓰는 수정작업임을 확실히 인식한 퍼시 셸리Percy Shelley와 메리 셸리Mary Shelley의 작품이 말해준다. 그리고 11, 12, 13장은 여성과 남성의 관계에 초점을 맞춘 시와 소설 작품들에 관해 쓴다. 여기서 다루는 작품들은 남성성/여성성과 권력의 관계, 그리고 가부장적 권력의 실체가 잘 드러난 작품들이다. 11장은 가부장제의 음모와 그 음모에 대한 저항을 그린 작품 분석을 하고, 12, 13장은 1990년대의 한국 여성 작가들이 비판하는 남성성과 권력을 드러내고, 한국의 현대 여성 작가들이 본 삼십 대를 소개한다. 마지막 14장은 그리스로마신화를 페미니즘으로 다시 읽기를 시도한다. 그리스로마신화는 다양한 서사를 담고 있다. 이 장은 그중에서 변신과 욕망, 성적 이데올로기를 연결하여 페미니즘 시각에서 그리스로마신화를 다시 보려는 시도를 담고 있다.[1]

더 구체적으로 살펴보면 다음과 같다. 9장 「다시 쓰기와 역사 인식: 퍼시 셸리의 「삶의 개선행렬*The Triumph of Life*」과 「수정주의적 비평」은 살아남은 자의 슬픔이 아니라 살아남은 자의 특권을 다룬다. 살아남은 자는 과거의 인물들에게 형상을 부여할 수 있는 상상력의 힘 또는 언어의 힘을 가진 역사 속의 인물이 된다. 삶의 행렬의 방관자가 되지 않고 행동가 또는 희생자가 되라는 작품 속의 루소의 말을 다시 음미해본다면, 삶과 루소와 '전신이 빛인 형상'과 시인 셸리와의 관계를 보게 될 것이다. 이 글은 남성들의 영향관계, 남성들의 언어와 역사를 비판적으로 보는 것이 새로운 역사 인식과 형성을 위해서는 필수적이라고 주장한다.

10장 「여성적 수정이론의 형상화: 메리 셸리의 '잘못 쓴 시'」는 메리 셸리의 단편 「잘못 쓴 시」를 여성주의적 이론을 형상화하는 작품으로 본다. 이 짧은 단편은 여성 작가가 남성 작가의 작품을 수정하는 방식과 내용 그리고 작품의 수용과 현실과의 관계를 여성 작가와 남성 작가의 대결 구도로 가볍게 풀어내고 있다. 남성 작가의 '시'는 다이아

---

1. 3부의 글들은 10장을 제외하고는 필자가 쓴 글들을 부분 수정한 것이다. 구체적으로 9장은 「퍼시 셸리의 '삶의 개선행렬'에 나타난 역사인식: 폴 드 만과 해럴드 블룸이 제시하는 비평의 의의와 한계」를, 11장은 「'슬픈 현실'과 '아름다운 이상': 퍼시 셸리의 시극 『첸치家』에 나타난 현실인식과 그 대응」을, 12장은 「한국 여성 작가들의 작품에 나타난 남성상: 윤효, 전경린, 은희경, 신경림이 본 남성(성)과 권력」을, 13장은 「여성 작가들이 본 서른의 삶」을, 14장은 「그리스로마신화에 나타난 변신의 성정치: 여성/남성의 욕망과 이데올로기」를 부분 수정했다(이 글들의 출처는 인용문헌에 실린 필자의 글들을 참조).

몬드로 유리창에 새겨진다. 그 시는 여성에 대한 내용을 담고 있다. 여성 작가는 남성 작가의 작품을 수정하는 수정주의자가 된다. 이 단편 속의 여성은 남성 작가의 작품을 토대로 다시 쓰기를 함으로써 남성시인의 시와 그 시를 쓴 유리창 자체를 깨는 작업을 한다. 이는 현실을 증거로 제시하면서 여성 작가는 남성 작가의 시의 내용이 틀렸음을 남성 작가 스스로 인정하게 하는 것으로 귀착된다. 남성시인이 쓴 시가 진짜가 아닌 시임을 증명하는 것이다. 이 수정은 불어의 남성형/여성형으로 쓰인 시의 내용을 수정하는 것이고, 감탄부호를 의문부호로 바꾸고, 시가 쓰인 유리창을 깨며, '숙녀들의 승리'로 끝난다. 메리 셸리의 단편은 ① 말하고 쓰는 주체, ② 쓰는 자의 위치, ③ 언어와 젠더의 관계, ④ 기존 글쓰기의 장을 깨기라는 네 가지 문제의식을 보여주고 그 과정을 보여준다. 따라서 1장에서 필자는 메리 셸리의 소설적 서사를 이론적 서사로 바꾸어 해석하고, 과거의 메리 셸리를 발굴해서 이론적 의미를 부여하는 작업을 한다.

11장 「가부장적 권력과 성폭력: 가족-종교-정치권력의 담합을 그린 『첸치家』」는 한 가정의 가장이자 아버지인 첸치 백작과 교황 그리고 귀족의 담합을 다룬다. 이 시는 자식들을 죽이고, 부인을 폭력적으로 대하고, 딸을 강간하는 행동을 처벌해줄 것을 딸이 호소하지만 가톨릭 교회의 아버지로서 교황과 정치적 신분계급인 귀족들의 암묵적인 묵인이 지배하는 현실에 대한 고발이다. 그리고 그 상황에서 딸이 아버지를 살해하는 것에 대해 논쟁하는 시(詩) 『첸치가』를 소개한다. 이 장은 가부장적 권력이 가족-종교-정치권력의 공모와 합작품이라는 점을 제시하는 시를 소개함으로써 문학을 페미니즘의 시각으로 읽는 예를 하나 제시하고자 한다.

12장 「남성성과 권력: 윤효, 은희경, 전경린, 신현림의 남성들」은 1990년대 한국 여성 작가들의 작품에 나타난 남성성의 전형성을 도출해보고자 했다. '오이디푸스의 후예들', '현대의 테크노크라트들',

'카리스마를 원하는 남성들', '엉큼한 당신, 쓸쓸한 당신', '여성의 성을 관리하는 관리자들'로 남성 등장인물들을 분류해본다.

13장 「여성성과 권력: 감금, 항복, 분열의 시간」은 여성 작가들이 본 여성들의 삼십 대를 중심으로 차현숙, 최승자, 김승희 등을 통해 한국의 자본주의와 유교적 가부장제가 만들어낸 그물에 갇힌 여성들의 모습을 살핀다.

14장 「그리스로마신화 페미니즘으로 다시 읽기: 젠더화된 욕망과 변신의 성정치」는 그리스로마신화의 기존 읽기와는 다른 읽기를 시도한다. 그리스로마신화에 등장하는 다양한 변신을 살펴보면서 다프네의 변신을 '사랑'이라는 이름의 성폭력이 가져오는 한계상황 등으로 제시한다. 그리고 여성들의 근친상간적 욕망의 표현과 레즈비언적 욕망의 표현을 금지된 것에 대한 욕망으로 해석하고자 한다. 새로운 성정치는 문학의 해석 정치에서도 가능할 수 있음을 보여주고자 한다.

9 다시 쓰기와 역사 인식: 퍼시 셸리의 「삶의 개선행렬 *The Triumph of Life*」과 수정주의적[2] 비평

퍼시 셸리Percy Shelley의 시세계에 대한 평가는 시대에 따라 변해왔다. 그 당대에는 급진주의자, 무정부주의자 등 위험한 인물로 평가되었고 19세기 후반에는 혁명주의자와 무기력한 천사ineffectual angel라는 완전히 상반되는 두 가지 면모로 수용되었다. 퍼시 셸리는 자신의 당대

2. 해체이론의 '삶의 개선행렬'에 대한 관심을 하나로 묶을 수 있는 단어로 '수정주의'가 사용되었다. 수정주의란 원래 마르크스주의자들이 사용한 단어이지만 1970년도 후반에 해럴드 블룸이 사용하여 그 의미를 비정치화했다고 볼 수 있다. 수정주의자 비평이란 지오프리 하트만(Geoffrey Hartman)이 『광야에서의 비평(*Criticism in the Wilderness*)』(1980)에서 사용한 용어다. 그리고 '삶의 개선행렬'에 대한 블룸, 드 만 그리고 틸로타마 라잔의 입장을 정리 검토하는 마이클 피셔(Michael Fischer)의 글 「수정주의자 비평의 실제 적용(*Revisionist Criticism in Practice*)」(Does Deconstruction Make Any Difference, 1985)에서 피셔가 사용하고 있다. 자크 데리다의 '보충(supplement)' 개념은 수정의 의미를 담는다. 해체론에 입각한 오독(misreading), 새로 쓰기(rewriting), 형상해체(disfigurizing), 지우기(effacing) 등의 개념이 수정에 포함된다고 볼 수 있다. 분명히 블룸, 드 만, 데리다뿐 아니라 비평가를 '주인(host)' 자리로 끌어올린 힐리스 밀러(Hillis Miller) 등을 하나로 묶을 수 있는 가치관이 있고, 단순히 해체이론가로 묶을 수 없는 블룸도 포함시킬 수 있는 단어라 볼 수 있다.

에 인정을 받지는 못했지만 로버트 브라우닝Robert Browning, 윌리엄 예이츠Willliam B. Yeats, 조지 버나드 쇼George B. Shaw 등의 숭배자들을 낳았다. 그리고 20세기에 와서는 또다시 신비평의 영향 아래 구체성이 결여된 추상성의 시인이라는 평가를 통해 폄하되어 인정받지 못하다가 1950년대 후반부터 새롭게 관심의 대상이 되기 시작하여 최근에는 해체론Deconstruction에 기초를 둔 '수정주의' 비평가들의 연구 대상이 되었다.

신비평의 영향을 받은 영미와 한국의 영문학계에서 관념적이고 추상적인 시인으로 또는 나약한 인상의 연애 서정시인으로 밀려나 있던 셸리를 재평가하는 작업과 그의 현대적 의미를 밝히는 작업은 필요하다. 영미학계에서조차 『해방된 프로메테우스*Prometheus Unbound*』를 제외한 그의 장시들은 제대로 관심의 대상이 되지 못했던 형편을 놓고 볼 때 그의 시세계에 접근하는 방법이야 다양하겠지만, 셸리의 마지막 미완성 유고시 「삶의 개선행렬」을 살피는 것은 하나의 접근 방법이 될 수 있다. 그 이유는 이 시를 살피게 되면 셸리의 시세계뿐 아니라 셸리의 시에 대한 비평사의 일부도 살피게 되기 때문이다. 이 시가 『해체론과 비평*Deconstruction and Criticism*』이라는 책에서 논의의 중심이 되는 텍스트가 되었다는 점과 그 이전에도 그 이후에도 논의의 대상이 되어온 점으로 보아 셸리의 시에 대한 이해에 하나의 관건이 됨을 알 수 있다. 매우 난해하고 수수께끼 같은 시로 평가되어온 이 시가 왜 해체론의 비평적 실천의 초점이 되었는가 하는 점은 셸리의 시에 대한 논의에서 한번쯤 짚고 넘어가야 할 문제라 생각된다. 폴 드 만과 해럴드 블룸뿐 아니라 해체론을 낭만주의 실제 비평에 적용하는 틸로타마 라잔이 「삶의 개선행렬」에 보이는 관심을 이전 비평가들의 것과 비교하여 살펴보면 셸리 연구의 중심이 되는 논의의 하나인 낙관론/비관론 또는 이상주의/회의주의의 문제를 검토해볼 수 있다. 이 글에서는 이 문제의 검토를 셸리와 그의 비평가들의 역사 인식이라는 부분에 초점을 맞추어 살펴보고자 한다.

관념적이고 추상적인 시를 쓴 시인 셸리와 정치적 이념의 시인, 차티스트 운동을 자극한 시인, 빨갱이red, 미친mad 시인으로 불렸던 셸리가 야기하는 논의의 하나는 그가 낙관주의자인가 비관주의자인가 또는 이상주의자인가 아니면 회의주의자인가 하는 것이다. 그의 시 중에는 뚜렷이 이상주의적 비전을 드러내는 시가 있는가 하면 현실의 어두움 또는 혁명의 실패를 그리는 내용을 담고 있는 시들이 많기 때문에 셸리 연구에서 그의 마지막 작품 「삶의 개선행렬」은 이 논의에 중요한 텍스트가 된다.

이 작품의 텍스트가 안정되고 난 후에 이 수수께끼 같은 미완의 유고시에 대해 연구가 계속되는데, 그 연구는 크게 두 갈래로 나누어진다. 비록 미완이지만 이 시는 셸리의 성숙한 낙관주의의 표현이라고 보는 견해와 절망적인 비전 또는 자살노트라고 보는 견해로 나누어진다. 후자와 맥을 같이하는 입장은 이 시가 셸리의 허무주의 또는 지속적인 회의주의의 깊이를 보여준다고 보는 태도다. 성숙한 낙관주의로 보는 견해는 에이브럼스M. H. Abrams, 도널드 리먼Donald Reiman, 케네스 닐 캐머런Kenneth Neill Cameron 등을 들 수 있고 절망적 회의주의로 보는 예로는 블룸(초기), 리이거, 커런을 들 수 있다. 이 낙관/비관 또는 이상주의/회의주의의 논의에 문제를 제기하고 그로부터 벗어나려는 시도를 해체론적 수정주의자인 드 만과 블룸에게서 보게 된다.

이와 같이 서로 다른 입장들은 이 시에서 "삶Life"을 어떻게 보며, 루소와 루소가 만난 '전신이 빛인 형상'의 의미와 역할을 어떻게 보는가, 미완인 이 시의 결말을 어떻게 예상하는가 하는 세 가지 점에서 구별할 수 있다. 이 시에서 삶과 루소와 전신이 빛인 형상은 모두 "형상shape"이다. 이 시에서 삶은 하나의 형상으로 개선행렬 전차 안에 음습한 모습으로 드러난다. 어두운 모자와 이중 망토 아래 세월에 망가진 존재로 전차 안에 앉아 있다(Ⅱ: 86-93). 삶의 해석에 못지않게 중요한 부분은 루소의 역할이다. 이 시의 화자는 루소의 형상을 만나고 그로부터 삶의 개선행렬 대열들에 대한 설명을 듣는다. 화자가 만나는 루소는 처음에는 목소리로 그다음에는 형상으로 드러나는데, 이 또한 삶의 형상만큼이나 기괴하다. 화자는 루소의 형상을 비몽사몽 중에 보게 되는데, 그것은 비전 속에서 먼저 한 개선행렬 전차의 앞과 주변과 뒤를 따르는 군중과 사슬에 묶여 끌려오는 위대한 포로들을 보고 난 뒤다. 처음에 이 형상은 "언덕배기에 삐져나온 이상하게 자란 하나의 오래된 뿌리" 같아 보인다. 그러나 곧 이 "기괴한 모습"이 행렬의 주변을 "춤을 추며 따르는 무리" 중 한 명이고 하얗게 빛바랜 성긴 머리털이 제대로 감추지 못하고 드러내는 두 눈과 그것이 파인 자리의 구멍만 보이는 이 기괴한 형상이 "한때 루소Rousseau였던" 자임을 알게 된다.

이 시의 화자가 삶의 형상을 보고 루소의 형상을 만나듯이 루소는 "전신이 빛인 형상shape all light"을 만난다. 그리고 루소는 화자에게 이 형상과의 만남에 대해 들려준다. 전신이 빛인 형상과 루소의 관계, 루소의 형상과 화자의 관계, 그리고 루소와 삶의 형상 또는 삶의 개선행렬과의 관계와 화자와 삶의 개선행렬과의 관계들을 이해하는 일은 간단하지 않다. 그리고 이 시가 미완이라는 사실이 이 관계들에 대한 이해를 더 어렵게 만든다. 이 세 형상에 대한 해석은 낙관론과 비관론에 따라 다르고, 거기에 덧붙여 드 만과 블룸은 새로운 논리를 제시한다.

삶의 개선행렬의 마차 속에 앉은 형상인 의인화된 "삶"을 에이브럼스는 "소망을 가진 인간정신을 잘못된 길로 유혹하고 낙담시키고 타락시키는 일상의 물질적이고 감각적인 조건들"로 해석한다. 이 인간 조건은 "몇몇 성자sacred few"를 제외하고는 모든 인간을 "정복한다". 에이브럼스는 셸리가 이러한 어둡고 황량한 삶의 조건들을 "창작력의 새로운 근원을 두드리는 활력"으로 만든다고 본다. 에이브럼스에 의하면 셸리는 삶의 어두운 상황을 그리지만, 그러한 상황을 되풀이하지 않고 역사의 방향을 전환시킬 것을 제시한다. 그에 의하면 셸리는 인간의 긍정적 가능성에 대한 회의를 갖는 것이 아니다. 에이브럼스는 셸리가 자신을 이 "몇몇 성자"에 포함시키는 것으로 보며, 시의 첫머리에서 보여주듯이 셸리가 그의 비전을 어느 "봄의 즐거운 아침이라는 틀"에 넣고 있음을 주목한다. 이 틀은 바로 어두운 상황이 만들어내는 새로운 세계의 불가피한 도래를 나타내는 것임을 제시한다고 보고 에이브럼스는 이 시 끝 부분의 진행을 긍정적인 것으로 예견한다. 즉, 셸리가 이 시의 시작 부분에서 화자가 자리하는 곳과 시간을 봄날 아침으로 잡은 것은, 실제로 화자의 머릿속의 비전은 어두운 삶의 모습들이라 하더라도 그것을 통한 배움 또는 과거 역사의 어두움을 극복하는 방법으로 삼고 있음을 암시한다는 것이다.

삶의 형상에 대한 낙관론적 접근을 시도하는 대표적 예로 에이브럼스를 들 수 있다면, 루소의 형상이 이 시의 화자(셸리)에게 어떤 의미를 지니는지에 대한 종래의 낙관주의적 성숙론을 펴는 예로 리먼을 들 수 있다. 리먼에 의하면 셸리가 프랑스 혁명에 사상을 제공한 인물 루소를 이 시에 등장시키고 그로 하여금 결국 삶의 대열에 항복하게 하는 것은 셸리가 루소와 같은 오류를 범하지 않겠다는 의지의 표현이다. 즉, 삶의 어두운 부분을 알레고리로 표현하는 셸리의 태도는 허무주의가 아니라 어둠을 제시하고 그 어둠을 헤쳐 나가야 한다는 강한 비전을 제시하는 것으로 본다.

낙관적/비관적 읽기에 대한 비판은 드 만을 위시한 최근의 해체이론에 기반을 둔 몇몇 비평적 실천에서 나타난다. 1979년에 출판된 『해체이론과 비평』은 바바라 존슨이 언급한 대로 애초의 기획은 셸리의 '삶의 개선행렬'에 관한 논문들의 기획이었다(Bloom et al., 1979). 이 책에 실린 논문에서 블룸, 밀러, 드 만은 종래의 낙관적/비관적 읽기에 반해 새로운 시 읽기를 시도한다.

드 만은 자신의 논문 「형상이 마모된 셸리*Shelley Disfigured*」에서, 글 읽기란 고고학적인 발굴과 같은 것으로 땅에 묻혀 있는 것을 드러내는 작업인데, 원래의 형상이 그대로 보존되는 것이 아니라 마모되고 파손되어 다시 발굴된다고 본다. 그는 이 발굴된 부분의 해석이 하나일 수가 없다는 것을 전제로 한다. 드 만은 셸리의 시「삶의 개선행렬」도 파손된 것으로 남은 것이고, 파손되어 완전하지 않은 부분을 가지고 비평가들이 여러 가지 해석을 시도한다고 본다. 그리고 비평가들은 드러나지 않고 사라졌거나 처음부터 완전하지 않았던 시의 전부를 추측해내려고 노력해왔다고 본다. 그리고 이 시가 현재 우리가 살고 있는 시대의 정치, 사상, 문학의 출발이 되는 '낭만주의'라는 시기의 작품이기 때문에 비평가들이 중요한 의미를 부여하려 한다고 지적한다. 이러한 해석적 시도는 확대해서 '낭만주의'라는 불확실한 부분을 전체 속에서 파악하려 하는 것과 같다고 보고 드 만은 우리가 무슨 권리로 문학 텍스트나 한 역사적 시기를 부분으로 간주하고 그것을 재구성하고 완성시키려 하는지를 묻는다.

드 만은 비평가들이 이 시에 관해 묻는 질문들이 결국 이 시 속에서 화자(드 만은 셸리로 본다)가 루소에게 하는 질문과 같은 것이라고 본다. 이 시의 화자는 루소의 형상에게 "그대는 어디서 왔으며 어디로 가는가?/그대의 행로는 어떻게 시작되었는가?"(Ⅱ: 296-297)라고 묻는다. 루소 또한 "전신이 빛인 형상"에게 유사한 질문을 한다. "내가 어디서 왔으며 어디에 있으며 왜 있는지를 보여주시오"(Ⅰ: 398)라고 요구한다. 드 만은 이 시에서 화자도 루소도 그들의 질문에 대한 답을 얻지 못하며, 질문의 "끝없는 퇴행infinite regress"만 있을 뿐이라고 한다. 그는 이 질문들이 루소, 셸리 그리고 독자를 깨우치게 하기보다는 좌절시키고 있다고 주장한다.

드 만의 진보, 퇴보의 이데올로기 비판은 그의 언어관에서 출발한다. 그는 이 시가 언어의 힘을 표현하는 것으로 본다. 그에게「삶의 개선행렬」은 루소, 셸리 그리고 독자에 대한 언어의 승리를 공표하는 것을 의미한다. 루소가 만난 전신이 빛인 형상은 "모든 의미화의 형상화"

(de Man 62)를 상징한다. 드 만에 의하면 이 시는 "빛나고, 떠돌고, 움직이지만 명료함에 머물기를 거부하는"(Bloom 53) 언어의 끝없는 작용에서 언어 자체가 조장하는 확신을 스스로 깨뜨리는 언어의 힘을 표현한다. "전신이 빛인 형상"의 움직임은 곧 언어의 광기를 상징하며 누구나 이 힘에 정복당한다. 이와 같이 "지워버림과 잊어버림의 운동"을 반복하는 언어의 움직임은 "변증법적 진보 또는 퇴행이라는 환상"을 몰아낸다고 보는 드 만의 견해는 에이브럼스로 대표되는 낙관적 읽기를 정면으로 반박한다.

드 만은 루소와 화자(또는 셸리)의 관계에 대해서도 종래의 견해를 받아들이지 않는다. 이 시 안에서 루소의 형상은 화자에게 자기를 닮지 말라고 경고한다("그대가 할 수 없다면, 내가 잘 추었던 춤에 감히 끼어들지 말라If thou canst, forbear/To join the dance which I had well forborne!). 드 만은 루소가 삶의 개선행렬에서 춤을 추는 대열에 끼어들지 않을 수도 있었다고 셸리가 생각한다는 캐머런의 견해(Cameron, 1974)를 틀린 것으로 본다. 작품 안에서 루소는 자신이 그 춤의 대열에 끼지 않을 수도 있었음을 인정하고, 자신과 자신의 "동지들"(캐머런의 용어)이 춤에 사로잡히게 된 동기를 밝히며, 자신이 동기를 밝히는 이유가 시적 화자가 그 춤에 끼어드는 것을 막으려 함이라는 점을 밝힌다. 그런데 드 만은 이런 내용을 무시한다. 실제로 드 만은 루소를 통해 셸리가 자신의 삶에서 같은 잘못을 저지르지 않는 법을 배운다는 도널드 리먼의 견해를 비판한다.

「삶의 개선행렬」에 대한 드 만의 비평은 "전신이 빛인 형상"의 해석에 상당한 공헌을 한다. 그는 이제까지 제대로 해석되지 못한 채 남아 있는 "전신이 빛인 형상"과 관련된 시의 부분을 매우 세밀하게 분석하고 있다. 그러나 그의 분석은 이 형상이 루소를 짓밟는지 아니면 그가 도달하는 데 실패한 초월의 가능성을 제공하는지에 초점을 맞추고 있지 않다. 드 만이 이 난해한 부분에 접근하는 통로를 언어의 특성에서 찾고 있다는 점은 프랑스 혁명을 끌어들여 루소와 형상의 관계 그리고 루소와 화자(셸리)의 관계를 파악하려 한 과거의 비평적 시도를 정면으로 파기하는 셈이다. 그리고 피셔가 지적하듯이 드 만은 이 형상이 언어의 기능을 대변하는가라는 질문조차 하지 않고 이 형상이 나타내는 언어의 기능에만 초점을 맞춘다(Fischer 74). 언어와 '전신이 빛인 형상'을 연결하는 드 만의 시도는 시 자체에 별다른 의미와 기회도 주지 않고 언어에 대한 가정을 시에 적용한다는 비판을 받는다. 틸로타마 라잔Tilottama Rajan은 '전신이 빛인 형상'을 루소의 파멸과 연결시키는 것은 이 시를 이해하는 중요한 요소가 된다고 본다(Rajan, 1980). '전신이 빛인 형상'이 자신을 짓밟고 사라진 후 루소는 삶의 개선행렬에 들어간다. 라잔은 루소가 삶의 대열에 들어가는 것이 항복을 의미하는 것이며, 이 점은 이 시를 이해하는 데 중요한 부분이라고 주장한다.

전신이 빛인 형상은 루소를 눈부시게 만들고 그에게 쓴 잔을 제공한 무시무시한 전차군의 대행인인 악한 마녀, 혹은 일상의 삶에 사로잡혀 있는 사람에게는 그냥 그림자와 같거나 비현실적인 신기루 같은 것이 된다. 그러나 이 형상은 루소가 비록 실패하긴 했지만 삶의 행렬을 거부할 수 있었을 가능성을 상징하는 것으로 이해되기도 한다. 이러한 독해는 그가 그녀에게 '자신이 어디서 왔으며 어디에 있으며 왜 있는가?'라고 물었고 삶의 행렬이 나타나자 전신이 빛인 형상을 버리기 때문에 가능해진다.

드 만을 위시한 해체이론가들의 종래의 방향성과 역사성 거부는 미완과 부분fragment에 대해 다른 태도를 취하게 된다. 이들은 셸리의 텍스트의 미완적 상태를 모든 텍스트의 완전성에 도전하는 것으로 본다. 드 만은 모든 텍스트와 모든 역사적 시기는 인위적으로 나누어진 부분들이며, 다만 우리가 의도적으로 일관성·유기성·통일성·전체성을 부여하려고 할 뿐인 것으로 파악한다. 이러한 유기성에 대한 거부는 언어의 무작위성에 대한 주장을 통해 제시된다.

작품의 미완성에 대한 드 만의 견해는 해럴드 블룸의 것과 유사하다.

> 끝맺지 않은 강한 시들이란 없다. 다만 더 강하거나 더 약한 시들이 있을 뿐이다. 완성된 시라는 개념 그 자체가 시를 관계에서 본질 또는 실재entities로 구체화시키는 부조리한 인식에 기인한다. 본질들의 관계라기보다는 관계들의 관계이거나 또는 피어스Pierce의 '제3의 개념Idea of Thirdness'이기 때문에 관계들의 관계는 아주 인위적인 경우를 제외하고는 끝나거나 완결일 수 없다(Fischer 66 재인용).

드 만이 그러하듯이 블룸의 오독 또한 루소의 의미를 역사적인 것에서 찾지 않는다. 『셸리의 신화 만들기*Shelley's Mythmaking*』에서 드러나는 블룸의 초기 비평은 "삶의 개선행렬"을 비관적인 세계관의 표현으로 파악한다. 그러나 후에 수정주의 이론을 내놓았을 때 블룸은 이 시에서 "삶"은 바로 선배 시인들인 "워즈워스William Wordsworth와 콜리지S. T. Coleridge를 정복한 것, 즉 강력한 시인으로서 이들의 상상력적 완전함과 자율성을 정복한" 것이라고 본다. 블룸에 의하면 루소는 워즈워스의 형상이며 비록 이 시에서 언급은 되고 있지 않으나 바로 워즈워스는 셸리가 '영향의 불안'을 강하게 느껴 거의 강박관념을 느끼게 되는 장본인이다. 블룸은 시의 구체적인 내용에 들어가서 셸리가 워즈워스의 영향을 넘어 "강력한 시인strong poet"이 되는 수정 단계를 밝히고 있다. 이 예는 에스겔서-계시록-밀턴-셸리에 이르는 "전차chariot" 이미지의 수정 과정에서 잘 드러난다. 블룸은 단테와 페트라르카를 포함시키지 않는다.

이러한 읽기에서 제기되는 방향성 문제는 곧 역사성 문제와 직결된다. 드 만의 읽기가 관념적이고 일관성이 없는 것으로 폄하되어온 셸리의 이미저리에 일관성을 부여하고 특히 '전신이 빛인 형상'의 의미를 세밀히 분석한 점에서는 높이 평가받을 만하다. 그리고 진보가 아닌 '끝없는 퇴행'을 강조하며 단선적인 역사관을 거부하는 것도 드 만의 읽기의 의의로 볼 수 있다. 왜냐하면 셸리의 시가 바로 직선적인 진보를 제시하는 방향을 향하고 있지 않음도 사실이기 때문이다. 이 시의 시적 화자의 비전 속에 등장하는 삶의 행렬에 끌려가는 인물들은 과거의 역사 속의 인물들이고 루소도 과거의 인물이며 루소는 또 자신의 과거를 이야기한다. 이러한 시간상의 뒷걸음질은 바로 '진보'라는 앞으로 나아가는 선의 임의성을 보여주는 것이 된다. 셸리 자신도 이 시에서 루소가 화자에게 배울 수도 있다는 표현을 하여 과거와 현재의 임의적 구분을 해체하고 있다.

그러나 언어에 의한 이야기의 전개는 시간성의 문제에 있어서는 앞으로 나아가는 방향성을 지니듯이 과거로 향한 여행의 끝은 다시 출발 지점이 되며, 또 시간은 거기서 새로운 앞으로의 삶을 강요한다. 즉, '끝없는 퇴행'만은 아니라는 말이다. 형상이 마모된 루소를 다시 불러내는 작업은 결국 현재에서 미래로 나아가는 지점인 것이다. 셸리가 루소의 형상을 불러내듯이 드 만 자신을 포함한 그 이후 비평가들은 셸리의 마모된 형상을 발굴하는 작업을 하게 되는 것이다. 비록 셸리의 마모된 형상을 부른다는 것은 마모된 루소를 불러내야 가능하고, 또 루소를 불러내는 것은 또 다른 형상을 불러내는 퇴행 작업이라 하더라도 삶의 행렬은 루소 이후로도 셸리, 브라우닝, 예이츠, 스티븐스, …… 드 만, 그리고 이 글을 쓰는 필자에게까지 이어지는 긴 행렬이 되며 이 행렬은 계속될 것이다.

이 행렬의 지속은 살아남은 자의 슬픔이 아니라 살아남은 자의 특권을 의미하며, 이 특권이 셸리 이후의 개인들에게 주어지는 것을 의미한다고 볼 수 있다. 이때 셸리의 시 제목 '삶의 개선행렬'은 '죽음의

춤'을 추는 '삶의 개선행렬'이 아니라 각자 주어진 시간 속에서 생(生)의 승리를 일시적으로 맛보며 사는 삶이 된다. 살아남은 자는 과거의 인물들에게 '형상'을 부여할 수 있는 상상력의 힘 또는 언어의 힘을 가진 역사 속의 인물이 된다. 셸리가 소수의 성자들을 제외하고는 삶이라는 거대한 형상의 힘에 모두 정복당한 현실을 그리고 있다 하더라도 루소의 형상을 다시 불러내어 그에게 목소리와 형상을 부여하고 있음을 어떻게 해석해야 할 것인가?

언어의 힘을 발견한 드 만의 공적은 의미 있지만 '역사주의Historicism'가 오히려 "허무주의적인 알레고리"라고 말하는 드 만의 인식은 문제가 된다. 진보나 발전의 이데올로기로 정의되는 역사주의가 개인의 주체성을 간과하는 전체주의적인 성격을 띤다면 드 만이 언어와 시간의 작용에 모든 것을 부여하는 것도 결국 같은 공격을 받을 수 (물론 실제로 받아왔지만) 있다. 그의 이론에 따르면 셸리의 시 안에서 제시되는 나폴레옹과 루소의 차이, 소크라테스와 플라톤, 고대의 위대한 음유시인들과 루소, 루소와 셸리 등의 차이가 별 의미가 없는 것이 된다. 그러나 셸리는 이 시에서 비록 이들이 "위대한 포로"들로 정복자인 삶에게 끌려가고 있다고 보지만, 동시에 개개인의 차이도 분명히 언급하고 있다.

셸리의 시 「삶의 개선행렬」은 철학·문학·정치 분야의 역사적 인물들을 제시하고 평가한다. 그런데 드 만의 글에서는 이 개별적인 인물들은 이름이 지워짐으로써 형상이 지워지고 언어와 그 언어를 현재 구사하는, 그러나 곧 망각에 의해 지워질 존재만 잠시 있게 된다. 이와 마찬가지로 블룸의 오독 또한 셸리 시에서 열거되는 나폴레옹, 플라톤 같은 인물들의 역사성과 개인성을 무화시키는 결과를 낳는다. 그의 읽기에는 워즈워스, 콜리지 같은 글쓰기의 주인공들만 지면을 할애 받고 있을 뿐이다. 차라리 블룸이 철학자도 '강력한 시인'이 된다는 자신의 주장을 이 시의 루소에게도 적용하여 루소를 루소로 받아들였다면 역사성을 알레고리화하지는 않았을 것이다. 그러나 블룸의 해석에서 루소는 워즈워스로만 대체된다.

이와 같이 블룸은 '텍스트상호관련성intertextuality'의 문제 중에서도 시인과 시인의 영향관계, 그것도 방어기제에 국한된 심리적 측면을 강조함으로써 셸리 텍스트의 대부분을 간과한다. 그래서 실제로 그의 비평은 텍스트 없이도 가능한 비평이 되어버린다. 드 만 또한 텍스트의 일부를 세밀히 살핌으로써 누구도 따르기 힘든 분석을 제시했지만, 그 역시 텍스트의 다른 부분들을 간과한다.

그런데 과연 셸리의 텍스트에서 삶은 완전히 부정적이기만 한가를 다시 물어볼 필요가 있다. 전차 속의 형상으로서의 '삶'의 기괴한 모습은 분명히 셸리가 이 시보다 몇 년 전에 쓴 짧은 글「삶에 관하여*On Life*」에서 경이로운 것으로 묘사된 삶과는 다르다.「삶의 개선행렬」에서 셸리는 비록 모든 이가 어쩔 수 없이 실존적으로 시간과 죽음의 노예라는 인식을 보여주지만, 그에 못지않게 루소와 다른 역사 속의 인물들의 삶에 대한 열정을 보여준다. 우리는 삶의 행렬의 방관자가 되지 않고 행동가 또는 희생자가 되라는 작품 속의 루소의 말을 다시 음미해볼 필요가 있다. 루소는 시적 화자가 자신에게 '당신은 어디서 와서 어디로 가는가?'라고 묻자 잘 모르지만 "방관자에서 행동가 혹은 희생자로 변하고 있다"(Ⅱ: 305-6)라고 대답한다.

이 시의 시적 화자는 루소가 자신이 가고 있는 방향에 대해 잘 알지 못하지만 그로부터 배우겠다는 말에서 화자와 자신의 삶이 다를 수 있음을 전제로 한다. 물론 여기서 '행동가 또는 희생자'라고 할 때 비참한 삶의 현실에서 행동하는 자가 되는 것은 곧 희생자가 됨을 의미하는지 아니면 행동하는 자와 희생자는 엄연히 구분되는 것을 의미하는지는 확실하지 않다. 시 안에서 역사상 삶의 행동가들과 희생자들은 구분이 가능하다. 나폴레옹은 자신의 "내부 폭동", 즉 자신의 이기적 욕망으로 '위대한 포로' 중 하나가 되어 사슬에 매여 끌려간다. 이것이 역사의 평가다. 루소 또한 "고대의 위대한 시인들"과 달리 자신의 열정을 통제하지 못하고 그냥 글을 썼기 때문에 자신도 타인들도 고통을 받게 된다. 결국 희생자가 되는 셈이다.

여기서 글과 행위가 구분되지만 글이 행위만큼이나 영향을 미친다. 그의 사상이 프랑스 혁명을 암시하는 '불행한 사태의 씨앗'이 되었음을 루소 자신이 인정한다. 루소가 그래서 많은 피를 뿌린 시저 등의 고대 정치 권력자들과 종교 지도자들과 다를 바 없는 결과를 낳았다고 말하자 화자는 "그들만큼은 아니라고" 말하면서 그 말을 정정한다. 프랑스 혁명, 특히 피의 혁명을 반대하는 셸리의 입장은 분명하기 때문에 셸리의 대변인인 화자와 루소는 분명히 구분된다. 따라서 행동가actor가 되는 것과 희생자victim가 되는 것은 구분될 수도 있다. 그러므로 셸리가 폭풍으로 바다에 빠져 죽지 않고 이 시를 마칠 수 있었다면 셸리 특유의 이상주의적인 결말을 제시했을 것이다(Ⅱ: 274-282).

셸리의 이상주의는 현실에 대한 회의를 거쳐 도달한 이상주의다. 그에게 현실은 늘 비참하다. 그러나 그에 의하면 인간의 의지는 그것을 참고 비전을 만들 수 있다. 우리는 『첸치가』의 비극을 그린 셸리와 『프로메테우스』를 쓴 셸리를 단순하게 비관적 셸리와 낙관적 셸리로 나눌 수는 없다. 사슬에 묶인 프로메테우스가 겪는 1막의 고통은 현실에 대한 좌절과 회의에 기인한다. 이 다소 관념화되어 표현된 현실은 바로 베아트리체 첸치가 겪는 고통스러운 삶의 조건이다. 셸리의 시 「두 정령들: 하나의 알레고리The Two Spirits: An Allegory」는 셸리 자신의 낙관적 정신과 회의적 정신의 대화를 다루고 있는 시다. 여기서 밤을 낮으로 만들겠다는 의지를 지닌 정신과 계속 밤이 온다고 말하는 또 다른 정신의 대화에서 분명한 것은 시인이 밤을 밤으로 인정한다는 점이다. 그러나 그다음 단계가 있다는 점을 말해둘 필요가 있다. 밤을 낮으로 만들겠다는 의지의 표현이 존재한다는 점이다.

이 글을 통해 필자는, 해체론의 비평적 실천으로 볼 수 있는 일련의 비평가들에 의한 '삶의 개선행렬'에 대한 비평이 이제까지 셸리 연구에서 제기된 이상주의/회의주의, 역사에 대한 낙관적/비관적 태도에 관한 논쟁에 어떤 새로운 대안을 제시하는지, 아니면 이 작품을 통해 그들 자신의 이론을 구축하고자 하는지를 알아보고자 했다. 셸리가 인간 역사에 대해 비관적인 견해를 제시하는지 아니면 삶의 부정적인 면모가 결국 긍정적인 역사관을 제시하기 위한 전초전인지에 대한 논쟁에 대해 해체이론에 기반을 둔 일련의 비평의 의미를 역사성에 초점을 맞추어 살펴보았다. 그리하여 드 만이나 블룸 같은 비평가들의 해체주의적 비평이 문학의 형식적·언어적 역사에 대한 인식은 있으나 문학 형식에 담겨진 내용으로서의 역사에 대한 인식은 지워버리고 있음을 발견했다.

따라서 필자는 드 만과 블룸과는 달리 해체론의 바탕하에 역사성을 고려한 비평가인 틸로타마 라잔의 비평에 부분적으로 공감하지만 동시에 거리를 갖는다. 라잔은 셸리 논의의 중심이 된 이상주의/회의주의 문제를 해체적이면서 역사적인 시각에서 접근한다. 라잔은 드 만의 비평이 전혀 해체적이 될 수 없으며, 실제로 드 만이 해체하고자 한 것은 그 이전의 유기적 이데올로기를 가지고 이 시와 낭만주의를 보려고 한 입장들이라고 주장한다. 라잔은 셸리의 시 「삶의 개선행렬」은 셸리의 이상주의적 시론visionary poetics과 현실주의적 시론realistic poetics이 긴장관계를 이루며 공존하고 있어 이성중심주의적이지 않다고 본다.

라잔이 드 만이나 블룸과 차이를 띠는 지점은 그녀가 역사적 상황에서 앞에 말한 둘 사이의 긴장을 이해하는 바로 그 지점이다. 우선 라잔은 회의주의적인 부텍스트subtext와 긍정적인 확신을 보여주는 텍스트 사이의 긴장은 레이먼드 윌리엄스가 낭만주의자들의 시대적 상황으로 파악한 역사적 현실에 기인하는 것으로 파악한다. 라잔에 의하면 예술가가 그냥 시장에 내놓을 상품을 만드는 자 정도로 변하는 시기에 셸리는 그 자신을 "특별한 능력을 부여받은 사람guiding light of common life"으로 간주하며 바로 이 점이 셸리에게 긴장을 부여한다는 것이다.

라잔은 셸리의 회의적인 태도가 중간단계일 뿐이라고 보는 에이브럼스와 달리 최종적인 것으로 본다. 정치적·지적 고립이 불확실성을 낳는다고 보고 셸리의 공격성도 불안정에서 온다고 본다. 라잔이 셸리에게서 긴장을 발견한 점과 그 긴장은 두 가지 대립되는 시론에서 오는 것이므로 열려 있는 텍스트가 된다고 보는 점은 블룸과 드 만이 갖는 문제점과는 다른 문제점을 제시한다. 라잔의 시각은 이상주의적 시론과 현실주의적 시론이 나누어진 것이 아니라는 점을 간과해버리는 문제를 담는다. 필자는 회의주의가 현실에 대한 강한 애정에서 출발하며 그 현실을 비판할 이상주의를 전제로 한다는 점에서 그 건강성을 담보한다고 본다. 이상주의적 시론과 현실주의적 시론이 긴장관계를 이루는 것이 아니라 현실주의적 시론은 이상주의적 시론을 포함한다고 볼 수 있다.

삶이란 계속 수정하는 수정자, 문학 텍스트는 이전 텍스트를 지우고 다시 쓰는 것, 시인이란 이전의 강력한 시인을 수정하여 또 다른 강력한 시인이 된다는 시각을 갖는 수정주의의 긍정적인 측면은 비평에 시간성과 관계성을 부여한다는 점이다. 드 만의 입장조차 시간이 가져다주는 연계성에 관심을 갖는다. 실제로 언어는 삶이라는 추상적인 실재가 계속 존재하듯이 인류가 존재하는 한 그 언어를 사용하던 개개인은 죽어도 계속 변화하며 존재한다. 하지만 그 추상적인 삶이란 구체적인 개개인의 삶 없이도 존재할 수는 없다. 언어도 마찬가지다. 그런데 드 만은 이런 점을 의식하여 어쩔 수 없는 "기념비화"를 인정하긴 하나 개개인의 삶과 언어를 사용하는 개개인의 존재를 간과하고 그것들에 의미를 두지 않는다. 그는 개인의 삶이 곧 또 변화하고 마모되지만 그들의 삶들이 모여 역사와 문화를 형성하며 그 역사와 문화 그리고 언어 속으로 또 다른 개인들이 태어나고 거대한 언어의 지배를 받기도 하고 또 바꾸기도 한다는 점을 간과한다. 역사는 개인들의 역사를 인정할 때 추상적이고 관념적인 삶이 알레고리화되지 않고 소크라테스, 플라톤, 알렉산더 대왕, 캐서린 대제, 볼테르, 루소, 나폴레옹 등의 이름으로 이루어지게 된다. 그런데 블룸의 역사는 시인들의 역사이고 드 만의 역사는 언어들의 역사다. 이들의 역사에는 상징과 알레고리의 위험성이 내재되어 있다.

그런데 지금까지 언급된 비평가들이 지닌 또 하나의 문제는 「삶의 개선행렬」에 등장하는 이름들이 캐서린 대제를 제외하고는 모두 남성이라는 사실을 지적하지 않으며 당연시한다는 점이다. 즉, 셸리에게 역사는 남성들의 역사라는 점을 지적하지 않는다. 언어가 곧 삶임을 주장하는 드 만이지만 그의 비평은 횔더린, 루소 등 남성 시인들에 초점이 맞추어진다. 블룸의 영향관계도 모두 남성들 사이의 관계다. 물론 이것을 역사와 문학에서 정전화된 인물들이 대부분 남성이기 때문이라고 치부할 수도 있다. 하지만 남성들의 영향관계, 즉 남성들의 언어와 역사에 대한 비판은 새로운 역사 인식과 형성을 위해 필수적이라 생각된다. 그렇기 때문에 여성들이 문학의 역사도 다시 보고, 형이상학으로 점철된 철학과 남성들의 정치 역사를 거부할 필요가 있다.

메리 셸리는 『최후의 인간*The Last Man*』에서 퍼시 셸리의 「삶의 개선행렬」을 수정한다. 이 소설에서 그녀는 도서관과 문화의 장은 남겨놓으면서 역사를 새로 쓸 수 있는 인류의 도래를 위해 인류를 멸절시킨다. 「삶의 개선행렬」에서 셸리가 이상주의적 비전을 현실주의적 역사 인식 내에 포함하고 있음으로써 역사의 변화 가능성을 제시한다고 본다면 메리 셸리는 그 역사가 남성들의 역사라는 인식을 갖고 있는 것으로 보인다. 따라서 셸리의 수정과 메리 셸리의 수정은 차이가 있을 수밖에 없다. 수정주의의 의미는 다른 수정을 위해 항상 열려 있다는 점에서 의의를 인정받을 수 있다. 그러나 그 수정이 얼마나 많은 사람들의 삶을 위한 것인가 하는 점에 대한 평가도 따라야 마땅하다. 셸리의 「삶의 개선행렬」을 여성주의적 시각에서 수정하는 일이 이 시의 역사가 직면할 운명이라고 생각하며 이 글을 마친다.

10 여성적 수정이론의 형상화: 메리 셸리의「잘못 쓴 시*The False Rhyme*」

페미니즘의 재생산 고리 끊기는 이론의 전통을 끊어내는 것과 연결된다. 페미니즘은 다른 이론들과 경합하고, 재구성하고, 재설정하는 일을 해왔다. 페미니즘은 정신분석, 마르크스주의, 생태주의, 탈식민주의 등의 이론들을 수용하면서 동시에 다시 쓰기를 했다. 페미니즘은 여성적 글쓰기에서 수정이론의 형상화를 발견하고, 삶의 행렬에서 역사인식을 보는 시인에게서 페미니즘이라는 역사인식이 가져다줄 이전 삶의 재해석과 고리 끊기를 본다. 이론이 여성적 글쓰기와 이전 삶과 역사 그리고 글쓰기를 어떻게 다시 쓰는지를 이론적으로 '수정주의'라는 이름으로 살펴본다.

역사는 재생산이다. 그 역사가 잘못되었을 때는 재생산의 고리를 끊는 일이 시급하다. 사람들의 삶이 힘들어지기 때문이다. 페미니즘은 이론적으로나 실천적으로나 역사의 재생산 고리를 끊으려고 노력해왔다. 문학에서도 페미니즘은 역사의 재생산 고리를 끊으려는 다양한 시도들을 유도했다. 재생산 고리를 끊는 방법 중 하나는 기존의 것을 다시 쓰는 것이다. 다시 쓰기의 내용과 형식은 페미니즘에 기반을 둔 것이다. 문학은 읽기와 쓰기로 이루어진다. 쓰기는 읽기를 전제로 한다. 혹은 쓰기가 바로 읽기이기도 하다.

문학에서 페미니스트들은 여성의 잊힌 목소리를 찾고자 했고, 여성 작가들의 불안을 이야기했으며, 여성적 글쓰기의 가능성을 모색해 보고자 했다. 메리 셸리를 논하는 이 글에서는 메리 셸리가 남성들의 영역인 문학의 장에서 가능한 여성적 글쓰기의 한 형태에 대한 이론을 문학작품 속에서 어떻게 형상화했으며, 어떻게 실천하고 있는지 살펴보고자 한다.

19세기 전반기에 활동한 메리 셸리(1798~1851)는 글쓰기가 수정revision임을 전제로 하는 수정주의자의 면모를 보여주며, 여성의 글쓰기가 다시 쓰기 또는 새롭게 쓰기가 되어야 함을 직접화법이 아니라 문학작품 속에서 간접화법으로 형상화한다. 그녀는 장편소설『최후의 인간*The Last Man*』(1826)의 저자 서문에서 글쓰기는 이전 작가의 '모방'인 동시에 불가피한 '변형'임을 그녀의 목소리를 대변하는 작중인물 라이오넬 버니Lionel Verney를 통해 말한다.

> 나는 자주 그녀의 시의 주제와 로마 시인의 영국식 옷에 대해 생각했다. 때로는 그 시들이 모호하고 무질서하기 때문에 그들의 현재 형태는 그들의 암호해독자인 나의 노력 덕분이라고 생각하곤 했다. 마치 우리가 다른 예술가에게 성 베드로 성당의 라파엘의 변형 모자이크 복사판의 그림 조각들을 주는 것처럼. 그는 그들을 모아 하나의 형태로 만들 것이다. 그때 그 형상의 양식은 그 자신의 특유한 정신과 재능에 따라 만들어질 것이다. 말할 필요도 없이 큐미언 동굴의 사이빌의 잎들도 왜곡과 흥미와 우수성이 내 손을 통해 절감되었을 것이다. 이렇게 그들을 변형시키는 것에 대한 나 자신의 유일한 변명은 그들이 원래 읽을 수도 없는 상태였다는 것이다.

여기서 화자는 큐미언 동굴에 들어가 그곳에 거하는 마녀 사이빌Sibyl의 원문들을 발견하고 그것을 다시 옮긴 작업이 자신의 글『최후의 인간』임을 말하고 이 작업이 어쩔 수 없는 왜곡이며 축소라고 말한다. 이것을 어느 화가가 그림의 조각들을 가지고 성 베드로 성당의 라파엘의 작품 "예수의 변화산상에서의 변모Transfiguration"를 만들어낸 것과 같다고 비유한다. 셸리는 이 화가는 분명히 그 자신의 독특한 정신과 재능으로 그 부분들을 짜 맞추어 하나의 그림을 만들어낼 것이라고 버니의 목소리를 빌려 말한다. 로마 시인을 영어로 번역하는 작업도 마찬가지다.

글 쓰는 자는 형성하는 힘shaping power을 가지게 되는데 여기서 큐미언 동굴의 원문은 글 쓰는 이의 마음속 생각의 파편들일 수도 있고, 낭만주의자들의 자연일 수도, 또는 예술가의 작품일 수도, 편집의 손길을 기다리는 글들일 수도, 또는 독자가 읽었을 책일 수도 있다. 이 모든 행위는 필연적으로 변형, 왜곡, 축소라는 수정 과정을 거치게 된다. 셸리의 글에서 롤랑 바르트의 오독misreading, 블룸의 misprision, 드 만의 disfigurizing 등과 크리스테바의 텍스트상호성intertextuality 개념의 출발을 볼 수 있다.

글쓰기에서 수정이 필연적임을 의식하는 셸리는 여성 작가로 남성 작가와 그의 작품이 속한 남성문학 전통을 수정할 수밖에 없음도 인식한다. 이러한 인식은「잘못 쓴 시*The False Rhyme*」(1829)라는 단편에서 딱딱한 이론 문장이 아니라 가벼운 어조의 이야기 형식으로 형상화되고 있다. 이 글은 중세가 배경이 된 이야기로, 왕이자 오빠인 프랜시스Francis가 시를 쓰는 동안 그로부터 소외된 여왕 마거릿이 화가 나서 오빠의 방에 들어온다. 그리고 오빠가 유리창에 다이아몬드로 쓰고 베일로 가려놓은 여성을 비난하는 내용의 시를 발견한다. 그 내용은 진실한 여성이란 찾아보기 힘들다는 것이다. 마거릿은 시를 틀렸다고 선언하고 불어로 된 이행연구couplet 속의 단어의 성gender만을 바꾸어버림으로써 내용을 수정한다. "흔히 진실한 여성을 찾기는 어렵다 Souvent femme varie/ Bien fou qui s'y fie!"를 "흔히 진실한 남성을 찾기는 어렵다Souvent homme varie/Bien folle qui s'y fie?"로 바꾸어 쓴다. "여성femme"을 "남성homme"으로 "어렵다fou"를 "어렵다folle"로 바꾸자 진실한 남자를 찾아보기는 힘들다는 내용으로 수정되어버린다. 그리고 느낌표를 물음표로 바꾼다. 이 단편의 여성과 남성은 그 내용을 가지고 한 쌍의 부부를 예로 들고 내기를 건다. 감옥에 갇힌 한 기사의 부인이 시종과 도망을 갔다는 소문이 도는 여인을 수소문한 결과 그 여성은 자진하여 남편 대신 남장을 하고 감옥에 갇혀 있음을 알게 된다. 베토벤의 유일한 오페라 『피델로*Fidelio*』의 내용을 연상시키는 이 여인의 예를 통해 왕은 내기에 졌음을 인정하고 자기 시가 쓰인 유리창을 스스로 깨버린다. 그리고 왕이 공식석상에서 "여성들의 승리"를 공표하며 축하연을 베푸는 것으로 끝난다.

이 단편에서 제시되는 여성 작가가 남성문학으로부터 비평적 차이를 형성하는 수정단계는 ① 인습적인 남성 시에 대한 문제 제기 ② 말하고 보는 주체가 됨 ③ 남성 시의 내용을 수정함 ④ 인습을 깨거나 정정함이라는 4단계로 분류할 수 있다.

왕, 오빠로 등장하는 프랜시스를 남성 시인의 한 전형이라고 본다면 그의 이행연구는 가부장적인 남성 시의 전통을 대표한다고 볼 수 있다. 우선 그의 시가 시 형식의 대표적 틀인 이행연구이며 각운을 맞춘 시라는 점에서 메리 셸리의 의도가 엿보인다. 이행연구와 운rhyme 모두 시의 인습 또는 전통을 상징하기에 충분하기 때문이다. 그리고 이 시의 내용이 여성의 충성도fidelity를 의심하는 것 또한 가부장적인 남성 시의 전통을 대변한다. 페트라르카의 연애 시sonnet와 궁정연애 시courtly love poem의 전통을 상기시킨다. 형식과 내용뿐 아니라 시가 쓰인 유리창과 시를 쓴 도구 모두 상징성을 띤다. 우선 유리창에 다이아몬드로 쓰고 그것을 베일로 가려놓았다는 것은, 다이아몬드로 유리에 쓴 것은 지우기가 힘들다는 것을 말하며, 유리창은 깨어지기 쉬운 점, 또 창은 남성 시인의 의식과 보는 틀을 의미한다. 여성(시인, 여동생)이 볼까 봐 커튼으로 살짝 가려놓았다는 것은 두 가지 의미를 가진다. 하나는 다이아몬드로 쓰인 단단한 남성 시의 면모가 오랫동안 베일에 가려져 내려왔으며 금방 드러나지 않는다는 점이고, 다른 하나는 살짝 가려져 있긴 하지만 보려고 하면 또 쉽게 볼 수 있음을 의미한다. 즉, 가부장적인 시적 인습이 강력하긴 하나 여성이 보려는 의지를 가지고 도전하면 깨질 수 있음을 의미한다. 남성 시인을 왕으로 설정한 것 또한 재미있다. 공화주의자였던 셸리가 왕(여왕도 포함)으로 설정한 것은 우선 가부장적인 전통을 잘 대변할 수 있는 인물이 왕이기 때문이며, 시대가 과거일수록 가부장적인 면모가 강하기 때문이다. (물론 이 단편을 읽는 독자층에 대한 타협 또는 아부도 있지만, 셸리의 단편들은 중산층 이상의 독자들을 위해 호화로운 장정과 그림들을 싣고 있다.)

따라서 왕의 압운시는 마거릿의 눈에는 "여성womankind 모두에 대한 모독"으로 받아들여진다. 그래서 여성인 마거릿은 이 남성적 시에 대해 문제를 제기한다. 그리고 그가 시를 쓰는 동안 같이 놀아주지 않아 심심하고 무료했던 마거릿은 화를 낸다. "마거릿은 화가 났다. 그리고 그녀는 무료해졌다. 그녀가 즐거움을 느낄 수 있는 유일한 희망은 프랜시스에게 달려 있는데 그는 그 자신을 닫아버렸다."(117) 마거릿의 의존, 무료함, 화남은 문학의 장(場)으로부터 도외시된 여성의 상황과 감정 상태를 상징하는 것으로 볼 수 있다. 그녀의 화남과 무료함이 남성의 특권인 글쓰기의 현장에 들어가게 하고, 남성의 시를 "비열vile"하다고 말하고, 남성 "각하his grace"의 체통에 도전하게 만든다. 그녀는 "아주 작은 변화로 당신의 이행연구를 크게 수정할 수 있답니다." 그리고 "이렇게 고치는 것이 시의 흐름을 더 나은 것으로 만들지 않나요?" 라고 의문부호를 붙인다.

아주 작은 변화는 글 쓰는 주체가 남성에서 여성으로 바뀌자 자동적으로 일어난다. 성이 함축된 언어를 수정하는 것이 글 쓰는 여성이 말하고 보는 주체가 되면 자연히 해야 할 다음 단계가 된다. 이제까지 남성 작가들이 주체가 되어 쓴 시들은 어쩔 수 없이 남성중심적이었기 때문이다. 이 단편에서 마거릿은 남성 시인의 인식의 창을 "잘못 말하는false-speaking" 것으로 증명하는데, 여기서 "말하기speaking"의 사용은 의미심장하다.

메리 셸리가 이행연구의 언어로 영어가 아닌 불어를 선택한 것은 우연이 아니라 상당한 계산에 의한 것이다. 왜냐하면 불어는 바로 남성형masculine form과 여성형feminine form이 뚜렷이 구분되는, 아직 모든 단어의 성이 남아 있는 언어이기 때문이다. 마거릿은 femme를 homme로 고쳤을 뿐 아니라 이행연구의 끝도 수정한다. 프랜시스의 시는 감탄부호로 끝나는데, 그녀는 그 자리에 의문부호를 쓴다. 이 행동은 여성 작가들이 남성 시 전통에 의문을 제기하는 것으로 확대 해석할 수 있다. 감탄부호가 자신의 견해에 대한 확신을 표현한다면 의문부호는 그 확신을 불편하게 만드는 역할을 한다.

문제를 제기한 다음 다시 쓰기를 통해 인습을 깨는 것이 뒤따르게 된다. 메리 셸리에게서 특별한 부분은 남성이 스스로 자신의 인식의 창, 즉 시를 써놓은 유리창을 깬다는 점이다. 프랜시스의 이행연구가 유리창에 다이아몬드로 썼다는 점이 그것의 견고함을 의미한다면 그 글을 그냥 지우는 것이 아니라 그것이 쓰인 유리창을 깬다는 사실은 남성 시의 가부장적인 인습이 뿌리 깊음을 인식한 데서 기인한다.

그리고 시의 내용을 두고 시합tournament을 벌이고 마거릿이 이긴 것을 "숙녀들의 승리"로 명명한다는 점도 특이하다. 애초에 메리 셸리는 이 글에서의 대결이 한 개인인 마거릿과 프랜시스의 대결로 보지 않고 있음은 마거릿이 앞에서 언급한 "모든 여성에 대한 모독"으로 받아들이는 데서도 나타난다. 메리 셸리의 궁정 사랑, 기사도 전통을 여성 작가로 수정하고 있음은 쉽게 알 수 있다. 원래 기사들의 마상시합에 쓰이는 "토너먼트"라는 단어를 남녀의 시를 둔 대결에 사용하는 사실과 감옥에 남편 대신 들어가 옥고를 치르는 여인이 바로 기사도 정신을 발휘하고 있다는 점에서 잘 나타난다. (비록 그 내용은 여전히 여성의 충절을 증명하는 것으로 남성들이 만든 가치관을 전부 거부하는 것은 아니라 할지라도.)

이와 같이 메리 셸리가 형상화하고 있는 여성으로서의 수정은 말하고 쓰는 주체, 입장positionality, 언어와 성gender, 형식 깨뜨림 등 최근의 여성주의 이론과 비평에서 제기되는 문제들과의 연관하에 논의될 수 있다. 19세기 전반에 여성으로서 이러한 수정의 필요성을 인식하고 그것을 매우 경제적으로 하나의 짧은 단편으로 형상화하고 있다는 점에서 메리 셸리의 의미를 충분히 찾을 수 있지만, 수정주의자로서의 그녀의 관점이 현재 여성문학이론에서 어떤 의미를 지니는지 살펴보는 것도 중요하다.

1) 말하고 쓰는 주체: 이것은 보는 주체를 바꾸는 것을 의미한다. 대상으로서의 여성을 주체로서의 여성으로 바꾼다. '타자the other'로서의 여성이 보고, 말하고, 쓰는 주체가 된다는 점은 '주체성subjectivity'의 문제를 제기한다. 워즈워스의 '강력한 눈mighty eye'의 개념으로도 연결된다. 메리 셸리는 성gender을 바꾸고 자신이 남성과는 다르게 보는 주체가 되기 위해 셸리 학자들이 말하는 '강력한 잘못poignant errors'을 저지른다.

2) 위치/입장

3) 언어와 성

4) 형식 깨뜨림: 자크 데리다는 언어체계 내 또는 형식 내에서의 차이를 만드는 작업에 대해 "오래된 구조로부터 전복을 위한 전략적이고 경제적인 자원을 빌리는 것, 그들을 구조적으로 빌리는 것 Borrowing all the strategic and economic resources of subversion from the old structure, bor-

rowing them structurally"이라고 쓰고 있다. 그런데 마거릿이 프랜시스의 이행연구의 운rhyme과 형식을 그대로 두고 두 단어, 그것도 두 단어의 성gender만 고친다는 점은 상당히 의미심장하다.[3] 이 점은 우선 메리 셸리의 수정주의적인 태도를 나타낸다. 남성문학 또는 남성 작가와는 다른 차이를 형성하는데, 결국 전통과 언어의 틀 안에서 차이를 만들 수밖에 없음을 인식했다고 볼 수 있다. 구바Gubar와 길버트Gilbert의 여성 작가, 즉 여성이 글을 쓰고 문학의 장에 들어가는 데 대한 불안을 다루고 있다는 점에서 셸리의 측면을 설명해줄 수 있으나 이리가라이Irigaray는 이 점을 『스펙큘럼』에서 바라보는 시선의 주체가 통시적으로 남성임을 남성의 "동일성의 시선 논리specular logic of the same"라는 개념으로 밝히고 있는 점에서 이 단편에서 메리 셸리의 관점을 뒷받침해준다.

여성적 글쓰기를 주장하는 씩수Cixous는 여성의 글쓰기가 남성의 것으로부터 완전히 분리된 어떤 것을 시도해야 한다고 주장하며, 이론도 과거의 여성 작가에 대한 연구도 버려야 한다고 주장한다. 과거의 여성 작가를 연구하면 어쩔 수 없이 가부장적인 담론의 형식과 영향 속으로 들어가는 것이라고 보기 때문이다. 씩수의 말을 액면 그대로 받아들이면 나는 두 가지를 범하고 있다. 메리 셸리의 소설적 서사soft narrative를 이론적 서사hard narrative로 바꾸어 해석함과 과거의 작가를 끄집어내어 의미를 부여하는 작업을 하고 있다는 점에서 그렇다. 그리고 수정주의를 논하는 점도 그렇다. 씩수의 유토피아가 크게는 결국 수정을 위한 것이지만, 메리 셸리의 수정을 통한 형식을 깨는 것과는 차이가 있다. 메리 셸리는 기존의 문학적 형식의 고리를 문학적 형식으로 다시 쓰겠다는 것이다.

이러한 여성적 수정이론은 다양한 작품들을 통해 만날 수 있다. 이

3. 크리스테바의 "말하는 주체(speaking subject)", "형식 깨기(breaking a form)", "상호텍스트성(intertextuality)", 바흐친의 "대화관계(dialogic relationship)", 쇼사나 펠만(Shoshana Felman)의 "입장성(positionality)" 등을 참조할 수 있다.

책의 다음 장은 이러한 수정이론의 바탕이 되는 또 하나의 작품을 분석한 글이다.

11 가부장적 권력과 성폭력: 가족-종교-정치권력의 담합을 그린 『첸치家』

시로 쓴 비극 『첸치가*The Cenci*』의 헌사에서 퍼시 셸리는 이 극이 "슬픈 현실"을 그리고 있으며 자신의 이상주의적인 비전을 제시한 종전의 시들과는 다르다고 말한다(Shelley 237). 셸리가 이 둘을 구분하고 있지만, 슬픈 현실을 그리는 시와 바람직한 세계에 대한 그의 이상주의적 비전을 그리는 시가 실제로는 동떨어진 것이 아니라 동전의 양면처럼 분리될 수 없다. 슬픈 현실을 만드는 부조리한 상황은 강도의 차이는 있지만 셸리의 시에서 상징적으로 또는 직접적으로 제시된다. 「줄리안과 마달로*Julian and Maddalo*」에서는 정신병원에 들어간 미친 사람Maniac의 이야기가, 『해방된 프로메테우스』에서는 주피터의 압제 하에 오랫동안 동굴에 거하는 데모고르곤Demogorgon과 수천 년 동안 사슬에 매여 고통당하는 프로메테우스의 예속이 슬픈 현실을 이루고 있다. 그리고 『첸치가』에서는 한 가정 전체의 공포와 변태현상이 그려지고 있다. 슬픈 현실을 이루는 상황을 보는 태도는 회의주의와 이상주의적인 낙관론으로 나눌 수 있는데, 이러한 반응들은 『첸치가』와 『해방된 프로메테우스』에서와 같이 각각 다른 작품으로 표현되기도 하고 「줄리

안과 마달로: 대화」와 「하나의 알레고리: 두 정신」에서처럼 하나의 시내에서 갈등을 일으키기도 한다. 셸리가 1819년 『해방된 프로메테우스』의 2막을 쓰는 도중에 「줄리안과 마달로」를 썼고 3막을 쓰고 4막에 들어가기 전에 비극 『첸치가』를 썼다는 점은 슬픈 현실과 아름다운 이상주의적인 세계가 밀접히 연결되어 있음을 말해준다.

그중 『첸치가』는 이 슬픈 현실을 전면으로 다루고 있고, 특히 한 가정을 중심으로 가부장제의 모순을 다룬다는 점과 그 모순이 그 당시의 정치적·사회적·종교적 영역과 분리될 수 없다는 점에서 다시 한 번 생각해볼 여지를 제공하고 있다. 1599년 이탈리아의 귀족 첸치가에서 실제로 일어난 사건을 소재로 삼고 있는 이 "무섭고도 추한" (Shelley 239) 이야기는 여러 면에서 간접적으로 셸리의 현실을 반영한다고 볼 수 있다. 따라서 이 시극은 셸리의 현실 인식의 일부를 보여주고 그 현실에 대해 그가 제시하는 가능한 대응책은 무엇인지를 생각하는 계기를 마련해준다.

셸리가 처한 정치사회적 그리고 개인적 현실은 이 작품에 직간접적으로 반영된다. 셸리는 혁명 후 세대로, 정치적으로는 프랑스 혁명의 전개과정과 나폴레옹이 무너지면서 공화정이 또다시 신성동맹에 의해 무산되는 역사적 현실을 직면하게 된다. 그리고 그의 시 「1819년 영국」과 『무질서의 가면극*Mask of Anarchy*』이 다루는 영국 내에서의 전제정치와 피털루 대학살 같은 사회적 병리현상도 그가 처한 현실의 일부를 보여준다. 당시의 종교적 인습의 힘은 그가 「무신론의 필요성」을 써서 옥스퍼드에서 퇴학당한 일에서 단면적으로 드러난다. 개인적으로는 보수주의자들에게 '시대의 괴물'로 불리는 윌리엄 거드윈William Godwin의 추종자가 되고, 또 아이와 부인이 있는 자로 거드윈의 딸 메리 셸리와 사랑의 도피를 한 사실로 인한 손가락질 당함, 그리고 법정에서 자신이 아버지로서 양육할 자격이 없다는 판결을 받고 마침내는 영국을 등지고 이탈리아로 떠나게 되는 사건들이 모두 힘든 현실을 반영한다. 자유주의적이고 부도덕하다는 사실 때문에 아버지로부터 아들로 인정받지 못한 상황이 이 작품에서는 폭력적인 아버지에 대한 인식으로 반영되기도 한다. 그가 당면한 이러한 정치적·사회적·개인적인 현실은 『첸치가』에서 종교, 법, 가족관계 등에 대한 생각으로 재구성되어 표출된다.

셸리는 『첸치가』에서 한 가정의 비극을 통해 폭력적이고 부조리한 현실을 제시하고 이 현실에 대한 개인의 대응 방법을 베아트리체의 친부 살해를 통해 묻고 있다. 이 시극에서 셸리가 다루고자 한 것은 기성세대를 대표하는 첸치 백작의 추함이 정치적이고 종교적인 부조리와 연루되어 있다는 점과 이 부조리한 현실에 대해 피해자인 딸 베아트리체가 선택한 대응에 어떤 다른 대안이 가능한가 하는 점이다.

현실이란 보는 사람이 보는 만큼 보게 되고 느끼는 만큼 느끼게 되는 것인데, 베아트리체가 직면한 현실은 첸치 백작의 폭력으로 대변된다. 낭만주의 제2세대에 속하는 셸리는 프랑스 혁명, 영불전쟁, 나폴레옹 그리고 신성동맹에서 드러나는 폭력을 검토해야 하는 문제를 안고 있었다. 폭력의 역사적 인식은 셸리가 일단 주인공을 귀족인 백작으로, 이 백작의 굴절된 심리의 원인을 부분적으로 젊은 세대의 힘에 대한 두려움에서 찾고 이 백작의 추한 힘의 남용이 다른 귀족들의 묵인과 교황의 비호를 받고 있음을 제시하는 데서 나타난다.

첸치가의 가족 전부는 가장인 첸치 백작의 전제적 폭압 아래 고통당하고 있다. 사람이라고 보기에는 그 잔인성의 도가 지나친 첸치 백작은 부조리하고 폭력적인 현실의 상징으로 볼 수도 있지만, 일단 그는 한 가정의 가장으로서 가부장제가 왜곡되어 나타날 수 있는 가능성을 보여준다. 아들 지아코모는 첸치 백작이 더 이상 아버지가 아니라 압제자라고 명명한다. 그들의 관계는 "한때는 그러나 이제는 더 이상 아버지와 자식이 아니고/인간 대 인간, 압제자와 압제 당하는 자"(Ⅲ.i. 283-284)로 변하게 된다. 아들, 부인, 종, 딸 모두가 그의 언어폭력과 물리적·정신적 폭력에 시달리게 된다.

첸치에게 시달리는 가족 중에서 딸인 베아트리체가 가장 뚜렷하고 강력하게 부조리한 현실을 인식하고 그 현실에 맞서는 인물로 제시된다. 첸치의 계속되는 살인과 비리, 그리고 아들들에 대한 증오심과 가족들을 괴롭히는 행동에 당당하게 맞서는 모습으로 나타나는 베아트리체의 모습은 셸리의 다른 적극적인 여성 인물들을 연상시킨다. 최초의 페미니스트인 메리 울스턴크래프트의 영향으로 "혐오스러운 성차별detestable distinctions of sex"에 대한 반기를 든 셸리는 『해방된 프로메테우스』에서는 에이셔와 팬시아를 적극적이고 활동적으로 그리고 있고 『이슬람의 봉기*Revolt of Islam*』에서는 시스나Cythna를 혁명에 앞장서는 인물로 그리고 있다. 『맵 여왕*Queen Mab*』에서도 혁명 의식 교육을 받는 영혼의 주인공은 소녀 아이안테Ianthe이며 『로잘린과 헬렌』에서 어려운 현실을 참고 견디는 의지의 주인공들은 제목에 나타난 이름을 가진 두 여인이다.

많은 간접적이고 직접적인 폭력 중 베아트리체가 여성으로서 직면하는 현실은 아버지의 성적 폭력이다. 셸리는 성폭력을 다른 폭력과 구분하지 않고 동등한 차원에서 다루고 있지만, 딸에 대한 근친상간적 강간을 중심 소재로 삼아 가정 내의 성적 폭력의 문제를 전면으로 제시하고 있다는 점에서 이 작품은 특이하다. 근친상간은 셸리를 비롯한 낭만주의 시인들에게 흥미로운 소재가 된다. 모든 사회적 금기와 제도에 대한 이들의 의심의 눈길은 사회적 금기사항 중의 하나인 근친상간에도 머물게 된다. 셸리는 마리아 기스본Maria Gisborne에게 보낸 편지에서 근친상간에 대해 다음과 같이 말한다.

> 근친상간은 다른 많은 온당하지 못한 것들이 그러하듯이 시적인 상황이다. 그것은 지나친 사랑 또는 미움의 표현이라고 볼 수 있다. 또는 드높은 영웅심이라는 광휘의 옷을 입은 어떤 것을 위해 모든

것을 거부하는 몸짓으로 해석될 수도 있고, 아니면 이기심과 적개심이 동기가 되어 현재의 모든 견해들을 깸으로써 옳고 그름의 기준을 혼란시켜버리는 반항의 행위로 해석될 수도 있다(Brown 213 재인용).

셸리는 근친상간이 사회의 법을 어기는 것이지 인간 본성에 반하는 것은 아니라고 본다. 따라서 부정적일 수도 긍정적일 수도 있다. 기존 인습의 타파라는 측면에서도 그 행위의 동기가 이기심과 적개심이라면 무조건 긍정적이지는 않다. 따라서 셸리는 남매 사이의 성적 결합과 아버지와 딸 사이의 근친상간도 구별한다.

남매 사이의 성적 결합은 상징적 또는 비유적으로 셸리에게는 언제나 긍정적 선이 된다. 특히 이 관계는 상상력의 교감과 유사한 정신 소유를 상징한다. 바이런Lord Byron의 『맨프레드*Manfred*』에서는 누이와의 관계가 결국 누이를 죽이는 비극적인 것으로 암시되지만, 셸리에게 누이는 이상적인 여인으로 남매의 결합은 아버지 세대의 정치적·사회적·종교적 압제에 대한 저항정신을 공유하게 됨을 상징한다. 따라서 셸리의 장시 『이슬람의 봉기』는 『래온과 시스나*Laon and Cythna*』라는 원제가 나타내듯이 출판 당시 검열에 의해 바뀌었지만, 원래 남매가 주인공이고 이들은 사랑하는 연인으로 등장한다. 실제로 셸리가 이상화하고 있는 이 남매의 공감대도 오빠인 남성이 중심이 되어 상대인 누이의 독립성의 근거를 제거해버린다는 비판을 받을 수 있고, 이 점이 낭만주의 시인들이 보여주는 남성중심 사유의 한 예가 되기도 한다.

셸리는 남매 사이의 근친상간은 하나의 은유로 이상화하지만, 아버지와 딸 사이의 근친상간은 억압의 한 형태로 제시한다. 이 점은 셸리가 성관계를 구분하는 데서도 볼 수 있다. 첸치 백작과 베아트리체 같은 수직적인 성적 관계는 세계의 타락을 의미하고, 프로메테우스와 에이셔 같은 수평적인 성적 결합은 조화로운 세계의 창조를 의미한다.

따라서 첸치 백작의 수직적인 성적 억압은 베아트리체의 영혼을 짓밟기 위한 물리적 수단으로 제시된다. 이 둘의 관계는 폭군과 피압제자의 유형으로 나타난다. 또한 베아트리체는 프로메테우스와 마찬가지로 압제 받는 자이지만, 그와 다른 점은 여자라는 사실이고 따라서 여자는 사회적 억압뿐 아니라 성적으로도 억압의 대상이 된다는 점이 이 작품의 주요 과제가 된다.

아버지의 근친상간적 폭행은 정신적·육체적으로 베아트리체를 무너지게 만드는 것을 목적으로 한다. 셸리의 시들에서 등장하는 압제자들 —『해방된 프로메테우스』의 주피터,『이슬람의 봉기』의 황제,『로잘린과 헬렌』의 신부들 — 은 모두 그들에 대항하는 자들의 정신을 무너지게 하는 것을 주된 목표로 삼는다. 다른 압제자들처럼 첸치는 모두를 (아들 지아코모를 위시하여) 정신적으로 또는 육체적으로 무너지게 만든다. 첸치 백작은 자신의 폭행이 베아트리체로 하여금 쓰디쓴 "자기 경멸"의 단계에 이르게 할 것으로 계산한다.

> 그녀의 영혼은 신의 보좌에 가까워질 것이다
> 나의 저주로 인하여 역병의 발진처럼 얼룩진 채.
> 나는 그녀의 육체와 영혼을 추악한 파멸의 덩어리로 만들 것이다.
> (Ⅳ.i. 93-95)

첸치는 이 "피보다 마시기에 더 쓴 자기 경멸"(『해방된 프로메테우스』 Ⅱ.ⅳ. 25)이 베아트리체로 하여금 스스로를 파멸시켜 더 이상 맞설 수 있는 정신적 힘을 상실하게 만들 것이라고 생각한다. 첸치 백작의 언어폭력에 거친 언어와 "불복종적인 오만함"(Ⅱ.i. 107)으로 맞서며 아버지가 베푼 공적인 향연석상에서 아버지의 비리를 공개하고 호소하던 베아트리체는 아버지가 자기를 발로 짓밟고 자기 동생에게 가하는 잔인한 폭력을 강제로 보게 하자 아버지를 피하고 움츠리게 된다. 베아트리체는 자신에게 가해진 아버지의 성적 폭행이 자신의 "살을 더럽히고/ 섬세하고 순수하며 내밀한 생명력을 독살시킨다"고 말한다(Ⅲ.i. 21-23).

이 시극에서 근친상간적 폭력은 피의 상징과 관련되어 제시되고 있다. 극 전체를 통해 피는 첸치의 야수성과 사디스틱한 광란 그리고 베아트리체가 경험할 혼란 상태를 상징한다(Curran 110). 피는 또한 피해자의 고통을 상징한다. 피가 고통을 의미하는 것은 첸치의 대사를 통해 나타난다. 베아트리체의 공포에 질린 눈동자와 떨리는 입술은 첸치에게는 "예수의 피땀보다 더 쓴 눈물을/ 영혼이 속에서 흘리고"(I.i. 112-113) 있는 것으로 보인다. 예수의 십자가의 고통스러운 피땀의 이미지는 3막에서 베아트리체가 "내 눈은 피로 물들었다"(Ⅲ.i. 2)고 피를 언급함으로써 그녀의 고통과 연결된다.

이 시극에서 피의 강조는 귀족 계급의 혈통중시사상과 관련이 있다. 지배계급인 귀족계급은 자기들의 계급을 유지하고 계속적으로 다른 계급과 구분되기 위해 자신들의 특수성을 피의 형태에서 찾고 있다. 혈통의 가치가 우세한 사회에서 피의 구분은 중요한 과제이고, 의도적이든 아니든 셸리의 피에 대한 관심은 이 시극에서 첸치가 백작이라는 점과 연관된다. 이 극의 배경이 되는 16세기 말은 프랑스 혁명이 일어나기 전의 이탈리아이고, 따라서 종교와 정치가 긴밀한 관계를 유지하고 서로 피를 중시하는 종교와 귀족계층이 결탁된 시기다. 피의 사회가 어떻게 무너지는지 그 혈통사회의 부조리함을 제시하기에 적합한 소재를 제공하는 것이 바로 이 첸치가의 비극이다. 셸리가 스스로 자신의 혈통인 귀족가문을 버리는 결단은 이러한 귀족계급의 타락상을 의식했기 때문이라고 볼 수 있다.

첸치의 성적 폭행은 피의 오염과 중독으로 설명된다. 첸치는 베아트리체의 친부이긴 하지만 성관계를 통해 피가 섞임은 그렇게도 닮기를 거부한 아버지와 연결되었다는 것을 의미하고 이것은 아버지 세대의 부조리함을 물려받는다는 사실을 의미한다. 셸리가 근친상간을 "오염contamination"으로 제시하는 것도 악에 물든다는 의미를 내포한다고 볼 수 있다. 베아트리체는 아버지의 피가 자신의 "오염된 혈관"을 타고 도는 것으로 상상한다(Ⅲ.i. 95-96). 첸치는 그녀를 자신의 "피,/ 나의 분신인 작은 조각"(Ⅳ.i. 116-117)이라고 부른다. 그리고 첸치는 자신과 살을 섞게 된 상태의 결과물일 "아이child"를 저주스럽게 묘사한다.

> 일그러진 거울을 통해 보이는 자기 모습 같은,
> 자신과 소름끼치도록 닮은꼴인,
> 그녀가 가장 혐오하는 것으로 혼합된 자신의 이미지가
> 자신이 먹이고 있는 젖 위에서 웃고 있음을 보게 될 것이다.
> (Ⅳ.i. 141-149)

이 아이는 페리스Suzanne Ferriss가 보듯이 첸치의 핍박에 오염되고 왜곡된 베아트리체 자신일 수 있다(Ferriss 139). 아버지를 죽이는 베아트리체의 행위가 첸치의 폭력을 그대로 답습하는 것으로 보는 것이 과연 타당한지 살펴보아야 하겠고, 첸치의 저주가 그대로 베아트리체에게서 이루어진다는 견해도 편파적이긴 하나 폭력이 폭력을 낳을 수 있다는 의미에서 '아이'의 비유는 생각해볼 여지가 있다. 첸치는 베아트리체가 "가장 혐오하는 것이 그녀의 의지를 꺾어 덫에 걸리게 하는 것"(Ⅳ.i. 85-87)이라고 예고한다. 그녀가 가장 혐오하는 것이 자기 아버지의 횡포라면 베아트리체는 그에 상당하는 살인이라는 폭력을 행사하게 된다는 의미에서 첸치의 말은 암시적이다. 셸리의 글에서 폭력의 "아이"는 폭력이 되고 혼돈된 무질서 상태를 의미하기도 한다. 셸리는 그의 논문 「샬롯트 공주의 죽음을 맞아 국민에게 드리는 글*An Address to the People on the Death of Princess Charlotte*」에서 "잘못된 통치"의 "자식child"

은 자유의 적인 "무질서 상태anarchy"를 의미한다고 쓴다(Works 6: 79; Ferriss 139). "무질서 상태"는 피털루 대학살에 흥분하여 쓴 시「무질서의 가면극」에서처럼 독재 통치의 형태를 취하는 무섭고 왜곡된 혼돈상태를 의미한다.

『첸치가』가 단순히 한 가정의 가장의 타락상만을 그리고 있지 않다는 점은 분명하다. 그러면 첸치 백작을 어떻게 해석할 것인가? 이 극에서 난해한 부분은 첸치 백작이 구체제, 제도권, 부권의 상징임과 동시에 사회의 규범을 벗어나는 행동을 하는 인물이라는 점이다. 그의 잔인성과 근친상간은 '아버지의 법'에 반기를 드는 반사회적 행위인 것이다. 그리고 힘과 권력의 상징인 첸치 백작이 "복수"를 하겠다고 선언하는 것은 어떤 맥락에서 볼 것인가? 그는 스스로 자신의 복수는 왕의 위임을 받은 것이나 다를 바 없어서 누구도 자신을 감히 살인자라 할 수 없다고 말한다(I.iii. 96-98). 첸치 백작을 프랑스 혁명이 일어난 후 혁명을 유혈로 이끌어간 자들의 상징으로 보거나 타락한 극작가의 원형으로 보는 페리스의 견해는 신선한 것 같으나 제대로 앞뒤가 맞지 않는 경향이 있다. 페리스는 셸리가 첸치에게 반역자와 군주의 모습을 동시에 부여하고 있다고 본다. 하지만 반역자와 군주의 모습이 동시에 드러난다는 모순된 해석보다는 첸치가 프랑스 혁명 후의 반동세력을 나타내는 유럽의 군주들을 대변한다고 생각하는 것이 더 타당하다. 영국을 비롯한 구체제의 유럽 국가들은 프랑스 혁명이 전파될 것을 우려하여 로베스피에르 정부와 전쟁을 시작하게 된다. 첸치가 "늙은old" 기성세대를 대표한다면, 이 "늙은"은 오래되고 낡은 "구체제"를 상징한다고 볼 수 있고, 이 구체제는 셸리가『첸치가』를 쓴 1819년에는 이미 프랑스 혁명과 나폴레옹을 통해 한 차례 도전을 받은 상태다. 따라서 폭력적 힘을 지녔으면서도 자신의 약함을 은연중에 드러내는 첸치를 혁명을 겪은 반동세력이나 스스로의 타락상으로 붕괴되어가는 구체제의 상징으로 볼 수 있다. 나이 들어 간다는 사실은 폭력적 체제가 더

굳어져감을 의미하며, 이 점은 첸치의 젊을 때 색욕이 나이가 들면서 정신적 가학증으로 변하는 데서 찾을 수 있다(I.i. 96-115). 이러한 첸치의 개인적 타락은 구교(舊敎)인 가톨릭의 타락과 연결된다. 이탈리아의 종교는 삶의 모든 조직과 밀접하게 짜여 있으며, 면죄부를 팔아 권력을 유지하는 교황청의 타락은 이탈리아의 귀족 가문인 첸치가의 타락과 맥을 같이한다. 셸리는 『첸치가』에 붙이는 「서문」에서 이탈리아인에게 "도덕적 행위의 규범"이 아닌 "맹신"이 되고 있는 신앙을 지적하고, 첸치 같은 가장 잔인한 악한도 자신이 열렬한 신앙인임을 자처할 수 있는 것은 체제화된 종교 권위의 타락을 의미한다고 보고 있다(Shelley 241).

가장의 부권은 부조리하고 폭력적인 현실을 상징하며, 다른 "아버지"들의 권위를 이용한다. 가부장제는 아버지의 법, 아버지의 이름이 모든 것을 좌우하는 체제를 말하는 것이라고 볼 때 첸치와 교황이 하나님 아버지의 권위를 이용하는 것은 당연하다. 첸치는 아버지에 대한 반항은 곧 신에 대한 반항이 된다는 생각을 주입시킨다. 첸치는 베아트리체가 "아버지와 신에게 반항아가 되어 속죄받지 못하고 용서받지 못한 채 죽게 될 것(Ⅳ.i. 89-90)"이라고 저주한다. 추기경 카밀로는 자식이 아버지를 비난하는 행위를 교황이 매우 위험한 것으로 간주하는 이유는 "부권paternal power"이 바로 "교황 자신의 그림자"이기 때문이라고 지적한다(Ⅱ.ii. 54-56). 따라서 부친 살해는 교황과 신을 포함한 모든 권위에 대한 도전으로 간주된다. 교황은 "대리석처럼 냉정한 상/ 사람이 아닌 의식, 법, 관습"(V.iv. 4-5)이므로 부친 살해는 관습과 법의 파괴를 의미하는 것이기도 하다. 첸치 가족이 교황의 관대한 처분을 받으려는 시도는 무화되는데, 이때 교황은 제도권 인물이 가질 수 있는 견해를 드러낸다.

부친 살해가 너무 성행해서

머지않아, 틀림없이 어떤 이유를 들어서든, 젊은이들은
의자에 앉아 졸고 있는 우리 모두를 목조를 것이다.
권위, 힘, 그리고 새하얀 머리털은
으뜸가는 죄목이 될 것이다.
(V.iv. 20-24)

따라서 첸치 자신이 자식에게 가한 폭력적인 행위가 교황의 용인을 받을 것이라고 확신한 것도 무리가 아니다. 그는 "세상의 아버지께서/ 아버지인 내가 자식에게 해로운 기도를 하는 것을 틀림없이 허락하신다"(Ⅳ.i. 106-107). 자신의 아들들이 신에게 예배를 드리는 동안 성당이 무너져 죽게 된 것을 자축하는 첸치 백작의 말에서 다시 아버지가 아들들에게 가지는 반감을 접하게 된다. 아들들의 피를 경축하는 첸치는 암암리에 예수를 피 흘리게 한 신을 패러디화하고 있다.

그대[포도주]가 그들[죽은 아들들]의 피라고 믿을 수 있다면,
나는 그대를 성찬처럼 맛보고,
만약 아버지의 저주가, 사람들이 말하듯이,
빠른 날개로 자식들의 영혼을 따라가
그들을 그 천국의 보좌로부터 끌어내리면
나의 승리에 의기양양해질
그 지옥의 힘센 악마에게 그대를 들어 맹세할 텐데.
(I.iii. 81-87)

여기서 극은 분명히 신의 법, 성찬의 의미를 모독하고 있는 첸치가 나중에 교황으로부터 벌을 받도록 구성되지만(죽은 뒤에 도착), 교황은 자신의 세력을 물질적으로 뒷받침해주고 있는 첸치의 살해를 용납할 수 없다. 이러한 법의 바깥에 있게 되는 베아트리체의 부친 살해는

"자연의 법nature's law"(Ⅲ.i. 334)을 거역하는 것이 된다. 지아코모가 교황에게 "법을 넘어서서 권위를 적용해줄"(Ⅱ.ii. 26) 것을 요청하듯이 법은 베아트리체의 편이 아니다. 그래서 그녀는 세상의 법을 법으로 인정할 것을 거부한다.

이생에서는
내가 지금 고통당하는 이 운명을
판결하고 수행할
어떤 변호도 어떤 법도 있을 수 없다.
(Ⅲ.i. 134-137)

재판정에서 베아트리체는 자신이 속한 사회와 가정이 압제자와 피압제자의 세계라는 것을 재인식하게 된다. 극의 초반에서 지아코모가 지적한 압제자와 피압제자의 관계는 가정에 국한되지 않고 확대된다. 판관에게 베아트리체는 다음과 같이 슬픈 현실을 말하고 있다.

내가 지금까지 살아온 이 모든 비참한 삶과
지금의 비참한 종말을 생각하며,
하늘과 땅이 나에게 보여준 작은 정의들을 생각하면
그대는 얼마나 폭군이며
또 이들은 노예들인가, 그리고 우리는 도대체 어떤 세계를 만드는가,
압제자와 압제 당하는 자들…….
(V.iii. 70-75)

부조리한 현실의 폭력 앞에서 무력할 수밖에 없는 피해자의 입장은 베아트리체의 상황에서 잘 나타난다. 베아트리체는 성적 폭행을 당

한 후 "오, 나는 무엇인가?/ 어떤 이름이, 어느 곳이, 어떤 기억이 나의 것이 될 것인가?"(Ⅲ.i. 74-75)라고 자신의 뿌리 뽑힌 상황을 인식하는 말을 한다. 그녀는 이름을 상실하여 인간사회로부터 설 곳을 잃었다고 생각한다. 이름은 언어를 의미하기도 하고 혈통을 의미하기도 한다. 언어화할 수 없는 첸치의 근친상간적 폭행(Ⅲ.i. 116)은 가해자와 피해자 모두를 사회 바깥으로 몰아낸다. 베아트리체는 사회로부터 설 곳을 잃고 아버지를 죽이게 된다.

앞에서 본 대로 베아트리체가 인식하는 현실은 첸치가 대표하는 폭력적 현실이고 그 현실은 가해자와 피해자의 세계이며, 또 그 폭력을 비호하는 세력으로 둘러싸인 상식이 통하지 않는 듯한 부조리한 현실이다. 이러한 폭력적이고 부조리한 세계 속에서 폭력과 부조리에 최대한 맞서고자 하는 베아트리체는 여러 가지 시도를 한다. 처음에 그녀는 아버지의 판단이 정당할 것이라는 순진한 믿음을 가지고 아버지의 악의를 참는다. 그다음은 사랑과 눈물로 아버지를 바꾸어보려고 한다. 그러고 나서 기도를 시도해본다. 그런 다음 교황에게 탄원서를 제출한다. 그리고 연회석상에 모인 손님들에게 안타깝게 도움을 요청한다. 이 시도들이 무산되면서 폭력은 가중된다. 자신의 대응방법들이 무산되면서 베아트리체는 점점 더 부조리한 현실을 인식해나간다. 자신이 설 곳이 없음을 인식하게 된 베아트리체는 아버지를 죽이는 일을 공모하게 된다. 여기서 중요한 것은 베아트리체가 자신만을 위해서가 아니라 가족 전부를 위해 행동한다는 의식이다. 자살을 생각하거나 그냥 당하는 것을 택하거나 그렇지 않으면 대적하거나 하는 길일 텐데 살인을 택하고 그 선택은 곧 자신과 가족의 죽음을 불러온다.

친부 살해를 선택할 수밖에 없는 상황은 이 시에 나오는 전갈의 비유로 설명이 가능하다. 첸치의 아들 지아코모는 피해자인 자신의 가족들이 처한 상황을 어려운 상황이 되면 자기 스스로 꼬리를 물어 독이 퍼지게 하여 죽는 전갈에 비유한다.

그리고 우리는 남겨졌습니다 — 불길에 둘러싸인 전갈들처럼
우리 자신을 물어 죽음으로 몰아가는 것 외에 무엇을 하겠습니까?
우리의 잔인한 박해자는
아버지라는 성스러운 이름으로 보호받고 있으니.
(Ⅱ.ii. 70-73)

전갈은 둥근 불길에 싸이게 되면 자신의 몸도 그 안에서 하나의 원을 만들어 독을 퍼뜨린다고 한다. 이 전갈의 비유에서 바깥의 불길의 둥근 원은 폭력적이고 위협적인 세계를 상징하고 다른 하나는 위협적인 상황 하에서 나오는 자기파괴적 행동을 상징한다고 볼 수 있다(Curran 136). 그러면 첸치가의 인물들이 첸치를 죽이는 일이 바로 이러한 자살행위라고 해석될 수 있는가. 이는 폭력에 대한 극단적 저항으로 보는 것이 더 타당할 것이다. 다만 첸치를 죽이고 결국 사형에 처해진다는 측면에서는 자신들의 목숨을 건 행위였다고 하겠다.

그러면 셸리는 폭력적인 현실에 대한 베아트리체의 친부 살해라는 대응책을 어떻게 제시하는가? 그녀가 "압제의 보좌역" 중 하나라거나 그녀의 행동을 "치명적인 실수pernicious mistake"로 볼 것인가? 베아트리체의 비극을 단순히 "자신의 처녀성을 이상화"한 결과로 보거나(Sperry 135) 원래 첸치가의 이야기에는 근친상간적 강간의 시도만 있었을 뿐 실제로 강간이 일어난 것은 아닌데 셸리가 원 텍스트를 수정하고 있다고 밝히는 평자들의 시도(Peterfreund 184-185)는 별반 의미가 없다. 오히려 그녀가 자기 아버지처럼 행동하는 타락상을 보인다고 보는 견해와 그녀가 아버지를 죽일 수밖에 없었다고 보는 견해에는 관심을 가질 필요가 있다. 이 작품의 평자들은 베아트리체가 재판정에서 살인 청탁을 부인하는 장면에 대해 그녀의 비인간적인 측면을 주로 지적하는데, 실제로 지아코모가 그랬듯이 첸치는 아버지라 할 수 없으니 베아트리체가 자신은 아버지를 죽이지 않았다고 하는 것이 진

실에 가까울 수도 있다. 중요한 점은 셸리는 베아트리체가 일단은 가능한 여러 가지를 시도한 것으로 제시하고 있음을 살펴볼 필요가 있다. 셸리가 이 실화의 기록을 참조하되 베아트리체에게 관객이 동정심을 느끼도록 삭제한 부분을 보면 그의 태도의 일부를 짐작할 수 있다. 하수인인 마지오Marzio와 올림피오Olimpio가 일차 잠든 첸치 백작을 죽이러 들어갔다가 연민 때문에 죽이지 못하고 나오자 베아트리체는 그들을 야단치고 자신이 직접 가서 그를 죽이겠다고 말하고 실제로 기록에는 스스로 그 방으로 간 것으로 되어 있으나 셸리는 이 부분은 포함시키지 않고 있다(Cameron 407).

셸리는 베아트리체를 피해자로 상정하지만 그녀의 청부를 통한 살인을 전적으로 수긍하는 것은 아니다. 셸리는 이 작품의 초반에 베아트리체를 더할 나위 없이 순수하고 순결한 인물로 제시하고 있다. 이 순수함의 강조는 베아트리체의 변신이 외부 상황에 의한 것이라는 생각을 바탕으로 한다. 이 극의 서문에서 베아트리체는 "가장 품위 있고 사랑스러운 존재"였지만 "상황과 인습의 당위성에 의해 원래의 성격이 사납게 뒤틀려버린" 인물로 제시된다(238). 잘못된 상황에 원인이 있다는 태도는 메리 셸리의 작품『프랑켄슈타인』에 관한 그의 평론에서도 그대로 드러난다. 빅터 프랑켄슈타인이 만든 '창조물creature'이 '괴물monster'로 변하는 것은 바로 잘못된 외적 현실 탓이라고 정의 내린다. "사람을 나쁘게 대하면, 그는 사악해질 것"이라고 말하며 "사회적 동물인 한 인간을 사회로부터 소외시키면 그에게 악의와 이기심이라는 피할 길 없는 채무를 지우는 격이 된다"고 강조한다(Smith 191). 이런 맥락에서 보았을 때 베아트리체도 괴물로 변했다는 전제가 깔려 있다.

괴물의 이미지는 이러한 부권의 압제와 그에 대항하는 부친 살해 모티프와 관련된다. 영국의 보수주의자들이나 반동 세력은 혁명에 가담한 군중을 '악마들demons' 또는 '괴물들monsters'에 비유한다. 그리고 프랑스 혁명을 지지하고 당시의 인습을 사상적으로 거부하려 한 영국 내의 사상가들도 괴물들로 불렸다. 그중 퍼시 셸리가 추종한 윌리엄 거드윈은 당시에 "역사상 등장한 괴물들 중 가장 큰 괴물"이었다(Sterrenburg 146). 메리 셸리의 괴물은 등장한 이후 여러 형태의 모습으로 변신하면서 제도권의 권력에 반기를 드는 이들의 상징이 되어왔다. 1832년의 실험실에서 출현한 거인 '빌Bill'이 되기도 하고, 1860년대의 노동자들의 참정권을 요구하는 이들로 변형되기도 한다.

베아트리체는 아버지를 죽인다는 측면에서 이 괴물의 이미지와 관련되며, 셸리가 베아트리체를 프랑스 혁명 초기의 여성 폭도들과 연계선상에서 생각했을 가능성은 있다. 여성 폭도들이 '괴물들'로 간주된 것은 메리 울스턴크래프트의 글에서 제시된다. 울스턴크래프트는 구정권의 두 대표격인 올드 풀론Old Foulon과 베르티에Berthier의 처형에 관해『프랑스 혁명의 기원과 진행에 대한 역사적이고 도덕적인 한 고찰』에서 쓰면서 혁명이 시작된 처음 며칠 동안 프랑스 파리의 여성 폭도들을 '괴물들'로 인정은 하되 이들이 사회적 산물임을 주장한다.

> 사람들이 그러한 괴물들을 양성해왔어야만 했다는 것은 이상하다! 그러나 부드럽다고 간주되는 성이 자극을 받았을 때 가장 흉악하게 야만적인 행위를 저지른다는 것을 우리는 상기해야만 한다.
> (Sterrenburg 163 재인용)

첸치가의 부친 살해가 맥베스 부인 또는 분노의 여신들에 비유되는 프랑스 혁명의 여성 폭도들과 관련된다는 점은 첸치 자신의 대사에서 암시된다. 1막에서 베아트리체가 연회에 모인 귀족과 성직자들에게 도움을 호소하자 첸치는 '딸들'이 위협적인 존재임을 강조한다.

> 나는 여기에 모인 나의 좋은 친구들이

자신들의 딸들을 ― 그렇지 않을 바에야
자신들의 목숨을 ― 염두에 두시기를 바랍니다.
이 사나운 계집애의 말에 귀를 기울이기 전에.
(I.iii. 129-132)

첸치의 성적 폭행이 딸이 아닌 "딸들"에 대한 힘의 행사임은 극 초반에 제시되는 이 대사에서 추측할 수 있다.

프랑스 혁명이 공포정치화하면서 서로가 서로를 죽이는 피의 사태가 발생하는데, 셸리의 유혈 혁명에 대한 입장은 여러 시에서 볼 수 있고, 특히 베아트리체와 프로메테우스를 통해 설명 가능하다. 베아트리체와 첸치의 문제를 한 가정에서 사회로 확산시키는 것은 자칫 가정 폭력의 중요성과 책임 소재를 흐리게 할 염려도 있다. 하지만 가정의 문제가 사회적·정치적 현실과 무관한 것이 아니라는 점에서 베아트리체가 몸담고 있는, 그리고 셸리가 몸담고 있는 현실의 테두리를 짚어보는 것은 의미 있다. 첸치의 행동이 공포정치의 주역으로 또는 타락한 혁명정신으로 읽힐 수 있는 여지가 있지만, 그러기에는 이 시극에서 그의 구체제와의 결탁이 지나치게 강하다. 혹 그의 행위가 결국은 구체제의 압제 같은 압제를 행하는 공포정치의 상태를 상징하는 것으로 볼 수도 있으나, 문제의 초점은 베아트리체에게 있다고 보아야 하겠다. 베아트리체는 반동세력의 테러에 대한 셸리의 위치와 입장을 제시하기 위한 소재가 되고 있다. 즉 '하나의 폭력에 그와 상당하는 폭력으로 대응할 수밖에 없는가? 그리하면 역사는 피의 역사가 될 것이 아니겠는가?'라는 질문을 담고 있다. 그랬을 때 대응하는 자도 파멸의 길을 걷게 된다. 이것은 사회적 차원에서도 한 가정의 차원에서도 또 한 개인의 차원에서도 제기되는 문제다.

베아트리체가 "굴절된 거울"을 통해 자신의 문제를 바라보고 있다고 셸리가 생각하는지의 여부는 우선『첸치가』의 서문에서 살펴볼 수 있다. 셸리는 "복수, 보복, 보상은 해로운 판단 착오"(240)라고 작품 안에서 드러내지 않은 도덕적인 발언을 하고 있다. 그러면 보복과 복수의 대안은 무엇인가? 셸리는 르네 지라르가 보듯이 재판제도가 복수의 위험을 피할 수 있는 수단이라고 보고 있는가? 지라르는『폭력과 성스러움』에서 재판제도는 복수를 금지하는 것이 아니고 "단 한 번만의 복수로 효과적으로 제한한다"(30)고 주장한다. 그러나 셸리에게 문제는 법제도 자체도 편파적일 수 있다는 점이다. 법이 아버지의 영역이라면 결국 베아트리체는 그 법에 호소를 했지만 그녀를 희생자로 만드는 역할을 하기 때문이다. 법은 결국 권력자의 편이라는 생각은 그 자신이 양육권 소송에서 패했을 때도 느낀 것인 만큼 셸리는 법제도에서 해결책을 찾지는 않는다. 그리고『첸치가』에서는 종교법이 타락한 교황의 법이고 교황 자신이 법이기 때문에 법은 신빙성이 없다. 끝까지 자신이 죄인임을 인정하지 않는 의지를 보이는 베아트리체가 "자백하지 않고 유죄 판결을 받은" 상태로 사형 당하게 되는 것에 대해 그녀의 냉혹한 면을 말하는 평자들도 있지만, 이러한 베아트리체의 모습을 통해 셸리는 그녀가 가부장제와 연루된 법을 인정하지 않는 모습을 제시한다. 그리고 그녀가 피해자임을 제시하고자 하는 것으로도 보인다.

복수를 금하는 셸리의 대안은 무엇인가? 셸리 자신이 폭력을 통한 압제와 폭력적 대항을 구분하지 못하고 있는 것은 아닌가? 그는 역사적·제도적 현실의 문제를 역사적 현실의 차원에서 해결하지 않고 개인의 의식 차원으로 옮아가는가? 그리고 이것은 사회의 문제들을 방기하는 무책임한 도피의 한 형태인가? 셸리를 흔히 이상주의자, 관념주의자로 간주하고 실제로 최초의 셸리 비평가인 메리 셸리도『첸치가』를 제외한 다른 시들에서 있는 그대로의 현실을 보지 못하고 또다시 그의 지병인 관념화에 빠진다고 비판한다. 그러나 셸리의 시세계가 단순히 관념적이며 현실 도피적인가? 그의 이상주의적 비전의 제시는 슬픈 현실에 기초하고 있는 것은 아닌가? 그러면 셸리의 현실 인식력을 어떻게 보아야 할 것인가?

셸리는 폭력적 현실에 살인이라는 행위로 대응하는 것을 도덕적 불구상태moral deformity로 보고 작품에 따라 다른 대안을 제시한다. 보복이 잘못된 것이라는 생각은『해방된 프로메테우스』에서 사랑과 관용과 연민을 보이는 프로메테우스라는 상징적 존재를 통해 복수의 종식을 고하는 드라마를 통해 드러난다. 법도, 사회도 오염되어 있다면 그것을 정화시킬 수 있는 길은 개인이 그 안에서 복수의 연쇄 사슬을 끊는 것이라고 보고 문제의 해결을 개인의식의 차원에서 찾으려 한다. 프로메테우스는 자신을 묶고 자신을 고통 속에 처하게 한 주피터에 대한 저주를 철회하고 되풀이하지 않음으로써 자신과 역사를 변화시킨다. 주피터는 결국 자신의 의식의 반영이고 의식이 바뀌면 현실은 변화한다. 프로메테우스를 바위에 묶어놓은 주피터와 첸치 백작의 폭력은 그 폭력에 대한 대응으로서 베아트리체가 택하는 폭력과는 분명히 구분되어야 한다. 역사적 현실을 단순히 주관화시켜서 당하는 자가 증오의 감정을 털어버림으로써 역사를 변화시킬 수 있다는 논리는 현실에서 그것이 가능하다면 역사를 변화시킬 수 있다. 하지만 현실은 그렇게 간단한 것이 아니다. 중첩된 역사의 왜곡 현상이 간단히 해결될 수 없기 때문에 프로메테우스의 비전은 관념적이라는 비판을 받게 된다. 그렇다고 셸리의 시들이 모두 슬프고 부조리한 현실을 간과한 관념의 표현은 아니다. 현실의 부조리함에 대한 직시는 그 누구에게나 필요한 작업이고 그 부조리한 현실에 대해 무엇을 어떻게 할 수 있는가를 찾는 작업이 셸리의 중심과제 중의 하나임은 의심할 여지가 없다.

셸리는 현실을 직시한다는 의미에서『첸치가』를 썼고, 이 작품에서 다른 대안을 제시할 수 없었다. 그리고 그 이전에 쓴「줄리안과 마달로」도 이상주의적 낙관론을 펼치는 줄리안이 정신병원의 환자Maniac

를 그냥 보기만 할 수밖에 없는 슬픈 현실에 직면하면서 그의 낙관론이 방향을 찾지 못하는 것으로 끝난다. 그러나 『해방된 프로메테우스』와 「무질서의 가면극」에서는 나름대로 대안을 제시하고 있다. 전자는 역사의 굴레를 자기 안에서 끊는 것으로 바람직한 이상세계를 건설하게 만들고, 후자는 피털루 대학살 같은 권력의 폭력에 집단적인 비폭력적 저항을 제의한다. 그리고 시가 아닌 산문 「개혁에 대한 철학적 고찰*A Philosophical View of Reform*」에서는 영국 내에서 혁명의 가능성을 권력자들에게 경고함으로써 그들로 하여금 제도를 개선하게 하고 폭력적인 유혈 혁명을 막아보고자 했다.

12 남성성과 권력: 윤효, 은희경, 전경린, 신현림의 남성들

한국의 1990년대 여성 작가들이 그리는 남성상은 어떠한가? 모두 창백하고 거세된 남성들인가? 아니면 여전히 의존하고 의지할 보호자이며 기사들인가? 윤효, 은희경, 전경린, 신현림의 남자들은 얼핏 보아 모두 미미하고 밋밋하다. 그저 그런 샐러리맨이거나 '당신'들이거나 아버지들이거나 맥 빠진 선배들이다. 따라서 이들에게서 반봉건적 가부장, 직장에서의 억압적인 관리자, 정치에서의 독점적 권력자의 모습을 찾기는 쉽지 않은 것으로 보인다. 그러나 한국 사회는 아직도 엄연히 가부장적이며, 공적인 영역 어디에서나 가부장제를 벗어나지 못한 남성들로 가득 차 있다. 이런 점이 소설집 『허공의 신부』(윤효), 『타인에게 말 걸기』(은희경), 『염소를 모는 여자』(전경린), 그리고 시집 『세기말의 블루스』(신현림)에 어떻게 나타나는가? 얼핏 보면 미미한 듯하고 거세된 듯하지만 이들 작품을 흐르는 근저에 권력과 연루된 남성들이 자리하고 있음을 알 수 있다. 이 작가들은 미세한 부분에서 작용하는 권력을 본다. 이들이 그린 남성상을 오이디푸스의 후예들, 현대의 테크노크라트들, 카리스마를 동경하는 자들, 입법자이며 그 법에 종속된

자들, 성을 관리하는 관리자 등으로 구분해볼 수 있겠다.

오이디푸스의 후예들

전경린은 남자의 기원을 아빠의 자리를 뺏으려는 아들에게서 찾는다. 「남자의 기원」에서 30개월 된 작중 화자(미아)의 아들은 더블베드의 엄마 옆자리를 차지하려고 장난감 칼과 총으로 아빠를 위협한다. "엄마는 내 것"이라고 자기 소유임을 주장하면서 "엄마, 난 아빠야" 하고 속삭인다. 이러한 아들의 모습은 멀리 그리스 비극의 오이디푸스와 유사하다. 그는 자신도 모르게 아버지를 죽이고 어머니와 한 침대를 쓰게 된다. 모든 남자는 아들이고, 모든 아들은 아빠가 되어 어머니-여성을 차지하고 가정과 사회의 권력자가 된다.

작가는 남자의 자궁회귀본능과 어머니에 대한 집착을 연결시킨다. 자궁회귀본능은 연어의 특성에 비유된다. 연어가 알을 낳기 위해 다시 처음의 자리로 돌아오는 것은 남자의 감수성을 건드린다. 화자의 남편과 화자를 갖고 싶어 하는 D는 둘 다 연어의 회귀에 관심을 갖는다. 연어의 회귀는 출산과 처음이라는 점과 연결된다. 남자들은 자궁으로 돌아갈 수도, 그렇다고 어머니에게 집착하면서 살 수도 없다. 이러한 운명은 그들을 고독한 존재로 만든다. 남자들은 "세계를 다 정복한다 해도 결코 갈 수 없는 나라"를 갖고 있다. 알렉산더 대왕, 칭기즈칸, 진시황제, 나폴레옹, 심지어 히틀러도 바로 이 갈 수 없는 나라에 가고 싶었는지도 모른다고 작품의 화자는 추측해본다. 이 갈 수 없는 나라는 남자의 기원과 연결된다. 남자들은 '처음'에 약하다. 첫사랑, 첫인상, 처녀성, 어머니, 첫눈 등에 약하다. 안전속도위반으로 '미아'를 잡은 허리에 총을 찬 교통경찰은 '처음' 걸렸다는 그녀의 말에 그만 눈 감아준다.

엄마를 차지하기 위해 아빠를 위협하던 아들의 장난감 칼과 총은 곧 경찰 흉내로 이어진다. 그리고 전쟁, 정복욕과 연결된다. 아들의 정복욕은 곧 일반적인 남성들의 전쟁에 대한 욕구와 연결된다. 텔레비전 오락 프로그램에서 몸집이 뚱뚱한 백인 남자들이 전쟁 흉내를 낸다. "서바이벌 게임장과 닌자 스쿨에서 남자들이 총과 일본도로 스트레스를 풀고 있다는 해설"이 나온다. 편을 가른 군인 복장의 남자들은 총과 예리한 단도로 가상의 전장 속으로 뛰어든다. 게임은 산악전, 정글전, 밀림전, 시가전, 우주전 등이고 돈을 지불해가며 전쟁 흉내를 내는 이들의 꿈속에서는 전쟁이 준비되고 있다. 지구 어디에서나.

전경린은 아버지 라이어스를 죽이고 그의 자리와 어머니를 차지한 오이디푸스들과 정복자와 현대의 게임을 통한 전쟁 흉내를 연결시키고 있다. 아들의 소유욕에서 남편과 D의 소유욕을 본다. 가정에서 아버지와 아들의 '자리다툼'은 공적 영역에서 남성들 사이의 자리다툼과 무관하지 않다.

현대의 테크노크라트들

그 어떤 시대의 남자보다 중성적이고 일상적인 현대의 남성들은 거세된 남성들인가? 와이셔츠와 넥타이에 무채색의 정장을 한 남자들. 실내에서만 살아 창백한 얼굴, 파룻하게 깎은 뺨, 근육 없이 마른 몸을 한 사람들. 윤효는 이들을 현대의 테크노크라트들이라 부른다. 정제된 표면 뒤에 억압된 수성과 마성을 지닌 남자들. 「모던타임즈 1996 '유리꽃'」에서 작가 윤효는 '현대의 일상적인 남자들 어디에 전쟁에의 정열이 숨어 있을까?'라고 묻는다. 그리고 곧 혈거시대 수렵도의 사내들과 화이트칼라들이 별 차이 없음을 생각해낸다. 본질적으로 같다는 말이다. "아득히 먼 곳을 보며 팽팽히 활시위를 당기던 전사들"이 역사 속을 달리고 달려 이 현대까지 왔으며, 이들은 또 미래를 향해 현대를 살고 있는 것이다. 이들은 현대의 실질적인 권력자들이다. "손에 피 한 방울 묻히지 않고 기호화된 명령만으로 세계를 파편으로 날려버릴 수도 있는" 그런 힘을 지닌 권력자들이다.

일반적으로 모든 남자는 수렵도의 사내들의 모습을 띤다고 윤효는 말한다. 그러기에 남자들은 여자와는 비교가 되지 않는 권력 지향 에너지를 갖고 있다. 작중 화자 재희는 현대사회에서 수직 상승의 욕망은 남자만의 것이 아님을 말한다. 재희는 사랑받는 여자가 되기보다는 성공하는 여자가 되고 싶어 한다. 그러나 곧 권력의 피라미드에서 여자는 남자와는 경쟁이 되지 않는다는 것을 발견한다. 그녀는 "먹이를 쫓는 일에 있어선 남자와 여자의 에너지는 차원이 다르며, 여자에게 허용된 틈이란 많지 않고, 또 그들이 묵인하는 인격이란 것도 소유물이라는 개념 내의 것임을, 더더욱 이 정예군단들 틈에선 부품 하나에 지나지 않음을" 알아채는 데 그리 많은 시간이 걸리지 않는다.

재희는 자신과 섹스를 하는 회사 기획실장인 N을 "현대의 육식가"라고 명한다. 어떤 공간에 들어서서도 구도를 정확하게 파악하고, 냉철하게 계산하고, 상대의 계산을 읽어내는 정교한 마각 속에 자신의 의지를 관철시키는 그런 육식가. 그러나 그도 피라미드의 "꼭대기의 한줌"에 속하지는 못한다. N은 지독한 경쟁 속에서 자유롭지 못하다. 이 현대의 육식가는 자유롭지 못한 것이다. "욕망의 바벨탑"을 쌓기 위해 달리고 또 달린다. 세상 리듬을 한 번 놓치면 따라잡을 수 없으며 아무도 그를 기다려주지 않는다. "달아날 문도 없고, 방심하며 감정에 젖는다는 건 끝을 각오한다는 거"다. 달리고 있는 자신이 자신이 아닌 그 누구라고 생각한다.

「모던타임즈 1996 '유리꽃'」에서 가슴, 둔부, 자궁을 가진 여자는 '거대한 유리병'이라는 사회에 담긴 꽃이거나 유리로 된 꽃이다. 깨어지고 상처받기 쉬운 유리. 작중 화자 재희는 상승욕구를 그냥 포기하고 여자로 돌아가 남자에게 의존하고 아이 낳고 그냥그냥 살고 싶다는 생각을 한다.

전경린이 「남자의 기원」에서 남자의 정복욕이 태어날 때의 자궁이라는 공간의 상실과 어머니를 차지하려는 가족 내의 '자리다툼'에서 시작되는 것임을 제시하고자 했다면, 윤효는 「모던타임즈 1996 '유리꽃'」에서 공적인 영역인 사회에서 남자의 '자리다툼'의 생리를 멀리 수렵시대에서부터 이어져오는 어떤 것으로 제시하고자 한다. 이러한 남자들 틈에서 여자는 아들/아버지의 다툼의 대상이 되는 어머니이거나 유리꽃으로 존재한다.

카리스마를 원하는 남성들

1990년대 젊은 세대들의 설문조사에서 복제를 할 훌륭한 모델로 박정희 전 대통령이 2위로 추천된 적이 있다. 소설가 이인화는 『인간의 길』에서 박정희를 다시 영웅화하고 있다. 과거의 독재 권력자를 다시 영웅화하는 파시스트적인 현상은 무엇을 말하는가? 이것은 결국 현대의 남성들 안에 내재하는 권력욕, 지배욕, 소유욕의 한 표현일 것이다. 소설 속의 30대들, 즉 1980년대에 20대를 지낸 세대들과 1990년대의 20대들은 카리스마를 동경하고 원한다는 것이다. 이것은 역설적으로 남자들이 상대적으로 카리스마를 잃었기 때문인지 아니면 생리적인 동경인지 애매하다.

윤효의 「담화 하나, 남자와 여자」와 「담화 둘, 커브에 선 사람들」은 카리스마에 대한 생각을 담고 있다. 윤효의 「삼십 세」가 그렇듯이 사유가 형상화되는 것이 아니라 그냥 날것으로 제시되고 있다. 이 두 단편은 여자와 남자의 대화를 중심으로 이루어지고 있어 소설이라고 불리기조차 힘든 면을 지니지만, 이 형식 자체가 윤효가 보여주는 새로운 시도로 읽을 수도 있다. 이 형식을 통해 윤효는 여자와 남자 또는 대화자들의 의식의 차이와 공감대를 제시한다.

윤효는「담화 둘, 커브에 선 사람들」에서 나름대로 1980년대를 정의해본다. 거기서 '여자'는 남자들의 카리스마 뒤에 숨은 욕망에 대해 말한다. 그리고 여자는 1980년대 운동권 남성들이 카리스마에 대한 욕망을 잠재우지 못하기 때문에 땅에 뿌리를 내리지 못하고 부표한다고 말한다. 세상과 자신을 대립적인 것으로 놓고 자신은 순수하다고 믿었던 남자들은 자기 자신을 보지 못했다는 지적이다. 자기 안의 권력에의 의지를 바라보아야 한다고 주장한다. 도그마와 이념이 그냥 순수하지만은 않다는 것이다. 여자는 그것은 "자리를 차지하려는" 것, "명분이야 화려하지만 아이들의 땅 뺏기 놀이"와 다를 것이 없다고 본다. 그러기에 "카리스마를 꿈꾸던 남자애들"은 이제 1990년대의 '새 공간'에서 왜소함을 느낀다는 것이다. 남자는 하찮음과 왜소함을 못 견디는 것을 '수컷의 숙명'이라고 말한다. 남성들의 권력에의 의지를 작중 남자는 '숙명'이라고 말하고 여자는 '음험한 욕망'이라고 말한다. 작가는 이념이나 이데올로기 추구 이면에 존재하는 권력에의 의지를 강조한다. 이를 통해 이념이나 명분에 가미되었던 남성들의 권력욕을 비판하고자 한 것이다.

「담화 하나, 여자와 남자」에서는 잡지와 광고 일을 하는 여자와 남자의 대화를 통해 카리스마에 대한 동경을 이야기한다. 이 작품에 등장하는 여자와 남자는 자신들 내면의 카리스마에 대한 동경과 권력욕을 솔직히 인정한다. 그러나 이런 공통점 속에서도 여자와 남자는 차이를 보여준다. 여자와 남자는 영화배우와 그들의 이미지들에 관해 대화를 나누면서 마론 브란도에 대해 말한다. 남자는 "그의 카리스마는 가장 그럴듯해요"라고 하면서 '힘이 있는' 마론 브란도의 '힘'을 강조한다. 여자는 "난 힘이 싫어요"라고 답한다. "누르는 힘도 튀어 오르는 힘도" 싫다고 한다. 그래서 여자는 권력을 갖지 않은 젊은 브란도가 좋다고 한다. "모든 사내들은…… 대부가 되길 원하죠"라고 남자는 말한다.

이와 같은 여자와 남자의 차이는 남성들의 입지에 대한 대화에서도 나타난다. 권력에의 의지나 카리스마에 대한 동경을 숙명으로 보는 것과 음험한 욕망으로 보는 것의 차이는 또 한 번 다른 방식으로 「담화 하나」에서 제시된다. 작중 남자는 남자들이 점차 몰락하고 있다고 한다. 인간이 자연 앞에서 무력했던 시절엔 자연과 대결하는 전사가 바로 자연만큼이나 위대했고, 오랜 남근숭배사상이 그 증거인데, 현대에 들어서면서 노동이 분업화·전문화되고 남자들 역시 파편화되어 고용된 임노동자, 돈 버는 가장, 길들여진 남편, 위축된 섹스 파트너가 되어 전인적이지 못하다고 말한다. 그러면서 시급한 것은 "남자들이 거세된 자신의 성을 회복하는" 것이라고 말한다. 이에 맞서 여자는 말한다. "회복이라구요? 이미 그것은 도처에 차고 넘치는데 다시 원점으로 되돌아가자는 거예요?" 이와 같이 여자와 남자가 남성들을 보는 것에는 차이가 있다. 남자는 자신들이 거세되었다고 파악하고, 여자는 아직도 여전히 그 힘은 도처에 차고 넘친다고 본다. 가진 자는 조금만 잃어도 모든 것을 잃은 것 같고, 눌린 자는 도처에 있는 누르는 힘을 느끼는 법임을 나타내는 차이라 할 수 있다.

입법자이며 샐러리맨인 자들

'현대의 육식가'들은 남편이며, 아버지이며, 연인이기도 하다. 이들은 피라미드의 꼭대기에 가기 위해 수직 상승의 솟구치는, 튀어 오르는 힘을 지니고자 한다. 상승하는 데 성공하지 못하면 도태된다. 이것은 엄청난 긴장을 불러일으키고 그 긴장을 여자에게서 풀고자 한다. 「모던타임즈 1996 '유리꽃'」의 N이 그렇다. 그래서 이들은 늘 잠시 쉬고 싶은 욕망을 가진다. N은 새벽 3시쯤 작중 화자를 찾아와 돌발적인 정사를 하고 격하고 다급한 절정에서 “날 받아주겠니, 날 느낄 수 있니?” 라고 묻는다. 그리고 대낮에 중심가의 호텔로 그녀를 데리고 가서 폭력적인 섹스를 하기도 한다.

신현림의 시「당신의 참 쓸쓸한 상상」은 이런 남자의 심사를 잘 드러내고 있다. “더도 말고 보름간만/호텔 룸서비스를 받으며/호사스런 식사를 하겠다고/아이스크림같이 녹아내리도록/그녀 품에 안겨 애무를 받겠다고/뜨거운 함박눈 속 바위처럼/다만 파묻히고 싶다고/더러워진 와이셔츠, 고뇌의 쇠사슬은 죄다 풀어/태풍 부는 해안처럼 울고 싶다고/어쨌거나 지 임자도 있으면서/엉큼한 당신, 쓸쓸한 당신/육신을 벗으려 몸부림치는 육신/어리석고 서글픈 우리네 육신”(『세기말 블루스』 93).

‘밖에선 눈치보고 갈대처럼 굽신거리는’ 남성들이 집에선 ‘클랙슨 빵빵 누르듯 호통이나 치니 다 불쌍한 동물’이다(신현림「너희는 시발을 아느냐」). 그러기에 ‘샐러리맨만 쉬고 싶은 게 아니다’. ‘여자직장을 사표 내자’는 신현림의 시는 힘든 세상에서 여자와 남자의 삶이 모두 힘들지만 남자는 “여자직장을 사표 내고 싶게 만드는 장본인이기도 함”을 말해준다.

남편이며 또한 자식이 바라보는 아버지들이 1990년대 여성 작가들의 작품에서 어떻게 그려지고 있는가? 폭군적인 가장이던 아버지들이 죽거나 몰락하는 모습이 윤효의「새」와 은희경의「이중주」에서 그려진다. 이 아버지들은 아내인 어머니에게 폭력적이거나 비인간적인 남편들이다. 그러나 또한 불쌍한 존재들이다. 이 두 작품은 가부장인 아버지와 자본주의 사회의 피라미드에서 도태된 남자라는 두 가지 면을 가진 이 남성들이 가지는 모순지점을 잘 보여주고 있다.

「새」에서 아버지는 새처럼 날고 싶은 존재이며 집과 사회를 자신을 가두는 곳으로 파악한다. 이 아버지는 자신의 가정 외에 바깥에 또 다른 하나의 가정을 만들었고, 그 가정도 방기하고 다시 집으로 들어와 꿩을 가두어 기르는 것으로 시간을 보낸다. 그가 돌아온 이후 딸에게 만화가게 출입을 금하고 노트 검사를 행하며 정성껏 색칠해 오린 종이인형을 내다버리라고 명령한다. 취직을 하라는 어머니를 구타하는 그런 아버지다. 아버지가 돌아오자 "집이 더 좁게 느껴지고, 숨도 제대로 쉴 수 없고, 언제 터질지 모르는 폭탄"을 보는 것 같아 소녀인 딸은 불안하기만 하다.

새는 여기서 아버지라는 존재의 모순지점을 잘 보여준다. 아버지는 야성을 가진 꿩을 길들이려는 입법자다. 아버지는 끊임없이 날아오르고 솟구치는 새들의 날개를 자르는 자다. 날기를 멈추게 하려고 "하늘을 날 때 가장 먼저 바람을 가르는" 날개의 뿌리를 잔인하게 자른다. 하지만 꿩들은 계속 날기를 시도하고 새장을 벗어나기를 시도한다. 새장을 높이고 "안경"을 씌워주어도 계속 날기를 시도한다. 아버지는 이런 새들을 가두고 길들이려는 입법자인 동시에 새들과 같이 갇혀 있어 날아오르고 싶은 존재이기도 하다. 사업도 실패하고 돌아와 소주잔을 기울이는 아버지를 보며 딸은 묻는다. "혹 세상 속엔 그의 자리가 없는 걸까?"라고. 아버지라는 남성은 남성들의 권력구조 속에서 도태된 자다. 그도 하나의 희생자인 셈이다.

「이중주」에 등장하는 어머니(정순)의 남편인 아버지도 마찬가지다. 다른 여자와 바람을 피우고 기생들을 집 안방으로 불러 그 기생들 사이에 앉아 어머니에게 이것저것 가져오라고 시켰던 아버지다. 딸을 무척이나 귀여워하지만 딸로서가 아니라 여자로서의 권리를 주장하자 때리는 아버지다. 세대를 달리하지만 「빈처」(은희경)의 남편 또한 전형적이다. 바람을 피우는 것은 아니지만, 늦게 들어오고 가정과 아내에게 등한하다. 그는 남편이라 불리지 않고 아내의 일기장에서 애인이라 불리고 아이들에게 아빠가 되지도 못한다. 이 작품은 샐러리맨과 가부장이라는 남성의 이중적인 입지가 불러오는 문제들을 아내의 시선으로 제시하고 있다.

「그녀의 세 번째 남자」(은희경)는 사랑과 결혼을 동일하게 생각하지 않는 세대의 남자의 모습을 보여준다. 첫 애인인 남자는 화자와 사귀는 중 그녀가 아닌 다른 여자와 결혼한다. 그는 결혼한 뒤에도 그다지 달라지지 않는다. 여전히 그는 그녀를 찾아와서 "연애감정과 섹스를 인출해갔다. 마치 돈이 떨어졌을 때 잔고의 일부를 인출하듯이 당연하게." 그녀는 8년 동안이나 이와 같은 일상을 유지하는 자신을 떠나기 위해 그냥 서울을 벗어나 다른 공간인 영추사라는 절에 간다. 떠나온 뒤 얼마 후 그에게 전화를 걸지만 두 번의 "여보세요?"라고 하는 "단조롭고 부드러운" 그의 억양으로 그의 상태를 짐작한다. "아무런 변화 없이", "잘 흘러가고 있는 그의 일상"에서 그를 빼낼 수 없다고 전화를 끊는다. 이와 같이 "밤 시간 아내와 과일접시를 앞에 하고 텔레비전 뉴스를 보다가 전화를 받는 가장"(「그녀의 세 번째 남자」)과 새벽 3시에 연인의 침대를 찾아오는 기혼의 직장상사 N은 모두 "엉큼한 당신, 쓸쓸한 당신"들이다.

여성의 성을 관리하는 관리자들

여성 작가들의 작품에서 남편이든 연인이든 남성들은 여성의 성을 관리하는 관리자로 제시된다.「남자의 기원」에서 남편은 아내를 "전속 계약한 포주" 같다. 아내인 '나'는 남편이 자신을 성적으로 이용하고, 전적으로 자신의 성을 관리하며, 언제든 자유롭게 요구할 수 있는 유일하게 합법적인 존재라고 말한다. 이 작품의 화자인 미아는 안전속도를 위반하는 것과 성적인 위반을 연계시키고, 성적인 위반이 우리 생의 어떤 성공보다도 거대한 자기 성취감을 동반할 수 있다고 생각한다. 이러한 생각은 성이라는 사적인 영역에 바로 남성 권력이 작용한다는 것을 간파했기 때문이라 여겨진다. 남자들은 성적인 측면에서 공격적이며 능동적이다. 이러한 공격성과 능동성은 남성의 정복욕과도 통한다.

성적인 측면에서 공격성은 「남자의 기원」에서 "폭풍"이라는 은유로 제시된다. 전경린은 남자들은 자기 안에 "폭풍"을 지니고 있는 존재들이라고 한다. 이 폭풍은 남자들의 성적 에너지, 성기를 상징하기도 한다. 「남자의 기원」의 남편과 일부일처제를 무시하며 미아에게 접근하는 D는 양쪽 다 이 "폭풍"을 지니고 있다. 이들은 여성인 미아의 성을 주도하는 입장에 선다. D를 만날 생각을 하며 미아는 남자에게 자신을 '허락한다'는 것은 남자가 '원하는 대로' 되는 것이며, 여자는 가만히 있어도 모든 행위는 남자가 하는 것을 의미한다. "포장된 선물처럼 두 팔을 벌리고 가만히 나를 놓는" 것이 남자에게 자신을 허락하는 것이라는 인식은 여성의 수동성과 남성의 능동성 혹은 "공격성"을 표현한다. 여자는 이러한 공격성에 감격하도록 길들여져 있기도 하다.

D와 남편은 "나라를 정복하듯이 한 여자를 정복하려는" 사람들이다. 그들은 자신들이 가진 몸속의 폭풍으로 한 여자를 가질 수 있다고 믿는 부류들이다. "D는 평범하다. 그러나 남자로서의 핵심적인 한 부분이 가득 차 끓어 넘친다. D의 몸속에는 상대를 덮칠 듯한 폭풍이 들어 있다." 이러한 점은 남편이 D를 경계하게 만든다. 그리고 여자인 화자가 그를 두려워하면서도 일말의 감동을 느끼는 요인이 된다. 남편의 첫 직장선배인 D는 "일부일처제의 수호자인 남편으로서는" 이해하지 못할 사람이다. 그는 "무표정하고 집요하게 체제를 공격하는 테러리스트"이며, 남편 있는 여자를 가지려 하는 위법적인 욕구를 가진 남자다. 체제를 위반하려는 테러리스트이건 포주인 남편이건 여자에 대한 정복욕은 마찬가지다.

성은 또한 남자의 착각지대를 잘 보여준다. 남자는 여자의 성을 관리하고 정복하면서 여자에게 베푼다는 생각을 한다. 「빈처」(은희경)의 남편이 좋은 예가 된다. 그는 아내의 일기를 읽고 연민의 정을 표시하는 방법으로 아내의 동의와는 상관없이 일방적인 성을 베푼다. 그는 모처럼 일찍 들어오면 "소작인에게 겉보리 한 말을 빌려주며 연신 절을 받고 있는 지주처럼 숫제 거만한 마음까지 드는" 그런 남편이며 아내의 일기장이 가계부일 것이라고 당연히 생각하는 그런 남편이다. 그는 소매 끝이 허옇게 닳아 있고 어깻죽지에서 아들의 젖 토한 냄새가 비릿하게 나는 잠든 아내를 보면서 안쓰럽고 소중한 마음이 생겨 그녀를 가슴에 품고 싶어진다. 그래서 그녀의 잠옷 아랫도리를 벗기고 남편인 그는 그대로 "그녀 속으로 들어"간다. 그 이후 그 일에 대해 아내는 일기에 이렇게 쓰고 있다. "나는 왜 이렇게 쉬운 여자인가. 새벽에 파고드는 그이를 안는데 이상하게 눈물이 핑 돌면서 사는 게 다 안쓰럽기만 했다. 아침에 그이는 다정하다. 일찍 들어올게, 하더니 정말로 일찍 들어왔다. 나는 그만 감격해서, 저는 당신이 얼마든지 주무르고 어를 수 있는 여자여요, 하듯이 다소곳해져갖고 그이를 맞았다."

남성은 창백한 화이트칼라이건 근육질이건 성에 있어서는 주도적인 것으로 제시된다.「모던타임즈 1996 '유리꽃'」의 N 또한 성의 주체가 되며 공격성을 드러낸다. 사디스틱한 행동들을 한다. 넥타이와 혁대를 사용하여 묶는다. "마치 야생 짐승처럼, 적지의 여자를 겁탈하는 허기진 병사처럼" 덮치는 그의 행동들은 현대의 짜인 권력의 그물망이 낳는 수성인지도 모른다. 윤효는 이 작품에서 여자 또한 이러한 것에 은연중에 길들여져 있음을 제시한다. 은희경은「그녀의 세 번째 남자」에서 영추사에서 막노동을 하는 남자 또한 성에 관한 한 공격적이고 주도적임을 제시한다.

1990년대 여성 작가들은 이러한 남자들의 공격적이고 소유적인 성에 대한 대안으로 공격적이지 않은 남성상을 제시하거나 주체적으로 성을 주도하는 여성을 제시한다. 전경린은「남자의 기원」에서 남편과 D와는 다른 남성상을 제시한다. 그는 '호모적인 자질'이 다분하다고 화자는 생각한다. 앞에서 언급한 "폭풍"을 그는 지니지 않고 있다.

그는 스타일리스트이며, 그의 애정은 코스모폴리탄적이다. 그의 태도는 부드럽고 예민하며, 취향은 엄격하고, 생활은 자유롭고도 사교적이며 단정하다. 그의 인생관은 가볍고 태도는 진지하다. 그는 상당히 “매력적인 남자”다. 그는 여자가 “안 돼요” 하면 안 되는 것으로 아는 사람이다. 그래서 다른 남자들이 어떻게 여자와 마지막 순간까지 가는지, 그리고 어떻게 결혼을 하는지 알 수가 없다고 한다. 그는 “평생 섹스할 때마다 일방적으로 성행위를 치러야 한다고 생각하면, 상상만 해도 끔찍해”라고 말한다. 그는 한 여자도 가져본 적이 없고, 가지기를 원하지도 않으며, 가질 수 있다고 믿지도 않는다. 오히려 여자를 갖는다는 것을 “자기 침해”로 여긴다. 공격적이 되지 않는다는 것, 이 남성중심문화에서는 자신이 공격적이 되지 않고 또한 상대의 생을 전폭적으로 떠맡지 않는 결합이란 “호모적으로 더 가능하지 않겠는가?”라고 화자는 생각한다. 공식적으로 결혼한 초야조차 흡사 강간적인 요소를 띠는 이 문화에서 여자들은 “꾸며진 여성적 아름다움”으로 자신의 욕구를 기만한다. 그들은 “포장된 선물”처럼 열려지기를 기다릴 뿐이다.

전경린은 공격적이지 않는 남자, 동성애의 기질을 가진 남자가 하나의 대안이 될 수 있는 것으로 제시하는 듯하다. 물론 동성애자가 되면 세상을 살아가기가 힘들 것이라고 하면서 전경린의 화자는 그런 가능성을 막아야겠다는 오만을 보여주기도 한다. 그러나 윤효에게 동성애는 남성끼리의 폐쇄성의 극점이기도 하다. 여성성/남성성에 대해 「담화 하나, 여자와 남자」는 의견을 교환한다. 동성애에 대해 말하면서 어차피 인간이란 양성적인 존재이고 또 각기 내부에 다른 성을 가지고 있다고 전제한다. “이 세계를 지배하는 공격성, 폭력성, 즉 남성성이 싫다. 더 정확히 그 남성으로서 여성 위에 군림해야 하는 긴장이 싫다. 그래서 차라리 자신이 여성처럼 되어버린다. 어차피 그 맹아는 지니고 있으니까”라고 남자는 말한다. 여자는 남자가 되어본다는 것은 매력적이라고 말한다. 왜냐하면 남자가 된다는 것은 “더 이상 보호받지 않고 보호하는 자가 된다. …… 정말 살아남기 위해 터득한 모든 책략을 던져버리고, 더 이상 밑에 깔리지 않아도 된다……"는 것을 의미하기 때문이다. 그러면서 여자도 "남자 자신조차 버거워하는" 그 남성성은 싫다고 말한다. 기존의 남성성은 거칢, 권력 지향성, 일방통행, 제 욕망에 눈이 멀어 상대를 못 보는 둔감함, 터무니없는 우월감과 뻔뻔스러움으로 정의된다. 윤효와 전경린이 동성애에 대해 말초적인 단계에서 이야기하고 있는 점은 문제가 되지만 이들이 기존의 남성성을 문제 삼는다는 것은 의미가 있다.

여성의 수동성에 대한 전경린의 비판에 은희경은 「먼지 속의 나비」에서 깨였다고 생각되는 방혜원 같은 여성에게도 낯선 여성 최선희를 제시한다. 그녀는 소위 '걸레' 같은 여자라고 남자들의 입에 오르내리는 그런 여자다. 남성화자는 그녀를 "악착같이 바람을 거슬러서 위태로운 비행을 하던 작은 나비"에 비유한다. 남성화자는 선희를 어쩌면 거슬러 가는 것이 아니라 "제 방향"으로 가는지도 모른다고 긍정적으로 인정한다.

앞에서 언급한 작가들은 지배적인 남성상들 — 오이디푸스의 후예들, 현대의 테크노크라트들, 카리스마를 동경하는 남성들, 입법자이며 동시에 법에 종속된 자들, 성의 관리자들 — 에 대한 대안으로 부드럽고 공격적이지 않고 소유하려 하지 않는 남성을 제시하거나, 성적인 위반을 감행하거나 혹은 성 관계의 주체가 되는 여자를 제시한다. 그러나 은희경의 「먼지 속의 나비」의 선희 같은 여성상은 다분히 남자를 고스란히 거꾸로 뒤집어놓은 모습이기도 하여 한계를 드러낸다. 그리고 이런 남성중심의 사회가 만드는 일상으로부터의 탈주를 시도하는 "염소를 모는 여자"(전경린)는 상당히 신선하면서도 그 탈주 뒤는 무엇일까라는 질문을 하게 한다.

여성 작가들이 남성성에 대해 천착하면서 남성의 권력이 미세한 영역에까지 미친다는 것을 제시하고자 한 것은 고무적이다. 실제로 미세한 영역에 대한 천착이 좀 더 전체적인 구조의 틀을 조망하며 제시된 예들은 따로 논의가 필요하다. 자본주의와 가부장제가 만나는 지점에 대한 천착이 형상화된 사유로 제시되고 있는지의 여부는 다른 여성 작가들의 작품과 함께 논의될 수 있을 것으로 생각된다. 김승희, 김혜순, 공지영, 공선옥, 신경숙, 송경아, 배수아 등 여성 작가들을 전체로 바라보는 일은 다음으로 미루고 이 글을 마치고자 한다.

13 여성성과 가부장적 권력: 감금, 항복, 분열의 시간

여성 작가들이 유독 삼십 세를 문제 삼는 경우가 많다. 잉게보르그 바흐만의『삼십 세』는 우리에게 잘 알려져 있다. 최승자의『삼십 세』, 윤효의『삼십 세』, 차현숙의『서른의 강』, 최영미의『서른 잔치는 끝났다』, 공선옥의『오지리에 두고 온 서른 살』은 모두 삼십 세를 소재로 삼는다. 이들뿐 아니라『서른의 강』이라는 단편 테마소설집은 여성/남성의 서른 살을 중심으로 한 단편들을 모아놓았다.

왜 삼십 세가 문제인가? 작가들은 무엇 때문에 삼십 세를 문제 삼게 되는가? 30세란 20대를 마감하고 30대를 시작하는 경계선의 나이다. 대부분의 여성들에게 삼십 세는 미혼의 20대를 통과하고 결혼하고 아이 낳고 양육을 경험하는 여성 고유의 경험을 했거나 하고 있는 나이다. 최근 들어 여성의 삶의 양식도 많이 변했다지만 여전히 대부분의 한국 여성들은 연애와 결혼, 임신, 출산, 양육의 짐을 지게 되는 나이다. 그리고 30대의 여성들은 사회적으로 사적 영역에서 50, 60대와 10대 전후의 어린아이들 사이에 끼어 분열상태를 경험하는 그런 시기다.

프로이트는 「여성성」이란 글에서 여성이 삼십 세가 되면 성장을 멈춘다고 말하고 있다. 이렇게 보는 이유와 이런 생각이 여성들에게 주입되어 내면화되는 이유는 무엇인가? 1990년대 한국의 여성에게 30대는 어떤 의미를 갖는가? 남성중심주의 사회에서 여성은 공적 영역에서 밀려나 있고, 성장의 척도를 재는 눈은 남성의 것인 사회에서 여성은 삼십 세에 성장을 멈추는 것으로 보일 수도 있다. 문제는 이런 남성중심의 시각과 여성이 이것을 스스로 내재화하도록 하는 제도와 체제에 있다.

1990년대 한국의 30세(대) 여성이 경험하는 일상의 배경이 되는 제도는 무엇인가? 유교적 가부장제와 산업사회(자본주의)라는 두 가지를 제시할 수 있다. 실제로 산업화의 대열에 여성이 공장노동자로 전면적인 역할을 감내했음에도 불구하고 이러한 여성의 역할에 대해서는 그 누구도 제대로 평가하지 않기 때문에 중산층 여성, 지식인 여성 작가들의 작품에는 유교적 가부장제의 문제만 부각된다.

여성 작가는 삼십 세를 어떻게 그리고 있는가? 삼십 세의 한국 여성은 어떤 경험의 장에 서 있는가? 이들에게 삼십 세는 감금, 항복, 분열의 시간으로 제시된다. 20대의 꿈을 반납하고, 삶의 온갖 질척거림을 맛보며, 감금공포증을 경험한다. 사적공간에 갇힘을 경험한다. 바로 유교적 가부장제의 그물에 걸린 고기 신세가 되어 있는 삼십 세(대)의 전형적인 모습은 여러 작품에서 제시된다.

차현숙은 『서른의 강』에서 전업주부의 삼십 세를 보여준다. "산후 우울증"이라는 병명으로 오후 3시에 대학병원 정신과 환자대기실에 앉아 차례를 기다리는 이 전업주부에게 삼십 세는 "무언가를 시작할 수도 끝낼 수도 없는 어정쩡한" 나이로 인식된다. 대학병원 정신과 대기실과 오후 3시가 상징하는 것은 바로 이러한 분열을 야기하는 어정쩡함이다. 이 대기실의 주부에게 가장 괴로운 것은 서른이 되고 마흔이 되고 쉰이 되어도 자신의 능력에 의해 전혀 변하지 않는 삶이다.

그녀는 말한다. "난 너무나 초조해. 탈출구가 없는 서른의 나이가 나를 돌게 만들어! 내가 무능해서 그렇다고! 깔깔깔……"

『허공의 신부』에서 작가 윤효는 말한다. "고리고리 이어지는 결혼식들, 겉도는 화장의 신부들은 파렴치하게 흰 옷으로 성장하고, 원한으로 시퍼런 엉겅퀴 꽃다발을 들고" 어느덧 "퉁퉁한 중년 여자가 되어 아이의 엉덩이를 치며, 벌써 길을 잃다니!" 여자들은 길을 잃고, 볼모가 되어 있다. "종마처럼 달릴 수 있던" 처녀시절을 잃고 작품 속의 '나'는 "그, 그들의 신부이며 볼모"가 되었음을, 게다가 "스스로 묶인 볼모"임을 의식한다.

전경린의 「새는 언제나 그곳에 있다」에 등장하는 '나'는 아삭아삭 씹히는 맛을 지닌다는 의미로 남편에게 미나리로 불린다. 그리고 어린 시절에는 아버지의 율동조였다. 이 '나'는 중산층 여성의 전형을 보여준다. '나'는 "대학 캠퍼스에서 남편을 만났고, 스물다섯에 결혼을 했으며, 몇 해 뒤에 아이를 낳았다. 아이를 낳은 뒤에도 일을 계속했으나 우여곡절 끝에 결국은 직장을 그만두었다." '아이 때문에 남편이 직장을 그만두는 경우는 없으니까'라고 말하면서 '나'는 직장은 자신에게 무엇이었을까 하고 묻는다. 직장을 그만두는 것은 바로 "공적인 부분이 사라"짐을 의미한다. 직장을 그만둔 여성은 "사적으로만 존재"하게 된다. 그녀는 말한다. "어쨌든 이건 아주 흔한 이야기다. 이 모든 것은 …… 대체로 아들과 딸을 사적으로 낳고, 사적으로 키운다. 그녀들은 지극히 사적으로 존재"한다.

사적인 존재가 된 여성은 자신의 이름을 세상에 반납하고 누구의 엄마로 살아야 하며, 자기를 잊기 위해 "반항이나 분노 없이 자신을 거세해야 한다"(차현숙, 『서른의 강』). 이런 삼십 세를 최승자는 일찍이 항복의 순간으로 그렸다. 「삼십 세」라는 시에서 최승자는 "이렇게 살 수도 없고 이렇게 죽을 수도 없을 때 서른 살은 온다./시큰거리는 치통 같은 흰 손수건을 내저으며/놀라 부릅뜬 흰자위로 애원하며."라고 쓴다. 그런데 이 삼십 세는 "이제 새로 꿀 꿈이 없는 새들"이 "추억의 골고다로 날아가 뼈를 묻고/ 흰 손수건이 떨어뜨려지고/ 부릅뜬 흰자위가 감긴다." "흰 손수건"이 내려지거나 "부릅뜬 흰자위"가 감기듯이 삼십 세의 행복은 항복에서 온다. 행복과 항복은 동의어가 된다.

사적으로 존재하는 그곳은 부엌이라는 곳으로 대변될 수 있다. '부엌'은 조양희가 『부엌데기의 사랑』에서 말하듯이 그렇게 쉼터가 되고 편안하고 안정적인 곳이 아니다. 김혜순의 시 「엄마의 식사준비」는 부엌이 남성과 가족의 식욕을 충족시키기 위한 곳이며, 여성의 희생 공간이 된다. 튀겨지는 생선이 바로 엄마 자신의 은유다. 으깨지고, 튀겨지고, 살갗이 타들어가며 불속에 서 있다. 여성의 삶이 으깨지고, 튀겨지고, 타들어가는 그러한 곳이다.

그래서 전업주부는 직장여성을 부러워하고 질투한다. 따라서 아이와 가정에 폐쇄된 여성은 왜곡된 형태의 꿈이나마 꿈을 꾸기도 한다. 차현숙의 『서른의 강』의 '나'는 한 일간지에서 한 남자가 순직하자 그 회사의 경영주가 일시적 보상에 그치지 않고 그 남자의 부인을 회사에 취직시켰다는 기사를 읽는다. '나'는 그런 행운을 부러워한다. 우연히 찾아와주는 그런 불행한(?) 기회, 즉 "결혼이라는 굴레에서 벗어나" "새로운 세계에서 어떤 해방감을 맛볼지도 모를" 그런 기회를 꿈꾼다. "가끔 남편이 연락 없이 들어오지 않을 때, 그리고 결혼해서 아이가 딸린 여성이 그럴듯한 직업을 갖는 것이 얼마나 현실적으로 어려운지를 깨달을 때마다" '나'는 남편이 죽고 자신이 남편을 대신하는 꿈을 꾼다.

전업주부의 질투와 부러움의 대상이 되는 여성들은 소위 '성공'한 여성들이다. 최근 서점에서 쉽게 접할 수 있는 여성들의 자전적 글이나 그와 관련된 전문직 여성들의 글은 한결같이 성공신화를 창조한다. 부엌과 사적 영역인 가정으로부터의 탈주가 직장이나 공적 영역에서의 성공으로 제시된다. 이숙영의 『잠자는 사랑과 성공을 깨워라』, 조안리의 『사랑과 성공은 기다리지 않는다』, 김명숙의 『나쁜 여자가 성공한다』, 진 랜드럼의『성공하는 여성들의 심리학』. 이러한 책들이 '전문직 여성들의 글모음'이라는 진열대에 비치되어 있다.『30대 신화는 늦지 않다』"20대의 실패를 30대의 성공으로 바꾼 보통 여자의 특별한 인생 이야기". 30대 초특급 승진 신화를 이룩한 어느 그룹의 상무가 된 성공 스토리.『30대에 하지 않으면 안 될 50가지』. 일본 작가가 쓴 책이름이다. 이 책의 광고는 "30대, 아직도 버리지 못한 꿈이 있다. 인생의 진짜 승부는 지금부터다!"라고 말한다.

분명히 가정이라는 사적 영역에 갇힌 여성들이 공적 영역으로 나오는 길은 '성공'의 길일 수 있다. 변화를 시도하는 것이고 현재를 바꾸는 일이 되니까. 그리고 독자들은 삼십 대의 여성 작가들이 보여주는 감금과 볼모의 상태를 읽고 답답함을 느끼지만, 적어도『나는 서른에 유학을 떠났다』(이인숙)라든가『내일은 오늘과 달라야 한다』(조안리),『네 속의 신데렐라를 죽여라』(케이송),『운명을 디자인하는 여자』(이주향),『여성이여 테러리스트가 되라』등을 읽고서는 힘을 얻게 되는 것 또한 사실이다.

하지만 성공신화가 모두인가? 공적 영역에서의 성공이 유교적 가부장제를 탈피하는 길이 되는가? 볼모상태에 처한 대부분의 한국 여성의 현실이 이런 질문을 던지는 것을 망설이게 만든다. 좀 더 많은 여성들이 자아실현의 길을 찾아야 하고 그 길은 현재로서는 경제적인 독립이 가능한 자기 일을 찾는 것이라 여겨지기 때문이다.

그러나 여성을 무능하게 만드는 유교적 가부장제에 대한 인식이 필요하며, 동시에 성공신화가 받치고 있는 한국의 자본주의의 문제점도 인식할 필요가 있다. 여성이 성공과 소비신화의 주역이 되는 것과 체제와 제도에 대한 철저한 인식하에 살아가는 것과는 차이가 있다. 차현숙이『서른의 강』에서 "내가 무능하게 된 건 내 탓만은 아니야! 그렇게 만든 더 큰 괴물 같은 것들이 있다구!"라고 항변한다. 이 항변 속의 '더 큰 괴물 같은 것들'은 무엇인가? 김승희는 이것을 '제도의 황금핀'이라고 묘사한다. 황금핀은 아름답게 보이지만 금이 지니는 영속성을 갖는다. 여성의 생을 '달걀 속의 생'으로 만들고 '어떻게 바깥으로 나갈까'를 고민하게 하는 '제도의 황금핀'의 정체는 무엇인가?

30대를 지난 시인 김승희는 제도 속에 갇힌 상태를 '당연과 물론의 세계'로 표현한다. 이 세계에 갇힌 존재로서의 여성의 공간은 '달걀 속의 생'(김승희)이나 '무덤'(최승자), '블라인드 쳐진 방'(김혜순), '기억의 집'(최승자) 등으로 표현된다. 그리고 이들은 "수족관의 물고기", "토끼장의 토끼", "유리관 속 탈지면 위에 표본된 나비", "냉동실 선반 안의 메추리알" 등으로 비유된다. 그런데 이 갇힘은 단순히 유교적 가부장제에 갇힌 것만을 의미하는 것이 아니고 자본주의의 그물에 걸린 여성의 상태도 함께 표현한다. 그러면 이런 유교적 가부장제와 자본주의라는 체제의 그물에 갇힌 삼십 세(대)의 여성이 할 수 있는 일은 무엇인가?

먼저 사랑을 탈낭만화시키는 일이 필요하다. 이연주의 「가족사진」이나 김혜순의 「엄마의 식사준비」는 가족의 유해성과 독성을 표현한다. 여성 작가의 작품들에서는 자신의 욕망을 죽이고 살아온 어머니들과 거세된 아버지들이 등장한다. 사랑이라는 이름에 갇혀 '깊은 슬픔'으로 쇠잔해가다가 마침내 죽는 신경숙의 여주인공이 되지 않기 위해 일단 사랑을 탈낭만화시킬 필요가 있고, 30대의 여성 작가들은 그런 시도를 한다.

결혼을 거부하는 일 또한 여성 작가들의 작품에서 등장하는 소재다. 은희경은 「연미와 유미」에서 독신과 결혼생활을 병치시키며 독신을 선택하는 유미를 제시한다. 일상을 비틀거나 거부하는 일이 필요하다. 미세한 변화들을 시도할 필요가 있다. 여성 작가들은 이런 모습들을 나름대로 제시한다. 부모의 강요에 의해 결혼한 언니인 연미가 오렌지 껍질을 가로로 벗기는데, 유미는 세로로 벗기기를 시도한다. 일상의 틀을 깨기 위해 '염소를 모는 여자'가 되거나 남자들만이 당연히 오르는 것으로 여겨진 산을 오르는 일(「새는 언제나 그곳에 있다」)을 하기도 한다.

그리고 꿈을 다시 꾸는 일도 필요하다. 여성 작가는 유목을 노래하고, 솟구쳐 오르고(김승희), 나비나 새가 되어 날아오르기를 시도한다. 다시 태어나기 위한 시도는 힘겹다. 그것은 미지에 대한 동경이 있어야 가능하다. "동굴을 벗어나기 위해서는/ 힘이 있어야 하지/ 동굴의 힘보다 강한 사랑이/ 동굴의 힘보다 강한 매혹이/ 미지, 미지, 미지/ 무슨 여자이름 같은 그 매혹의 미지가/ 동굴의 힘보다 강하게 잡아 당겨야 하지"(김승희, 「솟구쳐 오르기 4: 동굴 벗어나기」)

"욕망의 국도"를 달려보는 일도 필요하다. 그렇게 함으로써만 욕망 너머를 찾아볼 수도 있을 것이기 때문에. 여성이 원하는 것이 무엇인지를 찾고, 시도하고, 추구해보는 일이 필요하다. 차현숙의 주인공은 자신이 원하는 것이 무엇인가를 묻는다. 이에 대한 답은 시도되지 않지만 이 질문을 하기 시작한 것 자체가 의미가 있다.

30대를 거친 40대의 시인 김승희는 시집 『세상에서 가장 무거운 싸움』은 30세를 기점으로 하는 30대의 갈등들을 바라보는 방법을 제시한다. 바깥으로 나가는 방법을 모르거나, 20대의 잔치가 끝나고 새로 무언가를 시작해야 하는 30대에게 하나의 길을 제시하는 것으로 보인다. 비록 시가 소설보다 훨씬 자유롭게 때로는 무책임하게 은유의 세계로 날아갈 수 있기 때문에 현실의 무거움에 대한 철저한 천착이 더 필요한 상황을 탈현실화할 가능성이 있다고 하더라도 김승희의 시는 제도에 대한 싸움과 새로운 동작의 필요성을 말해준다. '제도의 황금핀'을 뽑아 박제화되고 표본화된 나비인 여성의 삶을 다시 살려내는 일을 시도할 가능성을 제시한다. 그것은 유교적 가부장제만이 아니라 자본주의의 문제점, 한국의 산업화 과정 속의 여성의 위치를 살피는 일이 되어야 할 것이다. 이 두 가지 체제에 도전한다는 것은 엄청나게 '무거운 싸움'일 수밖에 없다. 하지만 반드시 거쳐야 할 과정이다.

14 그리스로마신화 페미니즘으로 다시 읽기: 젠더화된 욕망과 변신의 성정치

이 장은 그리스로마신화를 성적 이데올로기를 생산하는 하나의 장치로 읽고자 한다. 신화에 작동하고 있는 성적 이데올로기를 읽어내는 일은 페미니즘의 정치학에 중요하다. 왜냐하면 신화는 그 당시만이 아니라 현재 우리 사회에서도 지속적으로 재생산되고 있기 때문이다. 페미니즘은 신화의 지속성을 이데올로기의 관점에서 비평하고 분석할 필요가 있다. 신화가 지속적으로 재생산된다는 것은 신화적 상징과 우리 사회의 상징계가 연결된다는 것을 의미한다. 신화의 서사를 어떻게 해독하느냐에 따라 기존의 이데올로기가 재생산될 수도 있고 변혁이 가능해질 수도 있다. 지금까지 그리스로마신화가 페미니즘의 정치학에 갖는 중요성에도 불구하고 페미니즘은 이 분야에 그다지 큰 관심을 보이지 않았다. 이 장에서는 페미니즘의 관점에서 새로운 페미니즘 서사의 가능성을 모색하기 위해 신화를 분석하고자 한다.

그리스로마신화를 성장치gender-sexuality apparatus의 하나인 서사장치로 읽는데, 영어 단어 플롯plot은 중요한 의미가 있다. 영어로 플롯이란 구성, 구획된 땅, 음모라는 세 가지 다른 뜻을 포함한다. 서사란 끊임없는 플롯의 구성과 재구성의 과정이다. 페미니즘 서사 읽기란 기존의 플롯을 새롭게 읽어내고 바꾸어내는 시도였다. 페미니즘이 플롯을 문제 삼는다는 것은 남성중심의 비평, 이론, 문학사를 문제 삼는 것을 의미한다. 그러므로 여성중심비평gynocriticism이든 여성이미지비평이든 페미니즘 서사는 기존의 플롯을 문제 삼을 수밖에 없다. 기존의 아버지-아들의 플롯을 문제 삼고 어머니-딸의 플롯으로 바꾸는 예도 이에 속한다(Davidson & Broner, 1980). 구성이라는 말은 텍스트 내의 구성에서 텍스트 바깥의 구성까지 확대될 수 있다. 성과 권력의 관계를 여성주의적 시각에서 바라보는 성정치sexual politics[4]는 기존 가부장적 성정치를 문제 삼고 그들의 음모를 드러내며 남성이 구획한 땅과 구성을 새롭게 하는 일일 것이다.

필자는 그리스로마신화에 나타난 성정치를 살피기 위해 특히 변신에 주목하고자 한다. 변신과 관련된 이야기들을 선택하고 변신을 둘러싼 욕망과 이데올로기의 관계를 살피게 되면 여성과 남성이 신체와 맺는 관계가 드러날 수 있으며 성별을 생산하는 방식을 볼 수 있을 것이다. 변신을 택한 이유는 오비디우스의 『변신이야기』[5]가 보여주듯이 신화의 주축이 되는 모티프가 변신이고 변신의 서사에는 자연현상을 인간의 시선으로 바꾸는 해석의 정치학이 포함되기 때문이다. 이 정치학에 젠더와 섹슈얼리티를 둘러싼 이데올로기가 작용한다고 볼 수 있다. 변신을 택한 다른 이유는 그리스로마신화의 텍스트에 나타나는 다양한 성정치 문제를 다루는 데는 한 논문으로는 부족하다고 판단하여 논의를 제한하기 위한 것이기도 하다.

---

4. 케이트 밀레트가 '성의 정치'라고 할 때 성의 정치(sexual politics)를 사용했으나, 필자는 성정치(gender-sexuality politics)의 의미로 사용한다. 성정치에 대해 참조할 수 있는 글로 노승희, 제프리 윅스가 있다.

5. 이 장이 '변신'을 다루기 때문에 변신 이야기들을 모아놓은 오비디우스의 텍스트를 사용하며 등장하는 신과 인물들의 이름도 다소 낯설더라도 로마식으로 표기한 이 텍스트를 따르기로 한다.

그리스로마신화의 변신과 욕망:
'사랑'이라는 이름의 성폭력과 한계상황

오비디우스는 신화의 제목을 '변신Metamorphoses'으로 정하고 다양한 변신을 다룬다. 그리스로마신화의 이야기에 그렇게 많은 변신 이야기들이 나오는 이유는 무엇보다도 인간이 자연세계를 이해하는 인간중심적 방식 때문이라 할 수 있다. 신화 속의 신과 인간은 나무, 별, 동물, 꽃, 벼락, 비로 변신한다. 바다의 파도가 흰말로 의인화된다든가 강의 신, 바다의 신, 강의 요정 등 자연 현상이 모두 의인화 혹은 신화화되어 나타난다. 신과 인간이 자연의 다른 존재들로 변신하는 것은 인간이 자연을 지배하기 위한 의도에서인지 아니면 자연과 인간의 경계가 확실하지 않았던 시절의 서사적 표현인지는 더 깊이 분석할 문제다. 그러나 이런 문제보다도 이 글에서 문제 삼고자 하는 것은 자연세계를 인간화하여 이야기하는 내용의 정치성이다. 까마귀의 털이 어떻게 검은색이 되었는지를 설명하기 위한 이야기가 결국 흑과 백을 상대적으로 차등화한다. 그리고 여성들이 주로 나무로 변신하는 것에도 변신의 성별화가 작용한다고 볼 수 있다.

변신은 일차적으로 몸이 변하는 것을 말한다. 신체의 변화, 다시 말해 변한 신체의 문제이기 때문에 몸의 정치를 변신과 연결할 수 있을 것이다. 몸을 어떻게 해석하느냐 하는 문제는 성정치에 있어서 관건이 된다. 중세 서구에서 존재의 사슬이라는 개념이 몸의 서열화를 통해 그 사회의 질서체계를 잡는 것이었다면, 그리스로마신화 속에서도 다양한 신체의 서열화가 일어난다. 신, 반신반인, 인간, 반인반수, 동물, 식물 등으로 몸은 신분의 서열을 의미한다. 이 서열의 일부로 여성과 남성 또한 서열화된다. 여성/남성의 신체에 대한 차별화된 이해는 여성/남성의 몸이 변신하는 방식에 영향을 미친다.

변신에 대한 다른 문제 설정은 변신이 일어나는 상황에 대한 것이다. 이 상황은 먼저 문학에서 변신의 모티프를 몇 가지 떠올려봄으로써 가능하다. 김지하의 시 『애린』의 일부인 "땅 끝에 서서/ 더는 갈 수 없는 땅 끝에 서서/ 귀신이 되거나 물고기가 되거나 바람이 되거나/ 변하지 않고는 도리 없는 땅 끝에 서서"라는 시행은 귀신, 물고기, 바람으로의 변신을 말한다(50). 여기서 "변하지 않고는 도리 없는 땅"이란 한계상황과 대면하는 곳을 의미한다. 변신 하면 떠올리게 되는 프란츠 카프카의 『변신』은 그 한계상황이 사회구조적인 문제인지 개인의 선택인지에 대한 질문을 촉구한다. 그레고르 잠자가 어느 날 벌레로 변한 이야기를 통해 개인이 처한 한계상황과 그 상황을 구성해온 사회구조에 대해 관심을 갖게 된다. 이 상황의 문제가 성별화와 연결되는 텍스트로는 토니 모리슨의 작품 『가장 푸른 눈』을 들 수 있다. 흑인소녀 피콜라는 자기 눈이 푸른색으로 바뀌었다고 착각하면서 미쳐버린다. 이 텍스트는 흑인 여성의 몸에 미치는 백인 이데올로기의 힘을 제시한다는 점에서 변신과 관련된 개인의 욕망과 이데올로기의 관계를 설정하도록 한다. 따라서 변신의 성정치를 다루는 일은 변신이 주체적인지 아닌지, 주체적이 아닌 경우 변할 수밖에 없는 한계상황이라는 판단은 개인의 선택인지 구조적 문제인지에 대한 물음이 된다. 변신이 구조적 모순에 의한 것이라면 그 모순을 가능하게 한 이데올로기(들)은 무엇이며 개개인의 욕망을 결정하고 통제하는 주체는 누구(무엇)인지 물을 필요가 있다.

성정치와 관련하여 이 논문에서는 유피테르(제우스), 피그말리온의 조각상, 이피스, 미라(미르라)의 변신을 중심으로 살피고자 한다. 다섯 가지 변신 이야기에서 여/남의 욕망과 변신의 양상은 차이가 있다. 다프네, 유피테르, 피그말리온 조각상의 변신에서 남성은 욕망의 주체가 되고 여성은 대상이 된다. 아폴로와 유피테르는 상대 여성들을 추격한다. 여성들은 쫓기는 자가 되고 이들은 쫓는 자가 된다. 아폴로와 다프네에 대한 오비디우스의 묘사는 이러한 추격전을 잘 보여준다.

> 사랑하는 마음은 이 젊은 신의 추격 속도를 시간이 갈수록 빠르게 했다. 갈리아 사냥개가 풀밭에서 토끼 한 마리와 쫓고 쫓기는 형국과 흡사했다. 사냥개는 속도로 이 사냥감을 확보하려 하고 사냥감은 속도로 절체절명의 위기를 모면하려고 하는 법이다. 아폴로와 다프네가 쫓고 쫓기는 형국은 사냥개가 한시 바삐 이 추격전을 마무리하고 싶어 주둥이로 토끼의 꼬리를 덥석 물고, 토끼는 사냥개 입에 물렸는지 안 물렸는지 모르면서도 죽자고 몸을 날려 아슬아슬하게 사냥개의 이빨을 피하는 형국과 아주 흡사했다(I. 46-47).

문제는 이렇게 쫓고 쫓기는 관계에 붙여진 이름이 "사랑"이라는 데 있다. "죽자고 몸을 날려" 피하는 다프네와 추격하는 주체가 된 아폴로에게 붙여진 사랑이라는 사회적 이름은 성적 관계에 대한 새로운 시각을 요구한다. 급진적 페미니스트인 슐라미스 파이어스톤은 "사랑을 다루지 않은 급진적 여성해방론에 관한 책은 정치적으로 실패작"(파이어스톤 131)이라고 했다. 그녀는『성의 변증법』에서 사랑이 출산보다 더한 여성억압의 기제이기 때문에 이것을 문제 삼지 않고는 여성이 처한 상황을 이해할 수 없다고 주장한다(131). 파이어스톤이 분석 대상으로 삼는 것은 근현대의 낭만적 사랑이기 때문에 신화에 일대일로 적용되지는 않지만 사랑의 과정에서 나타나는 '정치성'과 '불평등한 권력'에 대한 통찰은 도움이 된다.『변신이야기』의 작가인 오비디우스는 다프네와 아폴로의 관계가 폭력에 기반을 둔다는 인식은 보여주지만 "사랑"이라는 단어에 대해서만은 의문을 제기하지 않는다.

요정 다프네를 추적하는 아폴로는 다프네에게 "달아나지 말아요. 내게 그대를 뒤쫓게 하는 것은 바로 사랑이오"라고 말한다. 신화 속에서 여성의 선택에도 "사랑"이라는 단어가 쓰이지만 여성의 사랑과 남성의 사랑은 차이가 있다. 여성의 경우 성폭력으로 이어지지는 않는다. 특히 유피테르와 그의 아들 아폴로에게 사랑이란 남성중심적이며 상대방의 의사와는 관계없이 일방적인 그 무엇이다. 남성의 소유욕과 연결되는 이 사랑은 다프네가 월계수로 변한 다음에도 일방적으로 드러난다. "그는 월계수 가지를 다프네의 사지인 듯이 끌어안고 나무에 입술을 갖다 대었다. 나무가 되었는데도 다프네는 이 입맞춤에 몸을 움크렸다"(I. 48). 아폴로는 속삭인다. "내 아내가 될 수 없게 된 그대여, 대신 내 나무가 되었구나. 내 머리, 내 수금, 내 화살통에 그대의 가지가 꽂히리라"(I. 48). 여기서 반복되는 "내"라는 단어가 드러내는 소유욕은 제국주의적 남성의 소유욕을 연상시킨다. 조지프 콘래드의『암흑의 핵심』에서 전 유럽을 상징하는 커츠는 "나의 약혼녀, 나의 상아, 나의 주재소, 나의 강, 나의 필생의 과업, 나의 이념"(콘래드 110, 112)이라고 말한다. 남성성과 폭력의 관계에 대한 글들(Archer; Bower)이 나오는 것도 남성의 소유욕과 지배욕에 대한 성찰을 위한 것이다.

유피테르의 경우 사랑이라는 이름은 훨씬 더 직접적인 성폭력으로 나타난다. 그는 다양한 모습으로 변신한다. 그리고 이러한 변신은 거의 대부분 욕망의 대상이 되는 여성들을 강간하기 위해서다. 신들 중에서 최고의 권력자인 유피테르는 번개, 소나기, 백조, 빛, 황소 등 자유자재로 변신하면서 변신과 욕망의 주체가 된다. 아폴로의 욕망의 대상이 되어 쫓기던 다프네의 변신과는 다르다. 이오는 유피테르에게 쫓기다가 강간당하고 그의 부인 유노(헤라) 여신의 추적을 피하도록 유피테르에 의해 암소로 변한다. 이오가 암소로 변신하는 것은 전혀 자신의 주체적 결단이 아니다. 이러한 성폭력이 신화 속의 남성과 작가에 의해 "사랑"으로 명명된다. 추적을 받고 "달아나고" 있던 이오가 유피테르가 대지에다 어둠을 깔아버렸기 때문에 더 달아나지 못하는 대목에서 오비디우스는 "유피테르는 강의 딸 이오와 사랑을 이루었다"고 적는다(I. 51). 유피테르의 이러한 폭력적 지배력에 대한 남성들의 동경은 그의 힘을 살리고자 하는 현대판 "신화시적" 움직임들로 이어진다(Brod & Kaufman 203-204).

피그말리온은 유피테르와 아폴로의 폭력성과는 다른 방법으로 욕망을 실현한다. 그렇다고 해서 폭력성의 정도가 낮은 것은 아니다. 현실에서 만나는 여성들이 성적으로 타락했다고 생각하기 때문에 "자기 손으로" 여성상을 조각하고 "세상의 어떤 여자보다도 아름다운" 이 조각상을 "사랑"하게 된다(Ⅱ. 80). 일방향적인 사랑을 극단적으로 보여주는 예가 된다. 그리고 베누스(아프로디테) 여신의 도움으로 조각상이 살아있는 여성이 되어 결혼할 수 있었으면 하는 그의 소원이 이루어진다. 피그말리온은 남성의 판타지가 현실화되는 것을 보여준다. 그는 아폴로처럼 추격에 실패하는 자나 유피테르처럼 여성을 겁탈하는 자가 아니라 자신의 이미지대로 여자를 만든 예술가다. 그에게서 남성이 중심이 되어 만드는 상징계의 원형을 보게 된다. 남성 환상이 가부장적 이데올로기의 배경이 되고 그 역 또한 성립하여 환상과 이데올로기의 순환 고리가 이루어지는 것이라고 볼 수 있다.

이리가라이는『하나이지 않은 성』에서 남성의 환상은 법이 되고, 환상을 법으로 만드는 데는 '언어활동'이 따른다고 보았다(이리가라이 115). 여성의 '육체를 초월한' 언어활동이란 현실 여성의 육체가 아닌 조각상이 다시 여성의 육체가 되는 과정을 잘 설명해준다. 남성들의 상징체계와 상징질서는 유피테르 같은 최고 권력자의 법으로 만들어지지만 이 법은 바로 피그말리온 같은 이미지를 창조하는 예술가들의 여성육체를 넘어선 '언어활동'에 기대고 있다. 그리고 그것이 법이라고 생각하고 따르는 아폴로 같은 아들들이 있어야 유지되고 재생산된다. 카프카의「법 앞에서」에 대한 데리다와 라캉의 해석도 이런 맥락을 잘 설명해준다. 푸코는 이러한 상징계의 법이 성과 연관되는 지점을 지적한다. 그의 말대로 '법률적'인 부분과 '담론적'인 부분이 함께 작용하여(I. 96) 상징계가 구성되는 것이다. 피그말리온의 판타지가 현실화되는 과정은 바로 성에 대한 권력이 형성되는 과정이다. 그 자신이 만든 이미지에 빠진다는 점에서 이 상징계는 남성적 나르시시즘의 표현이라 할 수 있다. 그가 만든 이미지가 젠더로서는 여성이지만 이 여성은 그의 판타지가 그린 이미지라는 점에서 남성적 나르시시즘의 산물이다.

"사랑"이라는 이름은 단순히 신화 속의 남성 신들이나 인간만이 아니라 신화를 쓴 오비디우스나 그 이후 신화 작가들에 의해서도 재생산된다. 아폴로와 유피테르가 보여주는 소유 욕망, 사냥개의 욕망, 피그말리온의 순결한 여인상을 소유하려는 욕망을 19세기 미국의 불핀치도 "사랑"이라 부른다. 다프네를 쫓는 아폴로의 "사랑의 힘은 이성과 논리를 압도함을 보여준다"고 말한다. 이 말은 역설적으로 적절하다. 이들의 사랑의 "힘"은 "이성과 논리"를 넘어선 광기다. 작가와 남성에게는 "사랑의 힘"이지만 다프네에게는 "무서운 일을 당하"는 것이 된다. 그래서 그녀는 "거부의 힘"을 최대한 발휘하게 된다.

욕망의 대상이 되어 쫓기는 다프네는 한계상황을 경험한다. 쫓기는 상황에서 변신을 욕망하지만 유피테르처럼 스스로 변신할 "사랑의 힘"이 없다. "잡히면 끝장이라는 공포에 쫓긴" 다프네는 아버지에게 "기적을 베푸시어 전신(轉身)의 은혜를 내리소서. 저를 괴롭히는 이 아름다움을 거두어주소서"라고 기도한다(I. 48). 다프네와 이오 그리고 비슷한 상황에 처한 많은 여성들(시링크스, 칼리스토 등)이 느끼는 공포의 원인은 무엇인가? 왜 잡히면 끝장이라는 공포에 사로잡히는가? 왜 한쪽에게는 "무서운 일"이고 다른 한쪽에게는 "사랑"인가?

명백히 가해자와 피해자의 관계로 설정되어야 마땅한 일에 "사랑"이라는 이름이 붙었기 때문이다. 욕망을 추구하는 남성들에게 사랑이라는 단어가 힘을 실어준다면 그 대상이 된 여성들에게 그 힘은 물리적 폭력이 된다. 사랑이라는 단어가 힘이 되는 이유는 그 사회가 구조적으로 그것을 용인하고 부추기기 때문이다. 남성 욕망에 사랑이라는 이름이 붙고 그것이 힘(권력)으로 작동하는 것은 가부장적 사회와 그것을 체화한 구성원들에게 원인이 있다. 이 가부장적 사회는 다양한 개인들의 의식과 무의식으로 이루어진다. 공포를 체험하고 피해자로 스스로를 위치시킬 수밖에 없는 것은 단순히 물리적 힘의 문제가 아니다. 폭력을 사랑이라고 부르는 상징계의 사랑 이데올로기가 힘을 갖는 상황에서 여성들은 한계상황을 경험한다. 이 한계상황에서 여성의 육체를 버리고 변신하려는 마음을 품게 된다. 여성에게 성적 자율권이 부재한 상태에서 처녀로 사냥하며 살고자 하나 사냥터의 주인이 되지 못하고 쫓기는 토끼 신세가 된다.

남성들에게 부여된 스스로 변신할 힘, 상대를 쫓을 힘, 그리고 창조할 힘을 갖지 못한 여성들은 목소리를 잃거나 나무라는 틀에 갇히거나 동물로 변신당하거나 자신이 속한 세계로부터 추방당하거나 남자로 변신하고 싶어 한다.[6] 다프네는 상아에 갇힌 여인상처럼 나무라는 틀에 갇히고 만다. 신화 속에서 나무로 변신하는 것은 대부분 여성이다.[7] 이오는 자신의 사정을 알릴 목소리조차 잃는다. 암소로 변신해 발굽으로 땅바닥에다 제 이름을 써서 알리는 수단을 동원한다. 칼리스토는 유피테르에게 강간당한 후 자신의 집단으로부터 추방당한다. 행동의 원인제공자가 아니지만 행동에 대한 최후의 책임은 유피테르나 아폴로가 지지 않는다. 그 책임은 순결을 상실한 자에게 돌아간다. 가해자는 그들의 터전을 떠나지 않아도 되고, 책임을 지지 않아도 된다.

피해자의 입장에서 쫓기는 여성들도 자신의 욕망을 지니지 않았

---

6. 전사 카이네오스는 원래 여자였다. 그러나 해신 넵투누스에게 납치되어 강간당한 후 해신에게 간청하여 남자가 된다. "해신께서는 저를 이렇듯이 사랑해주셨으나 저에게는 이 일이 그렇게 견디기 어려운 일일 수가 없습니다. 다시는 이런 일을 당하지 않았으면 합니다. 그러니 여자만 아니면 저에게 더 바랄 게 무엇이 있겠습니까?"라고 했다(Ⅱ. 159).
7. 삼나무로 변신한 청년을 제외하면 트라키아의 광녀들인 박키들, 남동생 파에톤의 죽음을 애도한 헬리아데스 자매들, 미라 등은 모두 나무로 변한다. 판에게 쫓긴 시링크스는 갈대로 변신한다. 임신한 상태로 나무로 변한 경우에 아이만 꺼내진다. 모체는 나무로 변했지만 재생산은 사회가 활용한다고 볼 수 있다.

던 것이 아니다. 이들의 욕망은 독신에 대한 욕망이다. 가부장적 결혼과 사랑을 거부하고 처녀로 숲을 돌아다니며 사냥하고 싶어 한다. 다프네는 강의 신인 아버지가 "사위 구경"을 강요하거나 "외손주를 낳아 바치는 것은 네 의무"라고 해도 처녀로서 "댕기 하나로 머리카락을 아무렇게나 척 묶고 숲속을 돌아다니면서, 저 처녀신 디아나와 겨루기라도 하는 듯이 짐승을 잡는 일 아니면 거들떠보려고"도 하지 않는다. 그녀에게 "결혼이니, 사랑이니, 부부생활이니 하는 것은 쥐뿔도 아니었다." "선머슴 같은 딸"은 "사랑이라는 말만 들어도 천리만리 도망치는 지경에 이르렀다"(I. 43). 요정 시링크스는 콧대 높은 요정으로 "사냥 나갈 때면, 디아나 여신의 사냥복과 똑같은 옷을 입고" 나간다(I. 56). 기존의 가부장제를 거부하는 '디아나 컬트'의 전파력을 짐작할 수 있다.

결혼제도를 거부하는 디아나 컬트의 욕망은 이성애적 욕망으로 접근하는 남성들에 의해 좌절된다. 이성애적 가족 이데올로기가 지배하는 사회에서 처녀로 남겠다는 욕망과 사냥하고 싶은 욕망은 연결된다. 처녀로 남겠다는 것은 '자궁'으로나 '구멍'으로 존재하지 않겠다는 욕망이다. 스피박이 말하듯이 여성은 '자궁중심사회'의 희생자가 되거나(스피박 311-314) 이리가라이가 말하듯이 남성들의 성기의 연장인 '구멍'으로(이리가라이 31) 존재해야만 가부장제 사회에서 살아남을 수 있다. 그들이 이 이성애적 관계를 거부하면 결국 여성으로서의 신체를 버려야 존재할 수 있는 지점에 이르게 된다. 다프네의 신체가 변신하는 장면에 대한 묘사는 그것을 보여준다. "부드럽던 젖가슴 위로 얇은 나무껍질이 덮이기 시작했다. 머리카락은 나뭇잎이 되고 팔은 가지가 되기 시작했다. 조금 전까지만 해도 그렇게 힘 있게 달리던 다리는 뿌리가 되고, 얼굴은 나무 꼭대기가 되고 있었다"(I. 48). 여성들의 섹슈얼리티 자체가 결국 남성의 존재를 상정할 때 가능한 사회임을 알 수 있는 대목이다. 여성으로서 신체의 물질성이 나무껍질로 차단되고 만다. 여성성은 갇히고 그들의 욕망은 거부당한다.

근친상간과 레즈비언적 욕망: 금지된 것에 대한 욕망

그리스로마신화 속에서 재현된 여성은 단지 다프네나 이오와 같이 수동적으로 쫓기는 자로서만 존재하지는 않는다. 유혹자(세이렌)로, 남성을 변신시키는 여신으로, 보는 이들을 돌로 만드는 힘을 가진 존재로, 치유력을 가진 존재로 등장한다.[8] 더 나아가 여성은 근친상간의 욕망과 레즈비언의 욕망을 적극 현실화하거나 꿈꾸는 자들이기도 하다. 미라와 비블리스는 근친상간의 욕망을 인정하고 행동으로 옮기는 인물들이다. 미라는 아버지 키리나스에 대한 욕망을, 비블리스는 오빠에 대한 욕망을 표현한다. 미라는 자신의 모습을 감추고 유모의 도움을 받아 밤에 접근하고 이 사실을 알게 된 아버지는 딸을 죽이려 한다. 미라는 신들에게 구해달라는 기도를 올려 한 그루의 향기 나는 몰약나무로 변한다. 미라의 욕망이 실현되는 상황은 자기 아버지이자 왕인 키리나스의 여자 밝힘증과 연관된다. 9일 동안 금욕하는 왕비가 케레스 여신의 신전으로 간 사이 유모가 와서 왕을 사모하는 여자가 있다고 한다. 왕은 그 여자의 나이를 묻고 유모는 미라 공주와 동갑이라고 하자 왕은 그 여자를 들이라고 한다. 그 후 미라는 쫓겨나 유랑하고

8. 디아나는 악타이온을 수사슴으로 만들어버린다. 베누스 여신은 아도니스를 애인으로 삼는다. 메두사의 머리는 보는 이들을 돌로 만든다. 박카스 신을 추종하는 박카이들은 남성의 사지를 찢는 등 광란의 행동들을 한다. 키르케나 메데이아는 약초를 다루는 능력을 갖고 있다. 변신시키는 능력과 유혹과 복수의 열정 또한 갖고 있다. 그러나 메두사는 페르세우스에게 목이 잘리고, 박카이들은 나무로 변신당하며 키르케는 남성에게 자신이 받아들여지지 않자 분풀이로 그 남성이 좋아하는 여자를 개로 변신시킨다. 디아나, 베누스, 유노, 박카이, 키르케, 메데이아, 메두사 등 여성(신과 인간)의 힘이 어느 선에서 가부장적 이데올로기를 넘어서고 제한받는지에 대해서는 다른 글이 필요하다.

몰약나무가 되며 산고를 겪는 책임을 진다. 오빠를 사랑하는 비블리스의 경우도 유사하다. 쌍둥이 남매로 카우노스를 사랑한다. 근친에 대한 성적 욕망은 상당히 직접적인 섹스행위에 대한 욕망으로 표현된다(Ⅱ. 45).

아폴로와 유피테르의 욕망은 사회적으로 인정된 욕망이지만 이들의 욕망은 금지된 욕망이다. 근친상간을 금기시하는 이데올로기는 오르페우스의 이야기 서두에서 제시된다. “바로 이 비블리스가 세상 처녀들에게 사랑해도 좋을 상대가 있고 사랑해서는 안 될 상대가 있다는 사실을 가르쳐준다.”(Ⅱ. 44) 그리고 미라에 대해서도 화자인 오르페우스는 이 이데올로기를 확인하는 과정을 거친다. 금지된 것에 대한 욕망은 “사악한” 것이라고 정의하고 “세상에 그런 일은 있을 수 없다고 생각해주기 바란다”고 한다. “만약에 이런 일이 정말 이 세상에 있을 수 있다고 생각하는 사람은 이 이야기의 주인공이 믿어지지 않을 만큼 끔찍한 벌을 받았다는 이야기도 반드시 믿어야 한다”고 덧붙인다(Ⅱ. 84).

이에 대해 미라와 비블리스는 저항과 인정이라는 양가적인 목소리를 낸다. 비블리스는 “신들께서도 누이를 아내로 삼지 않으셨습니까?”(Ⅱ. 46) “하늘에 하늘의 법도 따로 있고 땅에 땅의 법도가 따로 있다면, 하늘의 법도로 인간을 다스리시려 하시는 것에 장차 무슨 뜻이 있겠습니까? 하오나 바라건대 이 금단의 욕망을 저에게서 떠나게 하소서”(Ⅱ. 46-7). 이렇게 말하면서도 오빠에게 고백하겠다는 의지를 보이며 “사랑이 나를 물러서지 못하게 한다”(Ⅱ. 47)고 말한다. 미라도 다음과 같은 양가적인 말을 한다. “만일에 이것이 죄악이라면 이같이 참람한 마음을 먹지 않게 하시고 이같이 사악한 죄를 짓지 않게 하소서. 하오나 신들이시여, 이것이 그렇게 용서받을 수 없는 죄입니까? 이 땅에는 이런 사랑을 나누고도 멸종하지 않는 짐승들이 많이 있지 않습니까? …… 금수는 이런 자유를 허락받았는데 …… 인간만은 이러저러한 것을 근심하여 갖가지 금제를 만들어놓고 자연이 허락한 자유를 제한하고 있는데 이것이 어찌 한심한 일이 아닐 수 있겠습니까?"(Ⅱ. 84-85).

미라와 비블리스의 경우 근친상간의 욕망을 주체적으로 드러내고 그것으로 인해 고통 받는 존재의 성별이 여성이라는 것은 흥미롭다. 오이디푸스 왕의 경우는 모르고 행한 것으로 그려지지만 미라와 비블리스는 욕망의 주체가 되어 행동으로 옮긴다. 욕망을 무의식의 영역으로 보내버린 오이디푸스의 경우[9]와 미라의 경우가 보여주는 차이는 근친상간에 대해서도 젠더의 정치가 작용함을 알 수 있다. 어머니의 존재는 부재로 그려지고 아버지와 오빠의 존재는 권력자로 그려진다는 차이와 처벌의 대상이 되는 금단의 욕망을 여성에게 돌렸다는 점도 흥미롭다. 이 점은 욕망하는 여성을 괴물화하려는 가부장제 이데올로기의 표현으로 해석될 수도 있고 여성의 적극적인 구조해체의 욕망으로 읽힐 수도 있다. 미라의 경우 아버지는 미라를 추방할 수 있는 힘을 갖고 있고, 비블리스의 경우 오빠는 그 땅을 떠나 새 도시국가를 건설한다. 그에 반해 비블리스는 눈물이 녹아내려 샘으로 변신하고 미라는 나무로 변신한다. 오이디푸스의 경우 근친상간에 대한 사실을 알게 되자 스스로 처벌한다는 점에서 미라와 차이를 드러낸다. 근친상간이 가부장적인 성격을 갖는다면 가부장제를 체화하는 정도의 차이가 성별화되어 있음을 볼 수 있다. 가부장적 권력의 중심에 있는 남성은 스

9. 뮤리엘 류키서(Muriel Rukeyser)는 「신화」라는 시에서 오이디푸스 이야기를 수정한다. 오이디푸스는 "왜 나는 나의 어머니를 알아보지 못했는가?"라고 스핑크스에게 묻는다. 수수께끼에 대한 답이 틀렸기 때문이라고 스핑크스는 말한다. 스핑크스가 "아침에 네 다리, 정오에 두 다리, 그리고 저녁에 세 다리로 걷는 것이 무엇인지 묻자 너는 Man이라고 답했다. 너는 여성(woman)에 대해서는 아무 말도 하지 않았다"고 하자 "Man"이라고 할 때는 여성들도 포함하는 것이라고 오이디푸스는 답하면서 "그것은 모든 이들이 아는 것"이라고 말한다. 그러자 스핑크스는 "그것은 네가 생각하는 것이지"라고 답한다(Hirsch 1 재인용).

스로 그 법을 당연시하고 자신을 처벌한다면 중심에 있지 않은 여성은 남성에 의해 처벌된다는 차이를 보인다.

근친에 대한 욕망이 "금단의 욕망"이라면 여성끼리의 레즈비언적 욕망도 금지되어 있다. 오르페우스가 들려주는 이피스의 이야기는 레즈비언적 욕망에 대한 사회적 인식을 드러낸다. 이안테라는 소녀를 사랑하는 이피스는 다음과 같이 말한다.

> "참으로 불가사의한 이 사랑, 이같이 기묘한 사랑에 빠진 나는 장차 어떻게 될까? ...... 암소는 암소를 사랑할 수 없고, 암말은 암말을 사랑할 수 없는 법이다. 암양의 피를 끓게 하는 것은 숫양이요, 암사슴 뒤를 좇는 것은 수사슴이 아니던가. ...... 괴물이라면 없는 것이 없는 이 크레타에서 솔(태양신)의 딸이 황소를 사랑한 일이 있기는 하다. 그러나 왕비는 여자였고 소는 수소가 아니었던가? 말이야 바른 말이지만, 나의 이 미친 사랑에 비하면 그 왕비의 사랑은 이루어질 가능성이라도 있었으니 만큼 그래도 온당한 편이다. 왕비는 암소 모형을 빌려 이 수소를 속여 사랑을 이루지 않았던가? ...... 다이달로스의 재주가 비록 용하다고 한들 여자인 나를 남자로 만들어야 하는 데야 무슨 수를 낼 수 있겠는가? 여자인 이안테를 남자로 만들어야 하는 데야 무슨 수를 낼 수 있겠는가?"(Ⅱ. 58-59)

아폴로와 히아킨토스, 유피테르의 가니메데스 납치 그리고 오르페우스가 어린 소년이나 청년에게 갖는 동성애적 사랑(Ⅱ. 69)은 신화 속에서 인정되지만 이피스의 이야기에서 보듯이 여성과 여성 사이의 욕망은 금지된다. 이피스의 레즈비언적 욕망에 대해서는 아버지의 딸 경시사상과 아들선호사상 그리고 가족 이데올로기가 바탕에 깔린다. 이와 함께 이야기의 플롯은 어머니의 기도와 이시스 여신의 도움으로 이피스의 근육에서 "힘살이 부풀어" 남자의 신체로 변신하는 것으로 끝난다(Ⅱ. 61). 그리스로마시대의 동성애적 관계에 대한 역사와 그것에 대한 이데올로기적 재현 사이의 간극을 볼 수 있는 플롯이다. 소년납치 풍속을 통해 남성동성애가 현실적으로 존재하고, 레스보스 섬의 사포의 시에서 나타나는 레즈비언적 사랑(리이트 148, 203, 29)이 신화 속에서는 금단의 욕망으로 처리된다.

미라와 이피스의 욕망은 적극적으로 여성이 주체가 된 욕망을 제시하고 있다는 점에서 유피테르와 아폴로에게 쫓긴 다프네와 이오 등 많은 여성상들과는 판이하게 다른 면모를 보여준다. 이피스의 한탄에 등장하는 수소를 사랑한 왕비 파시파에의 경우도 경계를 넘어선 금단의 욕망을 표현한 여성 인물이다. 비블리스를 제외하면 모두 자신의 욕망을 달성한다. 비블리스의 경우도 자신의 의사를 편지로 표현하고 그 대상을 찾아다니는 능동성을 띤다. 하지만 미라의 근친상간적 욕망은 아버지에게 추방당함으로써 가족 이데올로기에, 이피스의 레즈비언적 욕망은 이피스가 남자로 변신함으로써 다시 이성애 이데올로기에 종속되고 만다.

그리스로마신화의 변신과 이데올로기

변신과 이데올로기의 관계에 대한 물음은 욕망하는 주체는 가부장적 이데올로기로부터 자유로운지에 대한 물음도 포함한다. 앞에서 본 대로 아폴로, 유피테르, 피그말리온의 욕망은 이성애적 사랑 이데올로기로부터 자유롭지 못하다. 이들의 사랑은 일방적인 성폭력이다. 신화 속에서 유피테르는 자유자재로 변신하며, 자신의 욕망을 실현하고, 그 누구에게도 기도하거나 빌거나 하여 자신의 욕망을 실현하지 않고 스스로 실현한다. 이 점에서 유피테르는 자유 자체다. 그러나 가장 강력한 권력을 지닌 신 유피테르 또한 가부장적 이데올로기를 초월하는 욕망의 주체가 되지는 못한다. 그의 욕망 자체가 코드화되어 있는 욕망이기 때문이다. 그는 남성이면 그래야 한다고 생각하는 사회적 통념, 남성은 성적 본능이 강하다고 하는 통념으로부터 자유롭지 못하다. 그리고 유노의 질투로부터도 자유롭지 못하다. 유노의 질투로부터 자유롭지 못하다는 것은 유피테르 또한 가족 이데올로기로부터 자유롭지 못함을 말해준다. 그는 이오와 유노 사이에서 정부와 아내를 저울질하는 것으로 그려진다. 유피테르의 부인 헤라(유노)가 올 것을 알고 유피테르는 이오를 흰 암소로 변신하게 한다. 유노가 암소를 넘겨주기를 요구하는 장면에서 오비디우스는 유피테르의 마음을 다음과 같이 묘사한다. "정부가 된 이오를 본처 손에 넘기자니 애처롭고, 달라는 청을 거절하자니 밑도 끝도 없는 의심을 살 판"이 된 유피테르의 마음은 "마음은 넘겨주라고 꼬드기고 사랑은 그래서는 될 일이 아니라고 하는 판이었다. 물론 사랑 쪽이 강했다. 그러나 한 마리 암소같이 보잘것없는 선물을, 암소 한 마리보다 훨씬 소중한 누이이자 아내인 유노에게 거절할 수도 없는 노릇이었다."(I. 52)

앞에서 밝힌 대로 당시의 성적 이데올로기를 넘어선 근친상간과 레즈비언적 욕망도 벌을 받아 몰약나무로 변신당하거나, 여자가 남자로 변신하는 것으로 결국 다시 가부장적 이데올로기에 봉합되고 만다. 이피스는 여자가 여자를 사랑하기 때문에 남성이 되지 않으면 사랑할 수 없다는 고정관념을 따르면서 자신의 욕망을 달성하는 셈이다. 이 이야기는 내적으로 여자가 여자를 사랑할 수 있다는 서사를 잠시 보여주면서 이성애중심 이데올로기로부터의 열림을 드러낸다. 그러나 곧 이성애중심 이데올로기가 이야기의 결말을 봉합한다. 미라의 근친상간 욕망도 신체적 처벌인 체벌을 당한다. 미라의 욕망은 자신의 욕망으로 설명되지 않고 아프로디테의 저주로 정의된다. 그리고 이 욕망은 아버지의 거부로 인해 좌절된다. 이피스의 욕망은 성취된다. 그러나 이성애중심 이데올로기의 변혁은 봉쇄된다. 이피스가 여자에서 남자로 변함으로써 합법적인 이성애 커플이 되기 때문이다. 이성애중심주의 자체가 깨지는 것은 아니다. 여자와 여자 사이의 사랑의 가능성을 제시함과 동시에 그것을 이성애주의로 봉합하는 이야기의 플롯이 형성된다. 이데올로기의 플롯(땅, 구성, 음모)을 벗어나는 일은 거의 불가능한 것으로 나타난다. 근친에 대한 욕망의 표현과 실행, 레즈비언적 욕망, 인간의 경계를 넘어선 파시파에의 욕망은 실상 서사의 경계선 안에서 윤리적 판단과 함께 다루어진다. 언어적으로 금을 긋거나 체벌이 따름으로써 종결된다. 그러나 같은 동성애적 욕망도 남성의 동성애는 사랑으로 언어화되고 여성의 동성애는 금단의 욕망이 된다는 점에서 이데올로기의 작용 방식이 성별화되어 있음을 알 수 있다.

이러한 이데올로기들은 신화에서 어떻게 구체화되어 표현되는가? 이데올로기의 실체는 신화의 상징계를 구성하는 요소들이 될 것이다. 그것은 신탁이 되기도 하고, 신의 화살이 되기도 하고, 신의 저주가 되기도 한다. 인간에게 신은 막강한 힘을 갖는다. 지배계급의 전형으로 신들을 본다면 이 신들 모두가 실체가 된다. 신탁, 큐피드의 화살, 아프로디테나 디아나의 저주라는 신의 힘들만이 아니라 가부장적 이데올로기는 가족구성원, 오르페우스 같은 서술자, 아버지들 그리고 자신의 몸에 새겨진 아비투스에 의해 유지된다.

아들이 아버지를 죽일 것이라는 신탁은 아버지와 아들의 관계를 중심으로 하는 가부장제를 형성한다. 가부장제란 아버지에서 아들로 이어진다는 것을 보여주는 것이며, 동시에 아버지의 가부장적 권력이 언젠가는 다른 가부장에게로 넘어갈 것임을 말하는 것이다. 가부장적 이데올로기를 유지하는 데는 여신들도 한몫한다. 때로는 여성들이 가부장적 이데올로기의 최전선 유지자 혹은 담지자인 것처럼 아테나, 아프로디테, 유노 같은 여신들은 가부장적 이데올로기를 충실하게 실천하고 지키는 자들이다. 아버지 유피테르의 머리에서 탄생한 아테나는 오레스테스를 무죄로 판결을 내린다. 유노는 남편 유피테르가 강간하거나 치근대었던 여성들을 다양한 방법으로 괴롭힌다. 그리고 아프로디테는 피그말리온의 남성 판타지도 현실화되도록 한다.

아폴로와 다프네의 경우 둘 다 큐피드의 화살로부터 자유롭지 못하다. 큐피드를 분노하게 한 아폴로 때문에 아폴로와 다프네는 쫓고 쫓기는 관계가 된다. 여기서도 아폴로는 큐피드와 대결해서 화살의 힘에 빠지게 되지만 다프네는 그것도 아니다. 결국 남성들끼리 만든 가부장적 구조의 희생물이 된다. 큐피드의 화살은 신이라도 어찌할 수 없는 그 무엇, 바로 사회의 상징계를 구성하는 상징이다. 사랑 이데올로기를 상징하는 기호인 화살로부터 큐피드의 어머니 비너스 여신도 자유롭지 못하다. 유피테르의 경우는 화살에 찔렸다는 말은 없다. 그러나 운명은 어떻게 할 수 없다고 말하는 점과 다른 신이 인간에게 가한 것에 대해서는 어떻게 할 수 없다는 점에서 그도 이 상징계 속의 한 인물이 된다. 신들의 법은 신이라는 지배계급이 생산한 이데올로기의 그물망이라 하겠다. 인간이 신에게 도전장 혹은 대결장을 내면 신들은 분노한다. 아라크네가 거미로 변신하는 것은 재능의 표현이기도 하지만 미네르바 여신의 분노를 샀기 때문이다. 이 여신과 솜씨를 겨루면서 여신은 신들의 영광을 수놓는데, 아라크네는 신들의 비행에 대한 내용을 넣음으로써 거미로 변신당한다. 니오베의 교만도 신들의 처벌을 받는다.

아프로디테의 저주나 디아나의 저주에서 나타나듯이 저주 또한 힘을 갖는다. 미라는 아프로디테의 저주를 받아 아버지에 대한 성적 욕망을 품게 된다. 여성(여신+여인)의 욕망도 가부장제를 유지하는 데 기여한다. 근친상간의 욕망이 당시의 금기를 깨는 것이긴 하지만 그 대상이 아버지이고 오빠일 때 그것은 이러한 남성들이 갖는 권력에 대한 욕망과 분리하기 힘들다. 아폴로의 욕망이 큐피드의 복수에서 나왔듯이 미라의 것도 아프로디테에게서 나왔다. 아폴로는 욕망의 주체가 되지만 미라는 몰약나무로 변신한다. 변신의 성정치를 볼 수 있는 지점이다.

새로운 성 정치의 가능성은 어디에서?

> 여성주의와 섹슈얼리티의 관계는 마르크스주의와 노동의 관계와 같다. …… 그것은 섹슈얼리티의 틀과 방향과 표현이 사회를 여성과 남성이라는 두 개의 생물학적 성으로 체계화한다는 주장이다. …… 여기에서 성별은 차이가 아니라 지배의 문제다. …… 나는 주어진 사회가 성화하는 것은 무엇이든지 섹슈얼리티라고 정의한다. …… 젠더가 여성을 생물학적 성을 통해 억압하는 이 사회에서 이성애가 성별화된 섹슈얼리티의 형태라면 섹슈얼리티와 이성애는 동일한 것이다. …… 춘화를 생각하지 않고 미학을 말할 수 없고 강간을 생각하지 않고 섹슈얼리티나 욕망에 대해 말할 수 없다. 과학의 전제인 남성성에 대해 말하지 않고 과학을 비판할 수 없으며 남성의 지배를 이해하지 않고 헤게모니를 말할 수 없다(MacKinnon 105).

맥키논이 말하듯이 성별은 차이가 아니라 지배의 문제이고, 섹슈얼리티는 이성애와 동일한 것이며, 강간을 생각하지 않고 욕망을 말하기 힘든 것이 가부장적 성정치의 현실이다. 신화의 텍스트 안에서 독신에의 욕망, 근친에의 성적 욕망, 레즈비언적 욕망, 가정 바깥에의 공간에 대한 욕망 등이 기존 가부장제의 성적 이데올로기를 넘어서는 순간들이 있다. 그렇지만 이들의 욕망은 다시 가부장제의 성적 이데올로기에 갇히고 만다. 욕망하는 주체와 이데올로기의 관계가 간단하지 않은 지점이 바로 여기에 있다. "이데올로기의 숭고한 대상"에 대한 동일시와 그 동일시로부터 분리되는 지점은 각각의 경우에 따라 유동적일 수밖에 없다.

그렇다면 새로운 성정치의 가능성은 어디에서 올 수 있는지를 묻게 된다. 이 글의 시작에서 언급한 서사장치의 중요한 단서가 될 수 있는 플롯plot이라는 단어를 여기서 다시 언급해보자. 이 단어가 갖는 세 가지 뜻을 가지고 신화적 텍스트의 닫힘과 갇힘을 벗어날 것을 생각해볼 수 있다. 구성plot을 바꾸는 일, 땅plot을 바꾸거나 떠나는 일, 그리고 음모plot를 드러내는 일을 통해 텍스트의 갇힘을 바꾸어볼 수 있다. 닫힘과 갇힘의 원인으로 돌아가 그것을 다시 바꾸는 일이 되는 셈이다.

먼저 서사구조, 구성을 바꾸는 일이다. 다시 쓰기를 하는 셈이다. 여기는 두 가지 전략이 가능하다. 신화의 텍스트 안에서 봉합 이전의 문제를 부각시킴으로써 그 텍스트를 전체로 보지 말고 그 부분만을 확대 재해석하는 방식이다. 말하자면 이피스의 동성애적인 욕망 그 자체를 확대 재해석하는 일이고, 미라의 근친상간적 욕망을 확대 재해석하며, 다프네와 시링크스가 갖는 결혼 거부와 야성의 삶에 대한 욕망을 확대 재해석하는 것이다. 이 글에서는 다루지 않았지만 키르케, 메데이아, 박카이 등 주체적인 여신(인)들을 가두는 텍스트를 확대 재해석하는 것이다. 텍스트가 봉합하는 그 지점만을 보지 말고 그 이전의 지점을 확대할 경우 그것이 미치는 영향은 상당할 수도 있다.

그러므로 텍스트에 대한 도전과 역사에 대한 도전은 맥락context을 끊어버리고 새롭게 바라보는 데서 올 수 있다. 그 맥락이 아무리 힘이 있더라도 그것을 끝까지 따라가지 않고 딴소리를 하는 것, 예를 들어 그 이야기를 다른 식으로 써버리는 것이 구조를 바꾸는 일이 된다. 그리스로마신화의 땅을 버리고 현재 새로운 플롯을 찾고, 쓰고, 벌이는 것이다. 가부장적 땅을 떠나고 기존의 구획된 구성을 버리고, 가부장제의 음모를 격파한다. 신화 만들기가 지금도 계속된다면 신화의 원텍스트에 집착하지 않고 이야기 구성을 교란시켜 이상한 이야기들을 유포하는 것이 페미니즘의 욕망이라면, 이 욕망은 기존의 남성중심 이데올로기를 넘어설 수 있는 것이다. 크리스테바의 과정 중인 주체의 개념을 가지고 원 텍스트, 코라로 돌아가지 않고 새로운 코라를 만드는 것, 다른 시간, 다른 장을 만드는 일을 하는 것이 가부장제의 플롯에 의해 나무로 변하지 않는 길이 될 것이다.

부분을 확대 재해석하는 것과 아울러 결말을 바꾸어 쓰는 일을 하면 서사 장치의 이데올로기를 바꾸는 것이 가능할 것이다. 결말이나 혹은 중간 과정을 바꾸는 일을 통해 기존 이데올로기로 봉합되는 것을 차단하고 다른 길을 갈 수 있을 것이다. 다프네의 이야기를 다시 쓰면 쫓기던 다프네가 갑자기 뒤돌아서서 아폴로를 정면으로 노려보자 놀란 아폴로가 도망가는 것으로 바꿀 수도 있다. 강간을 일삼고 납치를 일삼는 유피테르를 올림포스 신의 법정이 아니라 여성들의 법정에 세워 성폭력 강간범으로 구형하는 것으로 끝을 맺을 수도 있다. 이피스가 남자로 변신하지 않거나 변신한 이피스를 이안테가 싫어하는 것으로 결말을 맺을 수도 있다. 광란의 박카이를 나무로 변신시키지 않고 그냥 놔둔다든지, 메두사의 목을 다시 붙이고 그 목을 베어서 달고 다니는 페르세우스에게 복수하게 할 수도 있을 것이다. 신데렐라가 하녀 노동조합을 만들고 왕자의 결혼 신청을 거부하는 이링 페처의 동화 다시 쓰기처럼 그리스로마신화 다시 쓰기가 다각도로 시도되어야 할 것이다. 신화 다시 쓰기의 예를 한국의 신화나 인도의 신화 등으로 확대하여 창조주이면서 여신들만을 창조하는 아부카허허라든지(김재용·이종주 25-27) 인도의 켈리 같은 여신들을 참조할 수도 있을 것이다(입천무장 참조).

그리고 땅의 문제와 관련해서는 그 땅을 떠나 다른 곳으로 이동하는 것이다. 신화를 건너 뛰어 현재로 오는 일이 그 예가 될 수 있다. 사실 이제 페미니즘의 영향으로 우리 주변에는 다양한 성정치의 가능성들이 존재한다. 그러한 텍스트들을 길어 올리는 것이다. 드래퀸과 드래킹이 보여주는 변신, 여성이 자신의 성욕을 강하게 드러내는 텍스트들, 게이-레즈비언의 실재성 등에서 새로운 욕망의 가능성을 찾아보는 일이다. 그러므로 이 글이 그리스로마신화 텍스트에 들어가 가부장적 성정치의 면모를 부분적으로 살펴보는 이유는 바로 그 텍스트를 넘어서서 새로운 장을 발견하기 위한 것이다. 새로운 장의 발견은 새로운 몸에 대한 인식과 정체성에 대한 인식을 포함한다(Ainley, 1998).

그것은 가부장제의 음모plot를 드러내는 일이 될 것이다. 먼저 이 음모를 드러내는 일은 남성성에 대한 고찰을 필요로 한다. 아폴로와 유피테르 같은 남성이 갖는 욕망이 폭력이라는 전제를 할 수 있어야 한다(Archer; Bower). 그리고 이 폭력은 개인적인 것이 아니라 집단적인 것이라는 인식을 할 수 있어야 한다(Brod & Kaufman 137). 이러한 고찰을 전제로 할 때 그들의 욕망과 욕망의 서사 구성을 바꾸거나 그 음모의 땅(구성)을 버리고 떠나는 것이 가능해진다. 몸과 성의 문제가 땅의 문제와 따로 떨어진 것이 아니기 때문에 새로운 공간과 젠더의 문제는 함께 고려될 수밖에 없다. 토니 모리슨의『가장 푸른 눈동자』에서 피콜라와 클라우디아의 차이는 피콜라는 백인 이데올로기를 그냥 접수하고 그 맥락 속에 들어가 갇혀버리지만 클라우디아는 그 땅을 살핀다. 그 땅에 금잔화가 피지 않은 것은 그 땅의 문제라는 것을 발견한다. 상황에 처해 새로운 변신을 하는 일을 가능하게 하는 것이 변신의 성정치학을 새롭게 하는 것이다. 바르트의 말처럼 "신화가 역사에 의해 선택된 빠롤"(17)이라면 페미니즘의 역사는 새로운 신화를 만드는 공간의 정치학을 요구한다. 자본주의의 신화와 가부장제의 신화와는 다른 신화이거나 아니면 신화를 상정하지 않은 새로운 플롯을 구상하는 일이 앞으로의 일일 것이다.

인용문헌

이 책에 실린 글들의 원전/출처

- 「탈식민주의 저항 전략과 페미니즘」, 『젠더와 문화』 제4권 1호(2011), 167-203.
- 「그리스로마 신화에 나타난 변신의 성정치: 여성/남성의 욕망과 이데올로기」, 『영미문학페미니즘』 11권 1호(2003), 3-23.
- 「시적 혁명과 경계선의 철학: 줄리아 크리스테바」, 『페미니즘, 어제와 오늘』, 민음사(2000), 191-230.
- 「정전의 탈신비화와 한국의 영문학 교육」, 『영문학 교육과 연구의 문제들』, 김용권 외 지음(1998), 한신문화사.
- 「한국 여성 작가들의 작품에 나타난 남성상: 윤효, 전경린, 은희경, 신경림이 본 남성(성)과 권력」, 『페미니스트 저널 IF』(1997 여름), 201-208.
- 「여성 작가들이 본 서른의 삶」, 『페미니스트 저널 IF』(1997 겨울), 89-94.
- 「퍼시 셸리의 '삶의 개선행렬'에 나타난 역사인식: 폴 드 만과 해럴드 블룸이 제시하는 비평의 의의와 한계」, 『한신논문집』 제15집

2권(1997), 5-23.
- 「한국의 영문학연구와 페미니즘」, 『안과밖』 창간호(1996), 335-365.
- 「에코페미니즘: 페미니즘의 생태학과 생태학의 페미니즘」, 『외국문학』(1995 여름), 96-118.
- 「'슬픈 현실'과 '아름다운 이상': 퍼시 셸리의 시극 『첸치家』에 나타난 현실인식과 그 대응」, 『서강영문학』(1995), 37-54.
- 「'차이'의 정치성과 여성해방론의 현단계」, 『현대이론과 비평』 제3권 2호 통권6호(1993), 121-144.

1장

김영희·이명호·김영미, 「포스트모던 페미니즘의 딜레마」, 『여성과 사회』 제3호(1992), 35-79.

이경순, 「탈식민주의 페미니즘」, 『외국문학』 제31호(1992 여름), 68-92.

정정호, 성차와 '여성적 글쓰기'의 정치적 무/의식 현대비평과 이론(1992 가을·겨울)

Cixous, Hélène and Catherine Clément. *The Newly Born Woman* Minneapolis: Univ. of Minnesota Press, 1975. pp. 63-64.

Irigaray, Luce. *Speculum of the Other Woman*, Cornell UP, 1985.

Jardin, Alice & Paul Smith eds. *Men in Feminism*. Metheun, 1987.

Kristeva, Julia. "Women's Time," *The Feminist Reader*, eds. Catherine Belsey and Jane Moore Macmillan, 1989. pp. 187-213.

Marks, Elaine & Isabelle de Courtivron. *New French Feminisms*, New York: Schocken Books, 1980.

Moi, Toril. "Feminist, Female, Feminine," *The Feminist Reader* eds. Catherine Belsey and Jane Moore. Macmillan, 1989, pp. 117-132.

Moi, Toril. *Sexual/Textual Politics*, Methuen, 1985.

Sellers, Susan ed., *Writing Differences: Readings from the Seminar of Helene*

Cixous, New York: St. Martin's Press, 1988.

2장

올리버, 켈리.『크리스테바 읽기』, 박재열 옮김, 시와반시사. 1997. (Oliver, Kelly. *Reading Kristeva: Unraveling the Double-bind*. Indiana UP, 1983.)

페인, 마이클.『읽기이론/이론읽기』, 장경렬·이소영·고갑희 역, 한신문화사, 1999.

크리스테바, 줄리아.「베르나르 포크네와의 대담」,『세계사상』(1997 여름), 201-222.

______.『사랑의 역사』, 김영 옮김, 민음사, 1995.

______.『사랑의 정신분석』, 김인환 옮김. 민음사. 1999.

______.「정신분석과 폴리스」,『페미니즘과 문학』, 김열규 외 공역, 문예출판사, 1988. 238-260.

______.「중심에 선 어머니」,『페미니즘과 문학』, 김열규 외 공역, 문예출판사, 1988, 340-361.

Butler, Judith. "The Body Politics of Julia Kristeva" in *Ethics, Politics and Difference in Julia Kristeva's Writing*. Oliver Kelly ed. New York: Routledge, 1993. pp. 164-179.

Kristeva, Julia. "About Chinese Women" in *The Kristeva Reader*. Toril Moi ed. New York: Colimbia Up, 1986. pp. 138-159.

______. (KR) "Stabat Mater" in *Kristeva Reader*. pp. 160-186.

______. "Women's Time" in *Kristeva Reader*. pp. 187-213.

______. "Psychoanalysis and Polis" in *Kristeva Reader*. pp. 301-320.

______. "Motherhood According to Giovanni Bellini" in *Desire in Language: A Semiotic Approach to Literature and Art*. New York: Columbia UP, 1980. pp. 237-270.

______. "The Ethics of Linguistics" in *Desire in Language*. pp. 23-35.
______ (R) Revolution in *Poetic Language*. translated by Margaret Waller. New York: Columbia UP, 1984.
______. *Powers of Horror: An Essay on Abjection*. trans. Leon Roudiez. New York: Columbia UP, 1982.
______. *Tales of Love*. New York: Columbia UP, 1987.
______. *Julia Kristeva Interviews*. Guberman, Ross M. ed. New York: Columbia UP, 1996.
Moi, Toril. *Sexual/Textual Politics: Feminist Literary Theory*. London: Methuen, 1985.
Payne, Michael. *Reading Theory: An Introduction to Lacan, Derrida, and Kristeva*. Cambridge. Mass: Blackwell Publishers, 1993.
Spivak, Gayatri C. "French Feminism in an International Frame." In *Other Worlds*. New York: Routledge, 1988. pp. 135-153.

3장

김은중.「정치적 민주화 이후 라틴아메리카 인권 정치와 대안사회운동」, 『라틴아메리카연구』 23권 1호(2010), 97-131.
딜릭, 아리프.『전지구적 자본주의에 눈뜨기』, 설준규·정남영 옮김, 서울: 창작과 비평사, 1998.
딜릭, 아리프.『포스트모더니티의 역사들』, 서울: 창비. 2005.
모핸티, 찬드라.『경계없는 페미니즘: 이론의 탈식민화와 연대를 위한 실천』, 서울: 도서출판여이연. 2005.
박주식.「저항의 정치학: 탈식민주의 문학이론의 위상」,『안과밖』 창간호(1996), 309-334.
사이드, 에드워드.『오리엔탈리즘』, 박홍규 역, 서울: 교보문고, 1991.
______.『문화와 제국주의』, 김성곤·정정호 옮김, 서울: 도서출판 창, 1995.

스피박, 가야트리.『다른 세상에서』, 태혜숙 옮김, 서울: 도서출판여이연, 2003.

슬레먼, 스티븐.「제국의 기념비들: 탈식민적 글쓰기의 알레고리와 대항 담론행위」,『외국문학』 1992, 55-67.

유제분 엮음.『탈식민페미니즘과 탈식민페미니스트들』, 서울: 현대미학사, 2001.

이소희.「탈식민 페미니즘 비평과 페미니스트 입장이론의 교차 지점에 관한 연구: 글로벌 시대 페미니스트 주체 형성의 관점에서」,『영어영문학』 제48권 3호(2002), 691-715.

장세룡,『교수신문』 2011년 4월 4일자 학술동향면: 트랜스로컬 비판하던 유목민의 후예, '장소'로 귀환하다.

조지형 외.『지구사의 도전: 어떻게 유럽중심주의를 넘어설 것인가』, 서울: 서해문집, 2010.

천 꽝씽.「전지구화와 탈제국: 동아시아 지역통합의 역사적 장벽에 관하여」, 동아시아연대와 잡지의 역할 발표문, 2005.

치누아 아체베.『제3세계 문학과 식민주의 비평』, 이석호 옮김, 인간사랑, 1999.

태혜숙.『탈식민주의 페미니즘』, 서울: 도서출판여이연, 2001.

프란츠 파농.『검은 피부, 하얀 가면』, 이석호 옮김, 서울: 인간사랑, 1998.

Appiah, Kwame Anthony. "The Postcolonial and the Postmodern" *Post-colonial Studies Reader*(이후 PCSR로 표기), eds. Bill Ashcroft, et al. London: Routledge, 1995: 119-124.

Ashcroft, Bill et al. *Post-colonial Studies Reader*(이후 PCSR로 표기), eds. Bill Ashcroft, et al. London: Routledge, 1995.

______. *Key Concepts in Post-colonial Studies*. London: Routledge.

Bhabha, Homi K.(1994), The Location of Culture, London: Routledge. 1998.

______. *Nation and Narration*, London: Routledge. 1990.

______. "Difference, Discrimination and the Discourse of Colonialism,"

The Politics of Theory ed. Francis Baker et al., London: Methuen. 1986.

Dirlik, Arif. *Global Modernity: Modernity in the Age of Global Capitalism*. Paradigm Publishers. 2001.

JanMohamed, Abdul. "The Economy of Macichean Allegory: The Function of Racial Differene in Colonialist Literature," *Critical Inquiry* 12. 1985.

Mitchell, W. J. T. "Postcolonial Culture, Postimperial Criticism," *PCSR*. 1995. pp. 475-479.

Mishra, Vijay and Bob Hodge. "What Is Post(-)Colonialism?" *Textual Practice* 5.3. 1991.

Ngugi wa Thiong'o(1986), *Decolonizing the Mind: the Politics of Language in African Literature*, 『탈식민주의와 아프리카 문학』, 이석호 옮김, 서울: 인간사랑, 1999.

Parry, Benita. "Problems in Current Theories of Colonial Discourse," *Oxford Literary Review* 9. 1987.

Petersen, Kirsten Holst. "First Things First: Problems of a Feminist Approach to African Literature" *PCSR*, 1995. pp. 251-254.

Suleri, Sara. "Woman Skin Deep: Feminism and the Postcolonial Condition" *Contemporary Postcolonial Theory: A Reader*, ed., Padmini Mongia. London: Arnold, 1996. pp. 335-346.

Young, Robert. White Mythologies: *Writing History and the West*, London: Routledge. 1990.

4장

김지하. 『옹치격』, 솔, 1993.

라코브, 라나. 「기술과 남성지배의 전략」, 『성 미디어 문화』, 나남, 1994,

357-379.

리피에츠, 알랭. 「책임, 자율, 연대를 위한 경제: 프랑스 녹색당의 경제정책」, 『녹색평론』 제15호(1994), 114-145.

러브로크, 제임스. 「과학의 녹색화」, 『녹색평론』 제15호(1994), 81-98.

박이문. 「녹색의 윤리」, 『녹색평론』 제15호(1994), 41-55.

울프, 버지니어. 『3기니』, 여성사, 1994.

이필렬. 「과학기술로 환경문제가 해결 가능한가」, 『녹색평론』 제16호(1994), 86-101.

켈리, 패트라. 「여성과 권력」, 『녹색평론』 제15호(1994), 99-113.

Daly, Mary. *Gyn/ecology: The Metaethics of Radical Feminism*. Boston: Beacon Press, 1978.

Griffin, Susan. "Split Culture" Judith Plant ed. *Healing the Wounds: The Promise of Ecofeminism*. London: Green Print, 1989. pp. 7-17.

Haraway, Donna. "A Manifesto for Cyborgs: Science Technology, and Socialist Feminism in 1980s" Feminism/Postmodernism. ed. Linda J. Nicholson. London: Routledge, 1990. pp. 190-233.

Horkeimer, Max and Theodor W.Adorno. Dialectic of Enlightenment. New York: Seabury Press, 1972.

King, Ynestra. "The ecology of feminism and the feminism of ecology" in *Healing the Wounds: The Promise of Ecofeminism*. pp. 155-167.

Lovelock, James. Gaia: The Practical Science of Planetary Medicine. 1991. 『지구의 맥박과 혈압을 체크하라』(김영사 1995)로 번역.

Metzger, Deena. "Invoking the Grove" in *Healing the Wounds: The Promise of Ecofeminism*. pp. 118-126.

Plant, Judith ed. *Healing the Wounds: The Promise of Ecofeminism*. London: Green Print, 1989.

Shelley, Mary. Frankenstein: Or, The Modern Prometheus. Oxford: Oxford UP, 1969.

Shiva, Vandana. "Development, Ecology, and Women." ed. Judith Plant.

op. cit. pp. 80-90.
Starhawk. "Feminist Earth-based Spirituality and Ecofeminism" in *Healing the Wounds: The Promise of Ecofeminism*. pp. 174-188.

6장

Abott, C. C. ed. *The Correspondence of Gerald Manley Hopkins and richard Watson Dixon*, London: Oxford University Press, 1935.

Bloom, Harold. *The Anxiety of Influence*. New York: Oxford University Press, 1973.

Cixous Hélène and Catherine Clément, *The Newly Born Woman*. Minneapolis: U of Minnesota P, 1986.

Cixous, Hélène. "The Laugh of the Medusa," Elaine Marks and Isabelle de Courtivron, eds., *New French Feminisms: An Anthology* (New York: Schocken Books 1980), P. 253. (45 확인 요)

Cixous, Hélène. "Castration or Decapitation?," Signs: Journal of Women in Culture and Society, Vol. 7, No. 1 (1981).

Finch, Anne. "The Introduction," Dale spender and Janet Todd, eds., The British Women Writers: An Anthology from the Fourteenth Century to the Present. New York: Peter Bedrick Books, 1989.

Freud, Sigmund. *Three Essays on the Theory of Sexuality*. New York: Basic Books, 1962.

Gay, Peter. T*he Bourgeois Experience: Victoria to Freud: Education of the Senses* (New York: Oxford UP 1984)

Gérin Winifred. *Charlotte Brontë: The Evolution of Genius*. Oxford: Oxford University Press 1967.

Gilbert Sandra and Susan Guar, *No Man's Land: The Place of Women Writer in the Twentieth Century*. New Haven: Yale University Press,

1979.
Showalter, Elaine. *Literature of Their Own: British Women Novelists from Brontë to Lessing*. Princeton, N. J.: Princeton University Press, 1977.
Trilling, Lionel ed. *The Selected Letters of John Keats*. New York: Doubleday, 1956.
Woolf, Virginia. *A room of One's Own*. London: Granada, 1977.

7장

이스트호프, 안토니.『문학에서 문화연구로』, 임상훈 역, 현대미학사, 1994.
랜트리키아, 프랭크·토마스 맥로린 공편.『문학연구를 위한 비평용어』, 한신문화사, 1990.
김성곤·정정호 역.『문화와 제국주의』, 창, 1995 (Edward Said, Culture and Imperialism. New York: Alfred A. Knopf, 1993.)
도정일.『시인은 숲으로 가지 못한다』, 민음사, 1994.
백낙청.『민족문학과 세계문학 II』, 창작과 비평사, 1985.
이상섭.「한국의 영문학 교육의 문제」,『현대비평과 이론』, 73-4.
이성원.「인문학의 특성, 인문학의 위기」,『현대비평과 이론』 8호(1994 겨울), 10-17.
길로리, 존.「정전」『문학연구를 위한 비평용어』(Critical Terms for Literary Study). 프랭크 랜트리키아, 토마스 맥로린 공편, 한신문화사.
정상준.「문화적 다양성과 다문화주의」,『현대비평과 이론』
Bloom, Harold. *The Western Canon: The Books and School of the Ages*. New York: Harcourt Brace & Co., 1994.
Eagleton, Terry. *Literary Theory: An Introduction*. Oxford: Basil Blackwell, 1983. 이 책은 김명환·정남영·장남수 공역으로 창작사에서 1986년에 번역 출판됨.
Hirsch, Marianne. *Mother/Daughter Plot: Narrative, Psychoanalysis,*

Feminism. Bloomington: Indiana UP, 1989.
Cathy N. Davidson and E. M. Broner eds. *The Lost Tradition: Mothers and Daughters in Literature*. New York: Frederick Ungar Publishing Co., 1980.
Gilbert, Sandra M. & Susan Gubar, *No Man's Land: The Place of the Woman Writer in the Twentieth Century*. New Haven: Yale UP, 1988.

8장

고갑희.「여성주의적 주체 생산을 위한 이론 1: 성계급과 성의 정치학에 대하여」,『여/성이론』1호(1999), 18-47.
고정갑희.「성장치와 여성주의 문화론」,『여/성이론』2호(2000), 8-31.
부르디외, 피에르, 장 클로드 파세롱,『재생산: 교육체계 이론을 위한 요소들』, 이상호 옮김, 동문선, 2000.
밀레트, 케이트.『성의 정치학』, 정의숙·조정호 공역, 현대사상사, 1976.
파이어스톤, 슐라미스.『성의 변증법』, 김예숙 역, 풀빛, 1983.
페이트만, 캐롤.『남과 여의 은폐된 성적 계약』, 이충훈 외 옮김, 이후, 2001.

9~10장

Abrams, M. H. *Natural Supernaturalism*. London: Oxford UP, 1953.
Bloom et al. *Deconstruction and Criticism*. New York: Continuum, 1979.
de Man, Paul. "Shelley Disfigured." *Deconstruction and Criticism*. New York: Continuum, 1979. pp. 39-74.
Fischer, Michael. *Does Deconstruction Make Any Difference*. 1985.
Johnson, Barbara. "Gender Theory and The Yale School." *Rhetoric and Form: Deconstruction at Yale*. eds. Robert Con Davis and Ronald

Schleifer. Norman: U of Oklahoma P, 1985. pp. 101-112.
Rajan, Tilottama. *The Dark Interpreter*. Ithaca: Cornell UP, 1980.
Shelley, Percy Bysshe. *Shelley's Poetry and Prose*, eds Donald H. Reiman and Sharon B. Powers. New York: W. W. Norton, 1977.
Smith, Johanna M. ed. *Frankenstein*. Boston: St. Martin's Press, 1992.
Sperry, Stuart. *Shelley's Major Verse: The Narrative and Dramatic Poetry*. Cambridge, Mass.: Harvard UP, 1988.
Sterrenburg, Lee. "Mary Shelley's Monster: Politics and Psyche in *Frankenstein." The Endurance of Frankenstein*. eds. George Levine and U. C. Knoepflmacher. Berkeley: Univ. of California Press, 1979. pp. 143-171.

11장

Brown, Nathaniel. *Sexuality and Feminism in Shelley*. Cambridge, Mass.: Harvard UP, 1979. Bloom, Harold. The Visionary Company: A Reading of Romantic Poetry. Ithaca: Cornell UP, 1961.
Cameron, Kenneth Neill. *Shelley: The Golden Years*. Cambridge, Mass.: Harvard UP, 1974.
Curran, Stuart. *Shelley's Cenci: Scorpions Ringed with Fire*. Princeton: Princeton UP, 1970.
Ferriss, Suzanne. "Reflection in a 'Many-Sided Mirror': Shelley's The Cenci Through the Post-Revolutionary Prism" The Wordsworth Circle. XXIII. 2 (1992): 134-144.
Peterfreund, Stuart. "Seduced by Metonymy: Figuration and Authority in The Cenci." *The New Shelley* ed. G. Kim Blank. London: Macmillan, 1991. 184-203.
Shelley, Percy Bysshe. *Shelley's Poetry and Prose*, eds Donald H. Reiman

and Sharon B. Powers. New York: W. W. Norton, 1977.
Smith, Johanna M. ed. *Frankenstein*. Boston: St. Martin's Press, 1992.
Sperry, Stuart. *Shelley's Major Verse: The Narrative and Dramatic Poetry*. Cambridge, Mass.: Harvard UP, 1988.
Sterrenburg, Lee. "Mary Shelley's Monster: Politics and Psyche in *Frankenstein*." *The Endurance of Frankenstein*. eds. George Levine and U. C. Knoepflmacher. Berkeley: Univ. of California Press, 1979. 143-171.
지라르, 르네. 『폭력과 성스러움』, 김진식·박무호 옮김, 민음사, 1972.

12~13장

공선옥. 『오지리에 두고 온 서른살』, 삼신각, 1993.
김승희. 『세상에서 가장 무거운 싸움』, 세계사, 1995.
______. 『달걀 속의 생』, 문학사상사, 1989.
김혜순. 『어느 별의 지옥』, 문학과지성사, 1988.
신현림. 『세기말의 블루스』, 창작과 비평사, 1997.
윤효. 『허공의 신부』, 문학동네, 1997.
은희경. 『타인에게 말 걸기』, 문학동네, 1996.
전경린. 『염소를 모는 여자』, 문학동네, 1996.
차현숙. 『서른의 강』, 문학동네, 1997.
최승자. 『삼십 세』, 문학과지성사, 1981.

14장

김재용·이종주, 『왜 우리 신화인가』, 동아시아, 1999.
노승희. 「페미니즘 이론의 실천적 지평: 젠더와 성 정치」, 『페미니즘, 어제와 오늘』, 민음사. 2000, 389-420.
라캉, 자크.『욕망이론』, 권택영 옮김, 문예출판사, 1993.
리이트, 한스.『그리스 성 풍속사』 II, 정성호 옮김, 산수야, 1995.
밀레트, 케이트.『성의 정치학』, 정의숙·조정호 공역, 현대사상사, 1971.
바르트, 롤랑.『신화론』, 정현 옮김, 현대미학사, 1995.
불핀치, 토머스.『그리스 로마 신화』, 박경미 옮김, 혜원출판사, 1996.
스피박, 가야트리.「국제적인 틀 속에서 본 프랑스 페미니즘」,『다른 세상에서』, 태혜숙 역, 도서출판여이연, 2003.
오비디우스.『변신이야기』 I, II, 이윤기 옮김, 민음사, 1998.
윅스, 제프리.『섹슈얼리티: 성의 정치』, 서동진·채규형 역, 현실문화연구, 1994.
이리가라이, 뤼스.『하나이지 않은 성』, 이은민 옮김, 동문선, 2000.
입천무장.『여신들의 인도』, 김구산 역, 동문선, 1993.
지젝, 슬라보예,『이데올로기의 숭고한 대상』, 인간사랑, 2002.
파이어스톤, 슐라미스.『성의 변증법』, 김예숙 옮김, 풀빛, 1971.
푸코, 미셸.『성의 역사』 I. II. III, 문경자·신은영 공역, 나남, 1990.
콘래드, 조지프.『암흑의 핵심』, 이상옥 역, 민음사, 2000.
Ainley, Rosa ed. *New Frontiers of Space, Bodies and Gender*. London: Routledge, 1998.
Archer, John ed. *Male Violence*. London: Routledge, 1994.
Bower, Lee ed. *Masculinities and Violence*. London: Sage Publications, 1998.
Brod, Harry & Michael Kaufman eds. *Theorizing Masculinities*. London: Sage Publications. 1994.
Davidson, Cathy and E. Broner. eds. *The Lost Tradition: Mothers and Daughters in Literature*. New York: Frederick Ungar Publishing Co., 1980.
Hirsch, Miriam. *Mother/Daughter Plot: Narrative, Psychoanalysis, Feminism*. Indianapolis: Indiana UP, 1989.

Kristeva, Julia. *Revolution in Poetic Language*. trans. by Margaret Waller. New York: Columbia UP, 1984.

MacKinnon, Catherine A. "Desire and Power: A Feminist Perspective," *Marxism and Interpretation of Culture*. ed. Cary Nelson and Lawrence Grossberg, U of Illinois P, 1988. 105-116.

Morrison, Toni. *The Bluest Eye*. New York: Washington Square Press, 1970.

Wright, Elizabeth & Edmond Wright eds. *The Zizek Reader*. Blackwell, 1999.

찾아보기

ㅈ

ㅊ

기타

탈경계인문학 연구총서 발간에 부쳐

전지구적 자본주의와 국경을 넘나드는 이주의 확산, 새로운 매체의 출현과 생명공학의 발달 등으로 인해, 근대 인문학이 그어놓은 인간·지식·문화의 경계들은 빠르게 해체되고 있으며, 인문학은 이전과는 전혀 다른 새로운 문제들에 직면하고 있다. 이화인문과학원 탈경계인문학연구단은 이 새로운 현상을 '탈경계'라는 개념으로 포착하여 인문학의 새로운 패러다임으로 '탈경계인문학'을 제안하였다. 이 연구 아젠다는 2007년부터 한국연구재단의 〈인문한국HK 지원사업〉에 선정되어, 탈경계인문학의 구축과 확산을 위해 노력하고 있다.

'탈경계인문학'은 기존의 분과학문이나 지역적 사고로는 그 경계가 빠르게 재편되고 있는 현실 속의 다양한 인간 경험을 담아내기 어렵다는 문제의식에서 출발한다. 우리는 이 새로운 현상들을 조망하고 해석하기 위해 문학과 문화, 인간과 기계, 예술과 테크놀로지, 주체와 타자, 젠더, 텍스트와 현실, 지구와 지역의 경계를 넘어서는 연구 관점이 필요하다는 공동인식에 도달했다. 또한 인문학 연구의 대상을 텍스트로 국한하지 않고, 우리가 살아가고 있는 삶의 현장으로 확장할 필요가 있다고 보았다. 따라서 우리의 연구는 학제적·융합적이고, 지구지역적glocal이며, 탈경계적이다. 이러한 탈경계적 방법론을 통해 우리는 역동적 현실에 민감하게 반응하면서 기존 인문학의 분과를 넘나드는 탈경계인문학 이론을 생산하고자 한다.

본 연구총서는 탈경계인문학연구단의 연구 성과뿐만 아니라, 그 문제의식을 공유하는 다양한 연구자들의 성과를 한자리에 모아 탈경계인문학의 구축과 확산의 계기를 마련하기 위해 기획되었다. 이 총서를 통해 우리는 분과 학문의 경계를 넘나드는 학제적 시각에서 전통 인문학의 주제들을 재해석할 뿐만 아니라, 21세기 탈경계 문화 현상을 해석하고, 경계의 구성과 해체에 개입하는 권력을 비판적으로 성찰

하는 열린 토론의 장을 이끌어 내고자 한다. 21세기 인문학의 새로운 패러다임을 구축하고 탈경계 문화 현상 속의 인간과 인간 경험의 전 영역을 아우르는 통합적 인문학 연구의 장을 만들어내는 것, 우리의 삶의 현장과 유리되지 않는 역동적인 인문학의 위상을 정립하는 것, 대안 가치와 새로운 세계를 고민하는 인문학적 소통의 장을 만들어내는 것, 그것이 탈경계인문학 연구총서를 내는 우리의 기대이다.

이화인문과학원 탈경계인문학연구단